Noch lauter ertönte das Knarren – und plötzlich schob sich die schwarze Silhouette eines Schiffes aus dem Nebel. Schrecklich und schön strich es dicht hinter den Felsen vorbei.

Nina Blazon

Die Rückkehr der Zehnten

UEBERREUTER

Für Tim in Liebe,
für die drei Piranesen in Freundschaft –
und von Herzen für Lili, das mediterrane Mädchen!

ISBN 3-8000-5131-1

Umschlagillustration von Peter Gric
Umschlaggestaltung von Werkstatt · München / Weiss · Zembsch

Druck: Ueberreuter Print
1 3 5 7 6 4 2

Ueberreuter im Internet: www.ueberreuter.at
Nina Blazon im Internet: www.ninablazon.de

Das Medaillon

Levin würde sterben. Schon zum dritten Mal sauste das Schwert des Schattenfressers auf ihn herab und traf ihn mit voller Wucht an der Schulter. Einen Moment gelang es ihm noch, sich auf den Beinen zu halten, dann siegten Schmerz und Erschöpfung. Mit schmerzverzerrtem Gesicht ging der Hohepriester in die Knie. Die Schattengestalten heulten triumphierend auf und bildeten um ihn herum einen magischen Kreis. Ihre schwarzen Kutten flatterten im Frühlingswind. »Gronjan gooor!«, riefen sie.

Ihre dumpfe Beschwörung wurde immer lauter, während sie qualvoll langsam ihre Schwerter zum Todesstoß hoben. Die Nachmittagssonne, die auf die Lichtung im Wald fiel, ließ die Edelsteine, mit denen die Klingen verziert waren, aufblitzen.

Levin keuchte. Wirr hingen ihm die hellen, halblangen Haare ins Gesicht, sein Mantel war nass und schmutzig vom Schlamm auf dem Waldboden. Kurz bevor die Gestalten mit den maskenhaften schwarzen Fratzen zustoßen konnten, sprang er mit übermenschlicher Kraft auf die Beine und riss seinen Priesterstab hoch. »Karjan seeem!«, brüllte er mit der Kraft der Verzweiflung. »Bog Swantewiiit!«

Schon hatte er zwei der Gestalten zurückgedrängt und mit dem Zauber seines Priesterstabs in die Knie gezwungen. Der dritte Schattenkrieger versuchte zu fliehen und stolperte über seinen langen schwarzen Mantel. Als er sich wieder aufrappelte, war seine Fratze verrutscht. Hellbraunes Haar quoll unter der Kapuze hervor und ein Teil einer geröteten Wange wurde sichtbar. Das Bild wackelte. Hastig rückte der Krieger die Maske mit der linken Hand wieder zurecht und versuchte mit der rechten Levins Stockhiebe zu parieren.

Verstohlen betrachtete Lis ihren Zwillingsbruder und ihre Cousins, die im kleinen Wohnzimmer vor dem Fernseher saßen.

»Die Stelle ist blöd, da ist Frank gestolpert, aber wenn ihr hinschaut, seht ihr hinten im Bild die Heilerin Anea«, sagte Levin, stand auf und deutete auf ein großes Mädchen in einem hellgrauen Umhang und mit langen Haaren, das neben einer Birke stand. Dann verwackelte das Bild endgültig. Teile eines davonhuschenden Waldbodens kamen ins Bild, bis das Band plötzlich abrupt stoppte. Der Videorecorder summte, als Levin den Film zurückspulte. »Eigentlich heißt sie Silke und kommt aus Rosenheim. Mit ihr bilde ich seit dem letzten Con eine Zaubergemeinschaft.«

Bojan und Sascha runzelten die Stirnen. Aus ihren Gesichtern sprach keine Neugier, allenfalls milde Verwunderung über Levin und seine Rollenspiel-Welt. Jedes Mal, wenn Lis und Levin hier bei ihren slowenischen Verwandten zu Besuch waren, kam es Lis so vor, als würden sie in eine völlig andere Welt eintreten, in der ganz andere Dinge üblich und wichtig waren. Sie bemerkte, wie Bojan spöttisch lächelte, als er die Fernbedienung nahm und wieder auf das Fernsehprogramm umschaltete. Ein amerikanischer Film mit slowenischen Untertiteln erschien. »Toll«, sagte Bojan. »Und zu diesen ›Live-Rollenspielen‹ fährst du dann jeden Monat und lässt dich in den Matsch schubsen.«

Lis biss sich auf die Lippe. Sie mochte Bojan nicht. Seit er achtzehn geworden war, gab er sich zynisch und abgeklärt, rauchte betont lässig und kam sich überhaupt sehr erwachsen vor. Dabei war er nur zwei Jahre älter als sie und Levin, aber wenn man nach seinem Verhalten ging, waren sie für ihn nur Kinder, während er den coolen Erwachsenen mimte. In diesem Frühjahr hatte er seine Lehre bei einem Automechaniker begonnen und eine Gruppe älterer Freunde gefunden, mit denen er Motorrad fuhr und nachts durch die Straßen zog. Ihren jüngeren Cousin Sascha mochte Lis seit jeher viel lieber. Er war gerade erst zehn geworden und hatte etwas Verträumtes und Ernsthaftes, das Lis gefiel. Sie konnte sich nicht vorstellen, dass er jemals so rüpelhaft und großmäulig werden würde wie sein Bruder.

Levin schien nicht zu bemerken, dass Bojan sich über ihn lustig machte. »Das ist nicht nur In-den-Matsch-Schubsen«, erklärte er geduldig. »Jeder von uns hat einen richtigen Rollenspiel-Charakter, den er erfunden und ausgearbeitet hat. Du denkst dir einen Namen und eine Lebensgeschichte aus und kümmerst dich um ein passendes Kostüm. Wenn wir uns in der Con-Gruppe treffen, ist es wie ein Film – es gibt Spielleiter, die eine Art Drehbuch schreiben und alles organisieren. Wenn wir zum Beispiel Kulissen brauchen, wird der Aufbau in den Spielverlauf einbezogen. Wer keinen festen Charakter hat, den er immer wieder verkörpert, kann sich von den Spielleitern auch als Statist einsetzen lassen. Als Wächter zum Beispiel oder als Schattenfresser. Meistens spielen wir das ganze Wochenende durch und zelten wie im Mittelalter. Es gibt die Guten, die Bösen, wir führen Kriege und feiern Feste. Natürlich kann ein Charakter bei so einem Spiel auch sterben, dann muss man einen neuen aufbauen.«

»Und dein Charakter ist ein Priester?«, fragte Sascha.

»Ja, erzähl uns mal von deinem tollen Charakter«, sagte Bojan und lehnte sich zurück. Lis wusste, dass er das nur sagte, um Levin eins auswischen zu können. Ein spöttisches Grinsen zuckte bereits um seine Mundwinkel.

Levin nickte ernsthaft, stellte sich sehr aufrecht hin und schwenkte einen imaginären Mantel in einer angedeuteten Verbeugung. Seine Stimme bekam einen gespielt würdevollen Unterton. Wie so oft in letzter Zeit musste Lis gegen das Gefühl ankämpfen, dass sie sich für ihren Zwillingsbruder beinahe schämte. Am liebsten hätte sie ihn in solchen Momenten angefahren, endlich damit aufzuhören, Leuten wie Bojan ins offene Messer zu laufen.

»Ich bin Karjan, der Hohepriester des Gottes Swantewit des Viergesichtigen«, sprach Levin. »Mein Orakel entscheidet über Sieg oder Niederlage.«

»Ein Viergesichtiger!«, spottete Bojan. »Was Blöderes fällt dir wohl nicht ein.«

»Den Viergesichtigen gab es wirklich!«, zischte Lis. Das Blut pochte in ihren Wangen, wieder einmal stellte sie fest, dass sie ihren Bruder unwillkürlich verteidigte.

»Wirklich?« Saschas Augen waren groß geworden.

Levin hat es also doch wieder geschafft, dachte Lis. So lächerlich diese Masche ist, es gelingt ihm immer wieder, die Leute zu faszinieren.

»Es gab einen slawischen Volksstamm bei der Insel Rügen an der Ostsee, der betete diesen Gott an«, sagte Levin zu Sascha. »Alle Bewohner zahlten eine Art Steuer an den Gott Swantewit. Der Hohepriester verwaltete diesen Schatz und rief vor jedem Kampf Swantewit um seinen Schicksalsspruch an. Dafür hatte er ein magisches weißes Pferd, das er über eine Lanze führte, die auf dem Boden lag.«

»Aber das kann ein Klotz wie du natürlich nicht wissen«, ergänzte Lis in Bojans Richtung. Sie hielt zwar nichts von Levins Geschichten, aber diese Gelegenheit, Bojan eins auf den Deckel zu geben, wollte sie sich nicht entgehen lassen.

Bojan lachte ungerührt, schnappte sich seine Zigarettenpackung und stand auf. »Na klar, Kleine. Jetzt fängst du auch noch an zu spinnen, was?«, sagte er und ging hinaus.

Levin zuckte die Schultern und packte sein Video ein. Lis sah ihm an, dass er trotz seiner zur Schau gestellten Überlegenheit wütend war.

»Was ist mit dem slawischen Volksstamm passiert?«, fragte Sascha.

»Im zwölften Jahrhundert haben dänische Truppen die Stadt zerstört und die Bewohner zwangsgetauft. Christianisierung, Germanisierung, Ende von Swantewit, Ende der Geschichte«, sagte Levin im Gehen und knallte die Wohnzimmertür hinter sich zu.

Lis wusste, dass er sich in das winzige Dachzimmer

zurückziehen würde, das Onkel Miran normalerweise an Touristen vermietete, die nach Piran kamen, um durch die Altstadtgässchen zu spazieren und den Hauch der Vergangenheit zu atmen. In diesem Jahr erschien Lis das Zimmerchen besonders eng. Levin schien es nicht zu stören, solange er seinen Computer mit Netzanschluss hatte, um mit seinen Con-Freunden mailen zu können.

»Warum ist er denn so sauer?«, fragte Sascha. »Seit er hier ist, redet er nur von seinen Rollenspielen und ist sofort beleidigt.«

»Na ja, er versäumt sein wichtigstes Con-Wochenende. Er hatte schon alles dafür vorbereitet.«

»Musstet ihr mit eurer Mutter herfahren, weil eure Eltern sich scheiden lassen?«

Lis zuckte zusammen. »Wie kommst du denn darauf? Hat dir Bojan so einen Quatsch erzählt?«

»Nein, Mama hat es gesagt: Vlasta kommt mit den Kindern alleine her. Wahrscheinlich lassen sich Peter und sie jetzt doch scheiden.«

»Sascha, das ist Unsinn!« Lis' Stimme klang lauter und schärfer, als sie beabsichtigt hatte.

»Papa muss arbeiten und wir sind eben mit Mama zu euch gefahren. Das ist schließlich nicht das erste Mal, dass wir ohne Papa herkommen, oder?«

»Tante Vlasta hat gestern geweint«, sagte Sascha.

Lis gab es einen Stich. Sie räusperte, sich um zu verbergen, dass ihr ein Knoten im Hals saß, und zwang sich ganz sachlich fortzufahren. »Vielleicht haben sie sich gestritten. Als ob deine Eltern sich nie streiten!«

Sascha schwieg und schaute im Fernsehen zwei Autos

zu, die in eine gläserne Ladenfront krachten und in einem Feuerball explodierten.

Lis schluckte und schmiegte sich noch enger in den altvertrauten braunen Sessel mit dem kratzigen Überzug. Als Kind hatte sie es geliebt, ihre Verwandten zu besuchen und hier im Sessel zu sitzen. Er war immer dem Fenster zugewandt, das zum Meer hin lag. Normalerweise saß Sascha darin, wenn er seine Kinderbücher las, oder Tante Vida mit der Brille auf der Nase und einem Ordner auf den Knien, wenn sie die Gewinne und Verluste durchrechnete, die das Geschäft mit den Touristen ihnen einbrachte. In diesem Sessel hätte Lis tagelang sitzen und nur auf den blauen Wasserspiegel der Bucht schauen können. An klaren Tagen sah man gegenüber das italienische Festland, auf dem nachts die Lichtpunkte der Stadt Grado leuchteten, und an ganz klaren Tagen erkannte man weit entfernt die gefältelte, strahlend weiße Alpenkette, die wie eine blitzsaubere, gestärkte Serviette auf dem Land lag. Lis erinnerte sich an pastellfarbene Sommertage in der Küstenstadt, an windige Wintertage, wenn das Meer dunkelgrau und aufgepeitscht war und die Burja, der Fallwind aus dem Osten, wehte, während sie im Warmen saßen.

Jetzt begann draußen gerade der Sommer, die Luft war rein, das Meer noch etwas kalt, alles roch nach warmem Stein und frischer Salzluft. Die Farben waren klar und stechend und noch nicht in die Diesigkeit des Spätsommers übergegangen.

Lis hätte sich auf zwei schöne Urlaubswochen freuen sollen, doch diesmal war ihr Herz schwer. Sie lassen sich nicht scheiden, beruhigte sie sich. Und doch – wenn sie ihren Vater vor sich sah, der Bücher und Musik für Zeitverschwendung hielt und dessen Ruhe rasch in einen cholerischen Anfall umschlagen konnte, und neben ihm ihre temperamentvolle Mutter, die gern lachte und schnell weinte, dann erkannte sie glasklar, warum die beiden immer wieder stritten und einander verletzten. Was solls, dachte Lis schnell, bevor diese Gedanken noch klarere Formen annehmen konnten. Sie verstehen sich nicht immer gut, aber sie werden sich nicht scheiden lassen, oder doch?

Ihre Mutter war erschreckend blass gewesen, als sie ihr und Levin sagte, dass sie für zwei Wochen zu Onkel Miran nach Slowenien fahren würden. Ihre zusammengepressten Lippen hatten gezeigt, dass sie keinen Widerspruch dulden würde. »In vier Tagen ist mein Con!«, hatte Levin aufbegehrt. »Ich habe schon die Fahrkarte gekauft und bin fest eingeplant!« Zum ersten Mal hatte Lis erlebt, wie ihre Mutter ihren Bruder anschrie, sie habe diesen ganzen Con-Kram, diese Traumtänzerei, endgültig satt. Levin hatte während der ganzen Fahrt über die Alpen kaum ein Wort gesprochen.

»Lizika?«

Lis schrak zusammen und sah zur Tür. Immer noch konnte sie sich nicht daran gewöhnen, bei ihrem slowenischen Kosenamen gerufen zu werden. Tante Vida lächelte ihr zu. »Wir haben Kaffee gemacht. Willst du eine Tasse?«

Lis schüttelte den Kopf und stand auf. »Nein danke, ich muss noch meine Sachen auspacken. Und dann wollen Levin und ich gleich noch an den Strand.«

»Wie du willst.« Tante Vida lächelte ihr liebevoll zu

und ging wieder in die Küche, wo sie, wie Lis wusste, schon den ganzen Vormittag über mit ihrer Mutter saß. Als sie an der Küchentür vorbeiging, erhaschte sie einen Blick auf ihre Mutter, die gedankenverloren aus dem Küchenfenster auf die Gässchen hinunterschaute. Sie umklammerte ihre Kaffeetasse so fest, dass die Knöchel ihrer Finger weiß hervortraten.

»Ihr wollt schwimmen gehen? Das Meer ist noch ziemlich kalt!« Missbilligend musterte Onkel Miran die Taucherbrille und die Flossen, die Levin in der Hand trug.

»Die Leute baden aber schon hinter der Kirche«, antwortete Levin.

»Trotzdem, die Burja weht sehr kräftig. Und in dieser Jahreszeit muss man aufpassen, weil es noch starke Strömungen gibt. Kennst du die Kalans, die im roten Haus am Ende der Straße wohnen? Ihr Sohn ist vor zwei Jahren zu weit rausgeschwommen und ertrunken.« Onkel Mirans Gesicht wurde etwas weicher. »Also schwimmt nicht zu weit vom Strand weg, ja?«

»Klar«, sagte Levin leichthin und ging voraus ohne sich umzusehen.

»Versprochen«, sagte Lis und rückte ihr dunkelblaues Halstuch zurecht, das sie am liebsten trug. Ihr Onkel lächelte kurz und strich ihr flüchtig übers Haar. Dann beeilte sie sich, Levin zu folgen, der mit schnellen Schritten durch die schmalen Altstadtgässchen ging. Sie überquerten den Platz des Ersten Mai, auf dem Steinstatuen in römischen Gewändern ihre vom Alter zerstörten Gesichter den Häuserfassaden zuwandten und die alte Zisterne bewachten. Wie immer, wenn Lis in die Stadt kam, schaute sie sich nach dem hohen Steinsockel um, auf dem in Höhe der ersten Stockwerke ein kleiner Steinjunge thronte. Locker auf das linke Bein gestützt stand er da und sah auf seine großen Schwestern, die Statuen, herunter. Auf seiner linken Schulter trug er einen Delfin mit weit aufgerissenem Maul, der mindestens ebenso groß war wie er. Lis lächelte unwillkürlich und war zufrieden. Normalerweise mochte sie alte Häuser nicht besonders. Durch Venedig zu spazieren war ihr unheimlich vorgekommen, da alles Vergangene ein seltsames Unbehagen in ihr wachrief. Bei diesem Platz und dem Steinkind war das zum Glück anders. Erst wenn sie den Delfinjungen gesehen hatte, fühlte sie, dass sie hier angekommen war.

Bald darauf gelangten sie durch einige Torbögen und Seitengässchen zum Meer an den Teil des Strandes, der als »Punta« bezeichnet wurde. Touristen in Bermuda-Shorts strömten an ihnen vorbei. An der Punta saßen die Leute vor ihren Eiskaffees und wärmten sich wie Eidechsen in der Frühsommersonne.

Lis blinzelte in der gleißenden Helligkeit und sog den vertrauten Geruch nach altem, meerdurchtränktem Stein und gebratenem Fisch ein, der ihr aus den Restaurants entgegenwehte. Die Strandpromenade war von einem Wall kantiger weißer Felsen gesäumt, die die Wellen davon abhalten sollten, die Stadt zu überschwemmen. Dennoch stand im Winter oft das Meerwasser in den Kellern, der Putz war ausgebleicht und die venezianisch anmutenden, schmalen Häuschen, die wie eine pastellbunte Schmuckgirlande die Landzunge zierten, trotzten den salzigen Fausthieben des Meeres. Hoch über dem Städtchen thronte der Campanile der St.-Georgs-Kirche. Auf der Kirchturmspitze stand die Statue eines Engels, die bei einem Jahrhundertgewitter vor einigen Jahrzehnten vom Blitz getroffen worden war und die seither nur noch einen Arm hatte.

Jedes Mal, wenn Lis durch das Städtchen ging, erschien es ihr, als sei die Zeit stehen geblieben. Die alten Marktfrauen sprachen italienisch und slowenisch, und auf leisen Sohlen schlich der Wind der Vergangenheit durch die Gassen. Von Jahr zu Jahr waren die Fassaden etwas blasser, die Marktfrauen etwas älter, die Touristen kamen in immer größeren Scharen. Man hörte immer mehr verschiedene Sprachen in den Straßen. Handys klingelten mit Dutzenden von Tönen und Melodien und konkurrierten abends mit den Schwalbenschreien, die sich in den schmalen Gassen brachen. Dennoch schien sich am Kern der Stadt nichts zu verändern. Es war, als würden hier andere Gesetze der Zeit gelten.

Lis seufzte und sah sich nach ihrem Bruder um, der stehen geblieben war, um in seiner Badetasche zu kramen. Was er dachte, konnte Lis nicht erraten, er hatte sich eine schwarze *Matrix*-Sonnenbrille auf die Nase gesetzt und holte nun schweigend zu Lis auf. Zwei langbeinige, italienische Mädchen verlangsamten unauffällig ihre Schritte und sahen ihn so an, wie alle Mädchen Levin anschauten. An diesen Blick war Lis gewöhnt. Sie wusste sehr gut, welche Wirkung ihr großer, durchtrainierter Bruder auf Mädchen hatte. Und wenn sie versuchte, ihn mit den Augen dieser Mädchen zu sehen, konnte sie es sogar nachvollziehen. Sein Gesicht war markant, er hatte schön geschwungene Lippen und einen aufrechten Gang, der die Menschen denken ließ, einen sehr erwachsenen jungen Mann vor sich zu haben. Auf fremde Leute wirkte Levin nicht wie sechzehn, sondern mindestens wie zwanzig.

Lis hatte nur entschieden etwas gegen den zweiten Blick, der unvermeidlich an ihr hängen blieb. Levin und sie waren Zwillinge, dennoch sahen sie sich ungefähr so ähnlich wie eine Rose einem Kohlkopf. Und wenn die Mädchen sie musterten, fühlte sich Lis mit ihren hellbraunen Haaren und ihrem Durchschnittsgesicht neben ihrem großen blonden Bruder ganz klar wie der unscheinbare Kohlkopf. Beim Blick der Mädchen glaubte sie auch deren Gedanken zu hören: Ist *das* etwa seine Freundin?

Langsam umrundeten sie die Halbinsel, auf der Piran lag, gingen am Leuchtturm mit der maurischen Zackenkrone vorbei und kamen schließlich am Fuße des Kirchbergs an. Über ihnen ragte die Befestigungsmauer des Kirchbergs mit ihren steinernen Pfeilern in den Himmel. Vor sich hatten sie einen schmalen Streifen felsigen Strandes. Links erstreckte sich das Meer. So klar war das Wetter, dass sie gegenüber das italienische Festland sehen konnten.

Levin warf seine Sachen neben einen Felsen und breitete das Handtuch auf dem steinigen Untergrund aus. Als er die Sonnenbrille herunternahm, sah Lis, dass seine Augen vom Computerspielen rot und übermüdet waren. Er lächelte schief und deutete auf die Stelle, wo die Stadt Grado als heller Fleck am Horizont leuchtete.

»Heute könnten wir ja versuchen rüberzuschwimmen«, sagte er.

Lis lachte und schüttelte den Kopf. »Nie im Leben. Onkel Miran sagt, es sind rund zwanzig Kilometer. Das sieht nur so nah aus. Und Bojan hat mir mal was von einem riesigen Fuchshai erzählt, der vor ein paar Jahren aus dem Wasser gezogen wurde.«

»Irgendwann probiere ich es trotzdem«, meinte Levin und zog sich die Taucherflossen an. »Außerdem sind Haie scheu, das weiß inzwischen doch wohl wirklich jeder. Dass sie Menschen angreifen, ist ein Märchen. Neulich habe ich gelesen, dass Barracudas viel gefährlicher sind, weil sie ihr Revier verteidigen. Und sogar Delfine haben schon Menschen gebissen.«

Lis ertappte sich dabei, dass sie ihm gar nicht richtig zuhörte. Nachdenklich sah sie zu, wie er sich die zweite Flosse überstreifte und das Gummiband seiner Taucherbrille entwirrte.

»Levin?«

»Hm?«

»Bist du immer noch auf Mama sauer, weil du deinen Con verpasst?«

Sein Lächeln verschwand. »Ach lass mich doch mit Mama in Ruhe.«

»Sascha hat gehört, dass sie sich scheiden lassen wollen.«

Levin sah sie überrascht und beunruhigt an. Mit einem Schlag war seine hektische Fröhlichkeit wie weggeweht. »Hat Mama das gesagt?«

Lis schüttelte heftig den Kopf. »Tante Vida.«

»Und das glaubst du? So ein Unsinn! Die streiten sich doch schon immer. Papa ist stur und Mama ist zickig. Lass dir doch nichts einreden.«

Lis lehnte sich zurück und schloss die Augen. Erleichterung durchströmte sie. Sie wusste, Levin war ein Traumtänzer, Probleme, die er nicht sehen wollte, existierten für ihn einfach nicht und er lebte in seiner eigenen Welt, trotzdem fühlte sie sich in Momenten wie diesen bei ihm sicher. Vielleicht war das Selbstbewusstsein, das er zur Schau trug, nur gespielt, trotzdem tröstete es sie. Sie vergaß Mamas trauriges Gesicht, stand auf und watete mit einem wohligen Frösteln ins Meer.

Sie verbrachten den ganzen Nachmittag am Strand. Im Wasser hielten sie es allerdings nicht lange aus. Onkel Miran hatte Recht gehabt, das Meer war kalt. Mit bläulichen Lippen kamen sie immer wieder an den Strand, wo der Wind sie noch mehr frieren ließ, bis die Sonne endlich das Wasser auf der Haut trocknete und nur Salz zurückließ. Lis genoss den Salzgeschmack auf den Lippen und fühlte, wie die Wärme auf ihren Wangen zu brennen begann. Abwechselnd tauchten sie mit der Tauchermaske und ließen sich in die rauschende Unendlichkeit sinken. Levin holte zwei Hand voll Seeigel an die Oberfläche und ertauchte eine große, ovale Muschel, ein Meerohr, dessen Perlmuttschicht in der Sonne türkis glänzte. Als die Wolken aufzogen und der Wind stärker wurde, begannen die Strandbesucher ihre Sachen zusammenzupacken. Zwei Kinderhandtücher verfingen sich im Wind und verwandelten sich in lebendige lappenartige Wassertiere, die sich mit ruckartigen Sprüngen in Richtung Meer kämpften. Nur wenige Leute blieben am Strand und schauten noch eine Weile den Wellen zu, die sich immer stärker im Wind kräuselten.

»Lass uns gehen«, sagte Lis, als Levin mit der Taucherbrille prustend neben ihr auftauchte. Soeben packte der letzte Strandbesucher sein Handtuch ein und gab ihnen mit einem Pfiff und einem Wink zu verstehen, dass sie lieber rauskommen sollten.

»Einmal noch!«, sagte Levin atemlos, holte tief Luft und tauchte wieder ab. Viel zu lange blieb er unten. Der Wind raute die Wasseroberfläche auf.

»Lis!«

Erschrocken fuhr sie herum und schluckte Wasser, als ihr eine Welle ins Gesicht schwappte und ihr Halstuch mit sich nahm, das wie eine Qualle unter der Wasseroberfläche davontrieb. »Levin, verdammt«, rief sie und hustete. »Das ist nicht witzig!«

Seine Maske war beschlagen. Mit einer hektischen Bewegung riss er sie sich vom Gesicht und spülte sie aus. Der Maskenrand hatte um seine Augen herum einen Abdruck hinterlassen. Erste Regentropfen schlugen auf dem Wasser auf. Mit Erschrecken sah Lis, dass der Strand nun endgültig leer war.

»Levin, lass uns gehen. Wenn jetzt ein Gewitter losgeht!«

»Da unten ist was, Lis!«

»Aber ...«

Doch Levin war schon wieder abgetaucht. Lis holte Luft und ließ sich in das Wasser sinken. Nachdem der Wind ihr Gesicht gekühlt hatte, erschien es ihr beinahe warm. Unter Wasser öffnete sie die Augen und zwinkerte so lange, bis das Brennen nachließ. Dann sah sie nach unten. Schemenhaft wie ein Schatten tauchte Levin in die Tiefe ab. Tief, viel zu tief hinunter. Er schien sich an einen Felsen zu krallen, als würde ihn eine Strömung mitreißen. Armlänge für Armlänge zog er sich weiter zu einem Felsspalt hin. Unwillkürlich musste Lis an die Geschichten von Muränen denken, die in solchen Höhlen lebten und sich, wenn sie sich bedroht fühlten, in die Hand eines Tauchers verbissen und nicht mehr losließen. Hoffentlich kam Levin nicht auf die Idee, in die Wohnstatt einer Muräne zu fassen! Jetzt streckte er die Hand aus und griff nach einem Gegenstand, der am Rande des klaffenden Spaltes lag. Die Luft wurde knapp, das Blut dröhnte in Lis' Ohren. Wellen hoben sie und senkten sie wieder dem Grund entgegen, bis ihr die Luft ausging. Keuchend und mit brennenden Lungen tauchte sie auf. Kalter Wind schlug ihr ins Gesicht, eine Bö trieb die Wellen vor sich her. Mit heißem Erschrecken spürte sie, wie schwer es war, gegen die Strömung anzuschwimmen. »Levin!«, schrie sie, als er ein ganzes Stück weiter draußen endlich auftauchte.

»Ich ... hab's!«, japste er.

»Raus hier!«, schrie Lis und schwamm, so schnell sie konnte. Mit wenigen Schwimmzügen hatte er sie eingeholt. Gemeinsam erreichten sie den Strand in dem Moment, als ein Platzregen einsetzte.

»Los, zur Mauer!«, rief Levin und lachte. Sie schnappten sich ihre Sachen und zogen sich zur Befestigungsmauer zurück, wo sie einen regengeschützten Vorsprung fanden und sich in ihre Handtücher einwickelten.

Lis zitterte im kalten Wind. Sie betrachtete das aufgewühlte Meer und musste unwillkürlich an den Nachbarjungen denken, der ertrunken war, vielleicht an einem

Tag wie heute. Wie schrecklich musste es sein, ganz alleine im Meer zu treiben, das Entsetzen zu spüren, wenn man weiter und weiter hinausgezogen wurde. Unwillkürlich sah sie Herrn und Frau Kalan vor sich. Sie kannte die Nachbarn vom Sehen – er war dick und von der Sonne gebräunt, sie eine blasse, immer noch hübsche Frau mit schwarzem Haar und einem gefassten Gesicht. Nie hätte Lis gedacht, dass sie einen Sohn verloren hatten.

»He, krieg dich wieder ein!«, sagte Levin, der bemerkt hatte, wie sie auf das Meer gestarrt hatte. »Willst du nicht sehen, was ich gefunden habe?«

Er streckte ihr seine Hand hin. Zusammengeringelt lag darin eine schwarz angelaufene, gerissene Kette, an der ein ovaler Gegenstand hing.

»Sieht aus wie ein Medaillon«, sagte Lis und nahm die Kette und den Anhänger behutsam in die Hand. Er war schwer, sehr schwer sogar.

»Ja, und so wie es aussieht, liegt die Kette schon eine ganze Weile da unten. Vielleicht hat eine Touristin sie verloren«.

Lis fuhr mit den Fingerspitzen über die ovale Hülse. Ihre Finger kribbelten ein wenig. Unwillkürlich musste sie lächeln und das Kribbeln hüpfte in ihren Bauch und wurde zu einer Wärme, die sie den Sturmwind vergessen ließ. Das Medaillon hatte die Form einer silbernen Muschel, deren Klappen fest aufeinander gepresst waren. Der Rand war verkrustet.

»Wenn es eine Touristin war, dann muss sie die Kette vor sehr langer Zeit verloren haben«, sagte Lis. »Schau, die Kettenglieder sind mit der Hand gemacht worden.

Sie sind unterschiedlich groß und an einigen Stellen unregelmäßig geformt.«

»Zeig mal!« Levins Augen leuchteten. »Dann ist die Kette ja vielleicht richtig alt! Vielleicht sogar antik?« Er nestelte mit seinen großen Händen am Medaillon.

»Pass doch auf!«, fuhr ihn Lis an. Verwundert über sich selbst stellte sie fest, dass ein leiser Hauch der Eifersucht sie überkam, als sie das Medaillon in Levins Hand sah. »Wenn es so alt ist, machst du es nur kaputt. Gib es mir.« Vorsichtig nahm sie die Silbermuschel und erfühlte eine schmale Rille. So behutsam es ging, schob sie ihren Daumennagel in den Spalt und hebelte die beiden Hälften auseinander. Der Regen hatte aufgehört, der Himmel wurde heller. Mit einem Schnappen öffnete sich das Schmuckstück. Fast hätte Lis es vor Schreck fallen gelassen.

»Wahnsinn!«, flüsterte Levin und beugte sich tiefer über die Muschel, die nun offen in Lis' Hand lag. Auch innen war das Silber verwittert und angelaufen, dennoch hatte das Meer dort bei weitem nicht so zerstörerisch gewirkt wie an der äußeren Hülle. Gut erkennbar waren die feinen Ritzungen, die ein ernstes, fein geschnittenes Mädchengesicht darstellten, das von kurzem glattem Haar umrahmt war. Unter dem Porträt waren einige Zeichen ins Silber geprägt, die Lis nicht lesen konnte. Entfernt erinnerten sie sie an die kyrillischen Buchstaben, die sie von den serbischen Zeitungen kannte, die am Marktplatz verkauft wurden, aber diese Zeichen hier waren sehr viel filigraner und verschnörkelter.

»Das ist garantiert antik«, stellte Levin fest.

Lis nickte und klappte das Medaillon so behutsam

wieder zu, als würde sie ein Vogeljunges ins Nest zurücklegen. »Wir müssen es abgeben«, flüsterte sie und schluckte. Der Gedanke an den Verlust dieses Schatzes ließ ein ängstliches Flattern in ihrem Bauch aufschrecken, obwohl sie die Kette immer noch in ihrer Hand spürte.

»Spinnst du? Dann verschwindet es sofort in einem Museumsarchiv.«

»Wir können es doch nicht einfach behalten, Levin. Das ist ein Kunstschatz, der hier nach Piran gehört.«

»Ich habe ja nicht gesagt, dass wir es mit nach München nehmen sollen. Wir können es ja abgeben, aber erst wenn wir herausgefunden haben, was die Inschrift bedeutet.«

Mit gemischten Gefühlen sah Lis auf das Medaillon, das geschlossen wieder unscheinbar und schwarz aussah. Ihr war ein wenig schwindlig, es fühlte sich an, als würde das wasserkalte Silber von alleine wärmer als ihre Hand werden, die vom Wind klamm und kühl war.

»Wir bringen es zum Museum, Fräulein Oberkorrekt, keine Sorge«, sagte Levin missmutig und schnappte ihr den Anhänger aus der Hand. Bevor sie protestieren konnte, war er bereits aufgesprungen, hatte die Tasche genommen und ging mit großen Schritten in Richtung Leuchtturm. Die Sonne kam hinter den Wolken hervor und tauchte den Strand in gleißendes Licht.

»Kein Wunder, dass du niesen musst!« Lis stand mit Föhn und Handtuch vor dem Garderobenspiegel im Flur, als ihre Mutter hinter sie trat und ihr das Handtuch aus der Hand nahm. »Warum geht ihr auch schwimmen, wenn es so windig ist.«

Lis lächelte und betrachtete das schmale Gesicht ihrer Mutter im Spiegel. Das helle Haar war seit neuestem wieder sehr kurz geschnitten und lockig, sie war ungeschminkt und wirkte müde, was sie beinahe mädchenhaft aussehen ließ. Die ernsten grauen Augen hatte Lis von ihr, während Levin mit seiner langen schmalen Nase und dem geschwungenen Mund mehr ihrem Vater glich. Für einen Moment stellte Lis sich ihre Mutter als junges Mädchen vor, wie sie hier in ihrem Elternhaus in der Straße Grajska Ulica lebte. Von Onkel Miran hatte sie unzählige Kindheitsgeschichten gehört, aber die Zeit, als ihre Mutter so alt war wie sie, Lis, jetzt, diese Zeit lag in diffusem Dunkel. Was sie sich zusammenreimte, war mehr als dürftig.

Zwanzig Jahre war ihre Mutter alt gewesen, als sie bei einer Reise nach Deutschland Lis' Vater kennen lernte und zu ihm nach München zog. Nur wenige Jahre älter als Lis und Levin heute.

Ihre Mutter strich ihr eine lange, hellbraune Haarsträhne hinter das Ohr. »Du bist richtig hübsch geworden«, sagte sie. »Man sieht gar nicht, wie hübsch du bist, wenn du dir immer die Haare ins Gesicht kämmst.«

Lis schwieg, doch als ihre Mutter ihr die Haare aus dem Gesicht strich und sie zu einem Zopf zusammennehmen wollte, schüttelte sie unwillig den Kopf. Der Spiegel gab den Blick auf ihren Hals frei, wo auf der linken Seite ein Feuermal prangte. Dunkelrot ergoss es sich von ihrem Hals bis fast zum Kieferknochen hinauf.

»Lass das!«, sagte sie grob und kämmte sich die Haare so hin, dass sie ihr wieder über die Schultern fielen und das Feuermal verdeckten. Das Mal war der einzige Grund, warum sie ihre Haare seit jeher lang trug, obwohl die Mädchen in ihrer Klasse gerade allesamt fedrig geschnittene Kurzhaar-Frisuren zur Schau trugen. Außerdem besaß sie eine ansehnliche Sammlung von Rollkragenpullovern und Tüchern.

»Aber Lizika«, sagte ihre Mutter. »Das Feuermal ist gar nicht so schlimm, wie du denkst. Es erscheint dir selbst viel größer und dunkler, als es in Wirklichkeit ist.«

»Ach ja? Du kannst leicht reden, du wirst ja nicht in der Klasse blöd angemacht deswegen.«

Mutters Lächeln verschwand. »Du hast ja Recht«, sagte sie leise in ihrer nachgiebigen Art, die Lis nicht mochte. »Aber du weißt, was wir vereinbart haben. In ein, zwei Jahren lassen wir es mit Laser entfernen. Papa hat sich erkundigt.«

Lis sah ihrer Mutter im Spiegel in die Augen. Ihr Herz klopfte. Jetzt oder nie, dachte sie. »Mama?«

»Ja?«

»Lasst ihr euch scheiden?«

Im Spiegel sah sie, wie ihre Mutter blass wurde und sich auf die Lippe biss. »Hat dir das dein Vater gesagt?«

Erschrecken krampfte sich mit kalter Hand um Lis' Hals. »Nein, Sascha hat es aufgeschnappt.«

Der Ausdruck in Mutters Augen verhärtete sich. Sie drehte Lis um, sodass sie ihr direkt ins Gesicht schauen konnte. »Hör zu, Lizika. Ich will dich nicht anlügen. Die Wahrheit ist, ich weiß es nicht. Und ich bin sicher, dein

Vater weiß es auch nicht. Er und ich ... wir verstehen uns nicht mehr so gut. Aber was auch passiert, wir bleiben immer ...«

»Also doch!« Lis spürte, wie ihr die Tränen in die Augen stiegen. »Das ist wirklich toll, dass wir es als Allerletzte erfahren. Deshalb wollte Papa nicht, dass wir die Ferien über bei ihm in München bleiben.«

»Lis, es ist noch gar nichts entschieden. Wir brauchen eine Pause und deshalb bin ich hier und er ist in München.«

Lis riss ihr das Handtuch aus der Hand und ging in das Dachzimmer, in dem Levin wieder vor seinem Laptop saß und ein Computerspiel spielte. In der Ecke des Zimmers lehnte sein Hohepriesterstab, den er normalerweise nur auf seine Cons mitnahm. Er beachtete sie nicht, als sie sich auf das Bett fallen ließ und auf den Wecker starrte, der von Sekunde zu Sekunde weitertickte.

Beim Frühstück rief ihr Vater aus München an. Lis beobachtete, wie ihre Mutter vom Tisch aufstand und dabei ihr Messer auf den Teller fallen ließ. Tante Vida und Onkel Miran zuckten bei dem lauten Klirren zusammen und warfen sich einen viel sagenden Blick zu, um daraufhin das Gespräch, das sie begonnen hatten, fortzuführen.

»Bojan fährt um zehn nach Portorož, wollt ihr mitfahren?«, fragte Onkel Miran und griff nach der Butter.

»Nein danke«, sagten Lis und Levin wie aus einem Mund. Sascha kicherte.

»Was macht er in Portorož?«, fragte Tante Vida. »Mir

hat er gestern gesagt, dass er seinen freien Tag dazu nutzen will, sein Motorrad zu reparieren.«

Onkel Miran zuckte die Schultern. »Wenn ich sage, er fährt nach Portorož, dann fährt er«, brummelte er. »Solange er noch bei mir wohnt und isst, hat er keinen freien Tag, so einfach ist das.«

Tante Vida kniff die Lippen zusammen und schwieg.

Obwohl Lis ihren Cousin nicht leiden konnte, tat er ihr manchmal Leid. »Levin und ich gehen heute mal ins Museum«, sagte sie in die Stille. Levin verschluckte sich.

Tante Vida zog die Augenbrauen hoch. »Wirklich?«

»Baden kann man heute nicht bei dem Regen und Mama hat erzählt, dass im Museum Galionsfiguren und Schiffsmodelle ausgestellt sind.«

»Ja, das stimmt, aber seit wann interessiert euch das? Vor allem dich bekommen doch keine zehn Pferde in ein Museum, Lis. Was ist auf einmal los? Hast du einen Freund?«

Typisch, dachte Lis. Wehe, jemand benimmt sich nur ein bisschen anders als sonst, schon ist die Familie in Aufruhr. Und für Tante Vida hatte jede noch so kleine Abweichung immer sofort etwas mit romantischen Verwicklungen zu tun. Nein, Lis hatte keinen Freund, ganz bestimmt nicht. Und ja, es stimmte, sie mochte Museen nicht, weil sie sich in diesen Grabstätten der Vergangenheit immer so fühlte, als würde ihr gleich ein Geist ins Genick pusten. »Levin interessiert es«, sagte sie betont sachlich und stieß ihren Bruder unter dem Tisch an.

»Genau«, stimmte ihr Levin mit einem bewundernswerten Pokerface zu.

»Schade, dass das Wetter so schlecht ist, ihr habt euch

sicher einen schöneren Urlaub vorgestellt«, bemerkte Tante Vida.

»In jeder Beziehung«, sagte Lis und ignorierte den neugierigen Blick, den ihre Tante ihr zuwarf. Sie wusste, dass sie ihr Leid tat, und es ärgerte sie. Sie hatte es satt, von allen wie ein Kind behandelt zu werden.

»Im Freilichtkino haben sie in dieser Woche ein neues Programm«, sagte Onkel Miran. »Oder vielleicht fahren wir morgen nach Postojna in die Tropfsteinhöhle.«

»Klar, gerne«, sagte Lis und stand auf.

Levin schob sich die halbe Scheibe Brot, die er eben mit Mortadella belegt hatte, komplett in den Mund und folgte ihr auf den Flur. »Wieso denn Museum?«, fragte er mit vollem Mund. »Wenn du meinst, ich gebe das Medaillon raus, dann irrst du dich!«, fuhr er dann mit leiserer Stimme fort.

»Keine Sorge, ich nehme dir deinen Schatz schon nicht weg!«, zischte Lis und zog sich eine Jacke über. »Aber mitnehmen müssen wir das Medaillon. Ich will wissen, was die Schrift bedeutet. Hast du es dabei?«

Levin grinste und klopfte auf die Brusttasche seiner Jeansjacke.

»Bis später!«, rief Lis in Richtung Küche und zog ihren Bruder ins kühle Treppenhaus.

»Ich habe Zettel und Stift mitgenommen, wir setzen uns erst in ein Café und ich male die Inschrift ab. Dann fragen wir im Museum. Vielleicht haben sie in der Museumsbibliothek ja alte Wörterbücher oder können uns wenigstens sagen, was für eine Sprache das ist.«

Nieselregen empfing sie, als sie auf die Straße traten und in Richtung Tartiniplatz gingen. Das Meer war bleigrau und aufgewühlt. Obwohl der Wind warm war, lag Gewitter in der Luft. Am Himmel standen festgefroren dicke, hellgraue Wolken, die sich in Lis' Augen in mächtige Wolkenpferde und fratzenhafte Gesichter verwandelten. Die Touristen hatten sich in die Cafés an der Strandpromenade verkrochen und schrieben Postkarten. Lis und Levin gingen am Hotel Piran vorbei und kamen zur kleinen, U-förmigen Hafenbucht. Mit hochgezogenen Schultern umrundeten sie das Hafenbecken, in dem Dutzende von weißen Fischer- und Segelbooten im Regenwind schaukelten.

Schon von weitem sahen sie das riesige, altrosa Museumsgebäude, dessen vorderer Teil wie ein griechischer Tempel aussah. Vier weiße ionische Säulen mit verschnörkelten Kapitellen erhoben sich über zwei Stockwerke und trugen die dreieckige Dachfront. Im untersten Stockwerk ragten streng symmetrisch drei steinerne Bögen empor. Wie im Märchen lauerten darin drei riesige Flügeltüren aus Holz auf Menschen, die das Tor in die Vergangenheit durchschreiten wollten, und wie im Märchen war nur eine der Türen die richtige: die mittlere, die offen stand und hinter der die Dunkelheit gähnte. Lis schauderte unwillkürlich, dann lächelte sie über sich selbst und ihre unbestimmte Angst vor allem Vergangenen.

Rasch betraten sie das Café neben dem Museum, das einen schönen Blick auf den Hafen und auf den winzigen Palmenpark neben dem Museum bot. Heute waren die verwitterten Parkbänke leer und der Springbrunnen in der Mitte plätscherte mit dem Regen um die Wette. Als Lis die Hände um eine heiße Tasse mit Kaffee schloss und den Regen beobachtete, der gegen die Scheibe schlug, fühlte sie sich plötzlich geborgen, heimelig und unternehmungslustig. Sie zog Block und Füller aus der Tasche und sah Levin erwartungsvoll an. Levin nickte, zwinkerte verschwörerisch und holte das Medaillon, das er in einem zusammengefalteten Briefumschlag verstaut hatte, aus der Jackentasche. Natürlich überreichte er es ihr mit einer gespielt feierlichen Geste, sodass die zwei alten Damen am Nebentisch die Hälse reckten.

Sobald Lis das Silber berührte, prickelte ihre Haut wie am Vortag. Wieder schien diese seltsame Wärme von dem Medaillon auszugehen. Mit einem kleinen Klick schnappte es auf und gab den Blick frei auf das ernste Mädchenporträt und die geheimnisvolle verschnörkelte Inschrift. Linie um Linie malte Lis sie ab. Sie schien nur aus einem einzigen Wort zu bestehen, vielleicht war es der Name des Mädchens, das vor vielen Jahrhunderten hier gelebt haben mochte und die Kette verloren hatte. Oder vielleicht war ihr die Kette bei einem Unglück abhanden gekommen? Womöglich war das Mädchen ertrunken. Lis zog die Brauen zusammen, dann vollendete sie die letzte geschwungene Linie und wedelte mit dem Blatt, damit die Tinte trocknete. Levin tippte auf seinem Handy herum.

»In einer Stunde fahren Silke und Gregor zum Con«, murmelte er und steckte das Handy weg. Seufzend sah er auf den grauen Hafen, wo der Regen das Meerwasser in einen Teppich aus Wasserspitzen verwandelte. Eine lange Haarsträhne fiel ihm ins Gesicht. Seitdem er die Rolle des Hohepriesters spielte, ließ er sich die Haare wachsen. Er wollte sie so lang werden lassen, dass er sie zu einem Zopf zusammenbinden konnte. Lis fand, dass ihm diese keltische Haartracht nicht stand. In seiner Klasse wurde Levin von vielen bewundert – einige allerdings hielten ihn für einen Spinner, was Lis bei aller Solidarität mit ihrem Bruder sogar verstehen konnte. Auch ihr ging Levins Con-Wahn schon seit geraumer Zeit zu weit. Sie unterdrückte den Anflug von Ärger und trank ihren Kaffee aus. Dann packte sie das Medaillon vorsichtig wieder in den Briefumschlag und reichte es ihrem Bruder – nicht ohne erneut den Stich der Eifersucht zu fühlen. Sei nicht lächerlich, sagte sie zu sich und zwang sich das Briefkuvert mit dem kostbaren Inhalt loszulassen. »Der Regen hat aufgehört«, sagte sie. »Beste Gelegenheit, rüberzugehen.«

Levin steckte das Medaillon mit einer nachlässigen Geste ein, gähnte und zückte seinen Geldbeutel. Natürlich war er in Gedanken bei den Kämpfen und Intrigen und Gelagen, die morgen ohne ihn stattfinden würden.

Direkt vor dem Museum wurde Lis nervös. Tausend Dinge fielen ihr ein, die ihr verlockender erschienen als jetzt diesen Hort der Vergangenheit zu betreten. Wie erwartet wallte ihre Abneigung gegen alte Gegenstände, alte Kleidung und alte Möbelstücke wieder auf. Zu schnell bildete sie sich ein, Schatten und Schemen zu sehen und den Hauch der Jahrhunderte zu spüren. Zu viel Fantasie – so fasste ihr Vater die Summe dieser seltsamen Wahrnehmungen, Ahnungen und Ängste zusammen.

Vor ihr ragte die zweiflügelige Tür auf. Lis atmete tief durch, senkte den Kopf und trat ein.

Sie standen in einem Vorraum, aus dem eine Marmortreppe in den ersten Stock führte. Zwei lange, schlanke Meerjungfrauen aus rotbraunem Holz hingen mit schwungvoll verschlungenen Fischschwänzen an dem großen Türbogen vor der Treppe und hielten ein Wappen fest. Levin stieß Lis an und deutete nach links. Eine kleine, lichtdurchflutete Kammer war dort, die durch ein großes Schild als Kassenraum ausgewiesen war. Postkarten glänzten in der schrägen Gewittersonne, und der Tisch, auf dem Bücher und Prospekte lagen, war aus weißem Stein. Seine wuchtige Vorderseite war einer alten römischen Inschriftenplatte nachgebildet. Römische Zeichen, die in den Stein gemeißelt waren, ließen den Tisch wie einen Altar aussehen. Lis gruselte es unwillkürlich. Die Härchen an ihren Unterarmen stellten sich auf. Ich wusste es, schoss es ihr durch den Kopf. Es geht schon los!

Der Museumswärter, der wie ein Priester hinter dem Kassentisch saß, mochte fünfzig oder hundertfünfzig Jahre alt sein. Er war hager, hatte steingraues Haar und buschige Brauen. Zwei tiefe Furchen gruben sich neben seinen Mundwinkeln in die Wangen. Er lächelte nicht, als Lis das Eintrittsgeld bezahlte. Sein düsterer, unfreundlicher Blick schüchterte sie ein. Unwillkürlich schob sie Levin vor, der zwar nicht so gut Slowenisch sprach wie sie, aber mit Leuten wie diesem grimmigen Museumsmenschen deutlich besser umgehen konnte. Levin konnte sich mit seiner gewinnenden Art überall Respekt verschaffen.

»Soll ich ihn jetzt fragen, oder was?«, zischte ihr Bruder ihr zu.

»Ich habe die Inschrift abgemalt, da kannst du ja ruhig auch mal was machen«, gab Lis ebenso scharf zurück.

Genervt riss er ihr den Zettel aus der Hand und wandte sich dem Museumswärter zu. »Hallo!«, sagte er und lächelte.

Der Mann runzelte die Stirn und nickte einen kühlen Gruß. »Wollt ihr was Bestimmtes?«

»Äh, ja«, begann Levin. »Hier habe ich eine alte Schrift, die wir nicht lesen können. Meine Schwester hat sie auf einem Schriftstück unserer Oma gefunden. Wir dachten, vielleicht kann man wenigstens erfahren ...«

»Gib her.«

Der Museumswächter streckte die Hand aus, nahm das Blatt Papier und warf einen flüchtigen Blick darauf. Dann brummelte er etwas Unverständliches und tauchte unter seinen Tisch. Lis hörte ein Geräusch, als würde er eine Schublade aufziehen, und hielt die Luft an. Plötzlich kam der graue Haarkranz wieder zum Vorschein und der Mann wuchtete einen Stapel Bücher auf den Tisch. Prospekte hoben im Luftzug ab wie ein aufgescheuchter Vogelschwarm und flatterten zu Boden.

»Geht und seht euch das Museum an, deswegen seid ihr doch hier, oder?«, meinte er.

Levin und Lis blickten sich verwundert an. »Ja«, sagte Lis. »Klar. Und Sie schauen in der Zwischenzeit, was die Inschrift bedeuten könnte?«

Die Brauen des Mannes verzogen sich wieder zu einer Gewittermiene. »Was denn sonst? Du siehst doch, dass ich die Bücher schon rausgeholt habe. Also los! Verschwindet.«

Verwirrt verließen sie den Kassenraum und blieben unschlüssig zunächst in der dämmrigen archäologischen Abteilung stehen. Die blaue Beleuchtung ließ Levins Gesicht unwirklich und hohlwangig aussehen. Für einen Moment bildete Lis sich ein, in der Zeit zu schweben.

»Was ist denn mit dem los?«, flüsterte Levin. »Und so einem hättest du das Medaillon gegeben?«

»Habe ich doch gar nicht. Immerhin versucht er die Inschrift zu entziffern. Das ist ja schon mal was, oder?«

»Na, hoffentlich bringt es was«, meinte Levin und sah sich im Raum um. Außer ihnen schien sich an diesem Regentag niemand in das Museum verirrt zu haben, einsam hallten ihre Schritte auf dem Boden. Langsam ließen sie sich von Raum zu Raum treiben, schauten sich Holzmodelle von Schiffen an und blieben lange vor einem Seepferd aus Holz stehen, das sich in den schrägen Spiegeln in den Raum hinein vervielfachte. Statt Hufen schlugen knorpelige Flossen in die Luft. Levin lachte und betrachtete das groteske Seetier, während Lis hartnäckig an Nichtigkeiten dachte, um die wispernden Stimmen ihrer Fantasie zum Schweigen zu bringen. Dennoch konnte sie sich des Gefühls nicht erwehren, dass sie aus allen Ecken und Winkeln und aus jedem gemalten Augenpaar angestarrt wurde. Eine Hand schien am Saum ihres Regenanoraks zu zupfen und Lis machte unwillkürlich einen Satz und flüchtete sich mit ein paar schnellen Schritten in einen Nebenraum, in dem Votivbilder hingen. Allesamt zeigten sie stürmische Wellen und kenternde Schiffe. Gegenüber von den Bildern war eine kleine Galionsfigur aus rotbraunem Holz angebracht. Die Meerjungfrau hing an der Wand und hielt mit anmutiger Geste die Hände an den Kopf gelegt. »Nereida«, las Lis auf dem Schildchen neben der Figur.

Ganz nahe ging Lis heran und betrachtete das Haar, das helmartig um den Kopf lag, sah die ausdrucksvollen Brauen und einen sensiblen, breiten Mund, der schon lange nicht mehr gelächelt hatte. Das Traurigste am Gesicht der Meerjungfrau aber waren ihre Augen. Starr und dunkel sahen sie an Lis vorbei ins Nichts, als träumte die Nixe vom Meer, dem man sie entrissen hatte. Die zierlichen Finger lagen an ihrem Kopf, als versuchte sie die Erinnerung festzuhalten. Lis blieb versunken in den Anblick stehen und atmete tief den Duft nach altem Holz und frischer Farbe ein, der durch den Raum zog. Regentropfen prasselten gegen das Fenster.

Eine Hand legte sich schwer auf ihre Schulter. Sie machte einen erschrockenen Satz und fuhr herum. »Levin …«, stieß sie hervor, aber schon im selben Moment sah sie, dass es gar nicht ihr Bruder war, der hinter ihr stand.

»Komm mit«, sagte der Museumswächter und drehte sich auf dem Absatz um. Levin erschien in der Tür, offensichtlich von ihrem Ruf aufgeschreckt. Sie zuckte so gleichgültig, wie sie nach dem Schreck konnte, die Schultern und bedeutete ihm, dem Wächter zu folgen. Schweigend stiegen sie die breiten Marmortreppen hinunter, bis sie wieder bei den Wappennixen angelangt waren. Mit Erstaunen bemerkte Lis, dass der Eingang des Museums, die Flügeltür aus Holz, nun verschlossen war. Der Mann kehrte nicht zum Kassentisch zurück, sondern wandte sich am Ende der Treppe nach rechts und ging an einem riesigen Schiffsanker vorbei zu einer Tür mit rundem Goldknauf. Lautlos schwang die Tür auf. Dahinter war ein schmales Büro, in dem ein schmuckloser Tisch und mehrere Stühle standen. Die Wand war voller Bücherregale, die sich unter ihrer Last bogen.

»Setzt euch«, sagte der Mann nun etwas freundlicher und deutete auf zwei Stühle. Zögernd ließen sie sich darauf nieder. Lis schluckte. Sie war froh, nicht allein hier zu sein. Was der Mann auch vorhaben mochte, sie waren immerhin zu zweit. Levin schien sich keine Gedanken zu machen.

»Ich heiße Kajetan«, sagte der Mann plötzlich und streckte ihnen eine sehnige Hand hin, die Levin ohne zu zögern ergriff.

»Levin«, sagte er. »Und das ist meine Schwester Lis.«

Der Mann nickte und zog sich ebenfalls einen Stuhl heran. »Ich möchte wissen, woher diese Inschrift stammt«, sagte er dann geradeheraus.

»Es ist ein Schriftstück von unserer Oma ...«

»Ja, diese Geschichte kenne ich bereits. Ich möchte wissen, woher sie wirklich stammt.«

Wenn Levin verdattert war, ließ er es sich nicht anmerken. Lis hoffte, der Mann würde nicht bemerken, dass sie nervös wurde.

»Wie ich schon sagte, unsere Oma hat die Inschrift aufgemalt – in einem Brief. Woher sie sie hat, weiß ich nicht«, log Levin, ohne mit der Wimper zu zucken.

Kajetan blickte ihn lange mit zusammengezogenen Augenbrauen an. Lis war sicher, dass er kein Wort von dem glaubte, was ihr Bruder sagte.

»Ist denn etwas Ungewöhnliches damit?«, fragte Levin arglos.

Kajetan verschränkte die Arme. »Allerdings«, sagte er. »Wo immer eure Großmutter gegraben haben mag, sie muss tief gegraben haben. Sehr tief.«

Eine unangenehme Pause entstand, in der sie nur das Geräusch des Regens hörten. Lis knetete ihre Finger und hoffte inständig, dass Levin etwas sagen würde. Doch Levin dachte nicht daran. Ruhig und mit fragender Miene lehnte er sich zurück und wartete. Das konnte er gut.

Schließlich begann Kajetan wieder zu sprechen. »Nun gut«, sagte er. »Vielleicht wisst ihr es ja wirklich nicht. Es ist so, dass ich anfangs dachte, es sei eine altkirchenslawische Inschrift, die man auf das neunte oder zehnte Jahrhundert datieren könnte.«

Levin stieß einen leisen Pfiff aus und griff unwillkürlich zu seiner Jackentasche. Als fühlte er sich ertappt, ließ er die Hand jedoch sofort wieder sinken.

»Einige der Zeichen stimmen tatsächlich beinahe überein«, fuhr Kajetan fort. »Aber eben nur beinahe.« Er beugte sich vor und sagte leiser. »Die Inschrift scheint älter zu sein. Ich bin kein Experte, aber nach allem, was ich weiß, ist bisher noch keine slawische Schrift entdeckt worden, die so aussieht wie diese hier.«

»Sie wissen also nicht, was die Inschrift bedeutet?«, fragte Lis.

Kajetan lächelte zum ersten Mal ein messerfeines, stolzes Lächeln. »O doch – das lässt sich, so denke ich, anhand der Ähnlichkeit einiger Buchstaben ganz gut erschließen.«

Er nahm den Zettel mit der Inschrift, zückte einen Kugelschreiber und malte in großen, steilen Buchstaben darunter:

DESETNICA

Levin runzelte die Stirn. »›Deset‹ – das hat etwas mit der Zahl Zehn zu tun.«

Kajetan beugte sich noch näher zu ihnen. Seine Augen erschienen Lis dunkel und unheimlich. »Die zehnte Tochter«, sagte er. »Die Unglücksbringerin. Hat eure Großmutter euch nie davon erzählt?«

Lis schluckte und schüttelte den Kopf. Levin warf ihr einen viel sagenden Blick zu und lächelte.

»Das Motiv der zehnten Tochter stammt noch aus heidnischer Zeit«, begann Kajetan. »Aber es hat sich bis heute auch im Christentum erhalten. Sicher kennt ihr das mittelalterliche Gebot, den ›Zehnt‹, also den zehnten Teil der Ernte, abzugeben?«

Lis und Levin nickten.

»Nun, früher war es der Brauch, den zehnten Teil von allem, was man besaß, den Göttern zu opfern. Die Ernte, das Vieh – oder das zehnte Kind. Denn es galt als Unglücksbringer für die Familie, vor allem wenn es eine Tochter war.«

»Wurde sie getötet?«, fragte Lis. Unwillkürlich dachte sie an das ernste Mädchengesicht im Medaillon und schauderte.

Kajetan hob die Hände in einer priesterlich-fragenden Geste. »Wie man es nimmt. Meistens lief es auf ihren Tod hinaus. Sie wurde ausgesetzt oder in die Welt hinausgeschickt. Oft wurden dieser ›Desetnica‹ übernatürliche Fähigkeiten zugeschrieben.« Kajetan holte Luft und sah sie wieder prüfend an.

Lis bemerkte, wie sehr die Geschichte ihren Bruder faszinierte. Seine Augen leuchteten und sein Gesicht zeigte diesen selbstvergessenen Ausdruck, den er hatte, wenn er seine Kampfvideos ansah.

»Das heißt, die Inschrift könnte sogar noch älter sein?«, fragte er.

Kajetan wiegte den Kopf. »Möglich, wie gesagt, ich bin kein Experte, aber ich weiß, dass es diese Schrift nicht gibt. Ich würde sie gerne einem Kollegen zeigen, der sich mit Sprachwissenschaft und darüber hinaus mit slowenischer Geschichte und Mythologie beschäftigt.«

»Mythologie?«, fragte Levin. »Was gibt es denn für slowenische Mythen?«

Kajetan zog die Brauen hoch. »Die schöne Vida zum Beispiel.«

»Vida heißt unsere Tante!«, sagte Lis.

Kajetan lächelte. »Ihr sprecht Slowenisch und kennt das bekannteste aller Volkslieder nicht?«

Zum ersten Mal betrachtete er Lis genauer. Vor seinem Wolfsblick fühlte sie sich unsicher, aber sie setzte sich gerade hin und versuchte so harmlos auszusehen wie Levin. Kajetan lächelte schwach und lehnte sich zurück.

»Nun, Vida war ein schönes Mädchen, das einen alten Mann geheiratet hatte und bald darauf ein Kind bekam. Tagsüber schrie Vidas Sohn, nachts hielt sie das Husten ihres alten Ehemannes wach. Eines Tages saß sie am Meeresstrand und beklagte ihr Schicksal, als plötzlich ein schwarzer Mann auftauchte. Sie entfloh ihrem unglücklichen Leben, indem sie zu ihm aufs Schiff stieg und nach Spanien segelte. Nur wurde sie dort auch nicht glücklich.«

Immer noch betrachtete er Lis, die gegen den Impuls ankämpfte, aufzuspringen und in den Regen zu laufen. Kajetan beugte sich zu ihr vor.

»In Spanien sehnte sie sich nach dem Leben, das sie verlassen hatte. Nach dem alten Mann und dem Kind. Ist das nicht typisch für die menschliche Natur?«

»Ist es das?«, erwiderte Lis. Im Bemühen, ihrer Stimme einen festen Klang zu geben, hörte sie sich an wie ein trotziges Kind.

Kajetan lächelte noch breiter. »Es gibt so viele Menschen, die mit dem Leben, das sie führen, unglücklich sind. Und das Traurige ist – sie wären wie die schöne Vida mit jedem Leben unglücklich, nicht wahr?«

Seine flüsternde Stimme ließ sie frösteln. »Nein«, sagte sie und sah ihn nun mit offener Feindseligkeit an.

Er legte den Kopf schräg und zog die Augenbrauen zusammen. »Wie du meinst«, schloss er.

»Ein schwarzer Mann hat sie mitgenommen?«, fragte Levin.

Kajetan nickte ohne Hast. »Man nimmt an, dass die Geschichte aus dem Mittelalter stammt, als sarazenische Piraten die Küste unsicher machten. Ihre Schiffe sieht man in bewölkten und stürmischen Nächten zuweilen noch in der Bucht kreuzen.«

»Piraten?«, rief Levin. Jetzt war er Feuer und Flamme.

»Geisterschiffe der Sarazenenpiraten«, sagte Kajetan

ohne eine Regung. »Ihre Schatten gleiten durch die Bucht von Strunjan. Zumindest erzählt man diese Schauergeschichte gerne den Kindern.«

»Haben Sie die Piratenschiffe gesehen?«

Lis hätte ihrem Bruder am liebsten gegen das Schienbein getreten. Wieder benahm er sich wie ein Spinner, der an Geistergeschichten glaubte.

Kajetan sah Levin lange an, dann stand er abrupt auf. »Natürlich nicht«, sagte er schroff und öffnete die Tür, die wieder zu den Wappennixen und in den Kassenraum führte. »Kommt nächste Woche vorbei, dann weiß ich vielleicht mehr über die Schrift.«

»Vielen Dank!«, sagte Levin und streckte ihm die Hand hin.

»Ja, ja«, erwiderte Kajetan, ohne Levins Hand zu ergreifen, und scheuchte die Zwillinge zum Holztor, das er mit einem großen Schlüssel aufschloss.

Nach der Zeit im Halbdunkel des Zimmers mussten sie auf der Straße die Augen zusammenkneifen. Es regnete nicht mehr, aber der Himmel war noch grauer geworden.

»Was für ein Freak«, meinte Levin. »Richtig unheimlich. Aber Klasse! Wir müssen unbedingt noch mal hin – aus den ganzen Geschichten lässt sich direkt ein neuer Charakter bauen. Falls ich als Priester mal sterbe, ziehe ich die nächste Staffel als Sarazene durch.«

Lis funkelte ihn an. »Sag mal, kannst du eigentlich an nichts anderes mehr denken als an deine blöden Rollenspiele?«

Levin war aufrichtig erstaunt. »He, was ist denn mit dir los?«

»Das Medaillon stammt nicht aus einem deiner Läden, wo es Rollenspiel-Zubehör gibt, Levin. Es ist Realität! Es hat vielleicht einem Mädchen gehört, das von seiner Familie geopfert oder verstoßen wurde. Vielleicht hat man sie sogar ertränkt. Das ist real! Und bei Tante Vida sitzt Mama und heult sich die Augen aus. Das ist Realität!«

»Jetzt reicht's aber!«, brüllte er auf Deutsch so laut, dass sich ein paar Passanten nach ihnen umdrehten. »Du redest ja schon genauso wie Mama. Ich habe vielleicht meine Welt, ja, aber das ist immer noch besser, als sich ständig zu verkriechen und sich mit wichtiger Miene Leid zu tun! Hier, mach damit, was du willst!«

Mit einem Schwung holte er das Briefkuvert aus der Innentasche und warf es Lis zu. Während sie mit einer erschrockenen Reflexbewegung das Kuvert auffing, das mit einem leisen metallischen Klirren in ihrer Hand landete, hatte sich Levin bereits umgedreht und ging mit hochgezogenen Schultern am Hafen entlang.

Lis blieb mit rasendem Herzen stehen und kämpfte gegen die Tränen. Bravo, dachte sie. Ich tue mir also selbst Leid. Trotzig wischte sie sich über das Gesicht, drehte sich um und ging in die entgegengesetzte Richtung. Sie überquerte den marmorweißen Tartiniplatz und ging am roten Palazzo vorbei, der als »Benečanka« – »Venezianerin« – bezeichnet wurde. Als sie noch ein Kind war, hatte ihre Mutter ihr die Geschichte des Hauses erzählt: Ein venezianischer Kaufmann hatte das Gebäude für seine junge Geliebte errichten lassen. Zwischen den spitz zulaufenden gotischen Fenstern befand sich die Inschrift »Lassa pur dir« – »Lass sie doch reden!«.

Heute konnte Lis nicht darüber lachen. Ob der Kaufmann zu Hause in Venedig auch Kinder gehabt hatte und eine Ehefrau, die nachts heimlich weinte? Lis blinzelte und kniff die Augen zusammen. Eine seltsame Spiegelung tanzte im rechten Fenster im ersten Stock. Wahrscheinlich waren es nur die Wolken, aber für einen Augenblick glaubte Lis deutlich ein transparentes Frauengesicht am Fenster zu sehen. Auf dem taghellen Platz stehend hatte sie plötzlich dasselbe Gefühl, das sie überfiel, wenn sie nachts alleine in den Keller ging, um eine neue Wasserflasche heraufzuholen, und mit einem Mal unsichtbare Augen im Schatten lauerten. Beim nächsten Blinzeln war der Spuk verschwunden und Lis sagte sich schnell, dass sie sich das Gespenst eingebildet hatte. Rasch bog sie ins Gässchengewirr ab, das sich Stufe um Stufe zur Kirche hinaufschlängelte, und drückte das Medaillon behutsam an sich. Der Schreck darüber, dass es auf dem Boden hätte aufschlagen können, war verflogen.

Das Kopfsteinpflaster war grob, uneben und mit zahlreichen Flecken übersät; die Stufen, die zur Kirche hinaufführten, waren zum Teil zerbrochen. Endlich stand sie keuchend an der Kirchenmauer, wo sie einen majestätischen Blick auf die Dächer der Stadt hatte. Von hier oben sah der Tartiniplatz aus wie ein weißes Floß in einem Meer von gewellten, flachen Ziegeldächern. Unzählige Dachterrassen enthüllten hängende Gärten und die aus orangefarbenen Ziegeln gemauerten Schornsteine hatten die Form von Vogelhäuschen. Lis versuchte irgendwo auf den Ameisenstraßen zwischen den Häuschen ihren Bruder zu entdecken, aber wahrscheinlich war er schon längst wieder im Turmzimmer und hatte das Laptop hochgefahren. Nachdenklich ging sie um die Kirche herum zur meerzugewandten Seite. Hier wehte der Wind viel stärker und riss an ihren Haaren. Sie zog ihr Halstuch zurecht und trat zur Kirchenmauer. Von dort aus konnte sie in die Bucht von Strunjan blicken. Direkt unter ihr, fast vierzig Meter weiter unten, lag der Strand, an dem sie gestern gebadet hatten. Und irgendwo weiter links war die Stelle, an der das Medaillon darauf gewartet hatte, dass Con-Krieger Levin es fand.

Die Kuriere

Noch halb im Schlaf fühlte Lis, wie jemand ihre Schulter berührte und ihren Namen flüsterte. Mühsam kämpfte sie sich hoch aus einem beängstigenden Traum von rauschenden Meereswogen und einem dunklen Mann, der buschige Brauen runzelte, und erkannte, dass sie im Dachzimmer lag. An ihrem Bett saß Levin. In der Dunkelheit konnte sie ihn nur als Schattenriss erkennen.

»Lis, wach auf!«

Sie rieb sich die Augen und richtete sich benommen auf. »Warum denn? Was ist los?«

»Nichts ist los, du sollst nur aufstehen.«

»Lass mich gefälligst schlafen!«

»Komm schon, Lis! Ich muss dir was zeigen.«

»Lässt du mich dann in Ruhe?«

»Ehrenwort. Los, komm jetzt, du musst dir was anschauen!«

Lis seufzte und tastete sich aus dem Bett.

»Nicht das Licht anmachen!«, hörte sie Levins Stimme. Er trat ans Fenster, das weit geöffnet war. Der Nachtwind blähte die Vorhänge. Es hatte aufgehört zu regnen. Zwischen den Dächern lag das Meer unter einer dichten schwarzen Wolkendecke wie ein dunkelgrauer Spiegel. Nur an wenigen Stellen fiel ein schmaler Streifen Mondschimmer auf die Wellen.

»Siehst du das?« Levin deutete auf ein längliches schwarzes Etwas, das langsam über das Wasser glitt.

Lis kniff die Augen zusammen und schüttelte den Kopf. »Suchst du etwa nach den Piratenschiffen?«, flüsterte sie. »Bist du jetzt übergeschnappt? Und deshalb weckst du mich?«

»Jetzt fang nicht gleich wieder an zu meckern. Bist du immer noch sauer?«

Lis schüttelte den Kopf, bis ihr einfiel, dass Levin sie im Dunkeln kaum sehen konnte. »Nein«, sagte sie leise. »Ich fühl mich nur so allein manchmal.« Sie wunderte sich selbst darüber, dass sie das gesagt hatte, aber die Dunkelheit löste die Knoten, die ihr tagsüber die Kehle zuschnürten. Alles lag ganz klar und logisch vor ihr. »Du weißt, dass Mama und Papa, dass sie sich wahrscheinlich schei…«

»Ja«, antwortete Levin knapp. »Schließlich bin ich nicht blöd.«

Obwohl er so grob mit ihr sprach, war Lis erleichtert. Eine Weile schwiegen sie und betrachteten den Schatten auf dem Wasser, der sich kaum bewegte.

»Lass uns zum Leuchtturm gehen«, sagte Levin.

»Jetzt?«

Seine Augen glänzten in der Dunkelheit. »Warum nicht? Mein Gott, spring doch einmal über deinen hoch korrekten Schatten. Wir haben das Medaillon gefunden. Vielleicht sehen wir noch ein Gespensterschiff. Und wenn nicht, ist doch auch egal. Es geht nicht um das Geisterschiff, es geht darum, einfach hinauszugehen, jetzt, mitten in der Nacht.« Ob er wusste, wie bittend seine Stimme klang?

»Okay«, flüsterte sie nach einem kurzen Zögern. »Aber etwas anziehen darf ich mir noch, oder?«

»Klar, ich warte unten an der Tür.«

So leise wie möglich schlüpfte sie in ihre Jeans, zog sich ein T-Shirt an und nahm noch den Regenanorak mit. Automatisch suchte sie dann nach einem ihrer Halstücher, bis ihr einfiel, dass Levin und sie ganz allein auf den Straßen sein würden. Nach kurzem Zögern tastete sie nach dem Medaillon und steckte es ebenfalls ein. Dann schlich sie über knarrende Treppenstufen nach unten. Im Halbdunkel erkannte sie, dass sich Levin seinen Priestermantel umgelegt hatte und den Hohepriesterstab in der Hand hielt. Sein Gesicht war von dem grünen Schimmer seines Handy-Displays erhellt. Konzentriert tippte er eine SMS ein. Lis musste unwillkürlich lächeln. Typisch Levin, dachte sie. Hoffentlich ging niemand in der Nacht am Strand spazieren.

Leise wie Schatten schlüpften sie durch die Tür und standen auf der nachtstillen Gasse. Von fernher hörten sie Donnergrollen. Schweigend gingen sie das Sträßchen entlang, das zum Meer führte, stolperten über unregelmäßige Bodensteine und huschten schnell an der orangefarbenen Nachtbeleuchtung in den Straßen vorbei. Hoch über ihnen stand die Kirche, die von Scheinwerfern in gelbliches Licht getaucht wurde.

Die Wolken leuchteten in einem unwirklichen Grau über dem schwarzen Wasser. Der Vollmond hatte sich hinter der dichten Wolkendecke verborgen, aber man erahnte seinen Schimmer, der sich als fahles Licht durch die Wolken abzeichnete. Kühler Nachtwind strich über Lis' Hals und wirbelte ihr Haar auf. Unwillkürlich strich sie einige Strähnen über ihr Feuermal, obwohl sie wusste, wie sinnlos diese Geste hier war. Milchig hell leuchtete der maurische Leuchtturm in der Dämmerung. Weiß blinkte das Leuchtturmlicht in die Nacht.

Sie standen nun an der äußersten Spitze der Halbinsel, vor ihnen, rechts und links war nur noch Meer. Levins Mantel flatterte im Mitternachtswind. Wie ein Krieger aus ferner Vorzeit stand er vor den Uferfelsen und kniff die Augen zusammen. Sein Priesterstab zeichnete sich als scharfe Kontur gegen den Himmel ab. Lis blinzelte in den Wind und ließ ihren Blick über die gekräuselte See schweifen. Kein Schatten glitt über das Wasser.

»Da ist nichts«, flüsterte Lis schließlich. Sie fühlte sich eigenartig losgelöst. Hier, vor dem einsamen Leuchtturm, eingehüllt in das Meeresrauschen, schienen sie und Levin ganz allein auf der Welt zu sein.

»Na und?«, gab Levin zurück. »Ist es nicht schön hier? Eine magische Nacht. Schau, gleich kommt der Mond hervor.«

Einige Wolkenfetzen waren auseinander gedriftet und hatten einen silbrigen Rand bekommen. Lis legte den Kopf in den Nacken und sog die Nachtluft tief in ihre Lungen. Vorsichtig tastete sie nach dem Medaillon. Ihre Finger schlossen sich um einen glatten Gegenstand. Lis stutzte und zog vorsichtig die Kette heraus. In diesem Moment brach ein weißer Mond hinter den Wolken hervor. Mit rasendem Herzen starrte Lis auf das glänzende Medaillon. Poliertes Silber reflektierte das Mondlicht. Die Verkrustungen und Verfärbungen waren verschwunden. »Levin!«, flüsterte sie.

Ihr Bruder drehte sich um. Im ersten Augenblick verstand er nicht, was Lis ihm zeigte, doch als er das Medaillon erkannte, wurden seine Augen groß. Erschrocken sahen sie sich an. »Was ist hier los?«, flüsterte Levin.

Lis schüttelte nur den Kopf und blickte sich um. Fast hätte sie aufgeschrien, als sie bemerkte, dass ein geisterhafter Nebel aus dem Meer aufstieg. Das Medaillon in ihrer Hand fühlte sich warm und glatt an. Lis umschloss es mit ihren klammen Fingern, als wollte sie sich daran festhalten, und rückte näher an Levin heran. Es ist nur eine Täuschung, redete sie sich ein. Sie fühlte beinahe körperlich, wie angespannt ihr Bruder war, seine Hände umklammerten den Hohepriesterstab, als wäre er bereit zum Kampf. In diesem Moment hörten sie ein Knarren. Unwillkürlich wichen sie zurück, bis sie mit dem Rücken an der rauen Rundmauer des Leuchtturms standen, und starrten in den Nebel, der über das Wasser wehte. Noch lauter ertönte das Knarren – und plötzlich schob sich die schwarze Silhouette eines Schiffes aus dem Nebel.

Schrecklich und schön strich es dicht hinter den Felsen vorbei. Ein gemein aussehender Sporn am Bug schnitt durch den Himmel. Die Taue knarzten, das Segel war halb gerefft, der Mast sah aus wie ein schräges T – oder wie ein Galgen, schoss es Lis durch den Kopf. Sie wagte kaum zu atmen und krampfte die Hand um das Schmuckstück. Männer standen mit dem Rücken zu ihnen an der Reling. Sie trugen Kopfbedeckungen aus Tuch und lange Gewänder, deren Goldstickereien hier und da aufschimmerten. Über die Schultern hatten sie schwere Langbögen gelegt und hielten stumm Ausschau nach etwas, das weit draußen im Meer zu liegen schien. Lis und Levin rückten zusammen und machten sich so klein wie möglich. Lis hielt die Luft an. Lautlos glitt das Schiff an ihnen vorbei und nahm Kurs auf die Bucht von Piran.

Levin atmete auf. Lis spürte, wie ihre Zähne klapperten. Mit weichen Knien standen sie auf und spähten dem Schiff hinterher. Levin legte einen Finger an die Lippen und deutete in die Richtung, wo jenseits des Meeres normalerweise die Stadt Grado lag. Lis folgte dem Blick ihres Bruders und hatte im selben Augenblick das Gefühl, als schwebte sie körperlos und ohnmächtig vor dem Leuchtturm.

Ein silberheller Nebel hatte sich erhoben und lag nun wie ein schemenhaftes riesiges Tier auf dem Wasser. Hohle Schattenaugen schienen Lis und Levin anzustarren. Durch das Wirbeln der Nebelschlieren schien sich das Ungetüm zu bewegen, doch nach den ersten atemlosen Angstsekunden erkannte Lis, dass der Nebel lediglich etwas verbarg, etwas Helles, Kantiges, das sich nach und nach aus dem Nachthimmel schälte.

»Siehst du das auch?«, hörte sie Levin flüstern.

In der Dunkelheit leuchtete sein Gesicht wie ein bleicher Mond. Sie versuchte ihm eine Antwort zu geben, aber ihre Kehle fühlte sich an, als hätte ihr jemand die Luft abgedrückt, also zwang sie sich dazu, zumindest zu nicken. Irgendwie war es wichtig, Levin eine Antwort zu geben und den Anschein eines Gesprächs aufrechtzuerhalten. Wenn die Normalität jetzt verschwand, so kam es ihr vor, würde ihr Verstand ebenfalls abhanden kommen. »Ja«, wisperte sie mit Mühe. »Ich sehe das auch – vielleicht ist das so etwas wie eine ... eine Spiegelung.«

Die letzten Nebel verwehten, als eine Bö über die Bucht hinwegfegte. Von einem Augenblick auf den anderen leuchtete im Mondlicht eine helle Stadtmauer aus grob behauenen Steinen. Hinter der Mauer zeichnete sich ein hölzerner Turm ab und flache Hausdächer, die aus Holz oder Reisig gemacht zu sein schienen. Lis schätzte die Entfernung bis zur Mauer auf etwa fünfzig Meter. Zum riesigen Haupttor der Stadt führte ein schmaler Holzpfad, der auf Pfähle aufgesetzt war. Etwa einen halben Meter hoch ragten sie aus dem Meer und endeten genau an dem Steinwall vor dem Piraner Leuchtturm. Lis schluckte. Ihr Mund war trocken, die Augen brannten, ihre Hände und Beine fühlten sich immer noch so unwirklich an, als wäre sie in einem Traum gefangen. Sie folgte dem Pfad mit dem Blick. »Der Weg führt von hier direkt in die Stadt«, wisperte sie Levin zu.

Levin nickte. »Ob da jemand demnächst über das Wasser hierher kommt?«, fasste er nach einer Weile ihre schlimmste Befürchtung in Worte. »Vielleicht einer von denen, die vorher auf dem Schiff waren? Die hatten Waffen!«

Angespannt starrten sie auf das schattenfleckige Tor, aber nichts rührte sich.

»Scheint sich nichts zu tun«, meinte Levin.

»Ob wir uns den Weg mal anschauen? Er ist mitten aus dem Meer aufgetaucht.«

Er zuckte wie in Trance die Schultern und bewegte sich nicht von der Stelle.

Lis strich über das Medaillon, das wieder warm und Vertrauen erweckend in ihrer Hand lag, dann folgte sie einem kribbelnden Impuls und machte einige vorsichtige Schritte auf die Uferfelsen zu. Langsam, wie eine Schlafwandlerin, kletterte sie über die grob behauenen Steine, bis sie direkt am Wasser stand. Blutsteinschwarze Wellen schlugen gegen die Felsen. Vorsichtig stellte sie einen Fuß auf den Holzpfad und prüfte, ob er sie hielt. »Komm mal her! Das fühlt sich an wie richtiges Holz!«, flüsterte sie Levin zu.

Zögernd erhob er sich und kam näher. »Sollten wir das nicht lieber lassen?«, fragte er. »Was ist, wenn die Bogenschützen zurückkommen?«

»Glaubst du, dass es sie wirklich gibt?«

Er grinste unsicher. »Den Holzpfad gibt es.«

Sie lächelte und sah zur Stadtmauer hinüber. Mit Erstaunen stellte sie fest, wie ihre Furcht verflog und einer sehnsüchtigen Neugier Platz machte. »Ich will nur bis zur Mauer gehen, Levin. Kommst du mit?«

Heftig schüttelte er den Kopf. »Bist du wahnsinnig? Das Ding ist offensichtlich gerade aus dem Meer aufgetaucht. Was meinst du, was das für einen Sog gibt, wenn es wieder untergeht?«

Sie lächelte. »Seit wann bist du so realistisch? Schau doch, der Pfad trägt uns!« Zur Bestätigung machte sie ein paar Schritte auf dem Holz. Es fühlte sich beruhigend fest an. »Und falls sich irgendetwas tut, springen wir einfach ins Wasser und schwimmen wieder an Land.«

»Mit meinem Handy ins Wasser springen, tolle Idee!«, sagte er verächtlich, aber er kletterte ebenfalls über die Felsen.

»Nur ein paar Schritte, Levin!«, bat sie. »Ich muss sehen, wie die Stadt aus der Nähe aussieht. Ganz sicher hat sie was mit dem Medaillon zu tun!«

Levin war blass und sah verstört aus. Er biss sich auf die Lippen. Schließlich nickte er. »Okay, ich komme mit. Wahrscheinlich bilden wir uns das sowieso nur ein«, murmelte er.

Seltsamerweise fühlte sich Lis traumwandlerisch sicher, als sie ihrem Bruder voranging und die Planken betrat. Rechts und links schlugen die Wellen gegen die Pfosten, die tief im Meeresgrund verankert schienen. Immer näher kam die Stadtmauer, während ihre Schritte dumpf auf das harte Holz schlugen. Das Piratenschiff war nicht mehr zu sehen, und als Lis sich umdrehte, sah sie das schlafende Piran auf der Landzunge liegen. Kein einziges Licht leuchtete in den schwarzen Fensterhöhlen. Durch den Nebel schimmerte der Leuchtturm.

Von nahem betrachtet sah die Stadtmauer noch viel grober und massiver aus. Die einzelnen Steine, aus denen sie zusammengesetzt war, waren riesig und kantig, mehrere Männer mussten nötig gewesen sein, um sie hochzuwuchten. Levin streckte die Hand aus und befühlte das Holztor. »Ich träume wohl doch nicht«, flüsterte er.

»Bitte klopfe da nicht an!«, sagte Lis. Plötzlich blitzte Furcht in ihr auf, unwillkürlich sah sie wieder die Piraten vor sich. Vorsichtig blickte sie sich um und erstarrte. Dort wo der Leuchtturm und die Stadt gewesen waren, befand sich nur noch flaches Land mit Bäumen, die im Mondschein gespenstische Schatten warfen. Als der Wind die herabbaumelnde Kette bewegte, bemerkte sie, dass sie immer noch das Medaillon umklammert hielt. »Piran ist weg, Levin!«

»Was?« Er wirbelte herum und starrte auf die Stelle, an der eben noch der Leuchtturm gewesen war. Sie waren so gebannt vom Anblick der leeren Landzunge, dass sie die Bewegung hinter ihrem Rücken nicht bemerkten. Erst als sie eine Hand auf ihrer Schulter spürte, wachte Lis schlagartig aus ihrem Traumzustand auf. Reflexartig schlug sie die Hand weg und machte einen Satz zur Seite. Levin holte mit dem Priesterstab aus. Die Gestalt, die Lis bei der Schulter gefasst hatte, duckte sich. »Nicht!«, flüsterte der Fremde. »Ich bin es, der Torwächter.«

Hastig tastete der Unbekannte zu seinem Hals und zog ein muschelförmiges Medaillon hervor. Rasch streifte er es sich über den Kopf, klappte es auf und gab es Lis. Im schwachen Schein des Mondes sah es genauso aus wie das Schmuckstück, das von Lis' Hand baumelte. Levin stand immer noch mit dem erhobenen Priesterstab da, bereit zuzuschlagen, sollte der Fremde eine unbedachte Bewegung machen. Erst als Lis ihm die Hand auf den Arm legte, senkte er widerwillig den Stock. »Entschuldige«, sagte Lis zu dem Unbekannten, dessen Gesicht sie in der Dunkelheit kaum erkennen konnten. »Wir wussten nicht ...«

Er machte eine ungeduldige Bewegung, die sie zum Schweigen brachte, und sah sich hastig um. »Ja, ja«, sagte er. »Kommt, wir haben nicht viel Zeit.« Er sprach in einem seltsam gedehnten Dialekt, der sehr altertümlich klang, aber Lis war froh, dass sie ihn zumindest einigermaßen gut verstand.

Der Torwächter huschte an ihnen vorbei und winkte

ihnen, ihm zu folgen. Lis und Levin wechselten einen ratlosen Blick, dann duckten sie sich ebenfalls und schlichen hinter ihm her. Er umrundete die Stadtmauer, bis sie zu einem schmalen Vorsprung kamen, der mit einer Kletterpflanze überwachsen war. Zu Lis' Überraschung schob der Fremde die Zweige und Blätter behutsam zur Seite und klopfte an eine niedrige Holztür, die sich dahinter befand. Im Grunde war es nicht viel mehr als eine Luke, die sich auf das Klopfzeichen des Torwächters hin öffnete. Der Wächter winkte Lis zu, als Erste hindurchzugehen. Um die Hände frei zu haben, steckte sie das Medaillon in die Anoraktasche, griff nach dem groben Türrahmen und zog sich durch die schräge Luke. Ehe sie sichs versah, landete sie in einem schachtartig abfallenden Gang, der von einer Fackel schwach beleuchtet wurde.

»Willkommen!«, sagte eine weibliche Stimme. Ein rundes, freundliches Gesicht lächelte ihr entgegen.

»Hallo«, erwiderte Lis verwirrt.

Vor ihr stand eine große junge Frau mit nachlässig geflochtenem, kupferfarbenem Haar. Sie mochte vielleicht zwanzig Jahre alt sein und trug ein rostrotes Kleid, dessen Saum mit gestickten Spiralen verziert war. Erstaunt musterte sie Lis' Regenjacke. In diesem Moment schwang sich auch Levin in den Gang und hob den Priesterstab auf, den er vorausgeworfen hatte. Sein grauer Priestermantel passte sehr viel besser hierher als Lis' Kleidung. Der Torwächter sprang in den Gang und verschloss die Tür von innen, indem er einen gewaltigen Holzriegel vorschob und mit einem scharfkantigen Stein verkeilte.

Im Fackellicht sah Lis ihn zum ersten Mal deutlich und erkannte, dass er kleiner war als ihr Bruder. Er war schlank und drahtig und hatte ein schönes, fein geschnittenes Gesicht. Das schwarze Haar war halblang wie das von Levin, die blauen Augen wirkten melancholisch, doch wachsam. In seinem rechten Auge leuchtete ein Lichtreflex. Bei genauerem Hinsehen entpuppte er sich als heller Pigmentfleck, der in der tiefblauen Iris aussah wie ein goldener Tupfen. Verstohlen strich sich Lis die Haare über das Brandmal.

Das rothaarige Mädchen nahm die Fackel von der Wand und ging voraus. Leise schlichen sie durch mehrere Gänge aus Stein und roter Erde. Die Stollenwände waren mit rohen Holzbrettern abgestützt, es roch nach Erde und nassem Salz. Endlich, als Lis schon aufgegeben hatte, sich die vielen Rechts-links-Abzweigungen für einen Rückweg zu merken, gelangten sie in eine niedrige Kammer, die in einen steil ansteigenden weiteren Tunnel mündete. Das Mädchen band seinen Rock hoch und kletterte geschickt voraus. Der Junge sah Lis prüfend an und hielt ihr dann die Hand hin. Lis zögerte, doch schließlich nickte sie und nahm die Hilfe an. Gemeinsam zogen sie sich ein paar Meter in die Höhe, schlitterten, rutschten aus, doch sie ließen sich nicht los, bis sie schließlich in einem Vorsprung bei der rothaarigen Frau standen, die eine Fackel in der Hand hielt. Ohne Lis noch einmal anzuschauen kletterte der Junge wieder nach unten, um Levin zu helfen. Lis schaute hoch. In der Decke war ein Schacht. Die Frau hob die Fackel in die Öffnung und sofort erschienen Hände, die sich ihr entgegenstreckten, ihr die Fackel abnahmen und sie hinaufzogen. Lis hörte Flüstern und Rufen. »Zoran, schnell, die Kuriere sind da!«

Große Hände mit schwarzen Rändern unter den Fingernägeln fassten nach Lis' Armen, schon wurde sie mit einem Ruck emporgezogen. Für einen Moment verlor sie die Orientierung, und als sie festen Boden unter den Füßen spürte, sah sie, dass sie in einem halbrunden Raum war, in dem ein Feuer brannte. Der Rauch zog durch einen großer Schacht ab. Mitten im Raum befand sich eine Art Lagerplatz, wo mehrere Menschen saßen und die Neuankömmlinge mit offenem Mund anstarrten. Es roch nach brennendem Holz, nach Fett und Fisch und feuchtem Tierfell. Im Hintergrund erkannte Lis, dass auch der Stall unter demselben Dach wie das Wohnhaus war. Stämmige, kleine Pferde und zottelige Rinder wandten die Köpfe und äugten zu den Fremden herüber. Vier riesige schwarze Hunde mit glattem Fell und gefährlich aussehenden kantigen Kiefern hoben die Nasen und winselten. Unwillkürlich stellte sich Lis näher zu Levin, der inzwischen auch aus dem Schacht hinaufgezogen worden war. Etwa fünfzehn Menschen in dem niedrigen Raum blickten ihnen neugierig entgegen. Wie das Mädchen mit dem roten Haar betrachteten auch sie fasziniert und ungläubig Lis' leuchtend rote Jacke. Lis bemerkte, dass die Menschen, die offensichtlich eine Art Versammlung abhielten, alle grob gewebte Kleidung trugen. Sie erinnerten sie an Abbildungen von Menschen aus der Bronzezeit, die sie in einem Buch gesehen hatte. Die meisten Kleider waren knöchellang, aber sowohl die Männer als auch viele der Frauen trugen darunter noch weite Hosen aus Leinen. Bei zwei oder drei Menschen glaubte Lis erraten zu können, welchen Stand sie hatten und welchen Berufen sie nachgingen. Der hagere Mann, der erstaunlich braun gebrannt war und an dessen Gürtel ein kleines Netz und mehrere Haken befestigt waren, mochte ein Fischer sein. Und die junge Frau mit den feinen Händen, die sich ein dünnes Tuch in leuchtenden Gelb- und Grüntönen um die Schultern geschlungen hatte, musste bestimmt keine harte Arbeit verrichten. Vielleicht gehörte sie zu den Edelleuten – falls es in dieser Gesellschaft so eine Unterteilung gab. Manche der Frauen trugen filigranen Silberschmuck, viele, auch die Männer, hatten langes Haar, in das Perlen und Korallenstücke eingeflochten waren. Sie wirkten wie vergessene Vertreter einer sehr alten Zeit. Die meisten dieser Menschen waren nicht besonders groß. Das rothaarige Mädchen, das einen Kopf größer war als Lis, und der Mann mit dem schwarzen Bart, der ihnen aus dem Schacht geholfen hatte, schienen hier schon eine Ausnahme zu sein. Langsam, als würde er sich erst allmählich an die üblichen Gebräuche erinnern, hob der Mann mit dem Bart die Hand zu einem angedeuteten Gruß und lächelte. »Seid willkommen in unserer Stadt«, sagte er in einem so fremd klingenden Slowenisch, dass Lis nicht sicher war, ob sie ihn richtig verstanden hatte.

»Willkommen, Kuriere der geheimen Pfade, ihr müsst hungrig und erschöpft sein«, fügte eine Frau hinzu, die so alt war wie Lis' und Levins Mutter. Auch sie sprach seltsam, ein wenig klang es so, als würde sie durch die Nase sprechen und die Vokale auf übertriebene Art dehnen. Ihre Wortwahl war so altertümlich, dass Lis das Gefühl hatte, sie würde aus einem mittelalterlichen Buch zitieren. Sie und Levin blickten sich beunruhigt an, im Gesicht ihres Bruders las sie dieselbe Ratlosigkeit, die sie selbst fühlte. Ein Schweigen entstand, das immer unangenehmer wurde. Lis spürte, wie sie errötete. Hilfe suchend wandte sie sich zu dem schwarzhaarigen Jungen um, doch auch er sah sie nur erwartungsvoll und ernst an.

Schließlich griff sie langsam in ihre Anoraktasche und zog das Medaillon hervor. Die Menschen flüsterten und stießen sich an, doch sie sagten nichts. Nach wenigen Sekunden war bereits wieder bedrohliche Stille eingekehrt.

So abrupt, als hätte ihm jemand einen Schubs in den Rücken versetzt, trat Levin plötzlich in die Mitte des Raumes, wo er sich aufrecht hinstellte und seinen Mantel schwang. Die Hunde knurrten. Ein mürrisch aussehender, langhaariger Mann ohne Zähne wies sie mit einem gezischten Befehl in ihre Schranken.

Erstaunt blickte Lis ihren Bruder an. Was hatte er vor? Plötzlich sah er sehr gefasst aus. Seinen Priesterstab trug er wie ein Zepter und machte eine angedeutete Verbeugung vor dem bärtigen Mann, der offenbar der Anführer der Versammlung war. Levins Stimme war tiefer und energischer als sonst, sein Blick wurde hart, eine Zornesfalte erschien zwischen seinen Brauen. »Karjan sem!«, sagte er in seinem Slowenisch mit dem deutschen Akzent so würdevoll, dass Lis ihn mit offenem Mund anstarrte. »Karjan werde ich genannt, Hohepriester von Swantewit, dem Mächtigen, dem Viergesichtigen! Und dies …« – er wirbelte herum und deutete auf Lis – »… ist Lisanja, meine Magd und Hüterin des siebten Gesichts. Wir sind Reisende!«

Lis presste die Lippen aufeinander und widerstand der Versuchung, ihm auf der Stelle einen Schienbeintritt zu geben. Seine Magd! Wütend funkelte sie ihn an, doch er zwinkerte ihr nur zu und stellte sich hoch erhobenen Hauptes hin. Überraschung spiegelte sich in den Gesichtern der Anwesenden. Ein aufgeregtes Raunen ging durch die Gruppe. Lis hörte mehrmals das Wort »Kuriere« heraus.

Schließlich trat der große Mann vor und deutete auf Lis' Medaillon. »Ihr tragt das geheime Zeichen der Kuriere«, sagte er. »Sonst hätte unser Torhüter euch nicht eingelassen. Aber wenn ihr das Erkennungszeichen tragt – wie könnt ihr da fremde Reisende sein?«

»Das Medaillon haben wir im Meer gefunden«, sagte Lis wahrheitsgemäß.

Der Torwächter mit den blauen Augen sah sie bestürzt an und wandte sich an den Anführer. »Dann haben die Wachen die Kuriere entdeckt«, flüsterte er ihm zu.

»Vielleicht nicht«, gab das rothaarige Mädchen zu bedenken. »Möglicherweise haben sie nur ihr Erkennungszeichen verloren.«

Ihr Einwand verhallte wie ein Ruf in einem einsamen Wald. Mit düsteren, undurchdringlichen Mienen wandten sich die Menschen wieder Lis und Levin zu. Unwillkürlich wichen die Zwillinge einen Schritt zurück. Eine unausgesprochene Drohung lag in der Luft. Nun hatte auch der Letzte begriffen, dass sie Eindringlinge in der geheimen Versammlung waren. Die Hunde witterten die Anspannung und erhoben sich mit gesträubtem Nackenfell. Diesmal rief der zahnlose Mann sie nicht zur Ruhe.

Lis schluckte und räusperte sich. Ihre Stimme zitterte, als sie zu sprechen begann. Instinktiv versuchte sie die gedehnte Aussprache der Menschen hier zu imitieren. »Wir kennen das Zeichen«, sagte sie. Mit fahrigen Fingern öffnete sie das Medaillon und zeigte das Porträt in die Runde. »Es hat ... äh ... Karjan ... und mich gerufen.«

Levin atmete hörbar aus und hob dann seinen Priesterstab. Furcht erregend wirkte er, das lange Haar fiel ihm ins Gesicht. Er hätte ein junger Schamane sein können. Mit einem Mal verstand Lis die Faszination, in einen fremden Charakter zu schlüpfen und jemand ganz anderes zu sein, jemand, dessen Wort mächtig und wichtig war. Jemand, der wusste, was er tat, und alle Antworten parat hatte.

»So ist es! Das Zeichen hat uns gerufen«, sagte er nun. »Das Zeichen der Desetnica, der zehnten Tochter!« Seine Stimme sank zu einem dämonischen Flüstern. »Der Unglücksbringerin!«

Wieder ging ein Zischen und Raunen durch die Gruppe. »Wir glauben nicht an das Unglück, das sie bei ihrer Rückkehr über die Stadt bringen wird«, sagte der Anführer. Wachsamkeit lag in seinem Blick.

»Auch wir nicht«, erwiderte Levin leise und sah ihn mit festem Blick an. Lis bewunderte ihn dafür, wie schnell und selbstverständlich er auf den Einwand reagiert hatte.

»Sie könnten Späher der Priester sein!«, sagte eine

Frau im Hintergrund. Lis schauderte und beobachtete, wie einige Hände zu Gürteln glitten, an denen Messer mit gewellten Klingen befestigt waren. Ihr Magen schien zu flattern, so übel wurde ihr bei dem Gedanken, dass eines dieser Messer in ihre Nähe kommen könnte. Warum hatte sie unbedingt den Holzpfad betreten müssen?

Levin lachte ein erwachsenes, nachsichtiges Lachen. Mit einer theatralischen Geste warf er plötzlich seinen Umhang ab und zog sich das T-Shirt über den Kopf. Mit offenem Mund sahen die Anwesenden zu, wie er es mit einem eleganten Schwung zu Boden warf. In Jeans stand er da, mit weißem Oberkörper, der in diesem Jahr noch keine Sonne gesehen hatte. Unter den Menschen mit ihrer Bronzehaut wirkte er wie eine überirdische Erscheinung. Nun breitete er die Arme aus. »Ich trage keine Waffen, seht ihr?«, rief er und drehte sich um die eigene Achse. »Das einzige Schwert ist meine Priestermacht, und ich bin gesandt von meinem Gott, dem grausamen Swantewit, um euch beizustehen.« Seine Stimme wurde leise und geheimnisvoll. »Vor dreißig Nächten sah ich im Traum das Gesicht der zehnten Tochter. Sie rief mich und bat mich, ihr zu helfen und ihre Feinde zu vernichten. Ich ging zum Hüter der vergessenen Schätze, zu Kajetan, dem Propheten in seinem Palast aus Stein. Und er sagte, ich solle zu der einsamen Stadt im Meer gehen, in die Stadt der Desetnica, bevor der Mond wieder seine Kraft verliert.«

Im Raum war es so still geworden, dass man kein Atmen, kein Scharren hörte. Lis spürte, wie die Angst vor den undurchdringlichen Gesichtern ihr die Kehle enger und enger werden ließ.

»Und hier sind wir«, schloss Levin mit theatralischer Demut. »So, wie Swantewit es befahl. Dreißig Tage und Nächte sind wir gewandert und haben schreckliche Gefahren überlebt. Lisanja und ich. Nun ist es an euch – nehmt uns auf und lasst uns helfen. Oder tötet uns und nehmt damit den Zorn Swantewits, des Gerechten, auf euch.«

Lis biss sich auf die Lippe und duckte sich. War Levin wahnsinnig? Eine viel zu lange Minute herrschte Stille, ratlose, hoffnungsvolle und misstrauische Blicke trafen sich, dann, nach und nach, fühlte Lis, wie die Spannung im Raum nachließ.

Der Anführer lächelte zum ersten Mal.

Plötzlich sprachen alle durcheinander und scharten sich um Lis und Levin. Lis spürte verstohlene Hände an ihrer Regenjacke und hörte Rufe des Erstaunens. Sie nahm wahr, dass ihre Knie vor Erleichterung weich und zittrig wurden. Die Gefahr war offensichtlich vorüber – für den Moment.

»Woher kommt ihr, Karjan?«, fragte der Anführer. »Wenn du und deine Dienerin dreißig Tage und Nächte gewandert seid, muss es ein fernes Land sein, aus dem ihr hierher gerufen wurdet.«

Levin holte Luft und machte wieder eine herrische Geste. »Das ist wahr. Wir kommen aus der Stadt Arkona. Sie liegt im Land Rügen, weitab von hier im Reich der Germanen. Wir durchwanderten das Gebiet der Sueben und flüchteten vor den Avaren. Doch nun sind wir hier, um dem Zeichen zu dienen im Namen Swantewits des Mächtigen.«

Bei der Erwähnung der Germanen und Sueben sah

Lis wieder die Ratlosigkeit auf den Gesichtern aufflackern und verspürte einen neuen Anflug von Angst. Warum musste Levin gleich so dick auftragen? Doch offensichtlich akzeptierten sie die Antwort, denn der Anführer nickte.

»Setzt euch zu uns und esst. Wenn das Zeichen euch hergeführt hat, steht ihr unter unserem Schutz.« Er lächelte Levin mit einem grimmigen Lächeln zu. »Ich bin Zoran, das Haupt des geheimen Rates der Desetnica.«

Levin nickte ernst. Lis tat es ihm nach, obwohl sie kaum beachtet wurde. Mägde schienen hier kein besonderes Ansehen zu genießen.

»Dies ist Matej, unser Torhüter«, sagte Zoran und deutete auf den schwarzhaarigen Jungen. Im Gegensatz zu Zoran und den anderen sah er Lis an, während er eine Begrüßungsgeste andeutete. »Und das sind Tona und Borut.« Das rothaarige Mädchen und der zahnlose Mann, der die Hunde zurechtgewiesen hatte, nickten. »Die anderen werdet ihr kennen lernen, wenn es an der Zeit ist.«

»Wir wissen immer noch nicht, was mit den Kurieren ist«, sagte der Torhüter. Ungeduldig spielte er mit dem Medaillon, das an einer Kette um seinen Hals hing.

»Du hast Recht, Matej. Geh und finde heraus, wo sie sind«, erwiderte Zoran. Der Junge nickte und wandte sich ohne zu grüßen dem Schacht zu.

Zoran winkte Levin zu sich, und sie setzten sich auf ein Fell, das in der Nähe des Kamins lag. Dunkles, festes Brot und Honig wurden ihnen in Holzschüsseln gereicht, außerdem bekam Lis einen Becher aus Wurzelholz in die Hand gedrückt. Die Flüssigkeit darin duftete nach Weihrauch und Pfefferminztee. Unter den aufmerksamen Blicken ihrer Gastgeber überwand sie sich und trank einen Schluck von dem herben Tee, der gar nicht so schlecht schmeckte, wie sie angenommen hatte. Plötzlich spürte sie, wie hungrig sie war.

»Ihr wartet auf die Rückkehr der Desetnica«, sagte Levin an Zoran gewandt. »Und die Kuriere bringen euch Kunde von ihr?«

Zorans Gesicht verfinsterte sich. Offensichtlich hatte Levin richtig geraten. »Von ihr und ihren Truppen. Schon vor dem Winter haben die Seher das Gesicht der Desetnica erblickt. Und dass das Ende der Priester naht, wussten wir, als sie anfingen, Vorräte in den Priesterturm zu schaffen und die Kuriere zu töten, die Nachricht von den vorrückenden Sarazenentruppen brachten.«

Lis verschluckte sich und hustete. Tona klopfte ihr auf den Rücken und lächelte ihr zu.

»Man sagt, die Piraten seien bereits in der Bucht, ihre Truppen liegen vor den Hügeln und warten darauf, dass die Desetnica zum Angriff ruft.«

»Wir haben keine Truppen gesehen«, sagte Levin mit ruhiger Stimme. Er hatte sich ganz in seinen Mantel gehüllt und nippte an seinem Tee. »Aber ein Schiff mit bewaffneten Männern haben wir gesehen. Die Stadt wird beobachtet.«

Zoran nickte.

»Warum fürchten die Priester die Rückkehr der Desetnica?«, fragte Lis in die Stille. Fünfzehn Gesichter wandten sich ihr zu.

Tona, die neben ihr saß, machte eine unbestimmte

Geste mit der Hand. »Die Priester sind das Gesetz und das Gesicht der Stadt«, erklärte sie. Ihre Stimme war angenehm, etwas leise und sehr sanft. »Die Prophezeiung sagt, dass eine Desetnica, die in die Stadt zurückkehrt, sich rächen wird. Sie wird großes Unglück über die Stadt bringen, aus der sie einst verstoßen wurde. Kein Stein wird auf dem anderen bleiben, die Häuser werden in Flammen und Rauch aufgehen, Blut wird fließen, wenn die zehnte Tochter mit ihren Sarazenenkriegern die Stadt betritt.«

»Das sagen die Priester?«, fragte Levin.

Der Mann, der Borut hieß, nickte.

»Und ihr? Was sagt ihr?«

Borut räusperte sich und sah sich in der Runde um. »Wir glauben, dass die Desetnica kommen wird, um die Stadt zu retten. Sie wird Fürst Dabog vom Thron stoßen und den Priestern die Macht nehmen. Endlich werden wir leben und beten können, ohne die Messerschneide der Priester ständig an der Kehle zu fühlen.«

»Dann seid ihr Aufständische, die gegen die Priester aufbegehren?«

Tona sah Levin mit großen Augen an. »Wir haben unsere Herrin gewählt«, sagte sie dann langsam. »Fürst Dabog ist kein Fürst mehr, seit Fürstin Danila umkam. Mehr und mehr wird er zum Spielzeug der Priester.«

Ihre Stimme klang bitter, als sie das sagte. Lis fragte sich, was das fröhliche, sanfte Mädchen bewogen haben mochte, sich der geheimen Gemeinschaft anzuschließen.

»Fürst Dabog«, murmelte Levin. »Ich nehme an, er ist ihr Vater.«

»Sie wird die Fürstenfamilie töten, um den Platz auf dem Thron einzunehmen«, erklärte Zoran.

Lis lief ein Schauder über den Rücken, unwillkürlich musste sie an ihre Eltern denken. Wenn ihre Mutter ihr wieder einmal Vorschriften machte oder ihr Vater sich mit Levin stritt, hatte sie oft das Gefühl, dass sie sie beide am liebsten verschwinden lassen würde, aber niemals käme es ihr in den Sinn, ihnen wirklich ein Leid anzutun. In was für eine barbarische Zeit waren sie geraten. Wie eine heiße Welle schwappte ihr die Sorge ins Gesicht, wie sie wieder nach Hause finden würden.

»Lisanja?«, fragte Tona leise. Lis machte sich bewusst, dass sie gemeint war, und drehte sich zu dem Mädchen um. »Karjan sagte, du hast die Gabe des siebten Gesichts. Was bedeutet das?«

»Das ist ... nur eine Redensart.«

»Sie liest die Zukunft aus den Knochen von Eidechsen«, warf Levin ein und lachte. Lis fühlte, wie wieder die Wut auf ihn hochkochte. Er machte alles nur noch schlimmer!

»Wirklich?«

Tona lachte und rückte näher an sie heran. »Ich kenne mein Schicksal noch nicht. Wirst du meine Zukunft lesen?«

Lis wurde rot und nestelte nervös an ihrem Kragen herum. Doch ehe sie antworten konnte, wurden Tonas Augen groß. »Was hast du da? Eine Verwundung?«, fragte sie und zupfte an dem Kragen der Regenjacke. Mit einer schnellen Handbewegung hatte Lis sich ihr Haar über den Hals gebreitet, doch es war zu spät. Tona hatte den hässlichen, dunkelroten Fleck gesehen.

»Entschuldige«, sagte Tona. »Es sah aus, als hättest du dich dort verbrannt. Wir haben gute Salben gegen Verbrennungen.«

»Hier nützt keine Salbe«, erwiderte Lis giftiger, als sie beabsichtigt hatte. Tonas Lächeln verschwand, sie machte eine entschuldigende Geste und zog sich zu den anderen zurück, die gebannt dem Gespräch zwischen Levin und Zoran lauschten.

Bald darauf staunte auch Lis mit offenem Mund, wie geschickt und mühelos sich Levin in die Rolle des fremden Hohepriesters einfand. Natürlich hatte er jede Bewegung, jede Geste und jeden Gesichtsausdruck schon hundertmal auf seinen Spielwochenenden eingeübt, aber dass er seine Rolle so perfekt beherrschte, als würde er seit jeher in einer Parallelwelt leben, davon hatte sie nichts gewusst. Im Schein des Feuers und der schwelenden Fackeln kam ihr Bruder ihr unwirklich und fremd vor.

Größer und viel erwachsener wirkte er. Macht strahlte von ihm aus. Mit Feuereifer beantwortete er jede von Zorans Fragen, erzählte über den Swantewit-Kult auf Arkona, beschrieb imaginäre Menschen und Herrscher, denen er gedient hatte, und schwang seinen Priesterstab, als er erfundene Kämpfe gegen avarische Horden lebendig werden ließ. Lis wurde schwindlig bei der Fülle der Details, die er wiedergab. Sie hoffte, dass sie sich wenigstens die Hälfte dessen, was er erzählte, würde merken können. Schließlich konnte es sein, dass die rothaarige Tona noch einmal nachfragte. Beinahe greifbar spürte sie, wie das Vertrauen der Menschen zu Levin wuchs, wie sie ihm ihre Herzen öffneten. So kannte sie ihn. Charismatisch, mitreißend und ansteckend in seiner Begeisterung.

Sie lauschten ihm so gebannt, dass sie gar nicht bemerkten, wie Matej wieder in den Raum kletterte. Die Gespräche verstummten.

»Sie haben die Kuriere«, flüsterte Matej. »Sie müssen kurz nach Sonnenuntergang versucht haben zur Stadtmauer zu gelangen. Aber Niams Späher hatten sie schon auf dem Festland entdeckt. Sie hatten keine Möglichkeit, den Wachen zu entkommen.«

Zoran sprang auf, wobei er seinen Tee verschüttete. »Sind sie im Priesterturm?«

Matej hob in einer Geste der Hilflosigkeit die Schultern.

Zoran durchmaß mit langen Schritten den Raum und griff in einen Haufen hingeworfener Stoffe und Felle. Er zog einen langen Umhang hervor, warf ihn sich über und legte Matej die Hand auf die Schulter. »Borut! Nimm die Hunde, wir gehen zu Zlata! Und Tona … du kümmerst dich um unsere Gäste. Gib ihnen ein Lager für die Nacht.«

Schon waren sie bei der Holztür, die aus mächtigen, unregelmäßig geschlagenen Brettern gefertigt war. Kühle Nachtluft wehte herein und ließ die Fackeln aufflackern. Lis fröstelte.

»Du solltest ein anderes Kleid bekommen«, sagte Tona zu ihr. »Wenn du so durch die Stadt gehst, wirst du auffallen.« Ihre Stimme klang traurig und abwesend. »Morgen werde ich sehen, dass ich eines für dich finde. Bis dahin ruht euch aus. Dort beim Kamin seht ihr zwei Felle. Da könnt ihr schlafen.«

»Danke, blumenschöne Tona«, erwiderte Levin leichthin.

Tona sah ihn überrascht an, dann strich sie sich mit einer verlegenen Geste das Haar aus der Stirn und lächelte flüchtig.

»Meinst du nicht, dass du übertreibst?«, flüsterte Lis. Im Halbdunkel der Kaminglut erkannte sie Levins Gesichtszüge nur schemenhaft, aber am Glanz seiner Augen konnte sie sehen, dass er noch wach war. Die Felle, auf denen sie lagen, rochen trocken und modrig, Lis sehnte sich in ihr viel zu weiches Gästebett bei Onkel Miran und Tante Vida.

»Wieso, es hat doch prima geklappt?«, antwortete er müde. »Ich hätte nicht gedacht, dass es so einfach sein würde.«

»Levin, was geht hier vor? Wir müssen so schnell wie möglich zurück – glaubst du, wir können uns rausschleichen, wenn die anderen schlafen?«

Er sagte lange nichts. Als er wieder sprach, erschrak sie darüber, wie unsicher und beinahe ängstlich seine flüsternde Stimme klang. »Wir brauchen nicht rauszuschleichen, Lis. Wir träumen, glaube ich. Morgen werden wir aufwachen, die Sonne wird ins Zimmer scheinen. Wir träumen, Lis.« Er lächelte, sie konnte seinen Mundwinkel im glimmenden Licht erahnen. »Aber es ist ein wunderschöner Traum! Ich wünschte, ich müsste nie wieder aufwachen.«

Lis schwieg und dachte nach, bis sein Atem immer tiefer und langsamer ging und sie wusste, dass er eingeschlafen war. So unwirklich kam ihr der Geruch nach grob gegerbtem Leder und altem Fell vor, dass sie die Augen schloss und bereitwillig in den Schlaf hinüberglitt. Morgen fahren wir mit dem Auto nach Postojna, dachte sie. Und wenn ich das Medaillon auf dem Nachttisch anschaue, werde ich sehen, dass es wieder alt und verkrustet ist.

Das Klingeln des Weckers störte ihren Traum. Hinter ihren geschlossenen Lidern schwebte das Gesicht aus dem Medaillon, ein Mädchen namens Tona lächelte ihr zu, drehte sich im Tanz und verschwand. Hunde knurrten. Lis blinzelte und strich sich mit der Hand über die Augen. Etwas kitzelte ihre Wange, und der Wecker klang ungewohnt klimpernd und hell. Und warum klingelte er? Sie war doch im Urlaub bei Onkel Miran.

»Sie ist aufgewacht!«, sagte eine Mädchenstimme. Das Geklingel hörte abrupt auf, und als Lis die Augen aufschlug, fand sie sich in der Hütte wieder, in der sie gestern eingeschlafen war. Das, was sie an der Wange gekitzelt hatte, war das Fell, auf dem sie gelegen hatte. Nicht weit von ihr lagen die riesigen Hunde und nagten in aller Ruhe an einem Stück Rinderschädel. Und das Geklimper stammte von einer Kette aus Silberplättchen, die eine dunkelhäutige, dünne Frau um den Hals trug. Offensichtlich war sie damit beschäftigt, in einer grob geschnitzten Holzschüssel einen Teig anzurühren, und bei jeder Bewegung klimperte ihr Schmuck wie Glöckchen. Eisiger Schreck umfing Lis, Panik drohte sie zu übermannen. Gehetzt sah sie sich nach Levin um, doch das Fell neben ihrem war leer. Nur seine Jeans und sein T-Shirt lagen dort. Im Bruchteil einer Sekunde lief ein grauenhafter Film vor ihrem inneren Auge ab: Levin, wie er nachts gefangen genommen worden war und nun irgendwo nackt in einem Verlies hockte. Levin, der unauffindbar verschwunden war, vielleicht sogar schon tot ...

»Karjan ist mit Zoran zum Tempelplatz gegangen«, sagte eine vertraute Stimme neben ihr.

Lis zuckte zusammen und fuhr herum. »Tona!«

»Du brauchst nicht zu erschrecken. Bei uns bist du in Sicherheit«, sagte Tona und reichte ihr einen Becher mit dampfend heißer Flüssigkeit. »Hier werden euch Niams Späher nicht finden.«

Noch nie hatte sich Lis so schutzlos gefühlt, und noch nie hatte sie sich so danach gesehnt, ihren Bruder in der Nähe zu haben. Warum hatte er sie allein gelassen? Mit zitternder Hand nahm sie den Becher an und verschüttete das heiße Gebräu, das ihr wie Lava über die Finger schwappte. Schnell stellte sie den Becher auf dem Boden ab und schüttelte wütend über ihre Ungeschicklichkeit die Hand. Tona sah sie erstaunt an und streckte die Hand aus. Sacht strich sie Lis über das Haar. »Du hast Angst, nicht wahr?«

Lis spürte, wie ihr die Tränen in die Augen stiegen, sie senkte den Kopf und nickte. Plötzlich zog Tona sie zu sich heran und nahm sie einfach in die Arme. Ihr langes Haar roch nach Rauch und getrockneten Kamillenblüten. Lis ließ sich in die Umarmung hineinsinken und schloss die Augen.

»Wir haben alle Angst, Lisanja. Ich weiß so gut, wie es ist, allein und verzweifelt zu sein. Du bist weit gewandert und hast mehr Leid und Blut gesehen, als ein Mädchen sehen darf.« Ihr Gesicht war weich und voller Mitgefühl. »Vielleicht tröstet dich das«, sagte sie und zog das Medaillon aus einem Beutel an ihrem Gürtel. Noch blanker poliert blinkte die Kette, das Medaillon baumelte hin und her.

»Du hast die Kette repariert!«, flüsterte Lis und nahm das Schmuckstück andächtig in die Hand. Tatsächlich war das zerrissene Kettenglied durch ein neues, etwas helleres ersetzt worden.

»Nicht ich, Matej hat die Kette heute Morgen wieder hergerichtet. Nimm sie und dann trink einen Schluck! Du wirst sehen, das wird dir helfen.«

Gehorsam wischte Lis sich die Tränen fort und nahm einen tiefen Schluck von dem, was sich als scharf gewürzte Fleischbrühe entpuppte. Tona lächelte und brachte ihr Brot und ein paar Stücke eines runden Gebäcks, das schwach süß und mehlig schmeckte. Die Frau mit dem Silberschmuck lachte und fuhr damit fort, den Teig zu rühren.

Tona zupfte an einer Falte in ihrem Ärmel und lächelte Lis an. Ganz bewusst vermied sie es, auf das Feuermal zu schauen, und Lis empfand wegen dieser Rücksichtnahme eine warme Welle von Zuneigung für die einfühlsame Frau. Zum ersten Mal an diesem Tag lächelte sie und erinnerte sich an die vergangene Nacht. Schritt für Schritt ging sie den ganzen Weg noch einmal, während sie aß und Tona beobachtete, die sich mit einem Becher Brühe neben sie gesetzt hatte. Ab und zu strich sie sich eine kupferfarbene Strähne aus dem Gesicht und warf den Hunden ein Stück Brot hin, das diese sich gierig und sabbernd schnappten. Mangel an

Nahrungsmitteln schien es in dieser Stadt nicht zu geben.

»Ist Zoran dein Mann?«, fragte Lis und nahm noch einen Schluck.

Tona zog überrascht die Brauen hoch, dann lachte sie und schüttelte den Kopf. »Nein, Zorans Frau ertrank im vergangenen Frühjahr beim Fischen. Sie war die Schwester meiner Mutter.« Ihr Gesicht nahm einen ernsteren Ausdruck an. »Meine Mutter lebt auch nicht mehr. Es ist vier Winter her, seit sie gestorben ist.«

Bingo, dachte Lis. Wieder einmal trete ich sofort zielsicher in den Fettnapf. »Das tut mir Leid, Tona.«

Tona zuckte die Schultern. »Sie würde noch leben, wenn die Desetnica eher gekommen wäre«, sagte sie leise.

Krampfhaft überlegte Lis, wie sie das Thema wechseln konnte. Verstohlen schaute sie sich in der Hütte um. »Lebt ihr alle in diesem einen Raum zusammen?«, fragte sie dann.

»Ihr in Arkona etwa nicht?«, gab Tona die Frage erstaunt zurück.

Lis beeilte sich, eine passende Antwort zu finden. »Na ja, bei uns leben Tiere und Menschen nicht unter einem Dach – zumindest nicht Pferde und Kühe. Und wir haben so etwas wie Wände.«

»Oh, Wände haben die meisten Häuser auch. Aber das hier ist eine Dimnica – eine Hütte für uns alle. Wir sind sieben Leute, die Gäste nicht mitgerechnet. Wir schlafen in diesem Raum und räumen tagsüber die Schlaffelle weg. Es ist nützlich, die Tiere im selben Raum zu haben, so werden sie nicht gestohlen und im Winter wärmen sie uns zusätzlich zum Feuer.« Sie machte eine Pause und betrachtete Lis nachdenklich. »Wenn ich mir dein Gesicht anschaue, glaube ich, dass du nicht begeistert davon bist, hier bei uns zu schlafen.«

»Nein, nein«, wehrte Lis rasch ab. »Ich war nur neugierig ...«

Als wäre ihr eben ein Licht aufgegangen, lächelte Tona verschmitzt. »Jetzt habe ich verstanden, was du eigentlich wissen willst!«

Lis zog die Augenbrauen hoch. »Ach ja? Was denn?«

Verschwörerisch beugte sich Tona zu ihr, aber die Frau mit den klimpernden Ohrringen hatte schon alles mitgehört und konnte sich ein Kichern nicht verkneifen. »Wenn du alleine sein möchtest – oder zu zweit, dann findest du in der Truhe dort hinten Vorhänge aus Wolle.«

Lis wurde rot und schüttelte den Kopf. »O nein, das meinte ich nicht, ehrlich.« Dachte Tona etwa auch, Levin wäre ihr Freund? Andererseits – sie konnte ihr jetzt ja schlecht sagen, dass sie Geschwister waren. Und vielleicht hatte das Wort »Dienerin« in dieser seltsamen Stadt auch eine ganz andere Bedeutung.

Plötzlich sprang Tona auf und holte aus einem Ledersack in der Ecke einen grob gewebten Stofffetzen hervor, den Lis erst auf den zweiten Blick als Kleid erkannte. Bei genauer Betrachtung war es ganz hübsch, ein wenig sah es aus wie die langen Gewänder, die auf dem Flohmarkt stets bei den Ständen mit den Räucherstäbchen hingen. Natürlich war es nicht so bunt, sondern sandfarben, und hatte einen runden Ausschnitt, der kunstvoll mit einem dicken, dunklen Faden umstickt war.

»Hier, zieh das an!«, forderte Tona sie auf und beobachtete, wie Lis sich zögernd aus ihrer Regenjacke schälte und die Jeans abstreifte. Der Stoff des Kleides kratzte auf der Haut, deshalb ließ Lis ihr T-Shirt darunter an. Tona holte einen Ledergürtel, den sie ihr umband und kunstvoll verknotete, dann trat sie zurück und nickte.

»Und ihr Haar?«, rief die Frau mit dem Silberschmuck. Sie klopfte sich Mehl von den Fingern und kam heran. Kurzerhand griff sie in ihr dunkles Haar und zog einen Kamm aus Perlmutt hervor, den sie Lis mit einem aufmunternden Lächeln in die Hand drückte.

»Nimm ihn nur«, sagte Tona. »Alles, was Tante Hleva getragen hat, bringt Glück.«

Gehorsam legte Lis das Schmuckstück an. Gerne hätte sie mehr über Tonas Geschichte erfahren, aber das betont konzentrierte Gesicht der jungen Frau zeigte ihr, dass sie ihr jetzt nichts mehr erzählen würde. Vielleicht war es ohnehin besser, nicht zu viel zu wissen. Das, was ihr jetzt wirklich am Herzen lag, war, ihren Bruder zu finden und zu überlegen, wie sie wieder nach Piran zurückkommen konnten. Verstohlen schielte sie zu Levins Kleiderhaufen, den Tona nun aufsammelte. Sie zuckte zusammen, als es in der Tasche von Levins Jeans klimperte. »Lass nur, ich mache das«, sagte sie schnell und nahm Tona die Kleidungsstücke ab.

Tona zog die Brauen hoch und deutete auf eine Truhe unter einem der lochartigen, winzigen Fenster, die kaum Tageslicht hereinließen. »Gut, wenn du möchtest. Lege sie dort in die Truhe.«

Lis nickte. Der Truhendeckel war schwer und fühlte sich ölig und kühl an. Ein Schwall von frischem Holzgeruch und Leder kam ihr entgegen, als sie sich darüber beugte. In der Truhe lagen dicke Stoffe und genähte Lederschuhe, die wie Mokassins aussahen. Vielleicht bewahrten die Bewohner von Zorans Hütte hier ihre Wintersachen auf. Verstohlen griff Lis in die Hosentasche von Levins Jeans und ertastete erleichtert die Umrisse seines Handys. Mit zitternden Händen zog sie es heraus. Die Erleichterung schlug in eine neue Panik um, als sie feststellte, dass es nicht funktionierte. Das Display blieb dunkel, während sie mehrmals versuchte, es einzuschalten. Sie ahnte, es lag nicht an einem Funkloch, dass sie keine Verbindung bekam. Sie musste zu Levin!

»Was suchst du?«

Obwohl sie sich ertappt fühlte, zwang sie sich, das Handy so ruhig wie möglich wieder in der Tasche zu verstauen. »Nichts, nur mein ... meine ... Eidechsenknochen!« Erleichtert, dass ihr diese logische Ausrede eingefallen war, klappte sie die Truhe wieder zu.

Tonas Augen leuchteten auf. »Hast du sie gefunden?«

Lis schüttelte in gespielter Sorge den Kopf und improvisierte weiter. »Gestern hatte ich sie noch, bevor wir an der Stadtmauer anlangten. Ich muss sie auf dem Weg hierher wohl verloren haben. Schade.«

»Wir müssen sie suchen!«, rief Tona aus. Ihr Gesicht verriet eine solche Besorgnis und Teilnahme, dass Lis ein schlechtes Gewissen bekam.

»Ach ...«, wollte sie abwehren. Aber dann fiel ihr plötzlich ein, dass ihr gar nichts Besseres passieren konnte. »... Ich meine – ja, ich muss sie wiederhaben!

Vermutlich liegen sie gar nicht weit von dem Geheimgang entfernt.«

Tona nickte eifrig. »Gleich wenn wir vom Markt zurückkommen, sage ich Matej, dass wir heute Nacht zur Stadtmauer gehen. Bei Tageslicht können wir nicht hinaus, das wäre zu gefährlich. Aber du hast sicher Seherinnenaugen, mit denen du die Eidechsenknochen auch bei Dunkelheit findest?«

»Ja natürlich«, erwiderte Lis schnell. Ungeduld kribbelte bereits in ihren Händen. Nun musste sie nur noch Levin finden – und dann würden sie heute Nacht die Stadt verlassen können. Geflissentlich drängte sie die Erinnerung an die leere Landzunge, die sie gestern Nacht gesehen hatten, aus ihrem Gedächtnis. »Du sagtest, Zoran und ... äh ... Karjan seien schon auf dem Tempelplatz«, fragte sie.

»Ja«, sagte Tona. »Vielleicht haben sie bereits erfahren, was mit den Kurieren geschehen ist.«

Lis konnte es kaum erwarten, aus der Hütte zu kommen. Ihr Atem ging schnell vor Ungeduld, als sie sich duckte, um durch die schmale Tür ins Freie zu gelangen. Meeresduft wehte ihr entgegen, eine grelle Sonne, die schon hoch am Himmel stand, blendete sie. Sie standen in einer schmalen Gasse, an deren Rand sich mehrere niedrige Häuser aus Holz zusammenkauerten. Wie Tonas Haus hatten auch die anderen Dimnicas Dächer aus Reisig, die flach und weit ausladend waren. Es sah aus wie ein kleines Dorf mit lauter Hexenhäuschen.

Tona ging voraus und Lis folgte ihr in der Hoffnung, dass sie nicht zu sehr auffallen würde. Doch anscheinend war sie in ihrem Kleid kein ungewöhnlicher Anblick. Wie auf Watte lief sie über die Straßen, die es gar nicht geben durfte. Gestern beim schwachen Licht des Mondes war ihr die Stadt noch wie etwas erschienen, das es durchaus geben konnte. Aber jetzt, im hellen Sonnenlicht, verwirrten sich ihre Gedanken. So musste sich jemand fühlen, der gerade verrückt wurde. Die Menschen um sie herum schienen erschreckend reale Gespenster zu sein. Ängstlich wich sie jedem, der ihr entgegenkam, aus, um ihn nicht auch nur zufällig zu berühren. Das Blut pochte in ihren Schläfen, so aufgeregt war sie. Mehrfach stolperte sie und stieß sich den Fuß. Zumindest der Schmerz war pure Wahrheit.

Die Menschen grüßten sie, niemand schien sich über ihre Anwesenheit zu wundern oder ihre Unsicherheit zu bemerken.

Nach und nach verbreiterten sich die Wege. Die Häuser wurden größer und standen dichter, einige von ihnen waren auf Grundmauern aus roh behauenen, weißen Steinen aufgesetzt, die Lis bis zur Brust reichten.

Staunend betrachtete sie die Gegenstände, die über den Türstöcken hingen. Es waren Haken und seltsame Gerätschaften, die sie nicht kannte und von denen sie sich nicht vorstellen konnte, wozu sie gebraucht wurden. Vor einigen Häusern saßen alte Menschen mit erschreckend faltigen und verwüsteten Gesichtern; sie schnitzten Holzhaken oder sponnen Wolle. Sogar ein Kunstschmied arbeitete vor seiner Hütte und ritzte Ornamente, die wie Sonnen aussahen, in einen Kupferkrug. Als Lis' Schatten auf ihn fiel, sah er auf, musterte sie kurz und grüßte. Lis erwiderte den stummen Gruß mit der gleichen Geste und beeilte sich, zu Tona aufzuholen.

Sie gingen durch Gassen, die aus gestampfter Erde bestanden, kamen von dort aus auf Wege, die mit Holzplanken belegt waren, bis die Straßen noch breiter wurden und aus Stein gefertigt waren. Wie ein grobes Mosaik sah das Kopfsteinpflaster aus, das Lis vorsichtig überquerte, um nicht über einen der unregelmäßigen Steine zu stolpern. Auch die größeren Häuser waren in der Regel aus Holz, aber es gab auch prächtige Gebäude mit Säulen und Steinmauern. In manche von ihnen waren mosaikartige Bilder eingelassen, die Szenen aus dem Leben am Meer zeigten.

Zwischen zwei Fenstern entdeckte Lis einen Delfin aus graublauen Muscheln und an einer anderen Stelle das Bild eines Fischers, der mit seinem Boot auf den Wellen trieb. Entfernt erinnerte sie das Bild an ein Motiv, das sie im Museum auf einem der Ölgemälde gesehen hatte.

Inzwischen musste sie sorgfältig darauf achten, Tona nicht aus den Augen zu verlieren, so viele Menschen schoben sich in ihr Blickfeld. Nun konnte sie es nicht mehr vermeiden, dass sie ein Arm streifte oder eine Schulter sie zur Seite rempelte. Sie roch Schweiß, Salz, verräucherte Kleidung und mitten in dieser Geruchskaskade den Duft von getrockneten und zerstoßenen Kräutern, die alte Frauen am Wegrand in kleinen Säcken anboten. Längst hatte sie die Orientierung verloren und wusste nicht mehr, auf welcher Seite sich die Stadtmauer befand, die sie von Piran aus gesehen hatte. Tona blickte sich nach ihr um, lächelte und winkte sie heran. Nach einer weiteren Biegung tat sich vor ihnen ein riesiger freier Platz auf. Hier waren die Steine, die den Boden zierten, sorgfältig glatt geschliffen. Der Platz strahlte weiß, gesäumt war er von Steingebäuden, die mehrere Meter hoch waren. Und mitten auf dem Platz stand ein riesenhafter Turm aus Stein und Holz, das beinahe schwarz war. Wuchtig und rund war er wie ein Wehrturm aus dem Mittelalter und ragte fensterlos in den blauen Himmel.

»Das ist der Priesterturm«, sagte Tona. Lis schirmte mit der Hand das Sonnenlicht ab und legte den Kopf in den Nacken, um ganz nach oben blicken zu können. Auf dem flachen Dach war ein Holzgeländer, wahrscheinlich befand sich oben eine Plattform. Von dort konnte man sicher die ganze Bucht überblicken.

Rund um den Turm entfaltete sich ein Markt mit den verschiedensten Ständen. Manche Händler hatten auch einfach nur ein Tuch auf dem Boden ausgebreitet und boten ihre Waren darauf an. Lis betrachtete die Ton- und Kupfergefäße, Fibeln, Stoffe und Holzschnitzereien in Form von Delfinen und Seeschlangen. Mit Erstaunen entdeckte sie auch farbige Glasperlen, milchige Bernsteinplättchen und geschliffene und polierte Muschelschalen, die als Essgeschirr dienten.

Außerdem fielen ihr viele Menschen auf, die nicht in grob gewebten Gewändern gingen, sondern viel prächtiger gekleidet waren. Feines rotes Tuch wehte im Sommerwind, die Stickereien aus Goldfaden sahen verschlungen und bedeutungsschwer aus. Frauen hatten Perlmuttkämme und Muscheln in die Haare eingeflochten und trugen große, klingende Bronzeohrringe. Manche von ihnen hatten sich die Augen kunstvoll mit schwarzblauer Schminke umrandet, eine Zierde, die Lis auch bei einigen Männern entdeckte.

Wie ein rettendes Bild, das sie vor dem Ertrinken im Wahnsinn bewahren konnte, fielen ihr im Getümmel ein grauer Priestermantel und blondes Haar auf. »Da, da sind sie!«, rief sie Tona zu und zupfte sie am Ärmel.

Sie kämpften sich durch die Menge, die sich am Fuß des Turms versammelte, bis sie bei Zoran und Levin angelangt waren. Lis schaute sich nach dem Torwächter Matej um, doch er war nirgends zu sehen.

»Ah, Lisanja!«, rief Levin ihr entgegen. Zoran nickte ihr zum Gruß zu und konzentrierte sich dann wieder mit zusammengekniffenen Augen auf das Geschehen vor dem Eingang des Priesterturms.

»Levin, Gott sei Dank!«, flüsterte sie ihrem Bruder auf Deutsch zu. »Ich dachte schon, ich werde verrückt. Wir können heute Nacht ...«

»Später!«, flüsterte er. »Schau dort!«

Wachen mit Lanzen und Schlagstöcken aus knotigem Wurzelholz hatten Position bezogen, eine Plattform aus Zedernplanken stand dort, die Lis bis dahin nicht bemerkt hatte. Lis stellte sich ganz nah an Levin heran und drückte ihm kurz und verstohlen die Hand. Er zwinkerte ihr zu und erwiderte ihren Händedruck. Sie hatte den Eindruck, dass er ebenso erleichtert war, sie zu sehen, wie umgekehrt. Sie atmete auf und fühlte sich sofort ein wenig sicherer.

»Die Kuriere sind im Turm, wie wir vermutet haben«, flüsterte Zoran Tona zu. Sie stellte sich hinter Lis und legte ihr eine Hand auf die Schulter. Im Gebäude rechts neben dem Priesterturm – ein breites Haus aus weißem Stein, auf dem ein Muschelmosaik mit einem Sonnensymbol prangte, gingen die schweren Türflügel aus Holz auf.

Die Menge verstummte. Lis hielt die Luft an und reckte den Hals, um besser sehen zu können.

»Fürst Dabog wird nun mit den Priestern des Poskur erscheinen«, flüsterte ihr Tona zu. Der Griff auf ihrer Schulter verstärkte sich.

Totenstille lag über dem Platz, als mehrere Männer in langen, roten Gewändern durch die Tür traten.

»Wow«, flüsterte Levin, ohne auf Zorans erstaunten Blick zu achten.

Fünf waren es, doch schon auf den ersten Blick sah man, welcher von ihnen der Anführer war, der Kopf der Priestergemeinschaft.

»Der Größte von ihnen, das ist Niam«, sagte Tona. Ihre Stimme zitterte. Auch ohne diesen Hinweis hätte Lis ihn sofort erkannt, obwohl er ebenso gekleidet war wie die anderen Priester. Bodenlang waren die Gewänder, von schlichtem, geradem Schnitt und tiefrot gefärbt. Die Priester trugen keine Bärte, und die Augen waren dick mit schwarzer Schminke umrahmt, die sich bis über die Wangen und einen Teil der Stirn zog. Auf den ersten Blick sah es aus, als trügen sie eine durchgehende Maske über den Augen, was ihnen ein martialisches Aussehen verlieh.

Niam war der Hagerste und Markanteste von ihnen. Sein Haar war zwar schütter und grau – er mochte vielleicht fünfzig Jahre alt sein –, aber mit seiner Haltung und der Autorität, die er ausstrahlte, hob er sich von den anderen Priestern so deutlich ab wie ein Wolf von einer Horde Dackel.

Hinter den Priestern betrat ein untersetzter Mann den Marktplatz. Sein Gesicht war scharf geschnitten, die Nase lang und schmal, seine Stirn hoch und von Falten durchzogen. Auf den ersten Blick wirkte er massig und stark. Doch sein seltsam gebeugter Gang strafte diesen Eindruck Lügen. Sein Mantel berührte fast den Boden. Auf dem Kopf trug er ein breites Band aus Kupfer, das ihn niederzudrücken schien. Lis staunte darüber, dass der Mann auffallend helles Haar hatte, das bereits grau schimmerte. »Fürst Dabog?«, fragte sie. Zoran nickte.

Die Prozession überquerte den Platz, bis sie vor dem Priesterturm angelangt war. Auf ein Zeichen von Niam betraten vier der Wächter den Turm. Ein Raunen ging durch die Menge, als sie wieder herauskamen. Grob stießen sie mit ihren Stöcken zwei Gefangene vor sich her. Unwillkürlich trat Lis einen Schritt zurück.

Es waren ein älterer Mann und ein kräftiger Krieger, der kaum älter als fünfundzwanzig sein mochte. Sie waren gefesselt und gingen gebeugt wie unter großen Schmerzen. Lis tat es beinahe körperlich weh, ihre Verletzungen in der grellen Sonne zu sehen. Beiden klebte getrocknetes Blut an Gesicht und Hemd, das linke Auge des jungen Mannes war blau geschlagen und völlig zugeschwollen.

Unsanft wurden sie auf das Podest gestoßen, wo sie schwankend stehen blieben und angestrengt in die Menge blinzelten. Lis fiel auf, dass der Kurier in der Menge fieberhaft nach einem bestimmten Gesicht zu suchen schien. Für einen Moment sah er auch Lis an, aber sein Blick schweifte gleich weiter.

Niam stellte sich vor die beiden Männer und hob die

Arme. Sein rotes Gewand bauschte sich. »Menschen Antjanas! Diener Poskurs, des Großen, des Grausamen, des Rächers!«

Lis lief ein Schauer über den Rücken, obwohl seine Stimme nicht bedrohlich klang, im Gegenteil. Sie war gütig und freundlich und sehr durchdringend. Auch wenn er geflüstert hätte, man hätte ihn zweifellos an jeder Ecke des Platzes verstanden.

»Ihr wisst, welche Bedrohung über Antjana liegt! Nur zu gut kennt ihr die Prophezeiung und wisst, dass die Stadt vor einer großen Prüfung steht.« Er senkte die Stimme. »Die Desetnica ist zurückgekehrt. Mit Hilfe der niederen, frevelhaften Götter des Verderbens hat sie überlebt und widersetzt sich dem ewigen Gesetz von Poskur. Sie widersetzt sich und sammelt Truppen vor der Küste! Rache will sie! Euch alle will sie töten, jeden Einzelnen von euch will sie im Feuer der Rache verbrennen!« Mehrere Augenblicke lang ließ er diese Worte nachklingen.

Lis schaute sich verstohlen um und las die Angst in den Gesichtern.

»Sie fordert Poskur heraus!«, donnerte Niam wieder los. »Und diese beiden hier ...« – er wirbelte herum und zeigte mit seinem Stock auf die Kuriere – »... sind ihre Diener. Verraten haben sie euch, verraten haben sie die Stadt! Sie unterwandern das Gesetz und die göttliche Ordnung. Heimlich tragen sie Botschaften zur Desetnica und ihren Truppen und verbünden sich mit ihnen. Sie sind eine faulende Stelle an unserem Baum, ein brüchiger Ast, der demjenigen den Tod bringt, der sich auf seine Stütze verlässt.«

Er ließ die Arme sinken und rief in Lis die Erinnerung an römische Kaiser hervor, die mit einem Fingerzeig über Leben und Tod der Gladiatoren entschieden. Sie biss sich auf die Lippe. Nun, es war deutlich genug, dass Niam soeben ein Todesurteil verkündet hatte. Fast konnte sie die Gefangenen nicht mehr ansehen, so sehr verspürte sie Mitleid mit ihnen. Der ältere Mann vermochte sich kaum noch auf den Beinen zu halten. Ein Murmeln ging wieder durch die Menge, dann wurden vereinzelte Rufe laut. Menschen drängten in die Nähe des Podests. »Verräter!«, tönte es. »Tötet sie!«

Plötzlich flog ein Stein über den Platz und traf den jüngeren Kurier an der Schulter. Stöhnend ging er in die Knie. Tonas Finger gruben sich in Lis' Schulter. Zoran presste die Lippen aufeinander und ballte die Fäuste, doch er schwieg. Niam hob den Arm. Augenblicklich verstummte die Menge.

Fürst Dabog zeigte keine Regung, er nickte nur betont würdevoll, als Niam zurücktrat und seine Ansprache schloss. »Ja, wir könnten sie töten. Aber es liegt nicht in unserer Macht, zu entscheiden, welche Strafe sie verdienen. Poskur selbst haben sie beleidigt, sein Fleisch haben diese Unwürdigen mit dem Messer des Verrats durchbohrt. Was also befiehlst du, Fürst Dabog?«

Der Fürst hob den Arm und wandte sich der Menge zu. »Poskur soll entscheiden«, sagte er mit brüchiger Stimme.

»Ist Niam oder Dabog der Herrscher?«, flüsterte Levin Lis auf Deutsch zu, damit ihn keiner der Umstehenden verstand.

»Poskur!«, riefen die Claqueure in der ersten Reihe.

Niam nickte. Auf seinen Wink gingen drei der Priester in den Turm. Nach einer Weile trugen sie eine Holzstatue heraus, die so groß war wie ein Mensch.

Hölzerne Flammen schossen aus dem zahnbewehrten Maul und umloderten die klauenartigen Hände. Rippen stachen wie Drachendornen aus dem Leib. Grausamkeit zeichnete sich in dem verzerrten Gesicht ab. Lis musste sich eingestehen, dass sie selten etwas so Abstoßendes gesehen hatte. Das Holz war beinahe schwarz, die ganze Statue war poliert und mit einem Öl eingerieben, das sie glänzen ließ. Ein intensiver Duft nach verbrannten Kräutern und Moschus wehte über den Platz. Die Menschen gingen in die Knie, erst in den vordersten Reihen, dann breitete sich die Huldigung wie eine Welle aus. Unwillkürlich folgten Levin und Lis dem Beispiel der anderen und ließen sich auf dem warmen Steinboden nieder.

Auch Niam und die Priester knieten nieder, während Fürst Dabog lediglich den Kopf senkte. Ein Wächter zwang den älteren Kurier mit einem Fußtritt auf die Knie.

»Großer Poskur!«, rief Niam. »Grausamer, Gerechter! Was soll mit diesen Verrätern geschehen?«

Totenstille lastete über dem Platz. Lis konnte in der Ferne das Meer rauschen hören und vernahm die schrillen Schreie der Möwen. Lange Zeit geschah nichts, dann, plötzlich, wurde der Moschusgeruch intensiver, als eine Brise über den Platz wehte. Rauch kräuselte sich, kaum sichtbar, dann immer deutlicher. Mit Entsetzen sah Lis, dass der weiße Rauch aus dem hölzernen

Maul der Statue kam. Immer mehr Rauch bauschte sich in den Himmel. Schreie wehten über den Tempelplatz, Menschen sprangen auf die Beine und deuteten auf die Statue. Dann züngelte die erste Flamme aus dem Mund des Ungeheuers und leckte über das hölzerne Gesicht. Das Öl fing sofort Feuer, wenige Augenblicke später brannte die Statue lichterloh. Die gefangenen Kuriere waren noch blasser geworden, der ältere Mann sackte zusammen. Seine Schultern zuckten, als würde er weinen.

»Was bedeutet das?«, flüsterte Lis. »Werden sie verbrannt?«

»Sieht so aus«, flüsterte Levin zurück. »Wie haben die Priester das gemacht? Vielleicht mit einem Brennglas?«

Die Rauchsäule schraubte sich in den Himmel, von der Statue war nichts mehr zu erkennen. König Dabog hob die Arme und verkündete das Urteil, das alle bereits verstanden hatten. »Poskur hat gesprochen!«, sagte er. »Im Feuer der Rache sollen die Verräter sterben. Wenn der Mond voll ist und Nemeja das Meer schwellen lässt, werden sie hier vor dem Tempel den Tod finden unter den Augen von Poskur und seinem Volk.«

Die Wachen zerrten die Gefangenen auf die Beine und trieben sie in den Turm. Vier der Priester folgten ihnen, nur Niam blieb auf dem Podest stehen und wandte sich noch einmal an das Volk.

Seine Augen waren hart und schmal, als er einzelne Gesichter in der Menge musterte und mit der Hand in die Menge deutete. »Du!«, rief er. »Oder du! Oder du da, ja, genau dich in dem grünen Kleid meine ich! Ihr alle seid gewiss, dass Poskur die Verräter finden wird, die der

Desetnica dienen. Glaubt euch nicht sicher in der Menge. Ich weiß, dass ihr dort seid! Poskur wird euch finden und zermalmen!«

Eine Sekunde lang schien er Lis direkt anzuschauen. Erschrocken zuckte sie zusammen, dann drehte sich der Hohepriester schon schwungvoll um und schritt an der Seite von Fürst Dabog zurück in das klotzige, weiße Gebäude unweit vom Priesterturm, das vermutlich eine Art Palast war.

Lis wagte wieder zu atmen und sah sich verstohlen um. Die Menschen um sie herum schauten mit dem gleichen Unbehagen ihre Nachbarn an, Misstrauen im Blick. Schließlich zerstreute sich die Menge nach und nach. Die vier Priester löschten die brennenden Reste der Statue und sammelten sie in einem hölzernen Weihebehälter, der wie eine riesige Urne aussah. Menschen drängten heran, um Asche vom Boden aufzusammeln, sich das Gesicht damit einzureiben und den Kindern als Segen auf das Haar zu streuen.

»Wann ist Vollmond?«, fragte Lis, zu Tona gewandt.

Die junge Frau sah sehr besorgt aus. »Bald«, sagte sie. »Viel zu bald! Heute Nacht hatte der Mond die Form eines Lächelns. Du kannst es dir ausrechnen.«

Lis runzelte irritiert die Stirn. In Piran hatte in der Nacht zuvor der Vollmond am Himmel gestanden. Waren sie wirklich in einer anderen Zeit gelandet? Die Vorstellung jagte ihr einen Schauer über den Rücken.

Zoran drängte zum Aufbruch. »Wir haben weniger Zeit, als ich dachte. Lasst uns zu Zlata gehen.«

Das Orakel der Nemeja

Zlata war eine alte Frau. In ihrem Steinhaus, das weit prächtiger war als der Bauernhof, in dem Zoran und Tona wohnten, lag sie auf einem Bettgestell aus Holz. Stroh quoll unter dem Tuch hervor, auf dem sie lag. Um sie herum standen Gefäße aus Kupfer und Glas, die mit schwach duftenden Essenzen gefüllt waren. Außerdem erkannte Lis im Halbdunkel des Zimmers verschiedene Holzfiguren. Manche von ihnen zeigten eine ähnliche Fratze wie die des Gottes Poskur, andere stellten eine Muräne mit weit aufgerissenem Maul und nach innen gebogenen Zähnen dar.

Erst als die alte Frau im Bett sich mühsam mit den Armen aufstützte, erkannte Lis, dass Zlatas Beine gelähmt waren. Mit ihrer pergamentenen Haut und den tief in den Höhlen liegenden Augen sah sie krank und hinfällig aus. Tona sprang herbei und schob ihr eine mit Stoff bezogene Holzstütze hinter den Rücken, damit sie aufrecht sitzen konnte.

»Zoran, mein lieber Junge!«, sagte Zlata mit ruhiger Stimme und reichte dem großen Mann beide Hände. »Wie steht es mit den Kurieren?«

Zoran schüttelte den Kopf. »Nicht gut, Zlata. Wie wir gestern befürchtet hatten, sind sie zum Tode verurteilt worden. Bei Vollmond werden sie auf dem Priesterplatz verbrannt.«

Wenn diese Worte Zlata erschreckten, dann ließ sie sich ihre Erschütterung nicht anmerken. Sie nickte lediglich und kniff die Augen zusammen, um Levin und Lis besser sehen zu können. »Und das sind eure Gäste aus dem fernen Reich des Gottes Swantewit?«, fragte sie.

Levin und Lis ergriffen die papiertrockenen Hände, die die alte Frau ihnen entgegenstreckte. Zlata musterte ihre Gesichter eingehend und so lange, dass sie beide nervös wurden. »Der Priester und seine Dienerin, nicht wahr? Ihr könntet Geschwister sein!«

Lis spürte, wie ihr Herz einen Sprung machte.

Zlata lächelte sie zahnlos und freundlich an. »Man sagte mir, du liest die Zukunft aus Eidechsenknochen?«, fragte die alte Frau weiter. »Du musst mir deine Kunst zeigen. Ich lese alles, was ich wissen will, in den Augen der Menschen, deren Seelen mich berühren – und ein wenig hilft mir der Rauch des heiligen Feuers.«

»Bist du eine Priesterin?«, fragte Lis.

Zlata lachte. »Die älteste aller Priesterinnen, mein Kind.« Mühsam richtete sie sich weiter im Bett auf. Tona sprang herbei und half ihr dabei, ihre Beine bequem zu betten. Zlata ächzte und fuhr fort. »Vor vielen Jahren habe ich der Mutter der Fürstin Danila gedient. Damals gab es noch keinen Priesterturm, wir beteten am Strand zur Göttin Nemeja und brachten Poskur Brandopfer auf der steinernen Stadtmauer dar.« Sie deutete auf die Holzfiguren der Götter. Lis wurde klar, dass die Meeresgöttin Nemeja die Gestalt einer Muräne hatte. »Ich weihte die Fürstin Danila, als sie geboren wurde. Als drittes Kind, ein Glückskind. Ihre zwei älteren Geschwister starben im Krieg, deshalb war sie es, die später mit Fürst Dabog ganz Antjana regierte. Sie ließen die Stadt befestigen, sie schufen neues Land im Meer, sie bauten Dämme, ließen Land aufschütten und ersetzten die hölzernen Pfahlbauten durch Häuser aus Stein. Schließlich erbauten sie auf Niams Rat hin den Priesterturm. So gingen viele Jahre ins Land und Fürstin Danila gebar neun Kinder. Fünf starben durch das Buchtfieber.« Sie holte rasselnd Luft und knetete die bestickte Decke mit ihren langen Fingern.

»Und dann wurde die zehnte Tochter geboren?«

Levins Stimme klang leise, als befürchtete er, die alte Frau aufzuschrecken.

Sie sah ihm fest in die Augen und wurde ernst. Ein harter Zug schlich sich in ihr Gesicht, ließ es knochig und viel älter aussehen. »Die Desetnica, ja«, sagte sie und seufzte. »Sie war stark, sehr stark sogar für so ein kleines Mädchen. Sie überlebte das Buchtfieber und wuchs allen ans Herz. Königin Danila weinte und klagte, als die Priester das Kind einforderten. Sie wollten es Poskur opfern, doch ich ließ mich von Danilas Bitten erweichen und rief das Orakel. Das Meer war stürmisch an diesen Tagen, Blitze zuckten über den Himmel. Die Sturmflut rüttelte an den Stadtmauern. Das Orakel sagte mir, dass Nemeja das Opfer für sich forderte. Es gab einen erbitterten Streit zwischen Danila und Poskurs Priestern, doch schließlich stellte sich auch Fürst Dabog auf die Seite der Priester. Er erklärte sich einverstanden, das Kind zu töten und dem heiligen Feuer zu übergeben. Danila aber gab mir das Mädchen und ich brachte es zum Strand, legte es auf ein Floß und hängte ihm ein getrocknetes Muränenherz um den Hals. Danila weinte lange Zeit.«

»Die Desetnica wurde auf dem Meer ausgesetzt?«, fragte Levin.

»Danila hat sie Poskur entrissen und stattdessen Nemeja geopfert. Schließlich war sie das zehnte Kind«, antwortete Zlata, aber sie sah bei diesen Worten Lis an und nicht Levin. Verschwörerisch beugte sie sich etwas weiter zu ihr. Der Blick aus diesen alten, gelblichen Augen berührte Lis' Seele. Es fühlte sich an, als würde sich ein Knoten in ihrem Inneren lösen. Alle Angst, die sie jemals gespürt hatte, schien aus ihr herauszufließen. Plötzlich fühlte sie sich sehr stark.

»Doch ich tat etwas«, fuhr Zlata flüsternd fort, »was ich noch nie zuvor getan hatte. Ich bat die Göttin, die Desetnica nicht zu verschlingen, sondern sie auf ihrem gewaltigen Rücken aufs Land zu tragen. Ich sah in die Augen des Kindes und wusste, dass es nicht bereit war zu sterben. Das habe ich Danila nie erzählt.«

»Warum haben wir heute nur Fürst Dabog gesehen? Lebt Danila nicht mehr?«, flüsterte Lis.

»Sie ist umgekommen, ja. Und ich beinahe mir ihr«, sagte die alte Frau und klopfte auf ihr rechtes Bein wie auf ein Stück Holz. »Es war das Jahr, als im Palast Feuer ausbrach. Das halbe Gebäude brannte ab. Die Fürstin und ich waren im Palast, als eine brennende Statue sie und mich traf. Mir hat sie nur den Rücken gebrochen, Danila aber wurde erschlagen.« Sie seufzte und wischte sich über die Augen, als wollte sie ein schreckliches Bild vertreiben.

»Die Priester sagen, das sei Poskurs Strafe dafür, dass

die Desetnica nicht dem Feuer übergeben worden war«, flüsterte Tona. »Und Fürst Dabog gibt sich die Schuld am Tod seiner Frau und tut bei den Priestern Buße für seinen Frevel.«

»Poskur ist ein grausamer Gott«, flüsterte Zlata. »Ein grausamer Gott.« Sie tastete nach einer kleinen abgegriffenen Holzfigur der Göttin Nemeja und nahm sie in die Hände.

Zoran setzte sich an ihr Bett und legte ihr die Hand auf den Arm. »Zlata!«, begann er. »Was sagt das Orakel?«

Die alte Frau blinzelte und sah ihn ernst an. »Befreit die Kuriere«, sagte sie und sah Lis direkt in die Augen. »Wenn ihr zulasst, dass die Kuriere im Feuer der Rache sterben, wird die Stadt vernichtet werden.«

»Wann kommt die Desetnica?«, beharrte Zoran. »Es wurden Schiffe vor der Stadt gesehen. Die Wache rüstet sich gegen den Ansturm. Die Bauern erzählen, dass Teile ihrer Felder verwüstet wurden, Hufspuren durchpflügen die Wiesen und Felder. Sie haben Angst, ihrer Arbeit nachzugehen. Gerüchten zufolge sollen unsere Krieger sie demnächst auf den Feldern bewachen.«

Plötzlich veränderte sich Zlatas Stimme. Noch tiefer und fester klang sie, ihre Augen schienen zu glühen. »Die zehnte Tochter kommt, wenn ihre Zeit gekommen ist. Befreit die Kuriere! Sie bringen eine wichtige Botschaft von ihr!«

Sie schloss die Augen und ließ sich zurücksinken. Lis fröstelte. In dem halbdunklen Zimmer, am Bett dieser Frau, fühlte sie sich mit einem Mal nackt und durchschaut, am liebsten wäre sie hinausgestürzt. Sie mussten zurück in ihre eigene Zeit, in ihre Stadt. Verstohlen, aber nachdrücklich stieß sie Levin an und gab ihm ein Zeichen. Gemeinsam zogen sie sich zurück und traten hinaus in die Sonne.

Sie standen in einem kleinen lichtdurchfluteten Innenhof, der offensichtlich leer war. Ein Baum mit Blättern, wie Lis sie noch nie gesehen hatte, war in einen steinernen Trog gepflanzt. Schwere, blaugelb gesprenkelte Blüten in der Form von Schlangen hingen fast bis zum Boden. Ihr Duft war intensiv und betäubend. Lis fühlte sich an das Räucherwerk in Zlatas Kammer erinnert. »Levin, wir haben nicht geträumt. Wo sind wir hier?«, flüsterte sie ihrem Bruder auf Deutsch zu. »In welcher Zeit?«

Er rieb sich die Augen. Plötzlich sah er müde und grau im Gesicht aus. »Ich weiß es nicht, Lis. Dieser Museumswächter – Kajetan hieß er, nicht wahr? Er könnte uns diese Frage vielleicht beantworten. Ich habe Zoran gefragt, aber sie haben eine seltsame Zeitrechnung, von der ich noch nie etwas gehört habe. Sie beten zu diesem Rachegott Poskur und der Meeresgöttin Nemeja. Von denen habe ich ebenfalls noch nie etwas gehört – und ich kenne eine Menge alter heidnischer Götter. Sie wissen nichts von den Avaren, nichts von den Germanen, und auch einen Römer haben sie noch nie gesehen. Onkel Miran hat mir mal erzählt, dass die Slowenen zur Zeit der Völkerwanderung aus den Alpen eingewandert sind. Vielleicht sind wir im sechsten oder siebten Jahrhundert gelandet, wer weiß? Vielleicht hat uns aber auch am Leuchtturm der Blitz getroffen und nun liegen wir in einem Krankenhaus und träumen im Koma in einer Fantasiewelt vor uns hin?«

»Glaubst du das im Ernst?« Sie kniff ihn in den Arm und lächelte, als er zusammenzuckte. »Ziemlich real für ein Koma, oder?«

»Ziemlich real für ein Computerspiel«, antwortete er nachdenklich.

»Was meinst du denn damit?«

Er machte eine große Geste, die all das umfasste, was sie sahen. »Na, sieh dir das alles hier an. Fremde Blumen, eine andere Zeit, geheimnisvolle Legenden, fremde Götter – es ist wie ein Adventure und funktioniert nach den gleichen Gesetzen. Wir haben ein Orakel, ein Geheimnis, wir haben eine Tragödie, die vor langer Zeit geschah, außerdem Gefangene im Turm und eine Stadt, die kurz vor einem Krieg steht.« Er lachte auf, als wäre er verrückt geworden.

Lis wurde ernst. Sie nahm ihren Mut zusammen und stellte ihm die Frage, die sie schon den ganzen Tag bewegte.

»Levin«, flüsterte sie. »Glaubst du, wenn es Nacht wird und wir vor die Stadtmauer gehen – kommen wir dann wieder nach Piran? Ich habe Tona erzählt, dass ich meine Eidechsenknochen vor der Stadtmauer verloren habe. Matej und sie gehen heute Nacht noch einmal mit uns zum Geheimgang um sie zu suchen. Das ist unsere Chance, hier wegzukommen!«

Levin lächelte müde und schüttelte den Kopf. »Wir können nicht einfach so zurück, Lis! Heute Morgen, als du noch geschlafen hast, habe ich Zoran bis zum Ende des Geheimgangs begleitet.«

»Du bist rausgegangen? Warum hast du mich nicht geweckt?«

»Schrei nicht so, Lis! Weil Tona mich nicht an dich rangelassen hat. Sie hat dich bewacht, als wäre sie deine Mama, und hat mir nicht gerade freundlich klar gemacht, dass ich dich schlafen lassen soll, weil du so erschöpft bist.«

Lis unterdrückte mühsam ihre Wut. »Ganz toll, Levin. Seit wann lässt du dir denn von irgendjemandem etwas sagen? Und was hast du vor der Stadtmauer gesehen?«

Er hob die Schultern. »Nichts, Lis. Piran ist weg. Definitiv. Da ist nur eine Landzunge mit Bäumen und einer Viehherde drauf. Wir können nicht so einfach zurück.«

Sie schluckte und schüttelte den Kopf. Verzweiflung wallte in ihr hoch. »Du warst im Tageslicht dort – aber wenn wir heute Nacht rausgehen, dann klappt es vielleicht! Wer weiß, vielleicht funktioniert diese Zeitverschiebung nur bei Mondlicht!«

»Piran war schon gestern Nacht weg, weißt du das nicht mehr? Wir haben uns umgeschaut und da war nur noch eine Landzunge zu sehen.«

Sie senkte den Kopf. Zumindest damit hatte er Recht, das musste sie zugeben. »Was sollen wir nur machen? Das Handy geht auch nicht.«

»Ich weiß«, antwortete er nachdenklich. »Wir sitzen ganz tief in einem riesigen Funk-Zeitloch.«

»Levin, wir müssen aber zurück!«, sagte sie, als wäre er wirklich ein Magier und könnte irgendetwas an der Situation ändern.

Plötzlich lächelte er. »Warum?«, fragte er. »Siehst du denn nicht, dass alles hier kosmischen Gesetzen folgt? Wir können nicht mitten im Spiel gehen. Es ist unser

Schicksal, eine Prüfung, eine Aufgabe für uns. Wir müssen sie bestehen. Meine Aufgabe in diesem Spiel ist es, die Rolle des Hohepriesters zu spielen und auf der Seite der Kuriere zu kämpfen. Deine Aufgabe ist es, mir zu helfen. Und wir beide müssen uns bemühen, das Geheimnis dieser zehnten Tochter zu lösen.«

»Levin, spinnst du?« Sie ignorierte seine Geste, mit der er sie auffordern wollte, leiser zu sprechen. »Wir können nicht hier bleiben! Und abgesehen davon ist es ganz bestimmt nicht meine Aufgabe, dir zu helfen! Was bildest du dir überhaupt ein?« Sie holte Luft. »Die Leute hier – Zoran, Zlata, die Kuriere –, die Stadt mit ihrem Krieg, was hat das mit uns zu tun? Gar nichts, Levin!«

Er zuckte mit den Schultern. »Im Computerspiel finden sich die Handlungsfäden oft erst zum Schluss. Es hat alles einen Sinn, vertraue mir. Das ganze Leben funktioniert nach Schema und Spiel.«

»Das Leben ist ein Chaos!«, erwiderte sie. »Ich glaube nicht, dass wir in einem Spiel gefangen sind! Und ich glaube auch nicht, dass die Menschen, die hier sterben, bei der nächsten Runde wieder aufstehen. Es ist real, Levin!«

»Hör zu, Lis.« Seine Stimme klang plötzlich gefährlich leise. So kannte sie ihn nur, wenn er sehr wütend war. Er trat ganz nahe an sie heran und legte seine Hände auf ihre Schultern. »Selbst wenn Piran heute Nacht oder morgen wieder auftauchen sollte, werde ich nicht mitkommen! Noch nicht.«

Am liebsten hätte Lis ihm ins Gesicht geschlagen. Lange, viel zu lange sahen sie sich in die Augen, dann nahm sie sich zusammen. Sie kannte ihn zu gut, um jetzt zu widersprechen. Es würde nur zur Folge haben, dass er bockig wurde und überhaupt nicht mehr mit ihr sprach. Und das konnte sie sich jetzt, so viel hatte sie verstanden, überhaupt nicht leisten. »Also gut«, sagte sie mit zitternder Stimme. »Aber wenn du denkst, ich gehe ohne dich zurück, hast du dich geschnitten. Lass uns ein paar Tage bleiben und dein Spiel spielen. Aber dann, das schwörst du mir, suchen wir einen Weg und du gehst mit mir zurück. Schwör mir das!«

Er grinste sie an. »Wie pathetisch – aber klar, ich schwöre, Lizika!«

»Sprecht ihr eine Geheimsprache?«, fragte Matej. Lautlos war er neben ihnen aufgetaucht. Unter dem Arm trug er einen Beutel, der prall mit Granatäpfeln gefüllt war. Ertappt fuhren sie auseinander.

»Nein. So sprechen wir in Arkona«, sagte Levin. Sofort hatte er wieder die würdevolle Haltung des Hohepriesters eingenommen.

Matej blitzte ihn spöttisch an. Sein Mund lächelte, seine Augen aber waren ernst. Im Sonnenlicht sah Lis, dass seine Haut gebräunt war und die Spitzen seiner Haare ausgebleicht. »Dann will ich eure Unterhaltung nicht stören.« Beiläufig musterte er Lis' Kleid und den Perlmuttkamm in ihrem Haar, dann drehte er sich um und verschwand durch die Tür ins Innere des Hauses.

»Meine Mutter hieß Limar und war eine Priesterin der Göttin Nemeja«, sagte Tona und beantwortete damit ganz unvermutet die unausgesprochene Frage von Lis, die gerade die Blasen an ihren Händen betrachtete.

In den vergangenen zwei Tagen hatte sie Tona dabei geholfen, die Kühe zu melken, hatte Leder gegerbt und in einer tiefen Steinschale purpurrote Meeresschnecken zu Pulver zerstoßen, das Tona dann mit Öl und Wasser verkochte, um Stoffe zu färben.

Wie versprochen hatte Tona sie in der Nacht nach der Verurteilung der Kuriere zur Stadtmauer geführt. Matej begleitete sie und stemmte die Geheimtür auf. Er war sehr nervös, während er wartete, dass Lis ihre Suche beendete. Sie hatte so getan, als suchte sie ihren Behälter mit den Eidechsenknochen, während sie immer wieder fassungslos zur Landzunge starrte. Ihre Sinne hatten sie nicht getrogen: Ob bei Nacht oder am Tag – Piran war weg. Unglücklich und voller Angst war sie eingeschlafen.

Bald beruhigte sie sich allerdings und sagte sich, dass es vielleicht an der Zeit lag. Vielleicht musste sie nur warten, bis in Piran wieder Vollmond war oder bis ein Gewitter die Sterne und den Mond verdunkelte.

Nun machte sie sich daran, gemeinsam mit Tona knorpelige, mürrisch aussehende Drachenfische auszunehmen und an langen Stecken über das Feuer zu halten. Levin saß am Feuer und schnitzte einen Holzhaken. Ein langer verkrusteter Schnitt quer über seinen Daumen zeigte, dass er das Schnitzen noch üben musste. Borut, der mit seinen Hunden heute einige Ufervögel erbeutet hatte, hatte ihm gezeigt, wie man mit dem Krummmesser richtig umging. Einige andere Männer saßen ebenfalls in der Hütte, schärften Fischmesser und banden dünne Stricke um die Griffe, um sie rutschfest zu machen. Matej arbeitete konzentriert und sah nicht von seiner Arbeit auf, während die anderen sich miteinander unterhielten.

Immer noch hatte der geheime Zirkel keinen Weg gefunden, wie sie in den gut bewachten Priesterturm gelangen konnten. Gerüchte gingen unter den Desetnica-Anhängern um. Die Gefangenen hätten ihre Botschaft verraten, hieß es. Niams Späher seien überall. Die Gefangenen seien längst tot, sagten andere.

Nachts, wenn alle in der niedrigen Hütte auf ihren Fellen schliefen, lag Lis lange wach und dachte an die beiden Gefangenen, die im fensterlosen Turm auf Hilfe warteten, ohne zu wissen, ob Tag oder Nacht war. Kurz bevor sie einschlief, sah sie das Gesicht ihrer Mutter vor sich und Onkel Miran, wie er lachte. Irgendwo tief in der Zeit sind wir verschüttet, dachte sie. Vielleicht sucht man uns schon und glaubt, wir seien ertrunken. Sorge schnitt ihr ins Herz, aber sie wusste nun, sie konnte Piran nicht einfach wieder herbeirufen wie den Morgen nach einem bösen Traum.

»Du wolltest doch wissen, was aus meiner Mutter geworden ist, oder?«, sagte Tona und griff nach einem weiteren Drachenfisch. »Den ganzen Tag fragst du mich schon so vorsichtig aus, als hofftest du, dass ich mich in einem Satz verrate. Das brauchst du nicht, ich erzähle dir meine Geschichte, wenn du willst.«

Lis wurde rot und musste lächeln. »Entschuldige. Da, wo ich herkomme, fragt man einen Menschen nicht direkt nach etwas so Schlimmem wie dem Tod der Eltern.«

Tona setzte sich zurecht und konzentrierte sich beim Erzählen darauf, die Stäbe mit geschickten Fingern durch die Fischkörper zu bohren und diese mit einer öligen Gewürzpaste zu bestreichen. »Wie gesagt, sie war eine Priesterin von Nemeja und lebte mit Zlata und den anderen Priesterinnen im Palast. Doch eines Tages sprachen einige Leute bei den Priestern vor und beschuldigten sie, den Tempelschatz gestohlen zu haben. Ein Priester, ein Bauer und ein Heiler gaben ihr Wort darauf, dass sie Limar gesehen hatten, wie sie das Opfergold neben einem Brunnen vergrub, der ihrer Schwester gehörte.«

»Bestimmt haben sie gelogen, oder? Jemand wollte deiner Mutter schaden!«, rief Lis unwillkürlich.

»Man fand das Gold«, sagte Tona unbewegt. »Es war tatsächlich dort vergraben. Und aus der Rückseite des Tempelschreins war ein kreisrundes Loch herausgesägt worden. Aber meine Mutter schwor mir bei Nemeja, dass sie nichts damit zu tun hatte.« Sie nahm drei Fische und klemmte die Stecken zwischen die Steine vor dem Feuer. Die ölige Paste erwärmte sich schnell und begann zu zischen. »Genau zu diesem Zeitpunkt wurde der Priesterturm fertig gestellt. Meine Mutter war die erste Gefangene. Um zu vermeiden, dass jemand noch einmal an das Gold im Tempelschrein herankam, wurde es seitdem nicht mehr im Haus der Priester bewahrt, sondern im Turm verschlossen.« Sie befestigte weitere aufgespießte Fische über der Glut und fuhr fort. »Zoran versuchte meiner Mutter zu helfen, schließlich war sie die Schwester seiner Frau. Er war damals einer der Räte in Fürst Dabogs Zirkel, der kurz darauf aufgelöst wurde. Fürstin Danila lebte noch und hielt große Stücke auf Zoran. Sie legte Fürsprache bei den Priestern ein, aber auch sie konnte nichts für meine Mutter tun. Sie erreichte nichts, sondern machte unabsichtlich alles noch viel schlimmer. Denn jetzt fiel der Verdacht zusätzlich auf Zoran. Nun, er hatte Glück, das Sehergericht sprach ihn frei, er wurde nicht getötet, sondern nur aus dem Palast gejagt, und muss sich sein Leben nun in Schande als Fischer verdienen. Meine Mutter dagegen ...« Sie brach abrupt ab und schüttelte den Kopf.

Wahrscheinlich wollte jemand Zoran aus dem Palast haben und hat es auf dem Umweg über die Beschuldigung von Limar auch geschafft, dachte Lis. Wer weiß, wie viel Geld die Zeugen für ihre Aussage erhalten haben. Und Tona weiß das ebensogut wie ich. Unbehagen kroch ihr den Rücken hoch. Plötzlich verstand sie nur zu gut, was die sanfte Frau dazu bewogen hatte, für den Sturz der Priester und das Ende von Fürst Dabogs Herrschaft ihr Leben zu riskieren. Welche Beweggründe mochten die anderen Menschen haben, sich auf die Seite der Desetnica zu stellen? Verstohlen warf sie einen Blick zu Matej, der über seine Arbeit gebeugt war und ihr Interesse nicht bemerkte. »Die Priester haben deine Mutter in eine Falle gelockt«, sagte sie zu Tona. »Und wenn die Desetnica damals gekommen wäre, um Antjana zu erobern, hätte ihr Tod vielleicht verhindert werden können. Glaubst du das?«

Tona zuckte die Schultern. »Manchmal glaube ich ja, manchmal nein. Die Desetnica wird die Priester vernichten, das ist Ziel genug für mich.« Sie seufzte, strich mit dem Finger gedankenverloren über das Gewürzöl und zerrieb ein wenig Thymian. »Bevor sie zum Meer geführt wurde mit dem schweren Stein in den Händen,

den sie ihr an die Arme gebunden hatten und den sie als Verräterin selbst tragen musste, schwor ich ihr, dass ich mich um Zlata kümmern würde.« Sie lachte. »Und das tue ich, obwohl es im Palast gar nicht gerne gesehen wird.« Sie lachte verschmitzt, Übermut blitzte in ihren Augen. Alle Trauer war plötzlich wie weggeweht.

»Wie kannst du noch lachen, nach dem, was dir widerfahren ist?«, entfuhr es Lis. Sie war verwirrt von Tonas Art, von ihrer Unbeschwertheit, die sie trotz ihres schweren Schicksals an den Tag legte.

Tona sah sie erstaunt an. »Natürlich lache ich! Meine Mutter ist tot, Zoran lebt in Schande und Zlata ist gelähmt. Aber schau mich an – ich lebe, mein Schicksal ist erst eine Spur im Küstensand und keine Grabstätte aus Stein. Alles kann passieren, denn ihr Schicksal muss nicht mein Schicksal sein.«

Sie redet fast wie Levin, schoss es Lis durch den Kopf. Das Gerede von Schicksal und Spielregeln. Vielleicht sind wir wirklich in einem Computerspiel, eines, das Levin programmiert hat.

»Mach doch nicht so ein Gesicht, Lisanja!«, rief Tona und warf eine Hand voll Kräuter ins Feuer. Eine duftende Rauchwolke stieg auf. Erstaunt sahen Levin und die anderen von ihren Arbeiten hoch. »Die Toten wollen nicht, dass wir weinen. Das wäre ein Schlag in Nemejas Gesicht, eine Beleidigung.« Plötzlich fiel ihr etwas ein und ihre Augen leuchteten auf. »Kennst du Nemejas Tanz?«

Verblüfft schüttelte Lis den Kopf.

Tona sprang auf. Die anderen Frauen, die in der Hütte saßen, fingen an zu lachen und im Takt zu klatschen.

Einige standen auf und tanzten mit. Anmutig wirbelten die Arme, Körper wogten wie Schilf im Wasser. Es war ein Schlangentanz, ein Muränentanz. Lange Haare flogen durch die Luft. Bronzeschmuck blitzte im Feuer auf. Bevor sie sich wehren konnte, zogen zwei Frauen Lis schon auf die Beine.

»He, Lisanja, go!«, rief Levin und klatschte grinsend mit.

Tölpelhaft kam sich Lis vor, als sie in der Mitte des Raumes stand. Die Tänzerinnen bildeten einen wogenden Kreis um sie, klatschten und lockten sie mit auffordernden Rufen. Selbst Matej hatte den Kopf gehoben und beobachtete sie aus unergründlichen Augen, die im Feuerschein zu flackern schienen. Ich mache mich lächerlich, dachte Lis und zog ihr gewebtes Halstuch zurecht, das Tona ihr geschenkt hatte.

»Komm, Lisanja!«, rief Tona und tanzte um sie herum. Ihr langes Haar streifte Lis' Schulter. Es kitzelte und sie musste lachen. Plötzlich spürte sie zwei Arme, die von hinten ihre Taille umfassten. »Tanze, kleine Schwester!«, flüsterte Tona ihr ins Ohr. Der wogende Rhythmus übertrug sich auf ihren Körper, ohne dass sie etwas dagegen tun konnte. Sie schloss die Augen und spürte der Tanzbewegung nach, dann fühlte sie plötzlich Tona nicht mehr, denn sie tanzte! Plötzlich war alles voll von sich drehenden, schwingenden Körpern. Flüchtig sah sie Levins erstauntes Gesicht und Matejs ernsten Blick und sie warf den Kopf zurück und lachte, lachte und drehte sich, tanzte Nemejas Tanz, den schlangengleichen Wassertanz, bis sie kaum mehr atmen konnte.

Es war schon spät in der Nacht, als Zoran durch die niedrige Tür in seine Hütte trat. Er reichte Tona einen nassen Beutel voller Fische. »Ich habe wieder Schiffe gesehen!«, sagte er. »Es sind Sarazenen.«

Die anderen ließen alles, was sie gerade in der Hand hatten, sinken.

»Wo?«, fragte Tona.

»Im hinteren Teil der Bucht, hinter der Landspitze. Ich habe dort gefischt, als ich sie vor der Küste am Horizont sah. Es waren drei. Sie beobachten die Stadt.«

Matej, der am Feuer gesessen hatte, sprang auf. »Ich gehe als Kurier zur Desetnica und finde heraus, was für eine Botschaft die gefangenen Kuriere uns bringen sollten«, sagte er. »Heute Nacht.«

Zoran winkte mit seiner großen Hand ab. »Niemand käme aus der Stadt heraus, auch nicht auf den verborgensten Wegen. Wächter stehen überall, auch dort, wo sich unser Geheimgang beim Stadttor befindet. Natürlich sind die Schiffe nicht unbemerkt geblieben. Die Kuriere aus der Palastvorstadt haben berichtet, dass die Wächter angefangen haben, die Geheimgänge zuzuschütten und die größeren Fischerboote in den Lagerräumen des Palastes einzuschließen.« Ein entsetztes Raunen erhob sich, das Zoran mit einer Handbewegung zum Verstummen brachte. »Dennoch werde ich heute Nacht zur Stadtmauer gehen und Ausschau halten. Vielleicht steht der Angriff unmittelbar bevor.«

Levin legte seine Schnitzerei beiseite. »Wir können auf die Stadtmauer?«

Tona nickte ihm zu. »Jeder kann auf die Stadtmauer steigen und aufs Meer schauen. Nicht weit von hier führt ein steiler Pfad zu einer Stelle, an der nur wenige Wächter stehen. Komm mit, wenn du willst.«

»Lisanja, du begleitest mich!«, befahl Levin in seinem Hohepriesterton. Lis zuckte zusammen, nicht vor Schreck, sondern weil sie gerade noch den Impuls unterdrücken konnte, ihm eine unfreundliche Antwort zu geben. Noch immer hatte sie sich nicht an die Rolle der treuen Dienerin gewöhnt. Ärgerlich bemerkte sie, dass Matej sie mit einem unergründlichen Ausdruck im Gesicht beobachtete. Sie zwang sich zu einem Nicken und fuhr fort, den Fisch über dem Feuer zu drehen. Köstlicher Grillduft zog durch die Hütte und machte die Hunde nervös.

Der Sichelmond stand schon hoch am Himmel, als sie zu viert loszogen. Matej ging voraus, Zoran und Levin folgten ihm, ganz hinten ging Lis. Sorgfältig prägte sie sich den Weg ein, der zwischen den Häusern hindurch über Hinterhöfe und dann steil bergan auf einen aufgeschütteten Wall führte. Schließlich standen sie vor einer groben und steilen Steintreppe, die schwindelerregend hoch auf eine Plattform führte. Lis versuchte nicht in die Tiefe zu schauen, sondern sich nur auf die jeweils nächste Stufe zu konzentrieren. Oben angekommen erkannte sie im schwachen Mondlicht, dass sie auf einer breiten Festungsmauer standen. Ein Wächter ging auf und ab. Er grüßte die Gruppe flüchtig. Vor ihnen erstreckten sich die Bucht von Strunjan und die Landzunge, auf der bis vor ein paar Tagen noch die Piraner Touristen spazieren gegangen waren. Lis kniff die Augen zusammen und betrachtete das dunkle Festland. Verzweifelt suchte sie wieder nach einem Anhaltspunkt, einer

Kirchturmspitze, dem Glänzen einer Fensterscheibe, nach irgendetwas, das sie daran erinnerte, dass Piran immer noch da war, irgendwo, wenn auch vielleicht in einer anderen Zeit.

»Dort musst du hinschauen, Lisanja«, sagte Matej leise und deutete auf den Horizont zum Golf von Venedig. »Wenn sie angreifen, dann von dort aus. Diese Seite ist am wenigsten geschützt.«

Gespenstische Ruhe lag über der Bucht, doch kein Schattenschiff zeigte sich auf der Wasseroberfläche. Lis schluckte und fühlte den Kummer bei der Erinnerung, wie Levin und sie vor wenigen Tagen – und doch schien es ihr wie Jahrhunderte – am Leuchtturm genauso wie jetzt nach Schiffen Ausschau gehalten hatten. Verstohlen sah sie ihren Bruder von der Seite an. Sein Mundwinkel zuckte, er war nervös und sein Gesicht sah traurig aus.

»Denkst du auch gerade an Mama und Papa?«, fragte er leise auf Deutsch.

Sie nickte und schluckte den Kummer hinunter. »Ich frage mich, warum ausgerechnet wir hierher gekommen sind«, sagte sie leise. »Es muss einen Sinn haben.«

»Es hat einen Sinn, Lis, wir begreifen ihn nur noch nicht.«

Unwillkürlich musste sie lächeln. Ihr Bruder hatte sich so mühelos in die Rolle des Propheten hineinbegeben, dass er schon ganz von selbst in dieses Verhalten verfiel, ohne sich dessen bewusst zu sein. War das vielleicht der Sinn des Ganzen? Levin sein ersehntes Leben zu ermöglichen? Plötzlich fiel ihr Zlata wieder ein. Sie fühlte den Blick der alten Frau auf sich gerichtet. »Ihr müsst die Kuriere retten«, hatte sie zu Lis gesagt.

Lis blinzelte und rief sich die Szene auf dem Priesterplatz ins Gedächtnis. Niams Maske, sein langes, rotes Gewand, seine Haltung, die sie an irgendjemanden erinnerte. Eine zarte Ahnung streifte sie und sie rieb sich mit der Hand über die Augen und dachte nach. Irgendwo hallte ein Echo in ihrem Inneren, es war fast wie ein Déjà-vu. Plötzlich wusste sie es. Niam hatte die gleiche Kopfhaltung wie Levin! Der gleiche Stolz strahlte von ihm aus. Unter anderen Umständen, in einer anderen Zeit, würden sie sich sicher gut verstehen. Sie konnte sich Niam als strengen Lehrer vorstellen, als Vorstand in einem Unternehmen, in dem Levin die Tricks der Branche lernte. Lis überdachte das Bild, das sie sich von den beiden gemacht hatte, und ließ das unbestimmte Gefühl, eine Entdeckung gemacht zu haben, an die Oberfläche ihres Bewusstseins treiben. In einer anderen Zeit? Sie musste lächeln. So einfach war die Lösung. »Ich weiß, was wir machen müssen!«, flüsterte sie Levin zu. »Du musst dich den Priestern vorstellen.«

»Was sagst du?« Er starrte sie völlig perplex an.

»Na, den Priestern vorstellen. Du bist ein Reisender, ein Hohepriester Swantewits. Du könntest dir bei den Priestern Zugang verschaffen und die Kuriere befreien.«

Levin machte den Mund wieder zu und spähte über das Meer. Lis kannte diesen Blick nur zu gut. Es war derselbe konzentrierte Ausdruck, den Levin hatte, wenn er über einem Computerspiel saß und eine Strategie austüftelte, wie er das magische Schwert, die Prinzessin oder was auch immer gefunden werden musste, aus der Gefahrenzone bringen würde.

»Na klar!«, sagte er nach einer Weile. »Warum sind

wir nicht viel früher darauf gekommen? Wir schmuggeln uns bei ihnen ein und bleiben in Kontakt mit Zoran und den anderen. Ich könnte versuchen, an die Gefangenen ranzukommen und euch einen Wink geben.«

»Meinst du, du schaffst das?«

Levin grinste. »Nur, wenn du mitkommst. Einen internen Kurier brauchen wir ja auch.«

Lis' Wangen brannten, noch einmal dachte sie an die Gefangenen, denen das Blut an Mund und Nase klebte, dann stieß sie Levin verstohlen in die Seite. »Ich bin dabei, Levin.«

»Karjan«, murmelte er. »Ich heiße Karjan.«

Niam

Frühmorgens begegneten ihnen nur die Fischer mit großen Weidenkörben auf dem Rücken, randvoll mit stachligen oder mondsteinglatten, silbernen Fischen. Erstaunt betrachteten die Korbträger den würdevollen jungen Mann mit dem grauen Mantel, der sich auf einen langen Stock stützte. Der Holzknauf des Wanderstabs stellte einen Kopf mit vier Gesichtern dar, die in alle Himmelsrichtungen blickten. Lis folgte Levin mit einer großen Basttasche, in die ihr Tona allerhand Gerätschaften und viel zu viel Essen eingepackt hatte.

Weder Tona noch Zoran hatten Levins Plan, bei den Priestern vorzusprechen, für gut befunden, aber da es keine andere Möglichkeit gab, zu den Gefangenen zu gelangen, gaben sie ihren Widerstand schnell auf und willigten ein, ihnen zu helfen. Fast die ganze Nacht hatte Levin bei Zoran gesessen und über die Gebräuche und Traditionen von Antjana gesprochen. Borut hatte den hölzernen Knauf in Form von Swantewits Kopf geschnitzt. Außerdem hatten er und Tona nach Levins Anweisungen aus Knochen und Holz Kultgegenstände hergestellt. Lis kam sich seltsam vor, als sie sah, mit welcher Andacht Tona die Gegenstände vorbereitete, mit Ölen einrieb und sie behutsam mit einem Tuch polierte, als seien es wirklich geweihte Dinge, während sie, Lis, wusste, dass sie nur der Fantasie ihres Bruders entsprangen, eines Zehntklässers, der zu viele Computergames gespielt und zu viele Fantasy-Romane gelesen hatte. Aber vielleicht war ein Körnchen Wahrheit in dem, was Levin sagte, und sie waren dabei, ein Spiel zu spielen, in dem sie ihre Aufgabe zu erfüllen hatten. Was würde der Gewinn sein? Die Rückkehr in ihre Zeit, zu ihrer eigenen Geschichte?

Der Marktplatz war leer, umso bedrohlicher ragte der dunkle Turm in den Morgenhimmel. Nur ein verschmierter Aschefleck auf dem Boden zeugte noch von dem Todesurteil, das vor wenigen Tagen über die Kuriere verhängt worden war. Levin und Lis zögerten nicht, sondern wandten sich nach links. Gegenüber vom Palast befand sich ein spiegelgleiches, wenn auch etwas kleineres Gebäude – das Haus der Priester. Wie beim Palast so waren auch hier die Flügeltüren aus massivem Holz. Lis kamen sie vor wie eine unüberwindbare Barriere, aber Levin stellte sich direkt davor hin und klopfte mit Swantewits Kopf, so laut es ging, dagegen. Lange Zeit hörten sie nichts, dann öffnete sich in der großen Tür ein kleines, quadratisches Fenster. Ein Junge mit geschorenem Haar und der schwarzen Rußmaske der Priester schaute heraus.

Levin trat einen Schritt zurück, damit der Türwächter ihn besser sehen konnte, dann deutete er eine knappe Verbeugung an. »Ich grüße die Diener von Poskur, dem Großen, dem Grausamen. Ich bin Karjan, Hohepriester Swantewits des Viergesichtigen.«

Der junge Priester runzelte die Stirn. Lis bemühte sich ein möglichst harmloses und unterwürfiges Gesicht zu machen, obwohl der Türwächter ihr auf den ersten

Blick unsympathisch war. Der Blick, mit dem er sie musterte, gefiel ihr nicht. Er sah sie an, als wäre sie etwas, das er sonst nur am Boden klebend kannte. Schließlich riss sich der Priester von ihrem Anblick los und schenkte seine ganze Arroganz Levin. »Du redest seltsam«, sagte er. »Es scheint mir, du kommst nicht von hier.«

»Aus dem fernen Arkona kommen wir. Viele Tage waren wir unterwegs. Alles, was ich für mich und meine Dienerin erbitte, ist ein Lager in geweihten Hallen.«

Immer noch musterte sie der junge Mann aus dämonischen Augen, dann klappte das Fensterchen zu. Sie hörten das Zurückschnappen eines Riegels und endlich öffnete sich der linke Flügel des Tores.

»Ich entscheide nicht, ob ihr bleiben könnt«, sagte der Priester. »Du musst selbst bei Niam um ein Gespräch bitten. Und ich bezweifle, dass deine Dienerin ...«, er betonte das Wort auf eine, wie Lis fand, unverschämte Art und Weise, »... bei uns unterkommen wird. Dies ist ein geweihtes Haus.«

Levin lächelte verbindlich. »Es wird sich finden«, sagte er. »Gerne werde ich Niam fragen, ob er einem Priester Swantewits ein Lager für die Nacht gewährt.«

»Dann kommt mit«, sagte der Priester und trat zur Seite, damit sie den Innenhof betreten konnten. Wie sie es vereinbart hatten, ging Lis zwei Schritte hinter Levin und hielt den Kopf gesenkt. Sie überquerten den sonnendurchfluteten Innenhof, dessen helle und dunkle Bodenplatten das Mosaik eines Sonnensymbols bildeten. Sie waren so sauber, als wären sie mit Wasser gewaschen und dann mit Tüchern trockengerieben worden. In der Mitte des Innenhofs erhob sich ein hölzerner Pavillon mit spitz zulaufenden Türen, in dem eine geschmückte Statue Poskurs stand. Sein flammengefletschtes Maul grinste ihnen entgegen. An der hinteren Seite des Gebäudes befand sich eine schlichte Holztür, an die der unsympathische Bote klopfte. Lange Zeit regte sich nichts, dann erklang von innen ein Geräusch wie Glöckchengeklimper. Ein alter Diener, der einen Gürtelschmuck aus Bronzemünzen trug, öffnete die Tür.

»Ah, wieder einmal der Lernende Tschur«, brummte er. »Was gibt es denn diesmal so früh?«

Zu Lis' Überraschung verbeugte sich der Türwächter tief und ehrfürchtig und deutete auf Levin. »Der Hohepriester Swantewits wünscht Niam zu sprechen. Er ist ein reisender Gast.«

Mit heimlicher Schadenfreude stellte Lis fest, wie unterwürfig und höflich Tschurs Stimme plötzlich klang. Du bist also nichts als ein Priester-Azubi und ein Schleimer dazu, dachte sie. Tschur bemerkte ihr schnelles Grinsen und kniff die Lippen zusammen.

Bevor der Diener antworten konnte, erschien ein großer hagerer Mann in der Tür. Beinahe hätte Lis ihn nicht wiedererkannt, denn er trug nicht mehr das rote Gewand, sondern eine schlichte Leinenkutte, und auch die martialische Schminke war verschwunden. So sah Niam aus wie ein sehniger, älterer Mann mit vorspringendem Kinn. Doch als er anfing zu sprechen, erklang wieder die Stimme der Macht. Eine Energie und Intensität ging von ihm aus, die Lis einschüchterten.

»Geh«, sagte er ohne Tschur anzusehen, woraufhin sich der Novize schnell verbeugte und zurückzog. Niam sah ihm nicht nach, sondern wandte sich mit verschränkten Armen an Levin.

»Ein Gast bist du?«, fragte er. Es sah nicht so aus, als habe er vor, die fremden Reisenden einzulassen. »Woher?«

Levin zeigte sein kühles, gewinnendes Lächeln und hob stolz den Kopf. »Aus Arkona bei Rügen, weit von hier. Viele Tage sind wir schon unterwegs. Ich bin Karjan, Hohepriester des Gottes Swantewits des Viergesichtigen.«

»So, Swantewits Priester«, erwiderte Niam in aller Ruhe und musterte Levin, als wollte er sich jedes Härchen genau einprägen. Auf Lis verweilte sein dunkler Blick nur kurz. »Und nun begehrst du Einlass in mein geweihtes Haus.«

Levin nickte. »So ist es. Wir sind hungrig und müde von der Reise.«

»Auf eurer Reise – habt ihr da etwas Ungewöhnliches bemerkt?«

»Nun, ein Kriegsschiff vor eurer Stadt, wie ich es noch nie zuvor gesehen habe. Es ist schnittig und schnell und hat einen Dorn an der Vorderseite. Wir sahen, dass es Antjana umkreist.«

Niams Mundwinkel zuckte, als wollte er lächeln. »Eines nur? Dann seid ihr zu einem günstigen Zeitpunkt in die Stadt gekommen. Es wundert mich, dass ihr an den Wachen vorbeikamt. In diesen Tagen ist die Stadt besser verriegelt als eine Truhe mit Tempelschätzen.«

Nun war es an Levin, ein spöttisches Zucken der Mundwinkel zu präsentieren. »Dafür stehe ich unter Swantewits Schutz«, sagte er. »Ich bin nicht unverwundbar, aber sein Schritt ebnet mir den Weg.«

Niam lachte trocken. »Nun gut, fremder Priester. Du bist jung, sehr jung für einen so hohen Würdenträger, meinst du nicht? Sogar meine jüngsten Lernenden sind älter als du.«

»Bei uns sucht der Gott sich seine Diener nach der Reife des Herzens aus, nicht nach der Farbe der Barthaare«, erwiderte Levin, ohne mit der Wimper zu zucken.

Die Antwort schien Niam zu gefallen. Lis hatte das Gefühl, dass sie und ihr Bruder Mäuse waren und die Katze hatte beschlossen, ein wenig mit ihnen zu spielen. Im Moment hätte sie sicher geschnurrt.

»Mein junger Freund«, begann Niam beinahe väterlich. »Wir wissen beide, dass du kein Reisender bist, der Unterkunft sucht. Wäre dies dein Anliegen, hättest du in jedem Bauernhaus ein mehr als gutes Bett bekommen. Was also willst du von mir?«

Levin lachte auf und hob seinen Priesterstab. »Euer Gott muss ein mächtiger Gott sein, wenn er so kluge Diener wählt. Ja, ich kam nach Antjana mit dem Ziel, von Euch zu lernen. Ganz richtig habt Ihr bemerkt, dass ich sehr jung bin, um ein Priester zu sein, und man sandte mich aus, um zu lernen. Es ist der Brauch, dass jeder junge Priester für die Zeit eines Sonnenlaufs der Stimme seines Gottes folgt, wohin er ihn auch führt. Nun, Swantewit hat mich weiter fortgeführt, als ich je gehen wollte. Wohl weil er weiß, dass Poskur seiner Macht in nichts nachsteht und ich mit Eurer Hilfe seine Macht in Arkona noch vermehren kann. Nehmt mich auf, für eine Zeit nur.«

Niams Gesicht blieb unbewegt. Immer noch stand er

mit ablehnend verschränkten Armen da und rührte sich nicht von der Stelle. »Nun«, sagte er. »Du magst Swantewit würdig und gefällig sein, aber Poskur ist ein wählerischer Gott. Es ist sein Haus, in das du Einlass begehrst, also mag Poskur entscheiden, ob er dich einlässt. Setz dich zu Füßen des Gottes und warte. Wenn du seine Antwort hast, klopfe wieder bei mir.«

Damit schloss er die Tür. Lis sah Levin verdutzt an, der sich umdrehte und zu dem Pavillon blickte. Novizen hatten Räucherwerk entzündet und in Goldschalen Münzen vor die Statue gestellt. Jetzt sahen sie neugierig zu ihnen herüber und unterhielten sich leise.

»Sieht so aus, als soll das eine Prüfung werden«, murmelte Levin. »Die kann er haben.«

»Sollen wir beide jetzt vor der Statue sitzen, bis er uns holt?«

Levin schüttelte energisch den Kopf. »Nur ich, Lis. Du bist eine Magd, ich bin es, der die Prüfung bestehen muss. Du kannst die Zeit nutzen, um weitere Nachforschungen anzustellen. Ich bin sicher, hier gibt es eine Art Gesindehaus. Wir werden die Novizen fragen.«

Lis hielt ihn am Arm zurück. »Geh nur zur Statue, ich komme schon zurecht. Ich schaue später nach dir.«

Er gab ihr ein verstohlenes Abschiedszeichen und ging mit gemessenen Schritten zum Pavillon, wo er seinen Priesterstab vor sich hinlegte und sich auf den Stein setzte. Ohne Eile holte er die heiligen Gegenstände aus seinem Beutel und stellte sie neben sich auf den Boden. Aufrecht wie ein indianischer Schamane saß er da.

Die Novizen tuschelten, als Lis auf sie zutrat. Sie war froh, dass Tschur nicht unter ihnen war. Unwillkürlich wandte sie sich an einen, der ihr auf den ersten Blick etwas zugänglicher und freundlicher erschien. Er war beinahe so groß wie Levin, hatte dunkles Haar und einen sanften, breiten Mund, der in seltsamem Kontrast zur Schrecken erregenden Schminke stand.

»Ich bin Lisanja, die Magd des Priesters Karjan«, sagte sie. »Wie ihr seht, hat mein Herr von Niam den Auftrag, zu Poskur zu beten. Wo kann ich ein Lager für die Nacht bekommen?«

Die jungen Männer sahen sich unschlüssig an. Schließlich trat der große Novize vor und deutete auf das Tor. »Hier haben wir keine Kammer für dich«, sagte er erstaunlich freundlich. »Geh zu einem Bauern oder einem Fischer und sag, er soll dir ein Lager für die Nacht geben. Hier.« Er holte zwei goldene Münzen aus seinem Gürtel und drückte sie Lis in die Hand. »Wenn du noch etwas benötigst, frage nach Wit.« Er lächelte. »Das bin ich.«

Lis dankte mit gesenktem Kopf und eilte über den Hof. Sie war froh, den stillen Tempelhof verlassen zu können. Als sie sich an der Flügeltür umdrehte, sah sie Levin immer noch vor dem Götterbild sitzen, so unbeweglich, als wäre er selbst eine Statue.

Inzwischen war der Platz vor dem Priesterturm zum Leben erwacht. Marktleute schlugen ihre Stände auf, die Fischer hatten ihre Ware unter Schatten spendenden Tüchern auf kalten Steinen vom Grunde des Meeres ausgebreitet. Mit einem mulmigen Gefühl betrachtete Lis einen Mann, der nur zwei Fische verkaufte, aber die waren mindestens so groß wie Levin. Einer davon war ein Hai, dessen Maul mit einem Stock so aufgestemmt war, dass die Rasiermesserzähne in der Sonne blitzten. Sie waren erstaunlich lang. Der andere Fisch sah aus, als wäre er als Hauptgang bei einem Gelage in der Hölle bestens aufgehoben. Stacheln ragten aus seinem Leib, der kantig und schlank war und in einer pfeilartigen, breiten Flosse auslief, ein Zeichen, dass er sehr schnell schwimmen konnte. Knochige Augenwülste gaben dem Raubfischgesicht einen bösen Ausdruck. Gegen die Zähne, die dieser Fisch präsentierte, erschien der Hai wie ein gähnendes Kätzchen. Lis verschränkte die Arme und schlich langsam, als könnte sie das Ungeheuer aufwecken, ein paar Schritte weiter.

Auch Schmuckverkäufer, Scharlatane und eine Frau, die Hühner feilbot, die in einen viel zu kleinen Holzkäfig gepfercht waren, saßen auf dem Markt. Die Menschen, die sich auf dem Platz zwischen Palast und Priesterhaus aufhielten, wirkten gehetzt.

Lis ließ sich in der Menschenmenge treiben und lauschte den Gesprächen, die an den Ständen geführt wurden. Wie ein geflüstertes Echo hörte sie immer wieder die Worte »Desetnica«, »Sarazenen« und »Krieg« heraus. Viele Menschen kauften große Mengen getrockneter Früchte und Dörrfisch. Wahrscheinlich horteten sie in ihren Kellern bereits Nahrungsmittel und verschanzten die Türen mit zusätzlichem Holz.

Lis entdeckte Kupferschmiede, die in Armbänder und Kettchenanhänger Zeichen einritzten. Sie kamen ihr bekannt vor, da sie der Schrift in ihrem Medaillon sehr ähnlich waren. Nach einer Weile wurde Lis es müde, die Menschen zu beobachten, und ging um den Priesterturm herum. Sie suchte einen Pfad, einen Hinweis auf eine Geheimtür, aber alles, was sie fand, waren glatte Wände und Wächter, die sie argwöhnisch betrachteten. Aus dem Augenwinkel fiel ihr eine dunkelhaarige Frau auf, die ebenfalls zum Priesterturm hochsah. Ihr schwerer Goldschmuck glänzte. Als sie sah, dass Lis sie beobachtete, drehte sie sich um und verschwand in der Menge.

Immerhin fand Lis an diesem Nachmittag heraus, wo der Wächtereingang des Palastes war und dass mehrere Seitentüren in den Palasthof führten, durch die immer wieder Mägde ein und aus gingen.

Als sie müde wurde, kaufte sie sich bei einem Händler einen Laib Brot und einen Räucherfisch, den sie auf der Treppe vor einem Haus aß.

Gegen Abend saß Levin immer noch vor der Holzstatue. Der Innenhof des Priesterhauses war leer. Die unzähligen Menschen, die Poskur im Laufe des Tages ihre Aufwartung gemacht hatten, waren nach Hause gegangen und hatten ihre Opfergaben – Schalen mit Glasperlen, Bronzeschmuck und Früchten – in respektvoller Entfernung von Levin abgelegt.

Levins Blick war starr auf die Holzfratze gerichtet, er war blass vor Anstrengung und Müdigkeit, aber seine Lippen waren vor Entschlossenheit fest zusammengepresst. Als Lis in den Hof trat und ihn leise rief, antwortete er nicht. Schon wollte sie zu ihm gehen, als plötzlich Tschur neben ihr auftauchte und sie mit einer Geste zurückhielt. »Dein Herr betet«, fuhr er sie an. »Es gibt eine Zeit zum Beten und es gibt eine Zeit zum Reden. Lass ihn erst das eine beenden.«

»Aber er sitzt seit heute Morgen schon dort!«, erwiderte Lis und hoffte, dass er nicht bemerkt hatte, wie sehr sein plötzliches Erscheinen sie erschreckt hatte. Lauerte er immer im Schatten?

Der Novize lächelte nur kühl, als hätte sie etwas sehr Dummes gesagt. Erbost drehte sie sich um und ließ ihn ohne ein weiteres Wort stehen. Mit entschlossenen Schritten ging sie zu Levin und beugte sich zu ihm hinunter. »Ich komme später wieder«, flüsterte sie ihm ins Ohr.

Levin sah sie nicht an.

Als Lis bei Zlatas Haus ankam, ging die Sonne bereits unter. Schon von weitem sah sie, dass die Tür offen stand. Eine Bewegung hinter den Tüchern, die als Vorhänge und Mückennetze dienten, ließ sie innehalten. Eine Frau trat aus dem Haus. Sie war zierlich und hatte langes dunkles Haar, das ihr bis zur Hüfte reichte. Lis wich rasch zur Seite in eine Gasse aus, als sie die Frau vom Marktplatz erkannte, und spähte vorsichtig um die Ecke.

Die Frau mochte dreißig Jahre alt sein. Obwohl ihr Gesicht mit den hohen Wangenknochen und den fein geschwungenen, schmalen Lippen sehr hübsch war, wirkte sie auf seltsame Art verhärmt. Unter ihrem schweren Goldschmuck, der ihr wie ein Schleier über die Stirn bis zu den Augen hing, sah sie traurig und ein wenig verbittert aus. Schon bei der kurzen Begegnung auf dem Marktplatz war Lis das Gesicht auf unbestimmte Weise vertraut vorgekommen. Nun wurde ihr mit einem Mal klar, dass es sie an die hölzerne Galionsfigur erinnerte, die sie im Museum in Piran betrachtet hatte.

Sie hatte dieselben sehnsuchtsvollen Augen und denselben breiten Mund.

Hinter der Frau trat ein Wächter aus dem Haus und sah sich in der Gasse um. Lis drückte sich in einen Winkel, bis sie an ihr vorbeigegangen waren und hinter der nächsten Biegung verschwanden. Dann huschte sie über die Straße, auf die sich langsam die Schatten des frühen Abends zu senken begannen, und betrat leise das Haus der alten Priesterin.

Zlata lag in ihrem Bett und schlief. Rührend sah sie aus mit ihrem entspannten, faltigen Gesicht und dem halb offenen Mund. Ruhig lagen ihre Hände auf der bestickten Bettdecke. Lis fühlte sich an die alten Marktfrauen in Piran erinnert, die mit zahnlos lachenden Mündern ihr Gemüse anpriesen. Die alte Priesterin erschien ihr nicht viel anders als sie. Um sie herum standen wie eine Menagerie von skurrilen Krippenfiguren die Götterbilder aus Holz. Im Halbdunkel sah Poskurs Maul unheimlich und fast lebendig aus. Lis schauderte und stellte, so leise es ging, ihre Basttasche ab. Zum ersten Mal spürte sie, dass sie müde war, unendlich müde von dem Tag. Vorsichtig setzte sie sich an Zlatas Bett und rieb sich die Augen. Sie würde nur ein wenig verweilen, sagte sie sich, nur ein paar Minuten ausruhen, um dann wieder zum Priesterhaus zu gehen und zu sehen, ob Levin Eintritt gewährt wurde.

Die Kühle im Haus wirkte beruhigend und das Halbdunkel ließ Lis in einen angenehmen Dämmerzustand versinken. Zlatas leise Atemzüge wirkten wie eine einschläfernde Melodie. Als Lis die Augen schloss, kam es ihr vor, als würde sie in Onkel Mirans Gästezimmer liegen und Levins Atem lauschen. Gleich würde ihre Mutter die Tür öffnen und sie wecken. Es wurde ihr warm ums Herz, als sie das Gesicht ihrer Mutter vor sich sah, die ernsten Augen und das zerzauste helle Haar. Wie gerne hätte sie sich jetzt in ihre Umarmung geflüchtet. Selbst eine traurige Mutter wäre ihr lieber gewesen als die Einsamkeit und Ungewissheit, die sie gerade spürte.

Sie musste eingeschlafen sein, denn als sie die Augen wieder aufschlug, war es finster. Undeutlich sah sie die Umrisse des Fensters hinter den dicken, gewebten Vorhängen. Es war so leise im Zimmer, dass sie zuerst erschrak und sich aufrichtete. Ihr Bein war eingeschlafen, anscheinend war sie einfach da, wo sie gesessen hatte, zur Seite gesunken und neben Zlata auf dem Bett eingeschlafen. Atmete die alte Frau noch?

In der Ecke des Zimmers huschte ein Schatten vorbei, der Lis auffahren und zur Wand zurückweichen ließ. Jemand war am Fenster vorbeigegangen. Nun wurde es vor der Tür hell, als würde jemand eine Kerze mit flackernder Flamme in der Hand halten. Lichtschein floss durch den Spalt unter der Tür, dann schwang die Tür langsam auf. Matej betrat den Raum.

Mit einem Blick auf Zlata vergewisserte er sich, dass die alte Frau ruhig schlief, dann stellte er die Kerze auf einem der Altäre ab und drehte sich um, um einen großen Tontopf, den er unter dem Arm hielt, auf dem Boden abzustellen. Mitten in der Bewegung entdeckte er Lis und hielt inne. Einen Moment lang sahen sie sich in die Augen, dann runzelte Matej die Stirn. »Was machst du denn hier?«, fragte er leise, um Zlata nicht zu wecken. »Bist du nicht bei den Priestern?«

»Karjan ist dort«, erwiderte sie. »Noch haben sie ihn nicht eingelassen. Und mir haben sie gesagt, ich soll mir eine Unterkunft suchen.«

»Und da kommst du ausgerechnet zu Zlata?« Er schüttelte den Kopf und fuhr sich über die Augen, als versuchte er vergeblich, sich so viel Dummheit an einem Ort vorzustellen. Als er sie wieder anschaute, schienen seine Augen im Kerzenschein vor Wut zu glühen. »Wie kannst du nur so unvorsichtig sein? Wenn Niams Späher dir nun gefolgt sind?« Der Ärger klang immer deutlicher in seiner Stimme, unwillkürlich sah er sich um, doch die Vorhänge waren unbewegt und im Hof war alles still.

»Und wenn schon?«, zischte Lis. »Suchen sie etwa nach einer alten Priesterin?« Natürlich war ihre Selbstsicherheit nur eine Maske, im Inneren schalt sie sich bereits dafür, dass sie nicht selbst daran gedacht hatte, sich ihre Wege besser zu überlegen. Aber es vor Matej zugeben? Niemals! Sie war sicher, er hätte sie am liebsten aus der Hütte gejagt. Es enttäuschte sie, dass er offensichtlich so wütend auf sie war. Bisher hatte sie ihn gern gemocht und hatte gehofft, bei einem Gespräch mehr über ihn zu erfahren. »Ist gut!«, sagte sie unwillig. »Ich gehe schon, ich wollte ohnehin nach Karjan sehen. Vielleicht hat Niam ihn inzwischen eingelassen.«

Matej wollte gerade noch etwas erwidern, als Zlata erwachte. Ihr Blick war so klar, als hätte sie nicht viele Stunden geschlafen. »Lisanja!«, sagte sie und lächelte Lis zu. »Bist du heute mein Gast?«

»Nein, ist sie nicht«, warf Matej ein und reichte Lis ihre Basttasche. »Sie wollte gerade gehen.«

»Wirklich, warum denn?« Zlatas Stimme klang bedauernd.

»Weil sie sonst Niams Späher auf unsere Spur bringt.«

»Verdammt, ich kann selbst reden!«, fuhr Lis ihn an und riss ihm die Tasche aus der Hand. »Du brauchst mich nicht zu behandeln, als wäre ich stumm oder blöd. Ist es verboten, Zlata zu besuchen?«

Matej blieb ruhig, aber Lis stellte mit Zufriedenheit fest, dass er vor Wut kochte.

»Matej, was erzählst du dem Mädchen?«, fragte Zlata. »Jeder besucht mich, auffällig wäre es allenfalls, wenn Menschen mich meiden würden. Bleib hier, Lisanja, und iss mit mir.«

Matej atmete hörbar aus und verschränkte die Arme. »Wenn sie hier bleibt, kann sie dir ja auch dein Essen geben, ich habe zu tun«, sagte er und drehte sich um. Bevor Lis etwas erwidern konnte, war er aus der Tür hinaus. Sie hörten, wie seine schnellen Schritte in der Gasse verhallten. Lis atmete aus und ließ ihre Tasche auf den Boden fallen. Sie ärgerte sich über seine schroffe Art und seinen Hochmut. »Was ist bloß los mit ihm?«, fragte sie Zlata.

Die alte Priesterin lächelte. »Er ist ein guter Mensch«, sagte sie leichthin. »Du darfst nicht auf sein Gesicht sehen und seinen Worten lauschen. Schaue hinter die Worte und du wirst erkennen, dass er ein Verlorener ist, einer, der keine Ruhe findet.«

»Trotzdem, er benimmt sich, als hätte ich ihn beleidigt. Dabei habe ich ihm nichts getan. Überhaupt nichts!«

»Setz dich endlich wieder zu mir, zorniges Mädchen«,

sagte Zlata mit einem Lächeln. »Du bist ebenso wütend wie er – aber du verbirgst es besser.«

Lis errötete, aber sie merkte, dass ihr Ärger bereits zu verfliegen begann, und setzte sich zu der alten Priesterin. »Wo geht er jetzt hin?«

»Vielleicht auf die Stadtmauer. Er steht oft dort oben und betrachtet das Meer. Vielleicht sucht er im Spiegel des Wassers seine Familie, vielleicht beschwört er die Geister der Toten – ich habe ihn nie gefragt.«

»Seine Familie lebt nicht mehr?«

Zlata nickte und ordnete mit ihren langen, pergamentenen Fingern ihr Haar. Die Geste sah so selbstvergessen und anmutig aus, dass Lis sich für einen Moment vorstellen konnte, wie Zlata als junges Mädchen ausgesehen haben musste. »Seine Familie hat er so früh verloren, er erinnert sich nicht einmal mehr an ihre Namen. Deshalb ist sein Herz einsam.«

»Trotzdem muss er seinen Ärger nicht an mir auslassen.«

Zlata lachte ein helles, heiseres Lachen, das in ein Husten überging. »Ach Lisanja«, sagte sie. »Du bist eine empfindliche Seele und ein kämpferischer Geist. Seltsam, du wirkst überhaupt nicht wie eine Dienerin. Wo ist dein Herr, der junge Priester?«

Lis senkte den Kopf und hoffte, die Röte, die ihr ins Gesicht schoss, würde sie nicht verraten. »Er sitzt vor der Statue des Poskur und wartet auf ein Zeichen, dass er das Priesterhaus betreten darf.«

Zlatas Lächeln war verschwunden, seufzend ließ sie sich auf ihr Lager zurücksinken. Das Stroh raschelte. »Er lässt sich also mit dem grausamen Gott ein«, flüsterte sie und betrachtete die Holzfiguren neben ihrem Bett. »Ich habe es in seinen Augen gesehen.« Ihr Blick flackerte, als sie mit leiser Stimme weitersprach. »Das Gleichgewicht ist zerstört, meine Kleine. Früher, da kämpften und tanzten Nemeja und Poskur auf demselben Stein. Doch seit Fürstin Danila tot ist, hat Poskur sich an Verzweiflung und Leid gelabt. Immer unersättlicher und grausamer wurde er, bis Nemeja uns verließ und ins Meer floh.« Sie hustete und holte angestrengt Luft um weiterzusprechen. »Nur noch selten steht die Göttin uns bei«, schloss sie niedergeschlagen. »Denn zu viele folgen dem grausamen Gott und vergessen, dass alles Leben aus dem Meer kommt. Auch dein Herr ist gerade dabei, sich Poskur zuzuwenden.«

»Nein«, sagte Lis. »Er will nur in die Nähe der Kuriere kommen. Wir wollen sie befreien – schon vergessen?«

Zlatas Augen waren unerbittlich und hart. »Bist du sicher, Dienerin? Woher weißt du, was er im Schilde führt?«

Weil er mein Bruder ist, hätte Lis am liebsten gerufen. Weil er immer noch der Spinner Levin ist, der das Ganze für ein großartiges Spiel namens ›Rettet die Kuriere‹ hält.

»Ich weiß es einfach, denn ich kenne ihn«, antwortete sie leise. »Vertraue mir, Karjan und ich werden die Kuriere befreien.«

Doch der Blick, den Zlata ihr zuwarf, war so kristallklar und viel sagend, dass Lis sich fragte, ob die alte Priesterin nicht bereits alles wusste, was sie und Levin seit Tagen zu verbergen suchten. »Hast du Hunger? Ich glaube, Matej hat dir in dem Topf zu essen gebracht«, sagte sie schnell und machte sich daran, in der Kammer nach Tellern zu suchen. Alles, was sie fand, waren polierte Muschelschalen, die so groß und dick waren, dass sie wohl als Teller dienten. Lis nahm zwei davon und lugte in den großen Tontopf. Als sie den Deckel hob, wehte ihr der Duft von Thymian und Rosmarin entgegen, vermischt mit einem Gewürz, das sie nicht kannte, und dem unverwechselbaren Aroma von würzigem, dunklem Makrelenfleisch. Sie aßen schweigend im Licht der Opferflämmchen. Stille hatte sich über die Stadt gesenkt. Lis schloss die Augen und ließ das köstliche, heiße Fleisch auf der Zunge zergehen.

Mit trockenen Lippen und brennenden Augen wartete Levin immer noch vor der Statue des Poskur. Es bestand kein Zweifel, dass er unbeweglich die ganze Nacht so gesessen hatte. Die Sonne hatte ihm inzwischen die Haut an Gesicht und Händen verbrannt, nun sah er aus, als hätte er Brandverletzungen und litte an Fieber. Doch er hielt sich mühsam aufrecht, obwohl seine Beine bereits taub sein mussten. Schweißtropfen rannen ihm über die Stirn und versickerten im Kragen seines grauen Mantels.

Zwei Novizen hatten ihren Posten im ersten Innenhof bezogen und vertrieben jeden Neugierigen, der sich Levin näherte. Und das waren inzwischen nicht wenige. Regelmäßig versammelten sich die Schaulustigen am Tor und rätselten über die Herkunft des fremden Priesters und über den Sinn dieser Zeremonie. Eine Frau, die Levin Wasser bringen wollte, wurde von den Novizen mit groben Worten vom Hof geschickt. Lis krampfte es das Herz zusammen, als sie ihren Bruder sah. Sie musste sich zwingen, nicht zu rennen, als sie zu ihm ging.

Der freundliche große Wit, der ihr gestern die Münzen in die Hand gedrückt hatte, stellte sich ihr in den Weg und machte ein beschwichtigende Geste. Trotz seiner Freundlichkeit war seine Absicht klar – er würde sie nicht zu Levin lassen.

»Lass mich zu ihm, ich bin seine Dienerin!«, fuhr Lis ihn an. »Erkennst du mich etwa nicht?«

»Er betet, Mädchen«, erwiderte der Novize mit einer Stimme, die ein wildes Pferd hätte besänftigen können. »Warte vor dem Tor, wenn du willst, aber störe ihn nicht!«

Im Hintergrund stand Tschur und beobachtete die Szene voller Verachtung. Unauffällig gab er zwei Wächtern, die in der Nähe standen, einen Wink, woraufhin sie langsam näher kamen. Ihre drohenden Blicke ließen keinen Zweifel daran, dass sie nicht zögern würden, sie vom Hof zu schleifen, wenn sie sich widersetzte. Wütend funkelte Lis sie an.

»Du musst die Seherin sein, die mit dem fremden Priester gekommen ist!«, sagte eine vertraute Stimme neben ihr. Erstaunt fuhr sie herum und sah Tona, die Wit zulächelte. »Meine Tante hat mich gebeten, sie zu fragen, ob sie ihr die Zukunft vorhersagen könnte.«

Wit nickte erleichtert. »Geht nur. Hier ist für sie nichts zu tun.«

»Gut, dann folge mir!«, sagte Tona und nahm Lis scheinbar freundschaftlich am Arm. Doch ihre Finger waren wie ein Schraubstock.

Lis war so überrumpelt, dass sie sich ein Stück mitziehen ließ und erst beim Tor versuchte, sich aus Tonas Griff zu winden. »Lass mich los, ich muss zu Karjan!«, flüsterte sie.

»Komm jetzt«, zischte Tona. »Du siehst doch, es hat keinen Sinn. Was denkst du dir dabei? Du schaffst es nur, die Aufmerksamkeit der Wächter zu erregen. Und Niam wird davon erfahren.« Energisch zog sie Lis zum Rand der Straße und ließ sie erst wieder los, als sie außer Sichtweite der Priester waren.

»Siehst du, was sie mit Le... mit Karjan machen? Er fällt fast um vor Erschöpfung.«

Tona sah sie verständnislos an. »Er ist ein Priester, oder nicht? Also besteht er seine Prüfung. Hat er nie gehungert, sich der Sonne ausgesetzt oder Verwundungen ertragen? Mir hat er erzählt, dass er vor den Kämpfen gegen die Sueben und die Avaren tagelang gehungert hat, um sich zu reinigen und Kraft zu sammeln.«

Lis senkte den Kopf und hielt die Tränen der Wut zurück. Levin war so dumm, dass er sich auf diese Weise in Gefahr brachte, aber wenn sie nicht auffliegen wollte, blieb ihr nichts anderes übrig, als zu schweigen und sein Spiel mitzuspielen. Tonas Sichtweise war völlig logisch, in ihren Augen war ihr Bruder ein Priester, für den solche Prüfungen zum Handwerk gehörten.

Tona lachte und sah sie mit einem merkwürdig intensiven Blick an. »Man könnte meinen, du seist seine große Schwester und nicht seine Dienerin, Lisanja. Beschützt du ihn immer vor der Welt?« Ihr Gesicht wurde ernst. »Oder hast du in der Zukunft gelesen und Unheil gefunden?«

Lis schluckte und zwang sich zu einem Lächeln, obwohl es ihr schwer fiel. »Nein, Tona. Du hast Recht, ich mache mir zu viele Sorgen. Oh, schau dort!« Sie stellte sich auf die Zehenspitzen und deutete zu der Frau mit dem langen Haar und dem Goldschmuck, die sie gestern beim Verlassen von Zlatas Haus gesehen hatte. Mit einigen Frauen, die offensichtlich ihre Dienerinnen waren, ging sie über den Markt. Nun blieb sie an einem Schmuckstand stehen und betrachtete einen silbernen Spiralarmring.

Tona folgte ihrem Blick.

»Wer ist die Frau?«, wollte Lis wissen.

»Oh, das ist Mokosch, die dritte Tochter von Fürst Dabog. Sie kommt häufig zu Zlata, um das Orakel der Nemeja zu befragen.«

»Glauben viele an die Göttin Nemeja?«

Tona schaute sie an, als habe sie gefragt, ob der Himmel blau sei. »Was ist das denn für eine Frage? Die Göttin Nemeja sorgt dafür, dass das Meer uns zu essen gibt. Manchmal verschlingt sie Menschen, aber tausendmal mehr gibt sie uns zurück. Außerdem ist sie die Schutzgöttin der Schwangeren und der Liebenden.«

»Ist Mokosch denn verliebt?«

Tona lachte. »Sie sieht nicht so aus, oder? Auf mich macht sie den Eindruck, unglücklich zu sein.« Sie beugte sich vor und senkte ihre Stimme. Plötzlich war sie so ernst, dass Lis schauderte. »Was ich dir jetzt erzähle, kleine Schwester, ist für die Seherin bestimmt und nicht für Lisanja, die Dienerin. Kannst du schweigen wie ein Stein auf dem Meeresgrund?« Lis nickte atemlos. Tona sah sich um und fuhr fort. Sie stand so nahe bei Lis, dass eine fuchsfarbene Locke ihre Wange streifte. »Zlata hat es mir nicht erzählt, aber wenn die Göttin von ihr Besitz ergreift, dann spricht sie mit geschlossenen Augen. Vor wenigen Nächten hat die Göttin durch sie geklagt und ich habe den Worten gelauscht. Sie erzählte, dass Mokosch von Poskur gestraft wird. Seit ihrer Kindheit sucht er sie mit grässlichen Träumen heim. Fürst Dabog und ihre Geschwister dürfen es nicht erfahren. Sie muss schrecklich leiden.«

»Kennst du auch die anderen Kinder von Fürst Dabog?«

»Es leben nur noch vier von ihnen. Außer Mokosch sind es noch zwei Töchter – Zimzarla und Marzana, und der junge Fürst, Wit.« Sie beugte sich vertraulich zu Lis. »Als Buße für den Verrat seiner Mutter an Poskur wurde er schon als Kind zu den Priestern geschickt und hat sein Recht auf den Platz auf dem Fürstenthron für immer verloren. Du kennst ihn übrigens. Er ist ein Lernender im Tempel des Poskur.«

Lis zog verblüfft die Augenbrauen hoch, als sie den Namen endlich mit dem Gesicht des angehenden Priesters in Verbindung brachte. »Wit ist Dabogs Sohn?«

Tona nickte und konnte sich ein verschmitztes Augenzwinkern nicht verkneifen. »Du wirst ihn noch näher kennen lernen. Das Volk liebt ihn. Ach ja, und dann gibt es zum Beispiel noch Dabogs Schwiegersohn Woloss. Er war mit einer weiteren Schwester von Mokosch verheiratet, die vor fünf Jahren am Buchtfieber starb.«

Lis schwirrte der Kopf von den vielen Namen. Nachdenklich betrachtete sie das blasse, feine Gesicht der

Fürstenprinzessin Mokosch, die sich tief über einen anderen Schmuckarmreif beugte. Warum wirkte sie so, als würde sie auf dem Markt nur eine Rolle spielen? Der bittere Zug um ihren Mund, die Sorge, die sich in ihrer leicht gebeugten Haltung spiegelte, alles erschien Lis auf unbestimmte Weise vertraut und seltsam nah. Am liebsten wäre sie hingegangen und hätte Mokosch nach ihren Sorgen und Befürchtungen gefragt, doch als die Fürstentochter einen Blick in ihre Richtung warf, drehte sich Lis rasch zur Seite und tat so, als würde sie die Tintenfische prüfen, die an einem Stand auf einer Holzplatte feilgeboten wurden.

»Heute findet eine Versammlung bei uns statt. Wir haben Kontakt zu weiteren Kurieren aufgenommen«, flüsterte ihr Tona zu. »Wirst du da sein?«

»Ich werde lieber in der Nähe von Karjan bleiben«, erwiderte sie. »Vielleicht benötigt er etwas.«

»Gut, dann bis morgen oder übermorgen, kleine Schwester!«, sagte Tona und strich ihr über die Wange. Als sie sich schon umgedreht hatte, schien ihr plötzlich etwas einzufallen, denn sie kam zurück und suchte umständlich in einer ihrer Taschen herum. Endlich fand sie, was sie suchte, und zog einen kleinen Lederbeutel heraus. »Hier, Lisanja«, sagte sie und reichte ihn Lis. »Vielleicht stimmt dich das ein bisschen fröhlicher.« Sie zwinkerte ihr zum Abschied zu und machte kehrt.

Lis sah, wie ihr flammendes Haar in der Menge verschwand, dann nahm sie den Beutel und schüttete den Inhalt auf ihre Handfläche. Im Vormittagssonnenschein strahlten ihr der Schädel und die winzigen weißen Knochen einer Eidechse entgegen.

Zum ersten Mal war die Nacht kühl und sternenlos. Kalt und unberechenbar pfiff die Burja über das Meer und brach sich an den Häuserecken. Ein kurzes, aber heftiges Sommergewitter hatte den Staub auf den Straßen und Plätzen in einen schmierigen Film verwandelt und Levins Mantel mit schmutzigem Wasser getränkt. Von ihrem Platz an der Mauer beobachtete Lis, wie der Regen über die aufgesprungenen Lippen ihres Bruders rann. Sie hoffte, die Kälte würde seine verbrannte Haut kühlen. Auf Levins Wangen hatten sich im Laufe des Nachmittags hässliche Brandblasen gebildet, aber er war sitzen geblieben, obwohl er immer wieder schwankte. Beim Anblick des ausgehungerten und durstigen Priesters waren schließlich auch die letzten Spötter verstummt. Die Schaulustigen betrachteten ihn nur noch ehrfurchtsvoll aus sicherer Entfernung und unterhielten sich leise. Seltsamerweise hatte Tschur das Tor zum Tempelinnenhof in dieser Nacht offen gelassen. Vielleicht sollte das ein Hinweis sein, dass es Levin freistand, jederzeit aufzugeben und zu gehen, ohne dass die Novizen ihm noch einmal Aufmerksamkeit schenken mussten.

Den Hohepriester Niam hatte Lis an diesem Tag nur einmal zu Gesicht bekommen. Ohne Levin zu beachten war er, von seinen Untergebenen gefolgt, über den Hof gegangen und im Priesterturm verschwunden. Seitdem saß sie neben der Mauer und wartete, dass etwas geschah.

Bei Anbruch der Nacht war Wit vorbeigekommen und hatte ihr einen Becher Wein gereicht, den sie dankbar annahm, dann war sie im Priesterhof endgültig mit

Levin allein. Nur ein schwaches Licht in einem der schmalen Fenster ließ darauf schließen, dass Tschur oder ein anderer Novize prüfte, ob Levin seinem Gebet treu blieb und wirklich nichts aß oder trank.

Von Zeit zu Zeit döste Lis ein und träumte von riesigen Muränen, deren nasse Körper um ihre Beine strichen. Gebogene Zähne blitzten ihr entgegen. Matej sah sie wütend an und schimpfte mit ihr in einer Sprache, die sie nicht verstand, dann holte ein gewaltiger Donnerschlag sie in die Wirklichkeit zurück. Im Blitzlicht sah Levins Gesicht aus wie das eines Totenschädels.

Es musste schon weit nach Mitternacht sein, als der Himmel aufklarte und den Blick freigab auf einen breiten Sichelmond, dessen Licht in den Winkeln des Hofes Schatten und Gespenster beschwor. Lis zog ihr Schultertuch enger um die Arme. Die Fratze des Poskur schien sie mit schattenfleckigem Schlund höhnisch anzugrinsen.

Ein leises Klappen ertönte, dann strich etwas an ihr vorbei, das sie erstarren ließ. Unwillkürlich krampfte sie die Hände so heftig in ihr Schultertuch, dass ihre Fingernägel pochten. Einen Moment lang glaubte sie, so müde und schläfrig, wie sie war, dass es der schnelle Schritt des Todes war, der schon auf Levins Geist wartete. Vorsichtig hob sie im Mauerschatten den Kopf und erkannte, dass Niam direkt vor ihr stand. Er war allein. Offensichtlich hatte er sie nicht bemerkt. Fasziniert und atemlos betrachtete sie sein Gesicht. Aufrecht stand er da und rührte sich nicht, sein Raubtierblick war auf Levin gerichtet, der die Augen geschlossen hielt und immer wieder vor Erschöpfung das Gleichgewicht zu verlieren drohte. Niam betrachtete ihn in aller Ruhe, wie ein strenger, aber gerechter Vater seinen fehlgeleiteten Sohn betrachten würde. Über diesen unerwarteten Ausdruck von Güte und Wohlwollen im Gesicht des mächtigen Priesters erschrak Lis mehr als über seine Härte.

Langsam ging Niam auf Levin zu. Als hätte der Junge die Anwesenheit des Priesters gespürt, der hinter ihm stand, verlor er langsam das Bewusstsein. Erst sank sein Kopf vornüber, dann wich die Spannung aus seinem Rücken und er kippte zur Seite. Lis sprang auf und schlug die Hände vor den Mund. Im Licht des grinsenden Mondes sah sie, wie der große Priester sich zu ihrem Bruder hinunterbeugte, ihn aufhob und auf seinen Armen zum Priesterhaus trug. Levins Kopf hing leblos herunter und nickte bei jedem Schritt, bis ihn der Schwellenschatten verschlang und die Tür mit einem dumpfen Schlag zufiel.

Mokoschs Träume

Immer wieder fragte Lis beim Priesterhaus nach Karjan, aber Wit, der als Einziger mit ihr sprach, beruhigte sie und sagte ihr, er habe nur Fieber und müsse sich ausruhen. Außerdem versprach er ihr, sie vorzulassen, sobald Karjan sich erholt haben würde.

Lis nutzte die Zeit, um den Bereich rund um den Priesterturm auszukundschaften. Hinter dem Palast entdeckte sie einen Pfad, der auf verschlungenen Wegen zur Stadtmauer führte. Tag und Nacht patroullierten auf ihr die Wächter. Weit hinten am Horizont, dort, wo Lis das italienische Festland vermutete, erhoben sich dünne Rauchsäulen. Zweifellos war es ein wartendes Heer, das sich dort sammelte. Seltsam erschien es ihr, dass sie an den Küsten keine Schiffe sah. Hatten sie sie bei Strunjan versteckt oder war das Erkundungsschiff doch eine geisterhafte Einbildung oder eine optische Täuschung gewesen? Schürte Niam vielleicht bewusst die Angst vor den Truppen, um seine Gläubigen um sich zu scharen und seine Macht zu mehren? Hielt er damit Fürst Dabog in Schach und sicherte sich bei der Bevölkerung eine Position, die ihm nach dem Krieg nutzen konnte?

Die Wachen auf der Stadtmauer beachteten Lis längst nicht mehr. Das Misstrauen, das ihr bei ihren ersten Ausflügen entgegengeschlagen war, hatte sich verflüchtigt und einem wohlwollenden Nicken Platz gemacht. Vielleicht mochten sie ihre Gesellschaft sogar, denn die Tage auf dem Wachposten hoch über der Stadt waren einsam. Es war ruhig, das Meer lag bleigrau und unbeweglich im Nebel und Regen. Bei einem ihrer Ausflüge auf die Stadtmauer entdeckte Lis Matej, der nicht weit von ihr in das Wasser starrte. Sein Blick war düster und seine Augen dunkler und tiefer als das Meer. Im Morgenlicht hatte seine Erscheinung etwas vom Auftritt eines einsamen Helden vor der Schlacht. In der Art, wie er gedankenverloren den Kopf neigte, drückten sich so viel Schmerz und Sehnsucht aus, dass Lis traurig wurde. Sobald er ihre Anwesenheit bemerkte, wandte er sich ab und verschwand den Pfad hinunter im Gewirr der Häuser. Seit ihrem Streit in Zlatas Hütte hatten sie nur noch das Nötigste miteinander gesprochen. Lis wollte nicht den ersten Schritt zur Versöhnung machen, vor allem, da offensichtlich war, dass er sie nicht mochte. Sie musste zugeben, diese Erkenntnis schmerzte. In solchen Augenblicken wünschte sie sich, sie wäre schön und groß wie Tona, und sie zog das Tuch, das sie stets um den Hals trug, hoch bis zum Kinn. Ob Matej weiß, dass er wie ein König aussieht?, fragte sie sich. Wahrscheinlich war ihm seine Ausstrahlung gar nicht bewusst.

In Nemejas Hütte war es schwül und drückend, die Luft legte sich bleischwer auf Zlatas Lungen und ließ sie husten. Matej brachte der alten Priesterin das Essen, das Tona ihr jeden Tag kochte, und immer waren Ratsuchende bei ihr in der Kammer, die durch Zlata das Orakel befragten.

Es waren schwangere Frauen, die wissen wollten, ob sie einen Sohn oder eine Tochter bekommen würden, Familien, die sich gegen Krieg und Tod schützen wollten oder einfach Nemejas Segen erbaten. Kinder kamen und spielten mit den geweihten Götterbildern, als seien es Spielfiguren. Lis staunte, wie selbstverständlich Zlata sie gewähren ließ. Mit einem Lächeln stellte sie sich vor, was los wäre, wenn Kinder in einer Münchner Kirche mit dem Holzkreuz spielen oder lachend und kreischend um den Altar herumrennen würden.

Der Glaube an die Götter durchdrang das ganze Leben, niemand stellte in Frage, niemand zweifelte. Nicht einmal der unmittelbar bevorstehende Krieg konnte sie erschüttern. Er war von den Göttern gesandt, eine Prüfung, eine Strafe oder Schicksal, aber nichts, was ihnen das Leben und Lachen verbat. Ein Menschenleben schien nicht so viel zu zählen, die Menschen rechneten jeden Tag mit dem Tod und lebten mit ihm wie mit dem Buchtfieber, den Verletzungen, die sie sich beim Fischfang und in der Schmiede zuzogen, und der Tatsache, dass viele Kinder starben, bevor sie ihren Namen erhalten hatten. Poskur und auch Nemeja waren so gegenwärtig wie das Wasser, das man berühren, und das Feuer, das einem Schmerzen zufügte und alles vernichten konnte. Lis staunte, wie mühelos sie sich in den Rhythmus dieses Lebens eingefunden hatte. Fast unbewusst machte sie das geheiligte Grußzeichen, wenn sie an einer Statue der Nemeja vorbeikam, und sie senkte den Kopf, wenn sie Poskurs flammendem Blick begegnete. Auch die Priester jagten ihr nicht mehr so viel Angst ein. In den vergangenen Tagen hatte sie die Novizen beobachtet und festgestellt, dass sie trotz ihrer überheblichen Art und der düsteren Schminke nicht viel anders waren als ganz normale junge Männer, die ihre Macht und ihr Ansehen genossen, aber gleichzeitig sehr ernsthaft und bemüht waren, ihrem Glauben zu dienen. Selbst Tschurs Arroganz entlockte ihr inzwischen bloß noch ein mitleidiges Lächeln. Nur mit Niam war es etwas anderes. Sein Anblick jagte ihr immer noch einen Schauer über den Rücken, wenn sie ihn über den Marktplatz zum Priesterturm gehen sah. Er war viel unterwegs, hielt die Messen vor dem Priesterturm, sprach mit den Menschen, die sich auf dem Marktplatz versammelten, setzte sich mit Beratern zusammen und ging im Palast ein und aus. Mehr als einmal sah Lis, wie er mit Fürst Dabog über den Platz ging, und immer hatte sie das Gefühl, dass der alte Fürst an den Lippen des Priesters hing wie ein Hund, der seinem Herrn gehorcht. Ihr entgingen auch nicht die Blicke, die sich die Menschen zuwarfen, wenn sie dies bemerkten.

Die Mitglieder des geheimen Rates der Desetnica verhielten sich in diesen Tagen still und unauffällig. Die Versammlungen wurden ausgesetzt, alle waren auf der Hut vor Niams Spähern. Manchmal erkannte Lis sie – es waren Männer oder Frauen, die unauffällig den Gesprächen in den Gassen lauschten. Dann wechselte Lis sofort das Thema, aber nicht den Tonfall, und unterhielt sich mit Tona über das Färben von Stoff und die Zubereitung der kleinen, gefleckten Katzenhaie, die die ganze Nacht in salziges Zitronenwasser eingelegt wurden, damit ihr Fleisch duftend und zart schmeckte.

Die Fürstentochter Mokosch sah sie in diesen Tagen

mehr als einmal. Stets trug sie den Goldschmuck auf der Stirn und das Haar lang und offen. Begleitet wurde sie nun von zwei Wächtern, deren Schwerter an den Griffen kunstvoll verziert waren. Klauen und Kampfsymbole, geschmückt mit Edelsteinen, leuchteten im diesigen Morgenlicht, wenn sie hinter Mokosch über den Platz schritten. Lis wunderte sich, dass sie die Fürstentochter niemals in Begleitung von Niam oder dem Fürsten sah. Einmal bemerkte sie, wie Mokosch einem der Wächter, die vor dem Priesterturm standen, mehrere Goldmünzen gab, die der Wächter einsteckte und mit einem kurzen Nicken quittierte. Am dritten Tag nach ihrer ersten Begegnung siegte Lis' Neugier und sie beschloss mehr über die traurige Fürstentochter zu erfahren.

Wie sie vorausgesehen hatte, begegnete sie Mokosch, als diese mit ihren Wachen von einem Besuch bei Zlata zurückkehrte. Der Weidenkorb, den die Fürstentochter über dem Arm trug, war leer, offensichtlich hatte sie der alten Priesterin Wein und Speisen zum Geschenk gemacht und war nun auf dem Weg zurück in den Palast. Lis trat an sie heran und lächelte den Wächter, der sich sofort zwischen sie und Mokosch drängte, freundlich an.

»Verschwinde«, knurrte er.

»Das werde ich gerne tun«, erwiderte Lis. »Aber erst habe ich eine Botschaft für deine Herrin.«

Mokosch sah erschrocken und blass aus. Der zweite Wächter antwortete sofort, ohne sich darum zu kümmern, ob seine Herrin etwas sagen wollte. »Eine Botschaft kannst du ihrem Diener im Palast überbringen, wenn du willst, aber nicht hier. Aus dem Weg.«

Lis wich einen Schritt zurück, machte aber den Weg nicht frei. Mit klopfendem Herzen sah sie, wie die Hand des Wächters in Richtung Schwert wanderte. »Willst du dich gegen eine Dienerin mit dem Schwert verteidigen?«, sagte sie leichthin. »Ich habe eine Nachricht für Mokosch. Ich bin Lisanja, die Dienerin von Karjan, der Gast im Hause von Niam ist.«

»Ich will nicht hören, was Niams Gast mir zu sagen hat.« Mokoschs Stimme klang leise, aber scharf.

Lis hatte diese Antwort erwartet. Es bestätigte ihren Eindruck von der Angst und Einsamkeit, die die Fürstentochter ausstrahlte. Sie lächelte und trat beiseite. »Wie du wünschst, Mokosch. Ich dachte, du würdest dich freuen zu erfahren, was deine Träume zu bedeuten haben.«

Die Blässe in Mokoschs erschrockenem Gesicht wich einer tiefen Röte. Ihre Augen wurden riesengroß. »Was weißt du von meinen Träumen?«, brachte sie hervor.

Lis verkniff sich ein Lächeln. Offensichtlich hatte sie ihren Finger auf die richtige Wunde gelegt. Im Stillen dankte sie Tona für ihre Gesprächigkeit. »Ich weiß, dass sie dir keine Ruhe lassen«, sagte Lis ernst und holte die Hand voll Eidechsenknochen aus dem kleinen Lederbeutel. »Ich kann dir helfen, sie zu verstehen. Ich habe das siebte Gesicht und lese aus den Knochen der Eidechse.«

Mokosch starrte auf den winzigen Schädel, der in ihrer Hand verloren und dennoch bedrohlich wirkte.

Lis beugte sich noch weiter vor. »Selbst Zlata kennt meine Kunst.«

Mokosch zuckte zusammen, dann straffte sich ihre Gestalt, plötzlich sah sie würdevoll aus, ganz Herrscherin. »Lasst sie mitgehen«, befahl sie ihren Wächtern. »Ich will hören, was die Eidechse mir zu sagen hat.«

Der Wächter, der Lis zurückgehalten hatte, trat widerwillig einen Schritt zur Seite und warf Mokosch einen bedrohlichen Blick zu, den sie betont ignorierte.

Lis' Herz machte einen kleinen Freudensprung. Ruhig nickte sie und folgte der kleinen Prozession zum Fürstenpalast.

Im Vergleich zum Priesterhaus war der Palast eine richtige Schatzkammer. Lis blieb der Mund offen stehen, als sie in den reich geschmückten Innenhof trat. In den Boden war ein buntes Mosaik aus hellgrünen, türkisfarbenen und rötlichen Steinen eingelassen, das eine riesige Muräne im Kampf mit dem Feuergott Poskur zeigte. Wenn man etwas Fantasie hatte, konnte man darin auch die Umarmung zweier Liebender erkennen. Riesige Tongefäße standen an den Wänden, in kupfernen Prunkkesseln brodelten Fischsuppen von verschiedener Farbe. Vergoldete Tierschädel hingen über den hohen runden Torbögen. Schilde und Schmuckplatten reflektierten die ersten Sonnenstrahlen, die nach Tagen des Regens wieder durch die Wolken zu brechen begannen. Diener und Palastbewohner waren so auffallend und prächtig gekleidet, dass Lis auf den ersten Blick nicht unterscheiden konnte, wer Diener und wer Gebieter war. Perlmuttkämme und Muscheln waren in die langen Haare der Frauen eingeflochten, Spiralarmringe in Muränenform blitzten an braun gebrannten, muskulösen Armen. Manche der Frauen hatten Goldstaub auf den Wangen, was ihnen ein überirdisches Strahlen verlieh, als wären sie zum Leben erwachte Statuen.

Mokosch ging mit schnellem Schritt über den Hof und betrat durch eine schmale Holztür einen Seitengang. Lis brauchte einen Moment, um sich klar zu werden, was sie so irritierte, dann fiel es ihr ein: Der Innenhof des Palastes erinnerte sie an den Platz vor dem Priesterhaus. Obwohl es kleiner war als der Palast, schienen beide Gebäude auch vom Grundriss her spiegelbildlich erbaut zu sein. Sie folgte Mokosch über eine lange Treppe aus verzierten Holzstiegen, dann standen sie schon in einem weitläufigen, luftigen Raum. Der Anblick raubte Lis den Atem.

Stoffe in den verschiedensten Rot- und Kupfertönen wehten im Mittagswind. Die Sonne war hervorgekommen und gab durch riesige gemauerte Fenster den Blick frei auf ein glitzerndes Meer. Es war, als würde man direkt auf der Stadtmauer stehen, Lis nahm an, dass die Außenwand des Palastes sogar ein Teil der Stadtmauer war. Von hier aus konnte die Fürstenfamilie mühelos den Golf von Venedig überblicken.

»Geht endlich«, sagte Mokosch und wartete ungeduldig, bis sich die Wächter zurückgezogen hatten. Lis spürte mehr, als sie sah, wie die Fürstentochter neben sie ans Fenster trat. Die Sonne und der blaue Himmel färbten das Meer türkis und im tieferen Gewässer dunkelblau. Fischerboote fuhren an der Küste auf und ab. In der Ferne sah Lis eine Gruppe flinker, schwarzer Körper, die durch das klare Wasser schossen. Es mochten Delfine sein.

»Wer bist du?«, fragte Mokosch ohne sie anzusehen. »Warum weißt du etwas über meine Träume? Hat Zlata dir davon erzählt?«

»Nein«, antwortete Lis wahrheitsgemäß. »Die Eidechse sprach zu mir, schon lange bevor mein Herr und ich in diese Stadt kamen. Sie sagte mir, dass in Antjana eine Frau lebt, die jede Nacht aufwacht, eine Frau, die ihr wahres Gesicht verbergen muss.« Lis beugte sich zu Mokosch und senkte ihre Stimme. »Ich kann sehen, wie du unter dem Wahnsinn der Götter leidest.«

»In meinen Träumen kocht das Meer«, flüsterte Mokosch. »Brüllend steigt Nemeja aus den Fluten und wirft die Schiffe der Sarazenen an unsere Ufer.«

Lis drehte sich um und blickte der Fürstentochter in die Augen. Was sie sah, waren Todesangst und eine seltsam dumpfe Ergebenheit. War es nur der Krieg, der ihr Angst einjagte?

»Nimm mir diese Träume«, sagte Mokosch. »Wenn du eine Seherin bist, wie du behauptest, dann rufe meine Träume und nimm sie mit dir.«

Um Zeit zu gewinnen, holte Lis ihre Eidechsenknochen hervor und ging in die Mitte des Zimmers. Dort setzte sie sich, nahm ein Räucherholz, das sie bei Zlata geholt hatte, und entzündete es an einer Opferflamme, die auf dem Altar in der Mitte des Zimmers brannte. Weiße, duftende Rauchschlieren begannen durch das Zimmer zu tanzen.

»Setz dich zu mir, Mokosch«, sagte sie leise. Die Fürstentochter kam zögernd zu ihr und ließ sich auf die Knie sinken. Ihr Goldschmuck klimperte, als sie zusah, wie Lis die Eidechsenknochen mit einem geschickten

Schwung in die Luft warf. Klappernd kamen sie auf dem Steinboden auf. Der Schädel wackelte und blieb dann liegen. Lis runzelte die Stirn und betrachtete die Knochen genau. Fieberhaft überlegte sie, wie sie Mokosch unauffällig ausfragen konnte. »Im Traum siehst du Rache und Blut«, begann sie zögernd. »Niam erscheint dir. Und ich sehe, dass der Priesterturm in deinen Gedanken ist.«

Mokosch errötete leicht und starrte weiter gebannt auf die Knochen. Lis stupste eine winzige Rippe an und runzelte wieder die Stirn. »Ich sehe auch Nemeja. Auf ihrem breiten Rücken trägt sie ein Kind, ein kleines Mädchen ...«

»Meine Schwester, die Desetnica«, flüsterte Mokosch.

»Du siehst sie im Traum.«

Mokosch nickte so heftig, dass ihr Goldschmuck klingelte wie Glöckchen in einer Kirche. »Sie sucht mich. Jede Nacht sucht sie mich. Ihr ist großes Unrecht angetan worden. Sie spricht zu mir und sagt, dass sie zurückkehren wird. Sie ist mein Schicksal. Sie wird uns alle töten, um sich für das Unrecht zu rächen. Ich kann ihr nur das Tor öffnen.«

»Sagt sie dir, dass sie dich töten will?«

Mokosch verneinte mit einer Geste. »Aber sie sagt auch nicht, dass sie mich schonen wird. Dennoch bin ich an sie gebunden, mehr als ich an mein Volk, meine Geschwister oder an meine Stadt gebunden bin.« Ihr Blick loderte und ließ sie wie eine Verrückte aussehen. »Das ist dieser Wahnsinn, der mich nicht schlafen lässt: Dass ich mir wünsche, sie würde wiederkommen, obwohl es mein Todesurteil ist.«

Lis schluckte. Ein Bild formte sich in ihren Gedanken, eine Landkarte der Intrigen, der Machtspiele und Vernetzungen. Und der breiteste Weg führte direkt in das Priesterhaus. War Niam der Grund, warum Mokosch stets von Wächtern begleitet wurde? Befürchtete er, sie könnte den Kurieren einen Hinweis geben? Musste er sie gut im Auge behalten? Nun, wenn es so war, holten seine Späher bereits Erkundigungen über die Dienerin von Karjan ein, die angeboten hatte, die Träume der Fürstentochter zu deuten. Sollten sie. Wenn sie es recht betrachtete, war es keine schlechte Konstellation. Ein Gast von Niam war schließlich über jeden Verdacht erhaben. Und dass sie als Fremde auf eine wahnsinnige Frau stieß und deren Träume sah, sprach schließlich nur für ihre Qualitäten als Seherin und untermauerte ihre Glaubwürdigkeit.

Behutsam legte sie eine Hand auf Mokoschs Arm, um die Fürstentochter zu beruhigen.

In diesem Moment geschah etwas Seltsames, etwas so Unvermutetes, dass Lis vergaß zu atmen. Sie glaubte zu trudeln und das Gleichgewicht zu verlieren. Reflexartig griff sie fester zu. Ihre Fingernägel gruben sich in Mokoschs Unterarm. Das Zimmer verwandelte sich in einen Strudel aus Farben, die vor ihren Augen erblühten, vergingen und zu Asche zerfielen. Ein Eidechsenskelett huschte über den Steinboden. Und mit einem Mal erstanden vor ihren Augen die Schreckensbilder, die Mokosch in der Nacht sah. Ein waberndes, schwarzes Heer zog über das hügelige Küstenland, Pferdehufe stampften auf dem Boden. Krummsäbel wurden über schartige Wetzsteine gezogen. Gegen einen blutigen

Himmel hoben sich die Silhouetten der Reiter ab. Ihr Anführer war zierlich und trug ein langes Gewand. Das Gesicht war verhüllt von einem Eisentuch, das Mund und Nase verbarg. Lis erkannte nur die Augen. Es waren Mokoschs Augen, wenn auch die Farbe anders war. Ein transparentes Hellgrau ließ sie raubtierhaft und seelenlos aussehen. Lis begann zu zittern, als die Gestalt ihr den Kopf zuwandte und ihr direkt ins Gesicht blickte. Das Pferd blieb ruckartig stehen. Ein kehliger Kampfgesang erhob sich im Hintergrund und wurde lauter und lauter, bis der Rhythmus mit Lis' Herzschlag verschmolz. Die zierliche Kriegergestalt blieb jedoch ruhig, starrte unverwandt in das Palastzimmer und machte keine Anstalten, zum Schwert zu greifen. »Die Desetnica wird dich nicht töten«, sagte Lis und ließ Mokoschs Arm los. Sofort huschten die Bilder davon und ließen sie benommen und müde auf dem Steinboden zurück. »Sie will mit dir sprechen. Ja, ihr ist großes Unrecht angetan worden, aber sie wird nicht zurückkehren, um die Stadt zu vernichten.«

In Mokoschs Augen glänzte Hoffnung auf. »Sie hasst mich nicht?«, fragte sie. »Und die Träume von blutigem Meerwasser und furchtbaren Kriegerfratzen, die Messer, das Feuer der Rache ... was ist?«

Lis presste sich die Hände vor die Augen. Neue Bilder stürmten auf sie ein, umspülten sie und drohten sie hinwegzureißen. Gesichter und Ereignisse wirbelten an ihr vorbei. Ein Bild blieb zitternd vor ihr stehen, bevor es in tausend Tropfen zersprang: Mokosch stand dort mit aufgerissenen Augen, geduckt unter einer riesigen Axt mit runder Schneide, die direkt über ihrem Kopf schwebte. Lis konnte die Gewissheit des Todes in ihren Augen lesen. Das Letzte, was sie erkannte, bevor das Bild zerstob, waren die Hände, die die Axt hielten – es waren schmale, mädchenhafte Hände wie die von Mokosch.

»Was ist?«, flüsterte Mokosch. »Siehst du, dass ich sterben muss? Siehst du das? O bitte, Lisanja, sag es mir!«

Ich kann es ihr nicht sagen, dachte Lis. Ich kann nicht, ich bin keine Seherin. Unwillkürlich ertappte sie sich dabei, wie sie betete, das Ganze möge eine Einbildung sein. Ihre Fantasie spielte ihr Streiche, ganz bestimmt. Bald bin ich schon wie Levin, dachte sie. Ihr Mund war plötzlich so trocken, dass sie sich mehrfach räuspern musste, bevor sie mühsam ein paar Worte herausbrachte.

»Die Eidechse sagt mir, dass das, was wir sehen, nur Möglichkeiten sind. Es kann geschehen, was du siehst. Es wird Blut geben, aber du trägst keine Schuld am Leid, das deiner Schwester angetan wurde. Wenn sie nach Antjana zurückkommt, wird sie eine Vertraute brauchen.«

Mokosch senkte den Kopf. »Ich bin ihre Vertraute. Ich kenne sie besser, als meine Mutter sie kannte. Jede Nacht begegnete ich ihr. Ich sah, wie sie an Land von Wanderern aufgelesen wurde, ich sah sie mit gefesselten Händen und verfilztem Haar. Meine Seele begleitete sie nachts in all den Jahren, in denen sie bei den Sarazenen aufwuchs. Ich stand mit ihr in der Waffenschmiede und erlebte, wie sie mit ihrem Schwert, das die Form eines lächelnden Mondes hat, tötete. Ich sah sie im Kampfgewand mit geschorenem Haar und inmitten ihrer Krieger. Ich spürte ihre Wunden und ihre Angst.« Sie seufzte. »Meine Mutter war froh, wenn ich ihr von ihrer verlorenen Tochter erzählte. Sie verriet mich nicht an meinen Vater und die Priester. Ich glaube, im Grunde war sie froh zu wissen, dass ihre Desetnica noch lebte.« Ein Lächeln huschte über Mokoschs Gesicht. »Du gehörst zu ihnen, nicht wahr, zu den Kurieren?«

Alarmsirenen begannen in Lis' Kopf zu schrillen. Hastig sah sie sich im Raum um, aber da waren keine Wächter, die sie festnehmen wollten. »Ich weiß nicht, was du meinst«, sagte sie schnell. »Ich bin Lisanja, eine Seherin aus Arkona. Ich gehöre nicht zu ihnen, wen immer du damit meinst.«

Mokosch zog die linke Augenbraue hoch, dann griff sie mit einer beiläufigen Geste in den Ausschnitt ihres Kleides und zog eine Kette hervor. Schwer und silbern baumelte daran das Medaillon der Desetnica.

Lis blieb der Mund offen stehen. »Du bist es, die die Kuriere zur Desetnica schickt?«, flüsterte sie.

Die Fürstentochter verzog die Lippen zu einem traurigen Lächeln. »Geschickt habe ich nur einen. Und der sitzt im Priesterturm, und es ist nur eine Frage der Zeit, bis er mich an Niam verraten wird.«

Immer noch fühlte Lis sich wie ein Tier in der Falle. Sie schlitterte in etwas hinein, das zu groß für sie schien. Eigentlich hatte sie nur einen Blick durch die angelehnte Tür werfen wollen, hinter der das Geheimnis der Desetnica verborgen war, und nun stolperte sie unversehens von Raum zu Raum, und die Räume wurden immer größer und verwinkelter. Immer noch driftete sie in einem Gefühl der Unwirklichkeit und fragte sich, wie es sein konnte, dass sie Mokoschs Gedanken gesehen hatte. War sie wirklich eine Seherin oder gaukelte ihr Unterbewusstsein ihr diese Fähigkeit vor? »Du bist unvorsichtig, Mokosch«, sagte sie. »Ich könnte dich verraten, mein Herr ist Niams Gast.«

»Und was ist das?«, flüsterte Mokosch und berührte eine Stelle in Höhe von Lis' Herzen. Lis zuckte zurück, als ihr bewusst wurde, dass Mokosch auf ihr Medaillon deutete, das gut verborgen unter ihrem Kleid lag. Ein wissendes Lächeln huschte über das Gesicht der Fürstentochter. »Auch dich habe ich im Traum gesehen«, fuhr sie mit beschwörender Stimme fort. »Deine Hand, auf der die Eidechsenknochen lagen. Meine Schwester sagte mir, ich soll dem Eidechsenmädchen zuhören. Aber hat dir dein Tierchen auch verraten, was mit den Kurieren im Turm geschehen wird?« Ihre Stimme wurde noch leiser. »Mein Traum sagt mir, sie werden im Feuer der Rache sterben.«

Lis schüttelte den Kopf. »Sie werden nicht sterben, auch dein Kurier nicht«, antwortete sie mit fester Stimme, ohne zu wissen, woher sie diese Gewissheit nahm. Vielleicht wollte sie sich selbst beweisen, dass es auch etwas Sicheres, Ungefährliches in dieser Stadt gab. »Ich sehe den Tod nicht, aber ich sehe, dass du gut auf dich Acht geben musst. Sprich mit niemandem, Mokosch. Sei bereit, deine Schwester zu hören, wenn sie nachts zu dir kommt. Und fürchte nicht um dein Leben.«

Ein Anflug von Verachtung huschte über Mokoschs Gesicht.

»Glaubst du wirklich, ich bin so feige, mich vor meinem Tod zu fürchten?«, sagte sie. »Nein, gewiss nicht, mein Leben ist verloren – wenn meine Schwester mich nicht tötet, werde ich Poskurs Zorn nicht entgehen. Was ich auch tue, mein Schicksal wird mich ereilen. Nein, ich fürchte um ein Leben, das Niam mit Begeisterung seinem grausamen Gott opfern wird, wenn er davon erfährt.« Mit einer sanften Geste strich sie sich über den Bauch.

Lis starrte auf ihre Hand und fühlte beinahe, wie die Erkenntnis in ihrem Kopf »Klick« machte. »Du trägst das Kind des Kuriers«, flüsterte sie. »Jetzt verstehe ich. Niam wird dich hinrichten lassen, wenn er das erfährt.«

»Nicht nur Niam«, antwortete die Fürstentochter bitter. »Das Volk, das die Kuriere hasst, wird meinen Tod verlangen. Im Namen Poskurs, des Rächers. Und sie werden das Kind der Verräterin verbrennen. Das kann ich nicht zulassen.«

Lis schauderte. Plötzlich war ihr übel, ihr war, als sei sie mit dem Fuß in eine Pfütze getreten, um nun festzustellen, dass sie in einem unendlich tiefen Moorloch feststeckte, aus dem sie sich unmöglich selbst befreien konnte. »Und fliehen kannst du nicht?«, fragte sie.

Mokosch lachte auf. »Die Maschen des Netzes, das Niam um mich gewoben hat, ziehen sich zu. Innerhalb des Palastes kann ich machen, was ich will, aber draußen? Du hast ja gesehen, wie gut ich seit kurzem beschützt werde.« Plötzlich verzog sich ihr Gesicht und sie schlug die Hände vors Gesicht. »Sie suchen die letzten Beweise. Genauso war es mit meiner Mutter«, schluchzte sie. »Immer mehr Wächter waren um sie herum. Einen Abend vor ihrem Tod habe ich von der Desetnica geträumt, sie rief mir zu und warnte mich, doch ich wischte den Traum beiseite. Am nächsten Tag entfachte eine ungeschickte Dienerin ein Feuer im Palast. Die große Statue des Poskur, die im Versammlungssaal über der Treppe hing, fing Feuer, brach herunter und erschlug meine Mutter.«

»Ich weiß«, flüsterte Lis. »Hast du jemandem erzählt, was du vermutest?«

»Nur ihm – Pogoda.«

»Dem Kurier im Turm?«

Mokosch nickte.

Der jüngere Kurier, nehme ich an, fügte Lis in Gedanken hinzu und erinnerte sich an das Gesicht des jungen Mannes. Wer weiß, was Niam mit ihm anstellt, um die Botschaft der Desetnica von ihm zu hören, dachte sie verzweifelt. Hoffentlich ist Levin bald wieder ansprechbar.

Mokosch fasste nach ihrem Arm, erstaunlich kräftige Finger schlossen sich um Lis' Handgelenk. »Dein Herr ist ein Priester, ich habe gesehen, wie er vor Poskurs Bild um Einlass bat. Wenn du auf Seiten der Kuriere bist, dann wirst du in den Turm gelangen können.« Ihre Stimme bekam einen flehenden Unterton, der Lis beinahe beschämte. »Bitte gib ihm eine Nachricht von mir. Wirst du das tun?«

Lis errötete. Wenn du wüsstest, wie nah du an der Wahrheit dran bist, Mokosch, dachte sie. »Wenn es mir gelingen sollte, werde ich dir Bescheid geben, Mokosch«, flüsterte sie und schaute sich wieder um. Die Tür war nach wie vor fest verschlossen und sie hatten so leise gesprochen, dass man sie unmöglich hören konnte.

Dennoch war ihr mulmig zumute. »Glaubst du, dass die Wände hier Ohren haben?«

Die Fürstentochter schüttelte unmerklich den Kopf. »Zlata hat mir einen Zauber gegeben, der ihre Ohren verschließt und Nemejas Rauschen meine Worte übertönen lässt.«

Nun, hoffen wir das, dachte Lis und stand auf. Sie suchte die winzigen Eidechsenknochen zusammen und verstaute sie sorgfältig in dem Ledersäckchen. »Sei trotzdem vorsichtig, Mokosch«, flüsterte sie der zierlichen Frau zu. »Sprich mit niemandem über das, was du weißt. Auch mit Zlata nicht mehr, hörst du? Verhalte dich unauffällig und gehe nicht zu oft in die Nähe des Priesterturms.«

Mokosch wandte sich ab und drehte Lis den Rücken zu. Sie stand am Fenster, ihr langes Haar wehte im Meereswind, der um das Gemäuer strich. Am Zucken ihrer Schultern konnte Lis sehen, dass die Fürstentochter weinte.

Im Palast

Du hast es also erfahren«, flüsterte Zlata und schloss die Augen. »Aber ich habe es geahnt, schon am ersten Tag, als ich dich sah. In deinen Augen brennt das Licht der Wahrheit, niemand kann dich lange belügen, meine Kleine, nicht wahr?«

Die alte Priesterin lag auf der Seite, ihr silbernes Haar floss über das Bett und vermischte sich mit dem Stroh, das Tona frisch aufgeschüttet hatte. In der Hand hielt sie die kleine Holzfigur der Nemeja, die schon ganz blank und abgerieben war. Zum ersten Mal erkannte Lis, dass auch die alte Priesterin Angst hatte.

»Wenn ihr die Kuriere nicht befreit, wird Mokosch sterben«, flüsterte die Alte. »So viele Kuriere gibt es in der Stadt, doch Niam fängt ausgerechnet ihren Geliebten, dessen Kind sie trägt. Auch Nemeja kann grausam sein. Und ich kann ihr und Pogoda nicht helfen.«

»Kann Zoran nichts tun? Vielleicht könnte er dafür sorgen, dass Mokosch aus dem Palast fliehen kann und bei einem der Kuriere Unterschlupf findet? Dann wäre sie zumindest fürs Erste außer Gefahr.«

Zlatas kristallklare Augen schienen im Licht der Opferflammen Funken zu sprühen. Mit erstaunlichem Schwung wuchtete sie sich hoch und griff nach Lis' Kleid, zerrte sie zu sich. Lis' Herz schlug wie ein Wirbel, so sehr erschreckte sie die Kraft, die in dem alten, dürren Körper steckte. »Schwöre, Lisanja, dass du Zoran nichts von Mokosch erzählst!«, flüsterte ihr Zlata zu. Ihre Augen waren Lis so nah, dass sie dachte, sie würden sie verbrennen. »Er ist kein guter Mann, Lisanja. Haben dir das die Eidechsenknochen nicht verraten? Zoran will nur eins – er will wieder in den Palast einziehen und seine Macht zurückerlangen. Schwöre bei deinem Gott Swantewit, dass du schweigen wirst!«

»Ich schwöre«, antwortete Lis verdattert.

»Bei Swantewit!«

»Bei Swantewit.«

»Und schwöre beim Leben deiner Mutter!«

Ein Schauder durchrieselte Lis' Körper. Der Schreck griff ihr in den Nacken, als sie an ihre traurige Mutter dachte, die sicher über ihren Verlust fast wahnsinnig wurde. Zlata sah sie immer noch mit weit aufgerissenen Augen an.

Lis senkte den Kopf und schluckte ihre Tränen hinunter. »Ich schwöre, bei meiner ... Mutter.«

»Gut.« Erschöpft ließ sich die Priesterin zurücksinken und schloss die Augen. »Niemand weiß von Mokosch und Pogoda. Nur ich und du jetzt. Tona darf es nicht erfahren, sie könnte es Zoran sagen. Und Zoran würde das Wissen für seine Zwecke benutzen. Er will Dabog vom Thron stoßen und er würde vor keiner Tat zurückschrecken, um an dieses Ziel zu gelangen. Und nur Poskur weiß, ob er wirklich vorhat, der Desetnica den Thron zu überlassen.«

Lis fröstelte unwillkürlich und stellte sich Zorans gütiges Gesicht vor. Es fiel ihr schwer zu begreifen, dass er ähnlich machtgierig und skrupellos sein sollte wie

Niam und die anderen. Aber vielleicht hatte Zlata Recht?

Sie strich sich über die Stirn, um ihre Verwirrung etwas zu besänftigen, doch das Chaos in ihrem Kopf wollte sich nicht lichten. Wem konnte sie in dieser Stadt überhaupt noch trauen? Selbst die alte Priesterin spielte ihr Spiel, stellte sich harmlos und täuschte vor, nichts zu wissen. Freundlich gab sie Zoran die Hand und nannte ihn »mein lieber Junge«, um nicht selbst noch tiefer in den mörderischen Strudel der Intrigen zu geraten.

Jetzt kann ich nur noch Levin vertrauen, sagte Lis sich. Nur meinem leichtsinnigen Bruder. Seufzend zog sie ihren geflickten Umhang enger um ihre Schultern und griff nach ihrer Tasche, die aus dem Balg einer Ziege genäht war. »Auf Wiedersehen, Zlata«, flüsterte sie, doch die alte Frau antwortete nicht.

Als sie aus der Tür in den sonnenbeschienenen Innenhof trat, entdeckte sie eine Gestalt, die im Schatten der Hauswand stand. Nach dem ersten eisigen Schreck, der sie durchfuhr, erkannte sie voller Erleichterung, dass es nur Matej war, der an die Mauer gelehnt dastand und in die Straße spähte.

»Du wirst beobachtet«, sagte er ohne seinen Blick zu verändern.

»Von dir?«, erwiderte Lis spitz.

Jetzt erst wandte er den Kopf und sah sie an. Sein Gesicht lag halb im Schatten, was ihm eine geheimnisvolle Aura gab. Der goldene Fleck in seinem rechten Auge leuchtete in einem schrägen Sonnenstrahl. In einem anderen Leben hätte er der Hauptdarsteller in einem Historiendrama sein können oder ein Privatdetektiv, der die Heldin vor einem geplanten Verbrechen warnte. »Von Niams Leuten«, sagte er. »Einer seiner Schüler folgt dir sehr oft, seit Karjan bei den Priestern aufgenommen wurde. Pass auf, was du tust, Lisanja. Sie wissen über deine Wege Bescheid.«

Tschur!, dachte sie. Klar, das hätte sie sich denken können. Die Nachricht erstaunte sie nicht einmal. Vielleicht wusste Niam gar nicht, dass sein Schüler Privatdetektiv spielte. Das würde zu dem zwielichtigen Novizen passen. Sie konnte sich richtig vorstellen, wie er auf eine Gelegenheit wartete, seine neuesten Erkenntnisse als Trumpf aus dem Ärmel zu holen und sich damit gleich ein paar Stufen in der Tempelhierarchie nach oben zu gaunern. Tschur widerte sie an. Matej hatte Recht – sie musste vorsichtiger sein.

»Und wenn schon«, sagte sie ohne sich ihre Beunruhigung anmerken zu lassen. »Ich bin Karjans Dienerin. Ich schaue mir die Stadt an, leiste Seherinnendienste und besuche die alte Priesterin. Und sehr oft stehe ich auf der alten Stadtmauer und betrachte das Meer. Und dabei ...« – sie machte eine viel sagende Pause und lächelte – »... bin ich ja schließlich nicht die Einzige.«

Er stieß sich mit einem anmutigen Schwung von der Mauer ab und klopfte sich den Steinstaub vom Ärmel. »Wie du meinst«, sagte er. »Ich wollte nur, dass du es weißt.« Damit drehte er sich ohne einen weiteren Gruß um und verschwand zwischen den Häusern.

Das Fieber hatte Levin in wenigen Tagen hohlwangig und dünn werden lassen. Gemeinsam mit Niam und den anderen Priestern verließ er schon am Morgen das Priesterhaus und ging über den Platz zum Palast. Sein Haar hatte er zu einem kurzen Zopf zusammengebunden und sein Gesicht war immer noch rot und sonnenverbrannt, aber die Krusten auf seinen Wangen waren dunkel und trocken und würden bald abfallen ohne Narben zu hinterlassen. Obwohl Lis ihn nur wenige Tage nicht gesehen hatte, kam er ihr verändert vor. Nicht nur dass er magerer geworden war, was ihm gar nicht schlecht stand, in seinem Gesicht war auch ein neuer Ausdruck. Er schien ihr erwachsener und ernster. Sie beherrschte sich, um nicht nach ihm zu rufen, und wartete stattdessen voller Ungeduld, bis er sie endlich entdeckte. Erleichtert sah sie, wie sich ein Lächeln über sein Gesicht breitete. Er sagte etwas zu Niam und machte eine Geste, die besagte, dass sie zu ihm kommen sollte.

Niam betrachtete sie mit zusammengezogenen Brauen. Lis war es unangenehm, dass er sie so eingehend und mit unverschämter Genauigkeit musterte, als sie auf Levin zuging. Sie wusste, er hatte von ihrem Ausflug in den Palast erfahren. Ihr Mund wurde trocken vor Aufregung, aber sie beherrschte sich und überquerte, so arglos und ruhig sie konnte, den Platz. Für einen Moment war sie unsicher, ob sie vor Levin und Niam eine Verbeugung andeuten sollte, aber dann entschloss sie sich, zum Gruß nur kurz zu nicken.

»Lisanja!«, rief Levin ihr entgegen. »Ich hoffe, du hast eine gute Unterkunft?«

Lis bejahte wie eine höfliche Dienerin und versuchte immer noch, unter Niams bohrenden Blicken unbefangen zu wirken. »Ich übernachte in einer Fischerhütte und habe mich in der Stadt umgesehen.«

»Und sie hat sich schon viele Freunde gemacht«, warf Niam ein. Es sollte überlegen und scherzhaft klingen, aber Lis hörte den lauernden Unterton nur zu deutlich. Niam traute ihr nicht. Wahrscheinlich wollte er nur sehen, ob er sie mit dieser Andeutung verunsichern konnte. Nun, diese Hoffnung würde sie ihm nehmen.

»Ja, das habe ich«, erwiderte sie ernsthaft und wandte sich wieder an Levin. »Auch du wirst noch Zlata, die Hohepriesterin der Nemeja, kennen lernen. Von ihr kann ich eine Menge über Weissagungen erfahren. Außerdem habe ich gestern für Mokosch, die dritte Tochter des Fürsten, ihre Träume gedeutet. Sie fürchtet sich vor den Sarazenen, die Arme.«

Levins Augenbrauen zuckten nur kurz nach oben. Er war irritiert, das sah Lis ihm an, doch er ging auf das Spiel ein und nickte. »Ich werde mich freuen, die Hohepriesterin Zlata zu besuchen.«

Niams Gesicht hatte sich verhärtet, offensichtlich konnte er sich keinen Reim darauf machen, warum diese Magd bereitwillig zugab, dass sie Kontakte außerhalb der Priesterkreise schloss. Hatte er doch gedacht, sie in die Enge treiben zu können, indem er sie zwang, ihre Bekanntschaft mit der Priesterin zu vertuschen. Mit seinem schmalen Gesicht erschien er Lis wie eine Hyäne, die zwar witterte, dass etwas nicht stimmte, aber den Grund für ihr Unbehagen nicht finden konnte.

»Ach ja, die gute Zlata«, sagte Niam nun. »Sie ist alt geworden. Langsam bereitet sie sich darauf vor, von Nemeja in das ewige Meer getragen zu werden.«

Levin wandte sich an Niam. »Ich möchte, dass Lisanja mich heute zum Fest der kriegerischen Seelen begleitet. Da sie die Fürstentochter schon kennt, ist sie zwar im Gegensatz zu mir im Vorteil, aber diesen Vorsprung lasse ich ihr gerne. Schließlich ist ihr Wissen auch mein Wissen.«

Niams Mundwinkel zuckte nur, als er mit einem angedeuteten Nicken antwortete. »Sie ist deine Dienerin, also steht es dir frei, sie mitzunehmen, wohin du willst.« Wieder betrachtete er sie unverhohlen, doch diesmal schätzte er offenbar ab, ob er sie so, wie sie aussah, zum Fest gehen lassen konnte. Nachdenklich musterte er ihr Haar und ließ den Blick zu ihrem schlichten Kleid wandern. Als er ihr Halstuch entdeckte, stutzte er kurz, aber anscheinend machte er sich keine weiteren Gedanken. »Lisanja, begib dich zur Dienerkammer im Palast und frage nach Firenc«, sagte er schließlich. »Er wird dir ein Kleid geben, das dem Anlass angemessen ist.«

Unwillkürlich kam Lis sich schäbig vor und unterdrückte den Impuls, ihre Hände, die noch Farbspuren vom Färben der Stoffe trugen, hinter dem Rücken zu verstecken. Levin, so begriff sie, hatte seine Prüfung hinter sich, ihre dagegen stand ihr noch bevor. Sie nickte höflich. »Zu Firenc, ich werde ihn aufsuchen.«

»Gut, dann geh«, sagte Levin etwas zu streng.

Ohne ein weiteres Wort folgte er Niam und den anderen Priestern zum Palast. Lis blieb einen Moment verdutzt stehen, dann fiel ihr nichts anderes ein, als ihnen zu folgen. Sie gingen durch das Tor, das Lis bereits kannte, und überquerten den Innenhof. Er war noch reicher geschmückt als am Tag zuvor. Im Laufe des Morgens hatten die Diener bunte Tücher aufgehängt und Blumenblätter auf den Boden gestreut. Felle lagen als Sitzgelegenheiten auf dem sonnenwarmen Boden. Der Duft von gebratenem Fleisch und Holzrauch wehte Lis entgegen. Bevor Niam mit den Priestern durch das Palasttor schritt, das vom Innenhof aus in die Räume führte, wo ihn schon eine Gruppe von Dienern erwartete, drehte er sich um und gab Lis ein Zeichen mit der Hand. Lis schaute in die angegebene Richtung und entdeckte im Seitengebäude eine schmale Tür, die offen stand. Gehorsam ging sie hinüber. Levin winkte ihr ein letztes Mal verstohlen zu, bevor er Niam folgte. Schon war sie wieder einmal allein.

Leise trat sie ein und fand sich in einer schmalen Kammer wieder, in deren Mitte eine Feuerstelle war. Mehrere Truhen standen in dem Raum, und in der Ecke entdeckte Lis eine Art Altar, auf dem Poskur und Nemeja standen, aber auch eine Vielzahl weiterer Figuren aus ganz unterschiedlichen Materialien. Einige waren aus Stoff und grober Schnur hergestellt oder von so ungeschickten Händen geschnitzt, dass sie wie laienhafte Voodoo-Figuren aussahen. Lis beugte sich über den Schrein und besah sich eine Korallenfrau, die üppige Brüste und einen Schopf Haare aus getrocknetem Tang hatte. Und ganz hinten stand eine offensichtlich neue Figur, deren Holz noch hell und feucht war und einen frischen Duft nach Zedernöl verströmte. Vier grimmige, filigrane Holzgesichter schauten in alle Himmelsrichtungen. In der Hand trug Swantewits Abbild etwas, das einem Horn glich. Lis konnte die kleine Statue vor lauter Erstaunen nur mit offenem Mund anstarren. Levin schien sich sehr gut mit Niam zu verstehen. Unwahrscheinlich gut!

»Jetzt ist nicht die Zeit zum Beten«, sagte hinter ihr eine knarzende Stimme.

Sie fuhr so schnell herum, dass sie beinahe die Figuren umgestoßen hätte. Die Korallenfrau mit den riesigen Brüsten wackelte.

»Habe ich dich erschreckt?«, sagte der zahnlose alte Mann. Wie der Diener der Priester trug auch er einen Gürtel, der mit Bronzeplättchen geschmückt war, doch er bewegte sich so geschmeidig, dass nur wenige klingelten, als er auf Lis zutrat. »Du bist die neue Dienerin, die Zimzarla gerufen hat?« Mit fachmännischer Miene betrachtete er sie von allen Seiten wie eine Kuh auf dem Viehmarkt.

»Nein, ich bin nicht die neue Dienerin«, erwiderte Lis ungehalten und drehte sich im Kreis, um ihn im Blick zu behalten. »Ich bin ein Gast der Priester Poskurs. Niam schickt mich. Bist du Firenc?«

»Ja, das bin ich. Soso, Niam schickt dich. Und was soll ich hier mit dir machen?«

»Mich für das Fest einkleiden«, antwortete sie.

»Wirklich.« Er kniff die Augen zusammen und schaute sie wieder ungeniert von oben bis unten an. Schließlich blieb er mit dem Blick an ihrem Halstuch hängen und schüttelte streng den Kopf. »Dann nimm das Tuch weg, Mädchen. Tücher sind etwas für alte Frauen.«

»Nein!«

»Was verbirgst du darunter? Einen Liebesfleck? Oder eine hässliche Narbe?«

Lis stolperte einen Schritt zurück und griff sich schützend an den Hals. »Nichts«, sagte sie mit fester Stimme.

»Die Diener haben von einer jungen Frau mit einem Halstuch erzählt«, murmelte er. Er runzelte die Stirn, dann schien ihm etwas einzufallen und ein breites Lächeln huschte über sein Gesicht. »Ach du bist das!«, sagte er. »Warum habe ich es nicht gleich gesehen.« Freundlichkeit strahlte über sein herbes Gesicht. »Du bist die Seherin, die gestern bei Mokosch war. Es geht ihr etwas besser, seit du bei ihr warst. Ihre Dienerin sagte mir, dass sie heute fast die ganze Nacht schlafen konnte.«

Lis schoss die Röte ins Gesicht. Die Gerüchteküche kochte gut in diesem Palast. »Ja, ich habe ihre Träume gedeutet«, antwortete sie und hoffte, er würde ihr die Verblüffung nicht anmerken.

»Dann bist du die Dienerin dieses Priesters, den Niam als Gast aufgenommen hat. Ja, so passt es zusammen.« Zufrieden nickte er immer wieder und trat zu den Truhen und den Tontöpfen. »Warum willst du nicht, dass man deinen Hals sieht? Ich erlaube nicht, dass ein Gast des Hauses mit einem Altweibertuch auf das Fest geht. Das wäre eine Beleidigung der Götter«, plapperte er weiter, während er in der Truhe wühlte. Farbige Stoffe leuchteten im Halbdunkel der Hütte auf. »Wenn es eine Narbe ist, können wir sie weitaus schöner verdecken. Zeig endlich her, Mädchen!«

Wut schäumte in ihren Adern auf, trotzig trat sie noch einen Schritt zurück. »Nein«, wiederholte sie. »Mein Halstuch bleibt, wo es ist. Oder gib mir ein anderes, das deiner Meinung nach weniger schäbig aussieht.«

Seinem verkniffenen Mund sah sie an, dass der alte

Mann nun ernsthaft böse wurde. Ohne weiter mit ihr zu diskutieren, trat er so flink an sie heran, dass sie stolperte. Ein winziges Messer blitzte in seiner Hand auf. Sie schrie auf, doch schon war er wieder bei der Truhe. In der Hand hielt er ihr zerschnittenes Tuch. »Mit dem Gewandmeister spaßt man nicht«, sagte er trocken und betrachtete fachmännisch ihr Feuermal, das offensichtlich zwischen ihren Fingern hervorleuchtete. »Ah, das ist es. Warum sagst du nicht gleich, dass du ein heiliges Zeichen trägst?«, fragte er beiläufig.

Weil es kein heiliges Zeichen ist, hätte Lis am liebsten gerufen. Weil es peinlich und hässlich ist und jeder draufstarrt und sich über mich lustig macht. Weil die Jungen aus meiner Klasse mich Hühnerhals und Brandfleck nennen. Darum. »Weil ich eine Dienerin Swantewits bin und wir unsere Zeichen vor ungeweihten Augen verbergen müssen.« Und noch wütender fügte sie hinzu. »Swantewit wird dich dafür strafen, dass du seine Dienerin entweiht hast!«

Firenc zuckte die Schultern. »Wenn es so ist, entschuldige ich mich und nehme die Strafe deines Gottes an. Allerdings flüstern mir meine Götter ein, dein Widerwille hat eher damit zu tun, dass du dein Zeichen selbst nicht gerne als geheiligt würdigst. Sonst würdest du dich nicht dafür schämen, was du offensichtlich tust, und es nicht hinter abgerissenen Tüchern verbergen.«

Nun war Lis sprachlos.

Firenc wühlte in der Truhe, wiegte den Kopf und zog ein goldenes und gelbes Kleid hervor, dessen Saum mit einer flechtenförmigen Verzierung geschmückt war. Perlen und kleine, durchbohrte Muschelschalen in einem tiefen Orangeton säumten den Ausschnitt am Hals. Lis musste zugeben, dass sie noch nie ein so prächtiges Kleid gesehen hatte. »Das wird dir passen«, sagte Firenc. »Du bist klein, aber das müsste kurz genug sein, damit du nicht stolperst.«

Lis nahm den fein gewebten Stoff und befühlte ihn. Im Gegensatz zu ihrem groben Bauernkleid erschien er ihr weich und glatt wie Seide. »Und mein Hals? Ich brauche ein Tuch«, beharrte sie.

Firenc verzog das Gesicht und winkte ab. »Kein Tuch, Mädchen. Kein Tuch, ich habe etwas anderes.«

Er drehte sich um und griff in eine der Tonamphoren. Lis hörte es klirren, als er darin herumsuchte. Ihre Neugier wuchs. Schließlich richtete er sich wieder auf und zog etwas aus dem Gefäß hervor, das auf den ersten Blick seinem Bronzegürtel ähnelte. Doch als Firenc es an den Enden fasste und behutsam schüttelte, erkannte sie, dass es ein breiter, goldener Halsschmuck war. Etwa hundert dünne Goldplättchen klingelten wie Engelsglöckchen und ließen den Schmuck geheimnisvoll funkeln. Firenc hielt das Geschmeide an Lis' Hals und sie befühlte es vorsichtig und stellte erleichtert fest, dass die dichten Goldplättchen das ganze Brandmal bedecken würden.

Der alte Gewandmeister nickte zufrieden und grinste ein zahnloses Lächeln. »Viel besser so. Habe ich dich angelogen? Nein, Mädchen, nein.«

Vorsichtig nahm er den Deckel des Schmucktopfes auf und rückte ihn über dem Gefäß zurecht. Lis nutzte diesen Moment, um sich verstohlen das Medaillon der Desetnica über den Kopf zu streifen und es in das Säckchen mit den Eidechsenknochen gleiten zu lassen. »Soll ich mich jetzt umziehen?«

»Natürlich nicht!«, rief Firenc ungehalten. »Willst du aussehen wie eine verkleidete Rinderhirtin?«

Der Baderaum im Keller des Palastes erinnerte Lis an die orientalisch inspirierten Wellness-Oasen in irgendwelchen Hochglanzkatalogen ihrer Tante. Gemeinsam mit einer Gruppe von Frauen war Lis in den großen unterirdischen Saal geführt worden, wo sarkophagähnliche Becken und Krüge mit frischem Süßwasser standen.

Viel Wert auf Privatsphäre legten die Leute in Antjana auch beim Baden nicht. Nacheinander übergossen sich die Frauen gegenseitig mit dem parfümierten Wasser und rieben sich mit einer nach Bienenwachs und Lavendel duftenden Paste ein. Auch Lis bekam als erste Tat ungefragt einen Schwall kalten Wassers über die Haare und schrie unwillkürlich auf. Ihr Kleid war nass und klebte am Körper. Eine alte Frau grinste sie an und zog sie beiseite. Ohne ein Wort zu sagen entwirrte sie Lis' Haar und rieb es mit der Duftpaste ein, bis ein feiner Schaum entstand, dann wrang sie ihr ohne Vorwarnung das Haar aus, bis Lis dachte, sie würde ihr sämtliche Haare ausreißen. Aber sie wagte nicht zu protestieren, denn die anderen Frauen schienen diese Prozedur nicht ungewöhnlich zu finden. Nach einer Weile begannen einige von ihnen rhythmisch zu klatschen und stimmten ein Lied an, das Lis an die gälischen Gesänge erinnerte, die Levin gerne hörte. Ein wenig schämte sie sich, als die alte Frau sie kurzerhand aufforderte, endlich ihr Kleid auszuziehen, und sie dann nackt zwischen die fremden Frauen schob, aber nach und nach gewöhnte sie sich an das erfrischend kalte Wasser. Der Duft der Seifenpaste machte sie angenehm schläfrig und entspannte sie. Die Gesänge lullten sie ein, sodass sie plötzlich spürte, wie müde sie war. Am Ende der Waschung rubbelten sie sich mit groben Tüchern ab, bis die Haut rot und trocken war, dann massierte die alte Dienerin Lis' Arme und Gesicht mit einem gelblichen Öl. Ihre Haare wurden mit Perlmuttkämmen geglättet, geflochten und hochgesteckt. Als Lis vorsichtig ihre Frisur befühlte, spürte sie, dass wie bei den anderen Frauen Muscheln in das Haar eingeflochten waren. Schließlich wurde sie unsanft zu einem Mädchen geschoben, das mit mehreren Tontiegeln mit farbigem Pulver aus zerstampften und zerriebenen Kräutern und Blüten auf einem Brettchen dasaß. Gehorsam schloss Lis die Augen und ließ sich das Gesicht einreiben, sie atmete etwas ein, das in ihrer Nase kitzelte, und musste niesen. Als sie die Augen wieder aufschlug, glänzten ihre Oberarme vor Goldstaub, wie sie es bei den Frauen im Palast gesehen hatte. Vermutlich sah ihr Gesicht ähnlich golden aus. Sie lächelte, dankte dem Mädchen mit einem Nicken und stand auf.

Firenc sah sie zufrieden an, als sie wieder in die Kammer trat. Sie bemerkte, dass er nicht nur das Kleid und den Halsschmuck vorbereitet hatte, sondern auch eine Unmenge an passenden Gürteln und Armringen zurechtgelegt hatte.

»So, jetzt komm her«, sagte er statt einer Begrüßung und reichte ihr das Kleid. Er grinste, als er ihr Zögern bemerkte, rollte mit den Augen und drehte sich ergeben um. Während er mit dem Rücken zu ihr nach einem weiteren Spiralarmreif suchte, streifte Lis rasch ihr einfaches, noch feuchtes Kleid vom Körper und schlüpfte in das Festgewand. Es fühlte sich angenehm und leicht auf der Haut an. Bewundernd strich sie über den reich verzierten Halsausschnitt und die winzigen, unregelmäßigen Perlen und Muschelstücke. Ein wenig fühlte sie sich wie eine Prinzessin. Firenc trat mit dem klingenden Halsschmuck an sie heran. Kühles Gold legte sich wie eine schmeichelnde Hand auf ihre Haut. Unwillkürlich erschauerte Lis und betastete den kostbaren Schmuck, der ihren ganzen Hals bedeckte und zwischen ihren Schlüsselbeinen spitz zulief.

Ehe sie sichs versah, hatte Firenc einen Streifen Stoff an ihrem Dekolleté geschickt mit einer Fibel gerefft, die die Form eines Delfins hatte. »Und jetzt die noch«, sagte er und reichte ihr die Armringe, die sie bis zu den Oberarmen hochstreifte. Schließlich gab ihr der alte Gewandmeister noch einen Gürtel, dessen fibelartige Schnalle wie ein aufgerissenes Fischmaul geformt war. Lis war so fasziniert davon, die fein herausgearbeiteten Kiemen und Zähne zu betrachten, dass Firenc sie ermahnen musste, sich zu beeilen. Mit fliegenden Fingern band sie sich den Beutel mit den Eidechsenknochen an den Gürtel und strich sich das Kleid glatt. Firenc trat einen Schritt zurück und nickte zufrieden. »So bist du würdig, das Fest der kriegerischen Seelen zu feiern«, sagte er. »Nun lauf, die Sonne geht bereits unter, gleich beginnt der Tanz!«

Im Innenhof des Palastes brannten Fackeln. Ihr zitternder Schein ließ die vergoldeten Stierschädel über den

Türen gespenstisch lebendig erscheinen. Die Krieger hatten sich ihre Haare mit Fett und Kalk eingerieben und wirkten mit ihren schwarz bemalten Gesichtern wie Dämonen. Ihr monotoner Kampfgesang schallte über den Platz und ging Lis bis ins Zwerchfell. Zu ihrem Erstaunen erkannte sie, dass auch Frauen zu den Kriegerhorden gehörten. Wie die Männer trugen sie kürzere Übergewänder aus dickem Stoff und lange Hosen. Lederne Brustplatten und Schienbeinschoner waren offensichtlich dafür gedacht, die Schwerthiebe ihrer Feinde abzuhalten. Die Kriegsbemalung ließ ihre Gesichter ebenso Furcht erregend aussehen wie die ihrer männlichen Mitstreiter.

Alle anderen, die nicht zu den Kriegern zählten, saßen auf den Fellen im Innenhof des Palasts, in dessen Mitte ein riesiges Feuer brannte. Zwei Diener waren nur dafür da, die Flammen am Leben zu erhalten und gleichzeitig dafür zu sorgen, dass das Feuer keinen Schaden anrichtete. Das Palasttor stand weit offen, sodass Lis fast den ganzen Marktplatz überblicken konnte. Auch draußen vor dem Priesterturm brannten Feuer. Niedrige Tische bogen sich unter unzähligen Muscheltellern und großen Ton- und Kupferschalen, aus denen Essensdämpfe aufstiegen, aber noch hatte niemand mit dem Mahl begonnen.

In der Nähe des Fürstentisches, der am nächsten zum Feuer stand, entdeckte Lis Niam und die Priester. Am selben Tisch saß auch Levin. Sein Haar war zurückgekämmt und er trug die dunkle Schminke der Priester um die Augen, was ihm ein sehr unfreundliches und sogar bedrohliches Aussehen verlieh. Hätte sie ihn so auf der Straße getroffen, sie hätte Angst vor ihm bekommen. Es verwirrte Lis, ihren Bruder so verändert zu sehen, doch dann dachte sie daran, dass sie selbst in die Hoftracht gekleidet war und bestimmt auch nicht mehr an die schüchterne Lis mit dem Halstuch erinnerte.

Neben Niam saß Fürst Dabog. Er sah verbissen aus; sein Mantel und die Kupferkrone schienen ihn zu erdrücken.

Neben ihm saß ein Mann, der etwa vierzig Jahre alt sein mochte. Er sah Dabog überhaupt nicht ähnlich, gehörte aber seiner Haltung nach zu urteilen eindeutig zur Fürstenfamilie. Lis nahm an, dass es der Schwiegersohn Woloss war. Links von ihm saßen mit untergeschlagenen Beinen Mokoschs Schwestern, beides schöne, dunkelhaarige Frauen mit ernsten, fülligen Gesichtern. Ihre goldbepuderten Wangen und Arme glänzten. Und ganz am Ende der Reihe saß zierlich und ein wenig verloren Mokosch. Sie war ebenso erlesen gekleidet wie ihre fürstlichen Geschwister, doch ihr Blick war der eines gehetzten Wildes, das wusste, dass die Raubtiere es bereits entdeckt und eingekreist hatten.

Lis schnitt das Mitleid ins Herz, als sie sie sah. Gerne hätte sie sich neben sie gesetzt und sie aufgeheitert. Mit gesenktem Kopf trat sie vor den Tisch, verbeugte sich vor Fürst Dabog, der sie ausdruckslos anstarrte, dann wandte sie sich Niam und Levin zu. »Ich grüße dich im Namen Swantewits«, sagte sie.

Levin verschluckte sich.

Erst da wurde Lis bewusst, dass er sie im ersten Moment nicht erkannt hatte. Er hustete und starrte sie mit riesigen Augen an.

Niam musterte sie kühl, aber mit einem gewissen Interesse. »Ich grüße dich, Lisanja. Setze dich zu uns«, sagte er an Levins Stelle und deutete auf einen Platz neben dem Novizen Wit. Natürlich, der Fürstensohn saß ebenfalls an der Tafel seiner Familie. Wit lächelte und rückte bereitwillig ein Stück zur Seite. Die anderen Novizen, die am Nebentisch Platz genommen hatten, sahen zu ihr herüber und grüßten sie mit einer nie gekannten Freundlichkeit. Nichts erinnerte mehr an die arroganten jungen Männer, die sie noch vor wenigen Tagen wie eine Bauernmagd behandelt hatten. Nun war sie fürstlich geschmückt und, so begriff sie, nicht als Dienerin geladen, sondern trat als Seherin an Levins Seite auf.

Verstohlen sah sie sich um und begegnete dem Blick ihres Bruders. Er zog anerkennend die Brauen in die Höhe. Plötzlich musste sie lächeln und spürte, wie sie unter dem Goldstaub rot wurde.

Die Kämpfer beendeten ihren Gesang mit einem getrillerten und gebrüllten Kampfschrei, der Lis durch Mark und Bein ging, dann erhob sich Fürst Dabog, um den Tänzern zu danken. »Mein Volk, Krieger Poskurs!«, begann er. »Heute feiern wir den Abschied vom Frieden der Sommertage und begeben uns in die Stürme des Krieges. Unsere Späher haben die Feinde gesehen, ihre Schiffe liegen weit hinter der Bucht verborgen, ein Reiterheer wartet darauf, Antjana zu Staub zu zermahlen. Wieder einmal werden wir in Poskurs Flamme kämpfen, doch diesmal gegen einen Feind, der sich gegen die Götter selbst richtet: Unsere Feinde sind die Sarazenen und an ihrer Spitze die Desetnica, die Zauberin, die dem Willen der Götter getrotzt hat und sich gegen ihre Stadt erhebt.«

Lis glaubte einen Anflug von Furcht in seiner Stimme wahrzunehmen. Sie stellte sich vor, wie Dabog nachts auf seinem Lager Löcher in die Dunkelheit starrte, schlaflos, voller Angst, vor Augen das Bild einer Furie, die vor vielen Jahren in seinem Palast geboren worden war und die jetzt zurückkam, um seine Stadt zu vernichten. Und sie hätte Recht damit, schoss es Lis durch den Kopf. Noch ehe sie ihn zu Ende gedacht hatte, erschrak sie über ihren Gedanken. Nur weil ihr der schwache alte Fürst unsympathisch war, durfte sie ihm nicht den Tod wünschen!

Schuldbewusst sah sie zu Mokosch, die immer noch blass und wie gehetzt wirkte. Wie sehr sich alle vor der Rückkehr der Desetnica fürchteten! Wenn auch jeder aus einem anderen Grund. Diese Kriegerin ist mächtiger als alle hier, dachte Lis. So mächtig, dass Niam die Kuriere jagen und einsperren lässt und dieses Vorgehen mit dem Willen eines Gottes begründen muss. In Lis' Augen schien die ganze Stadt seltsam zerbrechlich und durchsichtig zu werden. Ihr war, als lösten sich die Grenzen der Mauern endgültig auf, als schienen der Mond und der Fackelschein durch alles hindurch und legten die Dinge klar und offen dar: das zerbrechliche Geflecht zwischen den Menschen, ihre Ängste, ihr Machtstreben, ihre Hoffnungen und Sehnsüchte. Für jeden bedeutete diese fremde Kriegerin, die Desetnica, etwas anderes.

Für die Krieger, die Dabog lauschten, war sie eine Gegnerin, wie sie schon viele bekämpft hatten, für

Niam eine Bedrohung, für Dabog der Schrecken seiner schuldbeladenen Nächte, für Mokosch ein Albtraum, für Zoran eine Möglichkeit, die Geschicke der Stadt zu bestimmen und die Machtverhältnisse zu seinen Gunsten zu verändern – und für ihren Bruder Levin war die zehnte Tochter Teil eines Spiels. Oder war das Spiel für ihn in den wenigen Tagen, in denen sie sich nicht gesehen hatten, zu etwas anderem geworden?

Nachdenklich betrachtete sie ihren Bruder und stellte fest, dass er ihr noch fremder vorkam als vor ein paar Tagen. Er ging völlig in seiner Rolle des ernsthaften und würdigen jungen Priesters auf. Als ihm Niam etwas zuflüsterte, nahm sie in seinem Gesicht eine nie gesehene Hingabe wahr, die sie beunruhigte. Fast vertraulich wirkte die Art und Weise, wie der alte Priester mit Levin sprach. Rasch wandte sie den Blick ab und zwang sich, sich wieder auf Fürst Dabog zu konzentrieren. Inzwischen hatte er eine Fackel ergriffen, sie am Feuer entzündet und reichte sie nun einem der Krieger. Die Menschen jubelten.

Durch das Palasttor drängten sich inzwischen Dutzende von Besuchern, die weniger festlich gekleidet waren. Fischer waren dabei, Handwerker und Frauen, die ihre Kinder auf der Hüfte trugen. Nun erhob sich auch Niam.

Die Leute, die während Dabogs Rede geflüstert und gekichert hatten, verstummten. Auf einmal war es im Hof so still, dass man nur das Knistern der Fackeln hörte. Niam lächelte und hob die Hände. Lis erschrak vor der Autorität, die der Priester ausstrahlte. Ob Dabog wusste, wie wenig Macht er im Vergleich zu seinem eigenen Hohepriester besaß? Deutlicher konnte dem alten Fürsten nicht vor Augen geführt werden, dass seine Worte sich verloren wie Steine im Meer.

Niam ist der wahre Herrscher, dachte Lis bei sich. Und die Menschen wissen das. Dabog ist schon lange abgesetzt, die Entscheidung ist nur noch die, ob Niam Herrscher wird oder die Desetnica. Darum geht es.

Die Statue Poskurs glänzte im Fackelschein. Unzählige andere Götterfiguren grinsten oder bleckten im unwirklichen Licht die Zähne. Lis suchte nach der Frauengestalt mit dem langen Haar und den riesigen Brüsten, doch sie war nicht darunter. Nemejas Statue war ebenso groß wie die von Poskur, doch Niams Priester hatten sie zu den niederen Göttern gestellt. Niemand hatte die alte Hohepriesterin zum Fest geladen, fiel ihr auf. Es war Poskurs Fest, Poskurs Krieg und immer mehr Poskurs Hof. Vielleicht war es nur eine Frage der Zeit, bis Nemejas Mosaik im Palasthof entfernt wurde und Poskur als alleiniger Gott auch die anderen Götter endgültig verdrängt hatte.

Niam stimmte einen Gebetsgesang an. Seine Stimme klang erstaunlich klar und schön, sie klang dunkel und beruhigend, fast hypnotisierend. Voller Widerwillen ertappte sich Lis dabei, dass sie ihm gerne zuhörte. Nach und nach fielen die anderen Priester ein, dann die Krieger und die Frauen. Ihre Stimmen schienen im Himmel widerzuhallen und ließen Lis erschauern. Sie spürte, wie dieser Rhythmus sie gefangen nahm, durch ihr Blut pulste, ihr Lust machte, mitzutanzen und sich treiben zu lassen. Wie auf einen geheimen Befehl sprangen überall Tänzer auf und begannen sich zu drehen, Arme und

Haare wirbelten. Lis sah lachende, singende Münder und war so fasziniert, dass sie die Hand, die auf ihrer Schulter lag, erst nicht bemerkte.

»Tanze mit mir, Lisanja!«, sagte Wit und reichte ihr die Hand. Sie schluckte und sah sich um. Alle Novizen und die Menschen am Fürstentisch beobachteten sie. Gerade wollte sie ablehnen, als ihr bewusst wurde, dass sie damit Wit, den Fürstensohn, vor aller Augen beleidigen würde. Nun, das konnten sie und Levin sich jetzt am allerwenigsten leisten. Also nickte sie, nahm Wits Hand und ließ sich hochziehen. Mokoschs Schwestern kicherten und tuschelten.

Mit rotem Kopf folgte sie dem großen Novizen, der sie mitten auf den Palasthof zog. Freundlich lächelte er ihr zu. Zum ersten Mal fiel ihr auf, wie hübsch er aussehen musste, würde die düstere Priestermaske sein Gesicht nicht verunstalten. Sein Lächeln war nett, und er hatte einen schönen Mund und eine edle, schmale Nase. Dennoch ertappte sie sich dabei, dass sie ihn mit Matej verglich. Ärgerlich schüttelte sie den Gedanken ab und ergab sich dem Rhythmus der Gesänge.

Der Nachthimmel wirbelte über ihr, als sie sich drehte, von allen Seiten strichen tanzende Körper an ihr vorbei. Wits Hand umfasste ihre Taille und sie tanzten den schlangengleichen Tanz, den sie von Tona gelernt hatte. Immer lauter wurden die Trommeln, immer schneller die Drehungen. Lis schloss die Augen. Das Gesicht ihrer Mutter erschien vor ihr und wirbelte wieder fort, Tante Vida, Onkel Miran, ihr Vater – alle tauchten für einen flüchtigen Moment auf, um sich sofort wieder aufzulösen. Sie erschrak darüber, wie bereitwillig sie sie losließ. Es war so einfach, sie zu vergessen! Und es tat so gut, einfach nur Lisanja aus Antjana zu sein.

Sie lachte und ließ sich von Wit durch die Menge führen. Im Rhythmus ihrer Schritte klimperte der Schmuck an ihrem Hals. Als sie sich nach einer glücklichen Ewigkeit atemlos umschaute, sah sie, dass sie sich weit vom Fürstentisch entfernt hatten und in der Menschenmenge untergetaucht waren. Wit sah sich um und zog sie an sich. Er war so nah, dass sie trotz der schwarzen Schminke seine langen Wimpern erkennen konnte. Will er mich küssen?, ging es ihr durch den Kopf. Zum ersten Mal fiel ihr auf, dass er die gleichen traurigen Augen wie seine Schwester Mokosch hatte. Schon wollte sie sich aus seinem Griff winden, als sie plötzlich begriff, dass er ihr etwas zuflüsterte.

»Lisanja, hör mir zu«, sagte er leise. Jemand, der sie beobachtete, würde denken, dass sie ein Liebespaar waren, das sich geheime Schwüre zuraunte. Offensichtlich beabsichtigte Wit genau das, denn er zog sie noch etwas näher zu sich heran und lächelte einer Dienerin, die sie interessiert beobachtete, verschwörerisch zu. »Ich weiß nicht, was du vorhast«, fuhr er fort. »Aber sei vorsichtig mit dem, was du tust. Hüte dich vor Tschur, hörst du?«

»Was ...«

Mit einem Blick brachte er sie zum Schweigen. »Mehr werde ich dir nicht sagen.«

»Warum warnst du mich?«

Er lächelte unbestimmt und sah sich verstohlen um. »Ich habe viele Gründe«, antwortete er mit sanfter Stimme. »Und nur einer davon ist, dass ich mir um Mokosch Sorgen mache.«

Ein lautes Trillern ließ sie auseinander fahren. Der Krieger, der den Kampfschrei unmittelbar neben Lis' Ohr ausgestoßen hatte, lachte und drängte sich zwischen sie. »Tanze auch mit mir, schöne Göttin!«, grölte er und umarmte sie plump. Der Gestank nach Schweiß und ranzigem Fett schlug ihr ins Gesicht. Unter dem Gelächter der anderen Krieger stieß sie den Mann von sich und floh in die Menge. Atemlos und verwirrt kam sie schließlich wieder beim Fürstentisch an. Die Ernüchterung und das schlechte Gewissen, dass sie die Kuriere für die Dauer des Tanzes einfach vergessen hatte, dämpften ihre gute Laune. Plötzlich war sie niedergeschlagen und besorgt.

Levin lauschte den Gesängen und wippte im Takt mit. Er erschrak, als sie ihn am Ärmel zupfte. »Levin!«, flüsterte sie ihm auf Deutsch zu. »Hast du etwas über die Kuriere erfahren?«

Einen Moment lang sah er sie verwirrt an, dann schien er sich an etwas zu erinnern und antwortete ihr. »Es geht ihnen einigermaßen gut. Sie werden nicht gefoltert, wenn du das befürchtest. Aber Niam will sie in den nächsten Tagen verhören.«

Vielleicht lag es an dem Lärm um sie herum, aber Lis bildete sich ein, dass Levins Aussprache undeutlich und verwaschen klang, als wäre er ein Antjaner, der sich bemühte, ein akzentfreies Deutsch zu sprechen.

»Was ist mit den Spähern? Sind sie Zorans Zirkel auf der Spur?«

»Noch nicht, aber sag Zoran und den anderen, sie sollen ihre Ketten mit dem Porträt der Desetnica gut verbergen. Die Kuriere haben bei ihrer Festnahme ihre Ketten zwar weggeworfen, aber dennoch hat Niam herausgefunden, dass es sich bei den Muschelmedaillons um Erkennungszeichen handelt.« Unwillkürlich fasste Lis zu ihrem Beutel mit den Eidechsenknochen. »Hast du schon einen Plan, wie wir die Kuriere befreien können?«, flüsterte sie Levin zu.

Er deutete ein Kopfschütteln an. »Ich brauche Zeit, Lis!«, flüsterte er zurück.

»Die Kuriere haben keine Zeit!«, zischte sie. »Siehst du den Mond?« Sie deutete auf die breite Sichel, die schon sehr bald ein Halbmond sein würde.

Levins Augen funkelten, Lis wurde bewusst, dass die anderen Priester sie beobachteten.

»Ich kümmere mich darum, Lis, sag du Zorans Leuten Bescheid, hörst du?«, raunte er mit einem gespielten Lachen und einer Geste, als würden sie nur über das Fest plaudern.

Lis hätte ihm gerne noch von Wits Warnung erzählt und was sie von Mokosch wusste, dass es nicht nur um das Leben des Kuriers ging, doch Levins Blick ruhte schon wieder auf Niam, der eben die Erlaubnis gab, mit dem Mahl zu beginnen. Es traf sie wie eine Ohrfeige. Sie schloss den Mund und begriff, was ihr an ihrem Bruder so fremd erschien. Eine Kluft hatte sich zwischen ihnen aufgetan. Es waren nicht mehr Lis und Levin, nein, jetzt befand sie sich in einem Dreieck, zu dem Lis, Levin und Niam gehörten. Wie vor den Kopf geschlagen wandte sie sich wieder dem Treiben auf dem Hof zu.

Alle stürzten sich auf die Muschelteller, ein nach Harz duftendes Getränk wurde ausgeschenkt. Platten mit leuchtend roten, gerösteten Meeresspinnen machten die Runde. Die Leute, die nicht zum Palast gehörten, ließen sich nicht zweimal bitten, manche griffen mit beiden Händen in die Schüsseln und stopften sich heißes Fischfleisch zwischen die Zähne. Tintenfischtentakel hingen einem alten zahnlosen Mann aus dem Mund, eine Frau trank einen großen Becher in einem Zug leer und wurde mit Johlen und Rufen belohnt. Niam hatte sich wieder an den Tisch gesetzt und hielt einen brotartigen Teig in der Hand, den er in eine bauchige Muschel tunkte. Sie war randvoll mit öligem Bratensaft. Fett rann ihm über das rasierte Kinn.

Gerade wollte Lis ihren Blick abwenden, als ihr eine winzige Handbewegung auffiel, die Niam in Richtung eines Kriegers machte. Der Krieger tippte dorthin, wo die Spitze seines Brustbeins sein musste, und nickte kaum merklich. Dann bewegte er sich auf eine Frau zu. Ihre Haare flogen im Takt der Musik, und auf ihrer Brust tanzte das Medaillon der Desetnica, das aus ihrem Kleid gerutscht war. Lis erstarrte. Die Frau hatte nichts bemerkt, sie war blind für den Krieger, der sich immer näher an sie heranschob.

Lis sprang so heftig auf, dass ihr Weinbecher umkippte, und ging mit schnellen Schritten zu Mokosch. Sie lächelte, als wollte sie die Fürstentochter aufheitern und zu einem Tanz oder Spiel auffordern, doch ihr Griff um den Arm der Frau war hart. »Mokosch, hör zu«, sagte sie zu ihr. »Wir müssen hier weg, gehen wir in den Palast.«

Mokosch sah sie entsetzt an.

»Lächle und nicke!«, flüsterte ihr Lis scharf zu. »Es geht um dein Leben.«

Sie staunte, wie energisch ihre Stimme klang, doch Mokosch reagierte unwillkürlich, zauberte ein verzerrtes Lächeln auf ihr Gesicht und nickte gehorsam. Lis lachte und zog sie hoch. Hand in Hand schoben sie sich durch die Menge der Tanzenden auf die Palasttür zu. Aus dem Augenwinkel bemerkte Lis, wie Niam ihnen mit den Blicken folgte. Zu ihrer Überraschung beugte sich in diesem Moment Wit zu Niam und lenkte ihn offensichtlich mit einer Frage ab. Dieser Moment genügte, um in der Menge unsichtbar zu werden. Kaum waren sie im Palast, rannten sie die Treppe hinauf.

Fieberhaft überlegte Lis, ob es klug war, sich zu verstecken. Nein, entschied sie, doch wenn Mokosch ihr Medaillon im Palast wegwarf, würde man es finden. »In dein Zimmer!«, rief sie ihr zu und Mokosch nickte stumm und deutete auf einen Gang, an dessen hinterer Wand ein riesiger, fast mannshoher Kupferkrug stand. Lis erschrak, als sie einen Blick darauf warf. Eine fremde Frau starrte ihr entgegen. Schön und stolz war sie, mit hochgestecktem, etwas wirrem Haar und geheimnisvollen Augen, die von schwarzer Schminke umschattet waren. Ihr Kleid sah in dem Kupferkrug golden und königlich aus. Dann erkannte Lis, dass sie sich selbst im Kupferspiegel sah. Erleichtert lief sie weiter, als sie schon die schnellen Schritte auf der Treppe hörte.

Mokosch stand keuchend im Zimmer, dessen Fenster auf das Meer hinauswiesen. »Die Wachen kommen«, jammerte sie. »Ich kann sie hören! Wir sind verloren.«

»Nein!«, flüsterte Lis. »Noch nicht.« Sie stürzte zu Mokosch und griff der völlig perplexen Frau einfach in den Ausschnitt ihres Kleides. Ihre Hand streifte warme

Haut und eine Vielzahl von verschiedenen Ketten und fand endlich die Silbermuschel.

»Was …?«, rief Mokosch.

Doch schon zog Lis mit aller Kraft an der Kette, die mit einem Ruck zerriss. Mokosch stieß einen Schrei aus. Die Muschel blinkte im Mondlicht auf, als sie durch die Luft flog, und zog die Kette hinter sich her wie einen Kometenschweif. Nach einer Ewigkeit, wie Lis schien, hörte sie endlich, wie das Medaillon auf dem Wasser aufkam. Gott sei Dank, sie hatte die Kette weit genug fortgeschleudert. Dabei hatte sich Levin immer über ihre mädchenhafte Wurftechnik lustig gemacht. »Wo sind deine Kleider verstaut?«, zischte sie Mokosch zu.

Die Fürstentochter deutete auf eine Truhe an der Wand. Lis wirbelte herum, wuchtete den schweren Deckel hoch und zerrte den nächstbesten Stoff heraus. Die Schritte waren bereits am Ende des Ganges. So schnell sie konnte, löste sie den Gürtel, streifte ihr Kleid samt Fibel über den Kopf und warf es Mokosch zu, dann flog bereits die Tür auf.

Tschur und Wit erschienen mit zwei Wächtern. Lis starrte sie entsetzt an und hielt sich Mokoschs Kleid vor den Körper. An ihren verblüfften Gesichtern konnte Lis sehen, dass sie alles erwartet hatten, nur nicht zwei Frauen, von denen eine offensichtlich dabei war, ein Kleid anzuprobieren. Sie hoffte inständig, dass Mokosch richtig reagieren würde, doch die Fürstentochter hatte schon begriffen und richtete sich auf. »Was ist los?«, fragte sie. »Wieso dringt ihr in mein Zimmer ein?« Gut gespielter Ärger schwang in ihrer Stimme mit.

»Und Wit ist auch dabei«, spottete sie. »Was für eine Heldenversammlung!«

Wit und die Krieger wandten den Blick von Lis ab und sahen zu Boden, doch Tschur ließ sich nicht so leicht einschüchtern. »Niam will dich sehen, Mokosch. Du warst so schnell verschwunden, dass wir befürchteten, du wärst auf der Flucht. Es sind Verräter im Palast und unter dem Volk, zwei von ihnen sitzen bereits im Priesterturm, weitere vier haben wir eben gefunden.«

Lis dachte an die tanzende Frau und es gab ihr einen Stich. Sie war erleichtert bei dem Gedanken, dass Tona, Zoran und die anderen nicht beim Fest waren, sondern eine geheime Versammlung abhielten, wo sie zumindest für heute sicher sein würden.

»Lass uns deinen Schmuck sehen, Mokosch«, sagte Tschur.

Mokosch sah ihn erstaunt und verärgert an, dann streckte sie ihm ihre Hand entgegen, an der mehrere Ringe glänzten. Einer hatte die Form einer Muräne, die sich in drei Windungen um ihren Mittelfinger schlang.

»Nicht die Ringe, Mokosch. Deine Ketten. Was ist das für eine Silberkette, die du da trägst?«

Mokosch zuckte die Schultern und zog sich alle fünf Ketten, die sie um den Hals trug, auf einmal über den Kopf. Lis, die schräg hinter ihr stand, fiel der rote Striemen an ihrem Hals auf, den die Kette, die sie ihr vom Hals gerissen hatte, auf der Haut hinterlassen hatte. Sie hoffte, Mokosch würde sich nicht umdrehen. Wit biss sich auf die Lippe und konnte ein erleichtertes Lächeln nicht unterdrücken.

An der Silberkette hing eine rote Koralle, die die

Form einer Hand hatte. Tschur sah enttäuscht aus. Dann wanderte sein Blick zu Lis. Siedendheiß fiel ihr ein, dass ihr eigenes Medaillon noch an ihrem Gürtel hing, im Beutel mit den Eidechsenknochen. Was sollte sie tun, wenn sie sie durchsuchen wollten? Sie bemerkte, wie Tschur die Augen zusammenkniff und ihren Hals musterte. Sein Blick gefiel ihr nicht. Für einen Moment befiel sie die Ahnung, dass er sie gar nicht ungern durchsuchen würde. Sie überwand den Ekel und die Wut, die in ihr aufbrandeten. Wie zufällig ließ sie den Stoff des Kleides durch ihre Finger rutschen und gab so den Blick frei auf ihre Schlüsselbeine und die Ansätze ihrer Brüste. Sofort zog sie das Kleid wieder hoch, als würde sie sich schämen. Doch Tschur hatte gesehen, dass sie kein Medaillon trug, und das schien ihm zu genügen.

»Bleib nicht zu lange hier, Mokosch«, sagte er nun. »Der Fürst und dein Volk erwarten, dass du mit ihnen feierst.« Damit drehte er sich um und folgte Wit und den Kriegern, die bereits wieder auf dem Weg zur Treppe waren.

Mokosch wandte ihr Gesicht Lis zu und wollte etwas sagen. Lis hob den Finger an die Lippen und schüttelte warnend den Kopf. »Sind die Priester immer so unhöflich und kommen ohne zu fragen in deine Gemächer?«, sagte sie. »Dieser Tschur ist ein Widerling. Ich wette, er hätte mich doch nur zu gerne ohne Kleid gesehen.« Sie schüttelte den zerknüllten Stoff. »Dieses Kleid ist so wunderschön, wie du gesagt hast, Mokosch. Darf ich es noch anprobieren, bevor wir wieder zum Fest gehen?«

»Ich schenke es dir«, sagte Mokosch tonlos.

Lis sah, wie ihre Hände, die immer noch Lis' goldgelbes Kleid schützend an den Bauch pressten, haltlos zitterten. »Ich danke dir!«, rief Lis aus. »In meiner Heimat beherrscht niemand so schöne Stickereien. Diese Spiralen am Saum, haben sie eine bestimmte Bedeutung?« Erleichtert hörte sie ein spinnenfeines Scharren auf dem Gang, als würde sich jemand mit geübtem, sehr leisem Schritt entfernen.

Der Turm der Piraten

Der Berg von funkelnden Medaillons lag auf dem gestampften Boden von Zorans Hütte. Schließlich nahm auch Tona ihre Silbermuschel ab, zog sie behutsam von der Kette und legte sie mit einem bedauernden Blick auf den Muschelturm. Nicht alle Medaillons waren gleich von der Form, manche waren größer, manche kleiner, einige waren dunkler oder schmaler geraten, doch alle bargen sie das Porträt der Desetnica und die eingeritzte Schrift. In dem gemauerten Winkel der Hütte heizte Borut das Schmiedefeuer an.

»Ist noch jemand hier, der ein Erkennungszeichen trägt?«

Die Mitglieder des geheimen Zirkels sahen sich um und schüttelten die Köpfe. Besorgtes Gemurmel ging durch die Reihen. Tona hatte die Fenster verschlossen. Draußen vor dem Haus saßen zwei alte Frauen und webten an einem gelben Tuch, wobei sie ein wachsames Auge auf die Umgebung hatten und die Versammlung warnen würden, sobald sie etwas Ungewöhnliches sahen.

Lis seufzte und ließ ihre Hand zu ihrem Eidechsenbeutel gleiten. Nun war es so weit. Einmal hatte sie das Medaillon verstecken können, aber ein zweites Mal? Mit schwerem Herzen wurde ihr bewusst, dass das Medaillon eines der wenigen Dinge war, die sie noch mit Piran verbanden. Außer der Kette hatte sie nur noch die Regenjacke und ihre Jeans, die sie am Morgen nach ihrer Ankunft selbst in einer der Kleidertruhen verstaut hatte.

Während sie die ledernen Schnüre des Beutels auseinander zog, wunderte sie sich, wie leicht er war. Und als sie behutsam ihre Hand hineinsenkte, um die zarten Eidechsenknochen nicht zu zerdrücken, spürte sie, woran das lag. Das Medaillon war nicht da!

Ein schreckheißer Schauder durchfuhr sie. Hatte ihr jemand das Medaillon gestohlen? Ausgeschlossen, befand sie. Sie hatte es die ganze Zeit am Gürtel getragen. Noch immer hatte sie das Festgewand an, in dem sie sich nach der Feier davongeschlichen hatte. Bald würde die Sonne aufgehen und der Palast würde erwachen. Niemand hätte den Beutel öffnen können, ohne dass sie darauf aufmerksam geworden wäre.

Prüfend tastete sie das Beutelleder ab. Nein, einen Schnitt fand sie darin auch nicht. Das Leder und die Nähte – alles war unversehrt. Das Medaillon konnte sich doch nicht in Luft aufgelöst haben? Oder doch? Das Kribbeln einer Ahnung zog ihr den Nacken hinauf. Wie bei der Traumdeutung in Mokoschs Zimmer verlor auch jetzt das Zimmer seine Konturen und eine Landkarte der Ereignisse rollte sich vor Lis' geistigem Auge ab. Die feinen Linien überspannten Raum und Zeit, verknüpften und verwirrten sich wieder, bis die Lösung immer klarer wurde. Mokoschs Medaillon, dachte sie. Ich habe die Kette zerrissen und sie ins Meer geworfen. War das etwa die Kette, die Levin Jahrhunderte später in der Nähe des Strandes gefunden hat? Dann war es dieselbe Kette, die Lis besessen hatte. Zweifach hatte sie für wenige Tage in der Zeit existiert, bis sie verschwand, als sie wieder ihren Platz am Meeresgrund fand.

Lis wurde schwindlig, sie tastete nach einem der abgesägten Baumstämme, die als Hocker dienten, und ließ sich darauf nieder. War es dann möglich, dass sie, Lis, ebenfalls zweifach in der Zeit existierte? War sie verdammt, hier zu sterben, um dann in vielen hundert Jahren mit ihrem Bruder das Erkennungszeichen der Kuriere zu finden und sich wieder im Kampf um die Desetnica zu verlieren? Oder lebte vielleicht sogar gleichzeitig eine andere, die richtige Lis gerade jetzt in diesem Augenblick, jetzt in Hunderten von Jahren in München und träumte von einer seltsamen Stadt?

Lis spürte, wie diese Vorstellung ihr die Luft abdrückte. Nein, sagte sie sich, du darfst nicht in Panik geraten. Wir kommen zurück nach Piran. Wir werden nicht sterben.

Im bauchigen Tiegel schrumpften die Silbermuscheln, lösten sich auf, versanken in der quecksilberartig spiegelnden Schmelze. Stumm sah der Zirkel zu, wie die Wahrzeichen des geheimen Rates der Desetnica zerfielen.

Lis' Augen brannten, als sie die kochende Masse beobachtete. Sie bemerkte nicht einmal, wie die Tür aufging. Blinzelnd erkannte sie, dass es Matej war, ein gehetzter, besorgter Matej, der keuchte, als sei er lange gerannt. »Hier!«, sagte er zu Borut und wuchtete einen Sack auf den Boden.

Er war gefüllt mit Getreide, doch Borut und Matej knieten sich sofort daneben und begannen mit den Fingern die Körner zu durchkämmen. Ein Medaillon nach dem anderen kam zum Vorschein, die kochende Masse zischte und fauchte wie ein wütendes Tier, als die mit Getreidestaub bedeckten Medaillons hineingeworfen wurden.

Endlich war die letzte Silbermuschel verschwunden. Der Schmelztiegel war beinahe voll. Borut drehte an dem Stock, der den bauchigen Kessel in Position hielt. Flüssiges Silber kippte zischend auf eine Steinplatte, die mit Vertiefungen durchsetzt war. Fauchend folgte das flüssige Metall seinem vorgezeichneten Weg, bis es langsamer wurde und schließlich erstarrte.

Matej wischte sich über die verschwitzte Stirn. Die Hitze in der Hütte war unerträglich. Mehrmals wiederholten sie den Gießvorgang, zogen die silbernen Zierleisten und Schmuckplatten, die sie gegossen hatten, vom Stein, kühlten die Steinform und fuhren fort, bis alles Silber verbraucht war.

Die Mitglieder des Zirkels sahen schweigend zu, einige von ihnen verließen die Hütte, ohne sich zu verabschieden. Schließlich löschten sie das Schmiedefeuer mit Sand und Asche.

Zum ersten Mal hob Matej den Kopf und sah Lis an. Einen Moment lang runzelte er die Stirn. Lis wurde bewusst, dass sie immer noch in ihrer Festtracht dasaß, mit dem goldenen Halsschmuck und dem Goldglanz auf den Armen und Wangen, obwohl er inzwischen bestimmt schon verwischt war. Matej sah sie an wie eine Geistererscheinung, in seinen Augen spiegelten sich Verwirrung, Erstaunen und ebenso viel gehetzte Angst, wie sie selbst sie fühlte. In diesem Moment war es ihr, als schaute sie in ihr eigenes Spiegelbild. Beinahe erschrak sie, als er aufstand und auf sie zukam. Im ersten Augenblick befürchtete sie, er würde sie wieder anfahren oder verspotten, und sie machte sich innerlich bereit, mit einer ebenso scharfen Antwort zu kontern, doch er setzte sich nur neben sie und schaute sie besorgt an. »Geht es dir nicht gut, Lisanja?«, fragte er leise.

Diese Worte erschütterten sie mehr, als es eine seiner Spötteleien vermocht hätte. Gerne hätte sie ihm alles erzählt, auf der Stelle, die ganze Wahrheit über ihre Herkunft, über den nächtlichen Ausflug zum Leuchtturm, über Live-Cons und Rollenspiele und über ihre traurige Mutter, die am Küchentisch saß mit der Tasse in der Hand und auf die Piraner Gassen starrte. Wie weit weg ihr das alles erschien, wie ein Traum, den sie zu vergessen begann. »Nein, es geht mir nicht gut«, flüsterte sie ihm zu und senkte den Kopf.

Seine Stimme war sanft und tat ihr wohl. Noch nie war ihr Matej so vertraut gewesen wie jetzt. »Ich habe auch Angst, Lisanja. Jedes Mal, wenn ich einen Priester sehe, zucke ich zusammen, weil ich denke, nun haben sie uns entdeckt, jeden von uns. Aber bald wird es sich entscheiden. Borut hat mir erzählt, dass die Sarazenen ihre Schiffe nicht mehr verbergen. Sie sammeln sich vor der Küste, der Krieg kann jeden Augenblick beginnen.«

Lis schauderte und nickte. Sie hatte keine Wahl, niemand hatte eine Wahl. Der Sturm auf Antjana würde stattfinden, so oder so. Für den geheimen Zirkel der Kuriere gab es nur zwei Möglichkeiten: Entweder sie würden von Niams Spähern gestellt oder viele von ihnen würden im Kampf um die Stadt umkommen, sobald die Desetnica mit ihren Truppen einfiel.

Sie musste so schnell wie möglich zu Levin. Er war der Einzige, der an Niam vorbei zu den Kurieren gelangen konnte. »Ich muss zurück zum Palast«, sagte sie zu Matej und stand auf.

Er lächelte. »So, mit all dem Goldschmuck?« Seine Stimme klang nicht tadelnd, sondern eher amüsiert. »Du denkst an viel, Lisanja, aber besonders vorsichtig bist du nicht. Hier, zieh dieses Gewand über. Ich begleite dich.«

Er holte aus einer Ecke des Raumes eines der aus grober Wolle gewebten Überkleider und gab es ihr. Lis nahm es an, beugte sich über einen Krug mit Wasser und wusch sich den Goldstaub, so gut es ging, von den Wangen.

Sie verabschiedete sich von Tona und brach mit Matej auf.

Still lagen die Gassen in der Nacht da, nur die Gespräche der Wächter auf der Stadtmauer waren zu hören. Voller Unbehagen drehte sich Lis immer wieder um und spähte in die Nischen und Schattenluken, stets mit der mulmigen Erwartung, irgendwo Tschur lauern zu sehen. An einer Straßenbiegung sah sie einen Schatten, der sich duckte, und erschrak. Aber je weiter sie sich von Zorans Hof entfernten, desto sicherer fühlte sie sich. Der Schatten folgte ihnen nicht. Außerdem hatte sie beobachtet, dass viele Pärchen das Fest verließen und sich zur Stadtmauer oder zu den Häusern zurückzogen. Selbst wenn sie Tschur oder einem anderen Novizen begegnen sollte, hatte sie mit Matej an ihrer Seite eine gute Ausrede. Verstohlen sah sie ihn an und musste unwillkürlich lächeln.

Schweigend liefen sie durch die schlafende Stadt. Der Himmel zeigte schon eine transparente Helligkeit. Bald würde die Sonne aufgehen und die Menschen vom Fest der letzten Nacht erwachen. Dann würde Krieg sein.

»Wo gehst du hin?«, flüsterte Lis Matej zu, der den Weg verlassen hatte und sich wie ein Schatten zwischen zwei Häusern hindurchdrückte.

»Zur Stadtmauer. Ich will die Sarazenenschiffe sehen, von denen Borut erzählt hat.«

»Zum Aussichtspunkt auf der Stadtmauer geht es dort entlang.«

Er schüttelte den Kopf und legte den Finger an die Lippen. »Komm mit, ich zeige dir meinen Weg«, sagte er und winkte ihr, ihm zu folgen. Er führte sie durch einen kleinen Garten, der steil anstieg, bis sie zu einer verborgenen, grob aus eckigen Steinen aufgetürmten Treppe kamen, die steil in die Höhe führte. Lis blickte sich um, doch es war niemand zu sehen. Mühsam kletterte sie die Treppe hoch. Als Matej sah, dass sie mit ihrem Kleid Schwierigkeiten hatte hinaufzukommen, zog er einen Mundwinkel hoch und streckte ihr die Hand hin. Lis ergriff sie.

Gemeinsam standen sie auf einem schmalen Stück Mauer. Kein Wächter war weit und breit zu sehen. Schräg rechts erkannte Lis eine Landzunge, doch sie wusste nicht, ob es das Stück Land war, auf dem in vielen Jahrhunderten das Städtchen Piran liegen würde. Links von ihr öffnete sich eine spiegelglatte Bucht. Heller Nebel waberte über das Wasser. Ein kühler Wind strich ihr um die Knöchel und Schultern und ließ sie frösteln.

Matej spähte in die Bucht und deutete auf einen schmalen schwarzen Streifen am Horizont. Lichter schienen vereinzelt aufzublinken. »Da sind sie«, flüsterte er. »Die Flotte hat in der Bucht angelegt und die Nachhut mit den Pferden ist an Land. Wenn der Wind günstig steht, hören wir das Wiehern in der Nacht.«

»Warum greifen sie nicht an?«, wisperte Lis.

»Vielleicht werden sie es heute Nacht tun. Der Ausgang der Schlacht ist mehr als ungewiss, das ist ihnen bewusst. Antjana ist eine Festung, sie müssten erst einen Weg hinein finden. An den Stadtmauern werden sie abprallen.«

»Die Kuriere im Turm haben eine Botschaft der Desetnica«, sagte Lis. »Ich muss zu Le... Karjan. Nur er kann uns helfen.«

Matej zog spöttisch eine Augenbraue hoch. »Meinst du? Zoran ist sich nicht mehr sicher, ob es eine gute Idee war, Karjan zu Niam gehen zu lassen.«

Sie schwieg und wandte sich ab. Matej sollte nicht sehen, dass sie bedrückt und voller Zweifel war. Nachdenklich starrte sie auf den Nebel, der an der Burgmauer verwehte.

Nach einer Weile musste sie blinzeln, denn das diesige Licht spielte ihr einen Streich. Schemen und Formen schälten sich aus dem Nebel heraus, verfestigten sich, blendeten sie mit der Form einer zackigen Steinkrone. Sie hielt sich mit beiden Händen an der Mauer fest, um nicht zu schwanken: Vor ihr erhob sich der Leuchtturm von Piran, dessen Sockel wie eine Fata Morgana im Nebel verschwand. Beinahe hätte sie vor Erleichterung geweint. Piran existierte noch, in einer anderen Zeit, doch greifbar nah!

»Er ist schön, nicht wahr?«, sagte Matej neben ihr.

Lis fuhr herum. »Was meinst du?«

Er deutete auf das helle Bauwerk. »Dort, den Turm.«

»Dann siehst du ihn auch?«, flüsterte sie.

Matej lächelte. Der zunehmende Mond verlieh seinem Gesicht einen unirdischen Glanz. Er sah zugleich sehr schön und sehr traurig aus. »O ja! Ich betrachte ihn oft. In Nächten wie diesen taucht er aus dem Nebel auf. Ich nenne ihn den Turm der Piraten.«

Lis' Herz klopfte, als wollte es zerspringen. »Es ist der Leuchtturm von Piran«, sagte sie mit zitternder Stimme. »Piran, das ist eine kleine Stadt an der slowenischen Küste. Meine Mutter wartet dort auf mich, und meine Tante, mein Onkel und meine beiden Cousins leben dort.«

Matej zog die Brauen zusammen und blinzelte zum Turm, betrachtete angestrengt, als würde er nach einer lange verschütteten Erinnerung suchen, die steinerne Krone und die schmalen, spitz zulaufenden Fenster.

Sie redete wie aufgezogen weiter. »Meine Mutter ist in Piran geboren und aufgewachsen. Nun kommen wir immer in den Ferien hierher. Oben am Berg ist ein schöner alter Friedhof mit uralten Bäumen – und genau daneben ist ein Fußballplatz. Wenn sonntags ein Fußball zwischen die Gräber fällt, heben ihn die Friedhofsbesucher einfach auf und werfen ihn wieder über den Zaun. Es ist verrückt, aber irgendwie schön. Vom Haus meines Onkels aus ist man in ein paar Minuten am Meer. Die Grajska Ulica ist ganz in der Nähe des Kiesstrandes ...«

»Piran«, flüsterte er wie im Traum. »In der Nähe des Strandes. Und am Strand ... erhebt sich ein steinerner Berg ...«

»Der Kirchberg«, sagte Lis.

»Und auf dem Berg ragt ein Turm in den Himmel ... Auf seinem Dach steht ein einarmiger ... Priester?«

»Ja!« Beinahe hätte sie dieses Wort herausgeschrien. »Der Campanile mit dem einarmigen Engel! Matej, du kennst die Stadt!«

Sie hielt den Atem an, als ihr eine seltsame Verbindung durch den Kopf geisterte. Matej, dachte sie – das ist die slowenische Form von Matthäus. Aber Matthäus war ein christlicher Name. Plötzlich fühlte sie sich, als hätte ihr jemand einen Schleier vor den Augen weggerissen. Mit einem Mal fügten sich alle Dinge, die sie über Matej wusste, zu einem Puzzle zusammen. Sie verstand, warum Zlata ihn einen Suchenden genannt hatte, warum er keine Familie hatte und was der Grund dafür war, dass er nicht so recht in diese Stadt zu passen schien. »Du bist wie ich!«, flüsterte sie und fasste ihn an den Schultern. »Du kommst nicht aus Antjana ...«

Matej war blass geworden. Mit riesigen Augen sah er erst Lis an und blinzelte dann in den Nebel. Der Turm war verschwunden. »Nein!«, sagte er grob und stieß Lis von sich. »Ich kenne deine Stadt nicht! Lass mich in Ruhe!«

Schon hatte er kehrtgemacht und rannte die Treppenvorsprünge so schnell hinunter, dass Lis dachte, er würde jeden Augenblick stolpern und in die Tiefe stürzen. Sie rieb sich die Stelle an ihrem Schlüsselbein, wo seine Hand gelegen hatte, als er sie wegstieß. Noch mehr als der Schlag schmerzte die Wut und die Ablehnung, die sie in seinen Augen gesehen hatte.

Die Nachtluft kühlte die Tränen auf ihrem Gesicht. Scham brannte auf ihren Wangen, die Scham, so fortgestoßen zu werden.

Spiel und Wirklichkeit

Was habt ihr gemacht, als die Sueben euch eingekreist hatten?«, fragte Marzana. Mokoschs ältere Schwester sah Lis gespannt an und griff nach einer in Honig getränkten Feige. Aus dem Augenwinkel bemerkte Lis, wie Mokosch sich abwandte und tief durchatmete. Der Anblick des süßen Obstes bereitete ihr Übelkeit, sie hatte alle Mühe, ihre Schwangerschaft zu verbergen.

Aber selbst wenn sie aus dem Zimmer gestürzt wäre, hätte die behäbige Marzana nichts bemerkt, dessen war sich Lis sicher. Sie konzentrierte sich am liebsten auf zwei Dinge: Süßigkeiten und Kampfgeschichten. Nur ihre mit Schwielen übersäten Hände wiesen darauf hin, dass sie gern und viel mit dem Schwert übte.

Lis seufzte und kramte in ihrem Gedächtnis nach Details, an die sie sich von Levins Rollenspielen noch erinnern konnte. »Nun, Karjan war getroffen«, erzählte sie. »Ich dachte, er würde sterben. Schon zum dritten Mal sauste das Schwert des Anführers auf ihn herab und traf ihn an der Schulter. Ich sah, wie er auf die Knie fiel. Die Sueben bildeten einen Kreis um ihn.«

Marzanas Augen waren groß. »Und du?«, fragte sie. »Hast du die Götter gerufen und ihm geholfen?«

Lis lächelte verkrampft. »Mich hatten sie niedergeschlagen, ich lag auf dem Waldboden. Gerade als ich mich wieder aufgerappelt hatte, sah ich, wie sie ihre Schwerter zum Todesstoß hoben.«

Marzana hörte auf zu kauen.

»Aber Karjan rief Swantewit an, und plötzlich, mit letzter Kraft, erhob er sich und kämpfte nur mit der Hilfe der Götter und seinem Hohepriesterstab. Zwei der Sueben starben, die anderen flohen.« Sie hoffte, das würde genügen.

»Hattest du keine Angst, dass sie euch verfolgen würden? Oder dass sie noch mehr Krieger holen würden, um euch zu töten?«

Lis zuckte die Schultern und trommelte unbewusst mit den Fingern auf das Fenstersims. Die Ungeduld machte ihr zu schaffen. Heute würde sie Levin alleine sehen, endlich würde sie ihn sprechen können. »Wir wissen uns auf unseren Wegen zu verbergen«, erwiderte sie kryptisch und lächelte Mokosch zu.

Marzana lehnte sich über die Brüstung und ließ ihren Blick über die vormittagsblaue Bucht schweifen. Am Horizont schraubten sich dünne Rauchsäulen in die Höhe. »Diese Fähigkeit wird euch bei den Sarazenen nichts nützen«, meinte sie und grinste. »Schau sie an, sie warten immer noch. Dabog denkt, dass sie versuchen werden uns auszuhungern, aber ich denke, sie wissen, dass sie die Stadtmauer nicht überwinden können.«

»Ich glaube nicht, dass sie bei Tag angreifen«, antwortete Lis nur.

Der Krieg schien für die Menschen so selbstverständlich zu sein, dass sie keinen Gedanken an ihr Leben verschwendeten. Marzanas Geliebter gehörte zu den Kriegern, die mit geschärften Schwertern auf den Angriff warteten, ihre Kinder spielten im Palasthof, vor der Stadt wartete ihre verstoßene Schwester darauf, mit den Sarazenen anzugreifen, aber Marzana kaute seelenruhig Feigen und lauschte lächerlich dilettantisch erfundenen Kampfgeschichten. Was für Menschen, dachte Lis. Vielleicht erfahre ich irgendwann, aus welchem Jahrhundert sie stammen und warum nicht einmal der alte Kajetan von ihrer Existenz wusste.

Gedankenverloren zupfte sie an ihrem Kleid, das Mokosch ihr geschenkt hatte. Es war von einem dunklen Grün und hatte mit Goldfaden eingestickte Spiralen als Verzierung, das Symbol für den Kreislauf des Lebens, für Vergänglichkeit und Wiederaufblühen, wie sie inzwischen wusste. Das Haar trug sie wie die anderen Frauen in Antjana offen und mit kleinen eingeflochtenen Königsmuscheln geschmückt. Wenn sie sich tagsüber in einer spiegelnden Fläche sah, war sie immer noch irritiert, eine ziemlich erwachsene und würdevolle Lis zu sehen, die nichts mehr mit dem Mädchen in der Regenjacke gemeinsam hatte. Nur ihre Augen waren trauriger als früher, was ihnen eine seltsame Ähnlichkeit mit Matejs Augen verlieh.

Seit der Festnacht hatte sie ihn nicht mehr gesehen, auch die anderen Mitglieder des Zirkels hielten sich vom Palast fern. Lis vermied es, zu Zlata zu gehen, und grüßte Tona nur flüchtig. Der Marktplatz war seit dem Kriegsfest leer und in den Kellern des Priesterturms, so hatte Lis von einem der Novizen erfahren, waren die Kuriere gefangen und wurden verhört. Angst lag in der Luft.

Die Zeit lief, das wussten sie alle, nun hing ihre Zukunft von Levin ab, der an die Kuriere herankommen musste. Wenigstens schien sie inzwischen bei den Novizen, die die Türen hüteten, geachtet zu sein, denn sie gaben ihr bereitwillig Auskunft und behandelten sie längst nicht mehr so gönnerhaft und von oben herab. Es sah seltsam aus, wenn sie unter ihren Furcht erregenden Masken lächelten.

Levin war kurz angebunden und hatte ihr bei einer flüchtigen Begegnung auf dem Marktplatz eingeschärft, in der Öffentlichkeit nicht auf Deutsch mit ihm zu sprechen. »Wir sind Gäste, Lis, und Niam sieht es nicht gern, wenn wir etwas verbergen.«

Wieder war ihr aufgefallen, dass sein Akzent seltsam und etwas unbeholfen klang. Wollte er vielleicht nicht mit ihr auf Deutsch sprechen, weil die Sprache ihm inzwischen schwer fiel? War er dabei, zu vergessen? Mit einem ängstlichen Flattern in der Brust dachte sie wieder an Matej. Wie lange hatte er gebraucht, um alles aus seinem Gedächtnis zu verbannen, was er über seine Heimat und seine Zeit wusste?

Nach einigem Suchen fand sie Levin schließlich im hintersten Trakt des Priesterhauses bei den Pferdeställen. Fast den ganzen Vormittag hatte sie gewartet und zugeschaut, wie er mit den Novizen die Gebetszeremonie für Poskur durchführte. Irritiert beobachtete sie, wie konzentriert sein Gesicht aussah. Noch mehr beunruhigte sie Niams Miene. Zufrieden wie eine schnurrende Raubkatze lobte er seinen neuen Schüler und strahlte dabei eine väterliche Güte aus, die Lis unheimlich war. Wenn Levin nicht darauf reinfiel, dann spielte er seine Hingabe an seinen neuen Lehrer bemerkenswert gut.

Inzwischen ging Levin mit dem machtgewohnten, selbstsicheren Schritt des Hohepriesters, den er sich so mühelos angewöhnt hatte, als wäre er nie der schlaksige Teenager gewesen, der nächtelang in verrenkter Haltung vor dem Computerbildschirm gekauert hatte. Er sprach nicht mehr schmeichelnd und gewinnend, sondern direkt und mit einer frappierenden Offenheit. Lis kam er ebenso fremd vor, wie sie ihm in der Tracht der Antjaner erscheinen musste.

Nun war sie unendlich froh, mit Levin allein reden zu können.

Er stand bei einem schlanken weißen Pferd mit einem langen Hals und flocht Pfeilspitzen und durchbohrte Muscheln in die Mähne ein. In der Ecke des Stallraumes lagen wie auf einem kleinen Schrein ausgebreitet die heiligen Gegenstände, die sie gemeinsam mit Tona und den anderen in Zorans Hütte angefertigt hatten.

»Levin, ich wollte schon früher mit dir sprechen, aber Wit sagte mir, du willst erst die Gebete beenden«, sprach sie ihn an.

»Ich bin ein Priester. Es würde auffallen, wenn ich den Dienst an den Göttern nicht versehen wollte.«

Unwillig sprach er auf Deutsch, langsam und leise, als wollte er um jeden Preis verhindern, dass die Novizen die fremde Sprache hörten. Wieder fiel Lis auf, dass er mühsam nach Worten suchte und sie, wenn er sie nicht fand, ungeschickt umschrieb. Es beunruhigte sie mehr, als sie sich eingestehen wollte.

»Hast du erfahren, was mit den Kurieren ist, Levin?«

»Neun haben sie bis jetzt, mit den zwei Kurieren, die sie damals schon gefangen genommen hatten«, sagte er. »Den jüngeren von beiden haben sie gestern befragt, er ist erst heute wieder aufgewacht.«

Lis wurde übel, sie ließ sich zu Boden gleiten und zog die Knie an die Brust. Das Pferd schüttelte die Mähne, dass die eingeflochtenen Gegenstände klapperten. »Befragt? Du meinst gefoltert!«

Levin zuckte die Schultern. »Damit haben sie sich natürlich keinen Gefallen getan, er konnte nicht sprechen. Er hat die Botschaft nicht verraten. Der ältere Kurier scheint stumm zu sein. Ein Teil der Botschaft ist eine Art Landkarte, die die Priester bei dem älteren Kurier gefunden haben. Sie ist auf Leder gemalt und sieht aus wie der Umriss eines Landes oder eines Gebiets. Die Priester beraten Tag und Nacht, was die Zeichnung bedeuten könnte.« Nachdenklich zog er die langen Strähnen des Mähnenhaars glatt und fuhr fort: »Aber selbst wenn der jüngere Kurier nicht niedergeschlagen worden wäre, glaube ich nicht, dass er sein Geheimnis verraten hätte. Es ist erstaunlich, wie viel ein Mensch für seinen Glauben und seine Überzeugung erträgt. Er verbirgt irgendetwas, was nicht nur mit der Desetnica zu tun hat.«

Lis machte schon den Mund auf, um ihm von Mokoschs Kind zu erzählen, aber dann überlegte sie es sich und folgte dem unbestimmten Gefühl, dass es weder Mokosch noch dem Kurier etwas nützen würde, wenn Swantewits Priester von ihrem Geheimnis wusste. »Niam ist eine Bestie«, flüsterte sie. »Wir müssen die

Kuriere befreien, bevor er ihnen noch Schlimmeres antut.«

Levin war stehen geblieben und funkelte sie an. »Er ist keine Bestie, Lisanja. Er ist Priester und ein ausgezeichneter Stratege. Und Antjana ist bedroht. Es ist Kriegsstrategie, dass er herausfinden muss, was für eine Botschaft die Kuriere haben. Zoran würde dasselbe mit den Priestern tun, wenn er die Macht dazu hätte.«

Lis sah ihn lange an. Er wich ihrem Blick aus und machte sich wieder an dem Pferd zu schaffen. »Rück schon damit raus, Levin«, sagte sie nach einer Weile. »Was ist los mit dir? Du bist hier, um an die Kuriere heranzukommen. Nicht um zu beten und Pferdeverschönerung zu betreiben.«

Er fuhr herum wie von einer Schlange gebissen. Wut ließ seine Unterlippe zittern. »Das ist ein heiliges Pferd!«, flüsterte er so deutlich, als würde er mit einem dummen Kind sprechen. »Und die Verschönerung, wie du es nennst, ist die Vorbereitung auf die Orakelzeremonie. Dieses Pferd ist ein Gefäß Swantewits! Ich bin Niam sehr dankbar, dass er mir das Pferd gegeben und Swantewit unter die Stadtgötter aufgenommen hat.«

Lis blieb der Mund offen stehen. »Du bist Niam dankbar? Diesem Verräter? Diesem machtgierigen Lügner? Komm wieder auf den Teppich, großer Priester«, sagte sie.

»Ich sage es dir noch einmal. Er ist kein Verräter«, beharrte Levin. »Sieh doch auch einmal die andere Seite. Er versteht es, ein Volk zu führen und seine Macht einzusetzen – eine Eigenschaft, die man bei dieser trägen, überfressenen Fürstenfamilie nicht findet.«

»Auf welcher Seite stehst du, Levin?«, flüsterte sie.

Seine Augen glühten hell unter der Rußmaske über seinen Augen. Plötzlich kam er auf sie zu und packte sie am Arm, zerrte sie auf die Beine, sodass er ihr in die Augen sehen konnte. Wut funkelte in seinem Blick. »Hör zu, du bist nicht mein Richter. Ich diene Swantewit, hörst du? Ich stehe auf keiner Seite, dies ist nicht mein Krieg, es sei denn, Swantewit schickt mich in den Kampf.«

Sie riss sich los und trat einen Schritt zurück. Verwundert rieb sie ihren Arm, an dem sich die Druckstellen von Levins Fingern rot abzeichneten. Sie betrachtete ihn wie einen Fremden, denn nach diesen Worten war er ein Fremder. »Levin«, flüsterte sie. »Weißt du noch, weshalb du dich bei Niam um Einlass bemüht hast? Du bist der Einzige, der uns helfen kann, die Botschaft des Kuriers zu erfahren und die Gefangenen zu befreien. Hast du keine Möglichkeit entdeckt?«

Sein Gesicht zuckte, sie fragte sich, ob er zu lachen anfangen würde. »Ich habe es nicht vergessen«, antwortete er leise. »Ich habe euch mein Wort gegeben und ich werde euch helfen. In wenigen Stunden werde ich das Orakel sprechen, dann ist der Turm für einen Moment so gut wie unbewacht. Die Zeremonie erfordert, dass die Krieger ihre Lanzen niederlegen. Wenn Zoran genug Mut hat, soll er diese Zeitspanne ausnutzen und die Wachen vor dem Turm überwältigen.«

Lis atmete tief durch. In ihre Erleichterung mischte sich Argwohn. Fast schämte sie sich dafür. »Du wirst ein Orakel sprechen?«, fragte sie.

Er nickte. Seine Miene verriet, dass es ihm ernst war,

bitter ernst. Da war nichts Verschmitztes mehr, keine Lust am Spiel. Glaubte er wirklich, dass er ein Priester war? Sie dachte an Matej und wagte nicht zu fragen. Stattdessen trat sie nahe an ihn heran und flüsterte ihm zu: »Erinnerst du dich noch an Piran, Levin?«

Er runzelte die Stirn, so hatte er sie immer angeschaut, wenn sie ihn bei einem Computerspiel störte. Er zuckte die Schultern.

Der letzte Strohhalm ihrer Realität schien in Staub zu zerfallen.

Schließlich seufzte er und wandte sich brüsk seinem Priesterschrein zu. »Hör zu, Lisanja, ich muss noch viel vorbereiten. Ich werde bei Niam erwartet. Er überlegt, den Kriegszins an den Tempel, der bei uns üblich ist, auch hier einzuführen.«

Bei uns üblich?, dachte Lis. Bei wem üblich? In der Rollenspiel-Gruppe, wo Leute wie er in Waldstücken neben der Autobahn ein Parallelleben inszenierten? Am liebsten hätte Lis ihren Bruder geschüttelt und ihn angebrüllt, er solle endlich aufwachen. Aber sie beherrschte sich und wandte sich zur Tür. »Ich will dich nicht länger stören, aber ich bitte dich nur noch um eines.«

Er sah sie nicht an, sondern blieb mit dem Rücken zu ihr stehen.

»Bitte komm heute mit mir auf die Stadtmauer, ich will dir etwas zeigen.«

Seine Schultern strafften sich. »Sarazenen? Ich habe sie heute vom Priesterturm aus gesehen. Sie lagern im Westen und besetzen die Felder. Niam vermutet, dass sie die Stadt erst aushungern wollen, bevor sie uns angreifen.«

»Um die Sarazenen geht es mir nicht«, sagte sie. »Es geht um dich und um mich. Bitte komm allein, wirst du das tun?«

Eine Weile stand er da wie eingefroren, sie fragte sich, ob er sie abweisen würde, doch dann entspannten sich seine Schultern, er drehte sich um und lächelte sie an. Plötzlich sah sie wieder ihren Zwillingsbruder.

»Ich werde da sein«, antwortete er in diesem altertümlichen, gedehnten Slowenisch, das auch Lis inzwischen in Fleisch und Blut übergegangen war. »Nach dem Abendgebet mit den Priestern warte ich am Brunnen neben dem Palast auf dich.«

Lis fand Tona in Zlatas Haus. Wie jeden Tag hatte sie der alten Frau in einem heißen Tontopf das Essen gebracht. Auch Lis hatte Kuchenlaibe und eine Muscheltasse voll Honig mitgebracht. Sie wusste, dass Niams Späher seit der Festnahme der Kuriere noch wachsamer waren und auch ihre Wege verfolgten. Solange sie sich in Levins Nähe oder im Palast aufhielt, war sie relativ sicher, aber die kleinste Unvorsichtigkeit im Gespräch mit jemandem aus Zorans Zirkel konnte sie verraten.

Tona wurde blass, als sie Lis durch die schmale Tür eintreten sah, und starrte unwillkürlich zur Tür. Erwartet sie schon, dass ich die Priester mitbringe?, dachte Lis missmutig. Trotzdem lächelte sie Tona an und begrüßte Zlata mit Ehrfurcht.

Vielleicht sollte ich gehen, dachte Lis und schaute aus dem Fenster. Der schattenhafte Verfolger, den sie ab und zu bemerkte, war heute nicht in der Nähe. Er konnte es auch gar nicht sein, denn sie wusste, Tschur befand sich heute im Palast. Ob er ahnte, dass sie von seiner Spitzelarbeit wusste?

Die alte Priesterin schien noch dünner geworden zu sein, ihre Augen lagen tief in den Höhlen, sie atmete schwer. »Ach, das Mädchen mit den Zukunftsaugen«, sagte sie und streckte Lis die Hand hin. Lis errötete und fragte sich wieder einmal, ob Zlata nicht schon längst alles über sie wusste.

»Ich bringe dir Kuchen und Honig«, antwortete Lis. Stumm machte sie eine Geste zu Tona, die besagte, dass alles in Ordnung war. Tona nickte ihr zu, doch die Anspannung blieb.

»Was macht dein Herr, der neue Priester Poskurs?«, fragte Zlata unumwunden.

Lis zuckte zusammen. »Er ist nach wie vor ein Priester Swantewits«, erwiderte sie.

Zlata zog die Brauen hoch, und auch in Tonas Gesicht entdeckte Lis einen leisen Zweifel. War das der Grund, warum die Kuriere sich von ihr fernhielten? Glaubten sie, Levin und sie seien zu den Priestern übergelaufen? Andererseits – verdenken konnte sie es ihnen nicht. Zweifelte sie nicht selbst an ihrem Bruder? Sie seufzte und wandte sich an Tona. »Erinnerst du dich, dass du mich gebeten hast, deine Zukunft aus den Eidechsenknochen zu lesen?«

Tonas Gesicht hellte sich ein wenig auf. »Ja, es scheint lange her zu sein, doch es sind nur wenige Tage vergangen.«

»Tage können Ewigkeiten sein«, murmelte Zlata und schloss die Augen.

Tona sah sie liebevoll an. »Sie wird alt. Manchmal

glaube ich, sie hat bereits einen Blick in Nemejas Reich geworfen«, flüsterte sie.

Nicht nur in Nemejas Reich, dachte Lis bei sich.

Tonas Gesicht wurde ernst. »Zoran ist wütend auf Karjan«, wisperte sie. »Und auf dich. Er sagt, ihr habt uns verraten.«

»Das ist nicht wahr!«, rief Lis.

Tona gebot ihr mit einer Handbewegung Einhalt und wies auf die Fenster.

Lis beherrschte sich mühsam.

»Das stimmt nicht«, fuhr sie bedeutend leiser fort. »Karjan hat einen Weg gefunden, wie ihr die Kuriere befreien könnt.«

Tonas Augen wurden groß. »Wann?« Sie sprach so leise, dass Lis die Frage mehr aus der Bewegung ihrer Lippen erahnte als hörte.

Lis sah sich um, beugte sich vor, bis das weiche rote Haar tröstend über ihre Wange strich, und flüsterte Tona ins Ohr. »Morgen, wenn Karjan die Prophezeiung Swantewits hört. Er wird dafür sorgen, dass die Krieger im Tempelhof für einige Augenblicke die Lanzen niederlegen. Das müsste Zoran und seinen Leuten genügen, um die Turmwächter zu überwältigen. Mokosch wird euch helfen, die Kuriere zu verstecken.«

Tonas Augen wurden riesengroß. »Mokosch? Die verrückte Fürstentochter? Was hat sie mit den Kurieren zu tun?«

Lis legte den Finger an die Lippen und griff zu ihrem Beutel mit den Eidechsenknochen. Tona verstand und setzte sich mit ihr auf den Boden. Wenn jemand den Raum betrat, würde er denken, dass Lisanja Tonas Zukunft deutete und so leise sprach, um die alte Priesterin nicht zu wecken. Gespannt beobachtete Tona, wie Lis den Beutel mit den Knochen von ihrem Gürtel losband und behutsam die Schnüre löste.

Mit geübter Hand holte Lis die winzigen Knochen hervor, schwenkte des Effektes wegen ein Stück Räucherwerk und pustete den Rauch über ihre Hand, bevor sie die Knöchelchen auf den Boden fallen ließ. Sie landeten zwischen den Strohhalmen, die aus Zlatas Bett hinabgerieselt waren. Lis betrachtete die gekreuzten Beinknochen und den Schädel, der sie aus hohlen Augen anzustarren schien. Die hauchfeinen Eidechsenrippen lagen beinahe parallel, ein seltsame Laune des Zufalls. »Ich kann dir jetzt nicht erklären, was Mokosch mit all dem zu tun hat. Aber sie ist auf unserer Seite und wird alles tun, um den Kurieren zu helfen. Wirst du Zoran Bescheid geben?«, fragte sie Tona leise.

»Ich werde mit ihm sprechen, aber viel Hoffnung habe ich nicht, dass er auf deinen Rat hört. Er hat für heute Nacht einen Befreiungsangriff geplant, er und eine Gruppe von Kurieren haben sich bewaffnet und werden versuchen, in den Priesterturm zu gelangen. Borut glaubt einen Geheimgang entdeckt zu haben, der vom Turm direkt zur Küste führt.«

»Bitte überrede ihn nicht zuzuschlagen! Sag ihm, dass er nichts erreichen wird! Bitte Tona, wir müssen noch etwas Geduld haben, Niam wartet nur auf einen Angriff. Ich bin sicher, Niams Krieger werden ihn mit gezückten Schwertern empfangen. Vielleicht waren es sogar Niams Späher, die Borut die Botschaft vom Geheimgang zugetragen haben, das würde zu ihm passen.«

»Und wenn es dann schon zu spät ist?«

Darauf fiel Lis nichts ein.

»Ich spreche mit Zoran.«

Die Eidechsenrippen schienen im Halbdunkel des Zimmers zu verschwimmen, die Opferflämmchen flackerten. Lis rieb sich die Augen. Bilder begannen auf sie einzuströmen, als würde farbiges Wasser über ihre Augen rinnen. »Ich sehe etwas«, flüsterte sie.

Die Rippen wurden zu Lanzen, um die Lanzen herum erschienen Hände mit dunkler Haut. Soldaten schälten sich aus dem Nebel – Sarazenensoldaten mit düsteren Gesichtern und harten Händen, die Krummsäbel und Äxte hielten. Doch sie standen nur und warteten. Pferde scharrten im Morgennebel mit den Hufen im Kies am Meeresstrand, aber keines bewegte sich vorwärts, obwohl die Luft vor Ungeduld vibrierte. »Sie greifen nicht an«, sagte Lis.

Dann sah sie den Echsenschädel. Als wäre er aus Quecksilber, verformte er sich, wurde runder und verlor seine spitze Form. Die Zähne wurden größer, bis aus ihm das Grinsen eines menschlichen Totenkopfes erwuchs. Wie ein Schleier legte sich der Schimmer von Haut und rotem Haar um die Knochen, ein Lächeln überdeckte die Zähne, bis schließlich Tonas Gesicht erschien. Lis zwinkerte das Bild erschrocken weg und sah die reale Tona an. In diesem Augenblick ging das Haar der jungen Frau in Flammen auf.

»Was siehst du?«, hörte sie ihre Stimme wie aus weiter Ferne, während die Flammen Locke um Locke verzehrten, bis Tonas Gesicht von einem lodernden Kranz umgeben war.

»Feuer«, antwortete Lis gepresst.

»Feuer – das mich verbrennt?« Der Schreck ließ Tona blass werden. Feuerzungen leckten über ihre Augenbrauen.

Mit größter Anstrengung schüttelte Lis den Kopf und rieb sich krampfhaft die Augen. Traurigkeit überflutete sie. Ich kann es ihr nicht sagen, ich kann nicht, dachte sie verzweifelt. Erst Mokosch, jetzt auch noch Tona! »Nein, Tona«, flüsterte sie. »Dir wird nichts geschehen. Das Feuer ... waren Fackeln, die die Sarazenen in den Händen tragen. Die Truppen der Desetnica stehen bereit und warten. Worauf warten sie nur?«

Plötzlich spürte sie die knochige Hand von Zlata auf ihrem Arm. Die alte Frau war wach und schaute ihr über die Schulter. Das Licht der Opferflämmchen tanzte in ihren Augen. »Auf Poskurs Feuer warten sie, meine Kleine«, sagte sie und hustete. »Das Feuer, das dich verbrennen wird.«

Lis war den ganzen Weg zum Palast gerannt. Auch jetzt noch, als sie in den schützenden Mauern stand, zitterte sie. Das Mosaik von Poskur und Nemeja im Palastinnenhof schien sie zu verhöhnen. Nie hatten ihr Worte einen so großen Schrecken eingeflößt wie die Prophezeiung der alten Priesterin. Beruhige dich, Lis, sagte sie sich immer wieder, während sie mit weichen Knien zum Palastbrunnen ging. Willst du wirklich den Worten einer verrückten alten Frau glauben? Sie hatte endgültig genug von dem Zauber, den Göttern, der Angst und Levins Swantewit.

Levin stand wie verabredet am Brunnen. In den Gassen waren nur wenige Leute, der Großteil davon gehörte zu den Kriegern, die sich in der Nähe der Stadtmauer aufhielten. Levin grüßte einige von ihnen und folgte Lis, die Matejs Weg zur Stadtmauer einschlug. Schweigend erreichten sie die Treppe, die im fahlen Nachtlicht gespenstisch hell leuchtete.

Lis raffte ihr Kleid und kletterte die Stufen hinauf. Oben angekommen schlug ihr Herz von der Anstrengung. Der nächste Wächter stand ein ganzes Stück entfernt, sie waren also so gut wie allein und außer Hörweite und würden jeden Späher von hier oben entdecken. Levin trug seinen grauen Mantel und die Rußmaske der Priester, was sein Gesicht vor dem dunklen Spiegel des Meeres beinahe verschwinden ließ. Seine Augen schienen in der Dunkelheit zu schweben. Nun sah er auf das Meer hinaus und deutete auf winzige Lichtpunkte am Horizont, dorthin, wo irgendwann einmal die Stadt Grado liegen würde. »Sie lagern immer noch«, sagte Levin in dem altertümlichen Slowenisch. »Niams Späher berichten, dass es inzwischen über tausend sind. Ich frage mich, worauf sie warten.«

»Hat er es nicht von den Kurieren erfahren?«

»Der ältere ist heute gestorben«, flüsterte Levin plötzlich auf Deutsch. Seine Stimme schien ein wenig zu zittern.

Lis fuhren der Schreck und das Entsetzen bis tief in die Magengrube. »Was hat Niam mit ihm gemacht?«, flüsterte sie tonlos.

»Niam? Nichts. Die Wächter fanden ihn heute …« Er machte eine Pause. »Ich habe ihn auch gesehen. Er … sah aus, als hätte er eine blaurote Maske um die Augen.

Blut rann aus seinem Ohr. Niam meinte, die Wächter hätten ihn beim ... Verhör so stark verletzt, dass die Kopfverletzung ihn umgebracht hat.«

»Und er war ganz allein.« Lis drückte das Mitleid mit dem alten Mann die Kehle zu. »Was ist mit dem anderen Kurier?«

»Er lebt noch. Doch er schweigt – Niam hat das Orakel befragt. Die Hinrichtung findet übermorgen statt, am Tag der Ahnengeister.«

»Übermorgen schon?«

»Hast du Zoran und den anderen Bescheid gesagt?«

Sie nickte stumm.

»Ich werde morgen bei Sonnenaufgang Swantewits Orakel sprechen. Mehr kann ich nicht für euch tun. Das andere entscheiden die Götter.« Er blickte zum Himmel, ganz der junge Priester, wieder fremd und unnahbar.

»Levin«, sagte sie eindringlich, »du sprichst, als würdest du glauben, dass du wirklich ein Priester bist. Es ist eine Rolle, die du dir ausgesucht hast. Spiel nicht damit.«

Sein Gesicht war undurchdringlich. Dennoch entging ihr nicht, wie er verärgert die Augenbrauen zusammenzog. Früher hätte er sie jetzt angeschrien, aber nun wandte er sich nur von ihr ab. Sein Mantel wehte im Nachtwind, er hätte eine Figur aus einem Fantasy-Film sein können. Für einen Moment glaubte Lis verrückt zu werden. Ein Mensch war gestorben und Levin hatte nichts anderes im Kopf als sein Orakel. Und dennoch – in ihrer eigenen Zeit war dieser Kurier schon lange tot, ebenso wie Tausende anderer Menschen, wie die

Sarazenen, wie Mokosch und die Desetnica selbst, nicht einmal eine Erinnerung war von ihnen geblieben. Lis wusste nicht, warum sie plötzlich wütend wurde, vielleicht war es die Wut auf Levin und seine Bereitschaft, in diesem Spiel mitzumachen, alles geschehen zu lassen, seine Begeisterung, in seine Rolle zu schlüpfen und sich darin wohl zu fühlen wie in einem Lieblingspullover. Seine Bereitwilligkeit, das Seil seiner Realität einfach loszulassen, während sie, Lis, über dem Abgrund hing und verzweifelt versuchte, sie beide wieder hochzuziehen.

Sie trat an ihn heran und nahm ihn bei den Schultern. Widerwillig drehte er sich um und schaute sie von oben herab an, was bei seiner Größe nicht schwer war. »Das ist kein Spiel«, sagte sie und legte in ihre Worte alle Bestimmtheit, alle Überzeugungskraft, die sie aufbringen konnte.

Er lächelte und trat einen Schritt zurück. Ihre Hände glitten von ihm ab. »Es ist umgekehrt«, sagte er ebenso bestimmt, als sei sie diejenige, die nichts verstand, die verrückt war und in der falschen Welt lebte. »Das andere Leben habe ich geträumt, dies hier ist meine wahre Bestimmung. Ich wurde geboren, um nach Antjana zu kommen und mein Schicksal zu finden. Swantewit hat mich hierher geführt, er wird mir den Weg weisen.« Seine Stimme wurde leiser, beinahe sanft. »Durch Niam habe ich erkannt, wer ich bin. Ich bin ein Priester, Lisanja, ein Magier. Ich werde die Macht haben, die Wolken zu rufen, und ich habe bereits die Macht, als Gefäß des großen Viergesichtigen seinen Richterspruch über Sieg oder Niederlage zu hören.«

Lis spürte, wie das Entsetzen an ihr hochkroch. Nebel leckte über die Stadtmauer. Lis wandte den Kopf und sah den Leuchtturm von Piran durch die verwehten Schleier schimmern. Sie klammerte sich an diesen Anblick wie an einen letzten Strohhalm. »Da schau!«, flüsterte sie. »Das ist der Leuchtturm. Dort standen wir, bevor wir über den Holzpfad nach Antjana gingen. Wir waren zu Besuch bei Onkel Miran und Tante Vida. Du hast Bojan und Sascha dein Video vorgeführt. Unser Vater ist in München geblieben, erinnerst du dich daran?«

Er sah an ihr vorbei in den Nebel und blinzelte. »Du kannst es nicht vergessen haben, Levin. Unsere Eltern – du weißt noch, wie sie heißen, nicht wahr?«

Er zögerte. Angst flatterte in ihrem Bauch hoch, als sie sah, wie angestrengt er sich zu erinnern versuchte. Mühsam brachte sie ihre zitternde Stimme unter Kontrolle und stellte ihre Frage so ruhig sie konnte. »Wie heißt unser Vater, Levin?«

»Er heißt ... Kajetan?« Es war eher eine Frage als eine Feststellung, und sie traf Lis härter, als wenn er sie angeschrien hätte.

»Peter heißt er«, flüsterte sie. »Du hast es vergessen! Aber du weißt noch, dass ich Lis bin, deine Schwester?«

Er betrachtete sie, als wäre er sich immer noch nicht sicher, ob sie verrückt war oder er. »Bist du das?«, fragte er.

»Levin, bitte nicht!« Verzweiflung rammte ihr eine eisige Faust in den Magen, am liebsten hätte sie geweint, doch ihre Anspannung war zu groß.

Wieder blinzelte er in den Nebel, als versuchte er etwas zu erkennen. Der Leuchtturm strahlte gespenstisch im Mondlicht. »Ich heiße Karjan«, erwiderte er mit ausdrucksloser Stimme. »Und ich weiß nicht, wovon du redest. Ich sehe nichts im Nebel.«

Swantewits Prophezeiung

Eine riesige Menschenmenge stand im Priesterhof unter einem diesigen Sommerhimmel. Die Sonne war noch nicht aufgegangen, aber der rosafarbene Schleier, der sich am Himmel hinter dem Priesterturm zeigte, war der Vorbote der Sonne, die sich in wenigen Augenblicken rot und eindrucksvoll über der Stadtmauer erheben würde.

Lis fröstelte nicht nur wegen der kalten Morgenluft. Ein flaues Gefühl im Magen hatte sie diese Nacht kaum schlafen lassen. Auf ihrem Fell in der Dienerkammer des Palastes, in der sie auf Mokoschs Wunsch seit einigen Tagen schlief, war sie wach gelegen und hatte mit der Erkenntnis gehadert, dass sie in ihrem ganzen Leben noch nie so allein gewesen war wie jetzt. Sie versuchte sich einzureden, Levin konnte nichts dafür, dass er alles vergaß, aber sie wusste, es war eine Lüge, eine Entschuldigung für den Verrat, den sie fühlte. Levin wollte vergessen, das war der springende Punkt. Stunde um Stunde hatte sie darüber nachgedacht und ungeduldig den ruhigen Atemzügen der anderen Frauen gelauscht. Wie konnten die Dienerinnen nur schlafen im Angesicht des Krieges, der ihnen bevorstand?

Einige der Mädchengesichter entdeckte Lis in der Menge, als sie sich genauer umsah. Gespannt versuchten sie einen Blick auf den freien Platz vor dem Priesterhaus zu erhaschen. Aber selbst Lis sah kaum etwas von dem, was sich vor Poskurs Pavillon abspielte, denn obwohl Wit dafür gesorgt hatte, dass sie bis ganz nach vorne durchgelassen wurde, hatten die größeren Leute sie wieder nach hinten geschubst.

Krieger drängelten rechts und links von ihr, der Geruch nach Haarfett, Kalkpulver und Fell stieg ihr in die Nase und machte ihre Kopfschmerzen noch schlimmer, als sie schon waren.

Nicht weit von Poskurs Schrein entfernt standen Dabog, seine Kinder und Schwiegerkinder und eine ganze Schar von Enkeln. Wie immer hielt sich Mokosch etwas abseits und verschränkte die Hände vor ihrem Bauch. Sie wirkte angespannt, aber ruhig. Als ihr Blick dem von Lis begegnete, huschte ein flüchtiges Lächeln über ihr Gesicht. Getuschel erhob sich und das Gedrängel wurde mit einem Mal zu einem wüsten Schieben und Schubsen, als Niam mit Levin und den anderen Priestern aus dem Priesterhaus trat. Wie auf einen geheimen Befehl schoben sich die dicht gedrängten Körper auseinander und schufen eine Gasse für die Prozession. Lis stieß mit dem Fuß gegen einen Speerschaft und stolperte. Eine behaarte Hand griff nach ihrem Arm und zerrte sie wieder auf die Beine. Sie dankte dem Krieger, stellte sich auf die Zehenspitzen und lugte zwischen den Köpfen hindurch. Manchmal hatte es Vorteile, dass ihr Bruder so groß war, so konnte sie ihn mühelos zwischen den zierlicheren Antjanern ausmachen. Er führte das weiße Pferd, das er tags zuvor geschmückt hatte, am langen Zügel hinter sich her. Direkt hinter ihm ging Tschur. Er trug ein undurchdringliches Gesicht zur

Schau und hatte seine Hände in den weit fallenden Ärmeln versteckt. Lis war unbehaglich zumute, als sie ihn so nah bei ihrem Bruder sah. Unwillkürlich formte sich vor ihrem geistigen Auge das Bild, wie Tschur plötzlich ein Messer aus dem Ärmel zog und es Levin in die Rippen stieß.

Levin ging sehr aufrecht und würdevoll, sein Priestermantel wallte bei jedem Schritt. In der rechten Hand trug er seinen Hohepriesterstab mit dem Abbild Swantewits. Die Schmuckplatte des Zaumzeugs, das die Stirn des Schimmels bedeckte, war aus unzähligen Silberspiralen geschmiedet, in deren Mitte je ein Bernstein prangte. Die Hufe des Pferdes waren vergoldet, die Mähne schwer von den Pfeilspitzen und mit dem Goldstaub bepudert, mit dem sich auch die Frauen schmückten. Brav ging es mit wippendem Kopf neben Levin her, der es in die Mitte des Platzes führte. Dort angekommen stampfte es auf und schüttelte schwerfällig den Kopf. Goldstaub flirrte durch die Luft und blinkte im gleißenden Morgenlicht. Die Menschen murmelten.

Levin ließ die Zügel des Pferdes los. Es blieb sofort wie angewurzelt stehen und spitzte die Ohren. Würdevoll hob Levin seinen Priesterstab und deutete damit auf die Stadtmauer. Stille senkte sich über den Platz, während alle gebannt darauf warteten, dass die Sonne erschien. Und da war sie – ihr gleißender Rand zeigte sich über der Mauer, dann schob sie sich genau neben dem Priesterturm höher. Levin verbeugte sich vor Poskurs Zeichen, klopfte mit seinem Stab auf den Boden und murmelte etwas, das sich anhörte wie eine dumpfe Beschwörung. Dann ging er mit betont langsamen

Schritten an den Reihen der Menschen entlang, die vor dem fremden vierköpfigen Gott zurückwichen.

Ein massiger Mann stieß beim Zurückgehen gegen Lis. Mit dem Ellenbogen wehrte sie sich dagegen, wieder weiter nach hinten gedrängt zu werden, und ergatterte einen Platz zwischen zwei kleineren Kriegern.

»Karjan seeeem!«, rief Levin mit einer Stimme, die so fest und selbstsicher klang, dass Lis befürchtete, ihr Bruder sei nun völlig verschwunden und habe endgültig diesem fremden Priester Platz gemacht.

Nun trat auch Niam vor und ergriff das Wort. »Volk von Antjana«, sagte er. »Ihr wisst, wie es um uns steht. In den vergangenen Tagen wurden Bauern und Fischer getötet und Vorräte vernichtet oder gestohlen. Jeden Augenblick können die Sarazenen angreifen und wir sind bereit! Sind wir dazu entschlossen, sie an Antjana abprallen zu lassen und sie im Meer zu ertränken wie nutzlose alte Hunde?« Das ohrenbetäubende Getriller und Kampfgebrüll, das einsetzte, ließ Lis zusammenfahren und sich die Ohren zuhalten. Mit einer erhobenen Hand brachte Niam die Menge wieder zum Schweigen. »Poskur, der Gott der Rache, und Swantewit, der Gott des Krieges – beide werden an diesem Tage unser Geschick leiten«, sagte er. Mit einer effektvollen Geste trat er einen Schritt zur Seite und gab den Blick frei auf das weiße Pferd und auf Levin. Seine Stimme wurde leiser und so feierlich, dass selbst Lis ein Schauer über den Rücken rieselte. »Karjan, der Hohepriester aus Arkona, kam zu uns, um seine Prophezeiung zu sprechen. Ein Gott des Krieges, ein Gott der Macht, ein Gott, der sich mit Poskur verbündet hat, um uns beizustehen. Karjans Worte werden uns hier und jetzt den Willen Swantewits übermitteln. Wir wollen sehen, was dieser Gott des Krieges uns für Nachrichten bringt.«

Levin trat vor und nickte. Seine Stimme klang nicht ganz so selbstbewusst wie die von Niam. Lis glaubte ein wenig Nervosität herauszuhören. Kein Wunder, das hier war seine Prüfung. »Ihr kennt mich als Schüler Niams, Volk von Antjana. Fern von hier, in Arkona, vor der Küste eines Landes, das sich Rügen nennt, ereilte mich der Ruf dieses großen Priesters und Zauberers. Poskur erschien mir im Traum und rief mich, und mein Gott, Swantewit, der Große, der Grausame, wies mir den Weg zu seinem feurigen Gefährten. Heute werde ich das heilige Orakel befragen.«

Lis schloss einen Moment die Augen und schickte ein Stoßgebet zum Himmel, dass Levin immer noch auf ihrer Seite war und befehlen würde, die Lanzen niederzulegen. Es war riskant, auch für ihn, das wusste sie nur zu gut. Würde er sich dieser Gefahr stellen oder doch lieber die Kuriere verraten? Beim Blick auf sein entschlossenes Gesicht war sie sich plötzlich gar nicht mehr so sicher.

Er wies auf das weiße Pferd. Ein weiteres Raunen ging durch die Menge. Die Krieger sahen sich beunruhigt an. In Fürst Dabogs Gesicht entdeckte Lis einen Ausdruck, den sie schwer deuten konnte. Noch nie hatte sie den kraftlosen, großen Mann so konzentriert gesehen. Der Ausdruck von gelangweilter Gleichgültigkeit war verschwunden, Dabog schien zu lauern. Unbewusst zog sich Lis ein wenig zurück.

»Keine Hand darf ein Schwert berühren, während das Orakel spricht!«, rief Levin nun. »Legt eure Waffen ab vor Poskurs Bild!«

In diesem Augenblick erfuhr Lis mit eindrucksvoller Deutlichkeit, wie groß der Unterschied zwischen Stille und Totenstille sein konnte.

Niam runzelte die Stirn, alle Krieger blickten auf ihn, nicht auf Dabog, und schlossen ihre Fäuste fester um die Waffen.

»Nein, Niam«, sagte Dabog. »Meine Krieger legen ihre Waffen nicht ab. Auch nicht für einen Priester, mag sein Gott noch so mächtig sein.«

In Niams Gesicht zuckte ein kurzes Lächeln auf. Lis konnte geradezu sehen, wie sehr es ihn reizte, seine Macht zu beweisen. Wie alle eitlen Herrscher konnte er nicht widerstehen. Wie beiläufig verschränkte er die Arme und wandte sich an die Menge. »Legt die Waffen nieder«, sagte er freundlich.

Nach einem kurzen Zögern kam Bewegung in die Krieger. Erst vereinzelt, dann immer geschlossener drängten sie sich um die Statue und legten ihre Schwerter und Lanzen vor dem Pavillon nieder. Das Klirren und Scheppern hallte durch die Morgenluft. Poskurs rote Sonne stand jetzt genau über dem Priesterturm und ließ das Gebäude im Gegenlicht schwarz und bedrohlich erscheinen.

Lis warf einen Blick auf Dabogs Gesicht. Er glotzte mit offenem Mund, fassungslose Empörung ließ seine Wangen zittern. Die Krieger, die an ihm vorbeigingen, mieden seinen Blick. Schließlich klappte er den Mund wieder zu und versank in hasserfülltes Brüten. Hast du jetzt endlich kapiert, wer über Antjana herrscht?, dachte Lis bitter.

Keiner von der Fürstenfamilie rührte sich, aber Lis fiel auf, dass sich Marzana unauffällig in den Hintergrund zurückgezogen hatte. Sie legte ihr Schwert nicht ab.

»Du, du und du!«, hielt Levin drei stämmige Krieger auf. »Eure Lanzen sollen dem Orakel dienen!«

Die Männer sahen sich an und zögerten, aber als sie Niams Nicken sahen, gaben sie Levin die Lanzen, die er nahm und nebeneinander auf den Boden legte.

Tschur betrachtete ihn mit unverhohlener Verachtung. Sein Neid, seine Eifersucht auf den fremden Priester, der es so mühelos geschafft hatte, Niam für sich einzunehmen, traten so deutlich zutage, dass Lis Angst bekam. Als Tschur seinen Blick über die Menge schweifen ließ, trat sie einen Schritt zurück und machte sich in der Menge so klein und unsichtbar wie möglich. Unbewaffnet standen die Krieger nun vor und hinter ihr und kneteten nervös ihre Hände, die sich ohne die gewohnten Waffen leer anfühlten. Gehetzt versuchte sie durch die Körper hindurchzuspähen und vielleicht ein Mitglied des geheimen Zirkels zu entdecken. Aber sie hatten sich wohl alle bereits in den Winkeln der Häuser in der Nähe des Priesterturms versammelt und warteten auf ihre Gelegenheit, wenn alle Aufmerksamkeit sich dem Orakel zuwenden würde. Sicher saß Zlata in ihrem Bett, brannte in Öl getränktes, geweihtes Holz an und betete zu Nemeja um ihren Schutz. Das Einzige, was Lis noch auffiel, bevor die eigentliche Zeremonie begann, war, dass Mokosch nicht mehr an ihrem Platz stand.

Die Hufe des Pferdes klapperten auf den Steinen des Tempelhofes. Dreimal führte Levin es im Kreis um die Lanzen herum. Laut sprach er dumpfe Worte, die Lis nicht verstand. Er schüttelte sich, als würde er in Trance verfallen und schrie plötzlich auf. »Bog Swantewiiit!«, brüllte er so laut, dass seine Stimme von den Wänden des Tempelhofes widerhallte. »Zeige dem Volk Antjanas, was der Kampf bringen wird! Steh ihnen bei, den Dienern Poskurs! Zerschmettere gemeinsam mit dem Gott der Rache die Feinde dieser Stadt! Lass das heilige Pferd über die Lanzen gehen. Führe seinen Schritt über das geweihte Eisen – und zeige uns den Sieg, wenn es mit dem rechten Huf zuerst darübersteigt.«

Das Pferd kaute auf seiner Zunge herum und legte die Ohren an.

Lis sah sich um und war erstaunt, wie still und ernst die entwaffneten Krieger nun die Prophezeiung beobachteten. In einigen Gesichtern spiegelte sich Ehrfurcht, nicht vor dem Krieg oder vor dem Tod, nein, die Gegenwart dieses fremden Gottes, den Niam billigte, flößte ihnen Respekt ein.

Dann sah Lis, wie Tschur, der sich vorher in Levins Nähe aufgehalten hatte, an Niam herantrat und etwas zu ihm sagte. Niam reagierte unwillig, doch plötzlich, als der Novize ihm die Worte noch einmal zuflüsterte, veränderte sich sein Gesicht.

In diesem Moment stürzte ein Wächter in den Priesterhof. Offensichtlich war er schwer verwundet, denn eine breite Spur von Blut folgte seinem schwankenden Schritt. »Verrat!«, schrie er. »Verrat! Die Desetnica-Anhänger sind im Priesterturm!«

Die Menge schien zu explodieren. Ein Ellenbogen traf Lis so hart am Kinn, dass ihr schwarz vor Augen wurde. Von allen Seiten drängten die Kämpfer zu ihren Waffen, stolperten übereinander, verhedderten sich und rannten sich um. Lis fiel auf die Knie und kroch, getreten von unzähligen Füßen, durch das Gewirr zum Rand des Hofes. Die Krieger drängten zu Poskurs Statue, stürzten zu den Schwertern, rissen die erstbeste Waffe hoch, die sie im Gewühl in die Hand bekamen. Schreie drangen vom Marktplatz herüber. Lis drückte sich an die Hauswand und hielt gehetzt Ausschau nach Levin.

Immer noch stand er auf dem freien Platz. Das Pferd tänzelte um ihn herum und warf den Kopf hoch. Tschur trat auf ihn zu und griff von hinten in seine Felltasche. Levin war durch das Pferd so abgelenkt, dass er es nicht bemerkte. Triumphierend drehte sich der Novize zu Niam um und hielt ein silbernes Medaillon hoch. Muschelförmig war es, und als Tschur es aufklappte, wusste Lis, dass Niam dem Porträt der Desetnica entgegensah.

Lis schlug die Hände vor den Mund und rutschte an der Mauer entlang zu Boden. Kampflärm dröhnte vom Priesterturm her.

Jetzt erst drehte Levin sich nach Tschur um. Mit einem Blick begriff er die Situation. In seiner Miene zeichnete sich dieselbe törichte Verblüffung ab, wie Lis sie bei den anderen Novizen sah. Rasch rückten sie von ihm ab. Blass und einsam stand er da in dem Bewusstsein, dass Poskurs Faust ihn für diesen Verrat zermalmen würde.

Niam starrte zuerst auf das Medaillon und dann zu Levin. Sein Gesicht veränderte sich auf erschreckende Weise. Für einen Moment sah Lis Unglauben darin, dann die Erkenntnis, schließlich Enttäuschung und grausame Wut, die an die Oberfläche brodelte wie Lava vor einem Vulkanausbruch. Lis spürte, wie ihre Hände zu zittern begannen.

»Das Feuer Poskurs wird dich verbrennen«, hallten Zlatas Worte in ihrem Kopf. Panik durchfloss sie wie ein heißer Strom, sie bekam keine Luft mehr. Alles ist aus, dachte sie, wir werden beide sterben.

Levin war stehen geblieben, in seinem Gesicht las Lis das Entsetzen, das sie selbst spürte. Tschur warf ihm das Medaillon ins Gesicht und grinste triumphierend. »Verrat, Niam!«, schrie Levin. »Ich gehöre nicht zu ihnen! Es ist nicht meine Kette – er hat sie mir heimlich zugesteckt.«

Das Flehen in seiner Stimme war Lis neu. Es tat ihr weh, ihren Bruder so betteln zu sehen. Das Medaillon hatte ihn an der Lippe verletzt, ein Blutfaden lief über sein Kinn. Er sah erbärmlich aus.

Zum ersten Mal begriff Lis, wie sehr Niam für ihn ein Vater geworden war. So sehr, dass er seine richtige Familie vergaß. Doch dieser Vater war ein strafender, unbarmherziger Rächer.

Niams Gesicht wurde noch düsterer, alle Türen, die er seinem jungen Schüler geöffnet hatte, fielen mit einem Schlag zu und ließen Levin schutzlos zurück.

Der alte Hohepriester gab den Priestern einen Wink. Sie überwältigten Levin mühelos. Niam holte aus und schlug ihm mit voller Kraft ins Gesicht, in dem Augenblick, als das heilige Pferd scheute und mit dem linken Bein zuerst über die Lanzen sprang.

Lis erinnerte sich nicht mehr, wie sie aus dem Priesterhof gelangt war. Plötzlich stand Wit vor ihr und zerrte sie ohne weitere Erklärungen durch die Menge in Richtung Ausgang. »Lauf!«, sagte er. »Lauf zu Mokosch!«

Sie sah den Blick von Tschur, der sie entdeckte und auf sie deutete, und dann bestand sie nur noch aus Beinen und keuchendem Atem, rempelte sich hinaus, wich Kriegern aus, sah Blut und am Boden liegende Menschen, die ihr bekannt vorkamen.

Von weitem erkannte sie Zoran. Er stand am Priesterturm mit dem Rücken zur Wand. Vier Krieger hielten ihm ihre Lanzen an die Brust. Als er mit unbewegtem Gesicht sein Schwert fallen ließ und die Augen schloss, stachen sie zu.

Wirbelnde Sonnen kreisten vor ihren Augen. Ihr Kopf schmerzte so sehr, dass selbst die Bewegung ihrer Augen unter den geschlossenen Lidern brannte wie ein Feuerstrahl. Mühsam blinzelte sie und erkannte, dass die Feuersonnen die flackernden Flammen der Opferkerzen waren, die auf einem hölzernen Schrein standen. Eine Göttin mit Tanghaar und riesigen Brüsten grinste ihr entgegen.

»Lisanja!«, flüsterte ihr eine vertraute Stimme ins Ohr.

Lis wandte den Kopf und sah ein schmales, ängstliches Gesicht, das in der Dunkelheit zu schweben schien. Schwarzes Haar hing der Frau wirr ins Gesicht, auf ihrer Wange hatte sie eine Schürfwunde. »Kannst du mich hören? Weißt du, wer ich bin?«

»Mokosch!«, flüsterte Lis.

Nach und nach wurde ihr bewusst, dass sie in der Kammer des Gewandmeisters Firenc lag, wo sie sich vor wenigen Tagen umgekleidet hatte.

»Siehst du, ich habe sie nicht umgebracht.« Das war die raue, etwas träge Stimme von Mokoschs Schwester Marzana. Sie stand neben der Tür, in der Hand hielt sie das Schwert, das sie für die Zeremonie nicht abgelegt hatte. Als Lis den scharfkantigen, gebogenen Schwertgriff ansah, fing ihr Kopf unwillkürlich wieder an zu schmerzen. Sie hob den Arm und befühlte einen geschwollenen Riss an der Kopfhaut. Blut sickerte daraus hervor und verklebte ihr Haar.

»Ich musste dich niederschlagen«, sagte Marzana ungerührt. »Du hast nach mir getreten. Außerdem haben die Priester schon nach dir gesucht. Einen Wimpernschlag später und Tschur hätte dich entdeckt. Glaub mir, wenn er mit dir fertig gewesen wäre, hättest du an weit mehr zu leiden gehabt als an einem lächerlichen kleinen Kratzer am Kopf. Du hast Glück gehabt, dass Wit mir einen Wink gegeben hat, wo du bist.«

»Was ist mit Karjan?«, sagte Lis und setzte sich auf, den Schmerz ignorierend.

Mokoschs Augen füllten sich mit Tränen. »Nur wenige konnten fliehen. Auf Niams Befehl haben die Krieger gnadenlos viele der Kuriere getötet. Einige leben noch und sind nun mit den anderen im Priesterturm gefangen. Niam hat eben auf dem Priesterplatz das Urteil verkündet.« Sie schluckte und fuhr mit Mühe fort: »Morgen, wenn die Sonne aufgeht, werden sie vor der Statue Poskurs dem Feuer geopfert. Aber sie sollen nicht ganz verbrannt werden, ihre Leichen werden vor den Stadtmauern an Holzbalken gebunden und aufgestellt. Sie sollen als Abschreckung und Warnung für die Sarazenen dienen.« Sie senkte den Kopf. »Es gibt keine Hoffnung mehr für Karjan und die anderen. Auch mein Schicksal ist besiegelt. Die Kuriere werden verraten, dass ich ihnen helfen wollte. Aber wenigstens dich konnten wir retten, Lisanja.«

Marzana drehte sich zu ihrer Schwester um. »Rede nicht so einen Unsinn über dein Schicksal. Um dich zu holen, müssen sie dich erst finden. Wir werden dich aus dem Palast bringen und verstecken.«

Mokosch lachte bitter auf. »Wo denn? In der Stadt? Jeder kennt mich. Oder vielleicht bei den Sarazenen?«

Lis stand schwankend auf. Levin!, dachte sie, im Gefängnis im Priesterturm. Wenigstens war er nicht tot. Aber Matej – und Tona? Waren sie auch gefangen worden? Ihr Geist arbeitete mit messerscharfer Klarheit. Unzählige Möglichkeiten, Vermutungen und Strategien kamen ihr in den Sinn, waghalsige Lösungen, halsbrecherische Aktionen, die nur einen Fehler hatten: Sie waren nicht durchführbar. »Es muss einen Weg geben«, wiederholte sie immer wieder wie ein Gebet. »Es muss!« Fieberhaft überlegte sie, ob nur der Hauch einer Chance bestand, Levin zu befreien. Nein, befand sie. Jetzt in die Stadt zu gehen wäre Selbstmord. Wenn er bis morgen im Gefängnis saß, blieb ihr nur eine Nacht, um eine Lösung zu finden. Sie selbst konnte ihm nicht helfen. Nicht allein. Doch was hatte Mokosch gesagt? Zu den Sarazenen? Die unwahrscheinlichste und gefährlichste aller Möglichkeiten begann vor ihren Augen zu tanzen und ließ sich nicht abschütteln. »Warum gehen wir eigentlich nicht zu den Sarazenen?«, flüsterte sie. Sie wusste, dass sie auf die Schwestern wie eine Wahnsinnige wirkte, dennoch ließ sie sich nicht beirren. »Die Desetnica will nicht zu uns kommen. Vielleicht wartet sie darauf, dass Antjana zu ihr kommt?«

»Willst du schwimmen, dummes Mädchen?«, spottete Marzana. »Gestern hat Niam die Boote der Fischer zerstören lassen, um die Stadt abzuschotten und auch den Kurieren die letzte Möglichkeit zu nehmen, aufs Festland zu kommen. Einige der gefangenen Kuriere haben unter der Folter die Geheimgänge verraten, die zum Stadttor führen. Sogar den Holzpfad zum Festland hat Niam zerstören lassen. Das Holz wurde in Scheite zerhackt. Aus dem Holz schichten sie draußen gerade den Scheiterhaufen auf.« Sie holte Luft und wetterte weiter. »Selbst wenn du schwimmen kannst, ist es aussichtslos. Die Strömungen sind so stark, du würdest ertrinken, bevor du auch nur in die Nähe der Küste kämst. Wenn dich vorher nicht die Sarazenen für einen großen Fisch halten und vom Boot aus aufspießen. Nein, ich werde dich und Mokosch verstecken. Zum Glück kenne ich einen Fischer, der ...«

»Wenn es keine Boote mehr gibt, dann werde ich schwimmen, Strömungen hin oder her«, beharrte Lis. Sie fasste Marzana am Arm und zwang sie ihr zuzuhören. »Es ist weit, aber ich bin sicher, dass ich es schaffe. Gibt es denn überhaupt keinen Weg mehr aus der Stadt heraus? Es muss doch Geheimgänge geben, die Niams Leute noch nicht entdeckt haben.«

Marzana sah sie an und zuckte mit den Schultern.

»Das weiß ich nicht. Ich kenne nur einen Gang und der führt zur Küste, aber da werde ich Mokosch nicht hinbringen. Sie kann nicht schwimmen.«

Lis' Kopf pochte, der Schmerz ebbte wie Wellenschlag auf und ab. »Ich gehe durch den Gang! Wo ist er?«

Marzana und Mokosch sahen sie erstaunt an. Dann zog Marzana die Augenbrauen hoch und sah sich um. »Lisanja, überlege es dir, ich verstecke dich und ...«

»Nein!« Fast hätte Lis geschrien. Leiser, aber ebenso scharf fuhr sie fort. »Du wirst mich nicht umstimmen. Also: Wo ist der Geheimgang?«

Marzana seufzte und gab endlich auf. »Na gut«, sagte sie niedergeschlagen. »Du gehst in deinen Tod, aber wenn du es selbst willst ...«

Sie stand auf und ging zu dem Schrein, auf dem Firenc die Götterstatuen aufgereiht hatte. Mit einem Ruck schob sie ihn beiseite. Klappernd fielen die Götterfiguren um. Marzana kniete sich hin. Mit ihren Händen brach sie große Platten von dem fest gestampften Bodenbelag heraus und warf die trockene Erde auf einen Haufen. Bald glänzte Schweiß auf ihrer Stirn, aber sie ließ sich nicht helfen. Schließlich kratzten ihre Finger über Holz.

Eine alte, vermoderte Falltür kam zum Vorschein, die sich trotz aller Bemühungen nicht öffnen ließ. Marzana sprang auf, nahm ihr Schwert und zertrümmerte mit einem mächtigen Schlag, den Lis der fülligen Frau nie zugetraut hätte, das morsche Holz. Ein zackiger Spalt entstand, kaum breit genug für Lis. »Wenn du gehen willst, dann geh jetzt«, sagte die Fürstentochter. »In wenigen

Augenblicken werden die Krieger in den Palasthof kommen.«

Lis nickte und wandte sich an Mokosch. »Marzana wird nicht zulassen, dass dir etwas passiert.«

Mokosch schluckte die Tränen der Angst hinunter und nickte heftig. Plötzlich fühlte Lis ihre Umarmung und erwiderte sie aus vollem Herzen. Mokoschs Körper fühlte sich dünn und zäh an, Lis spürte, wie schnell ihr Herz schlug. »Leb wohl, Lisanja!«, flüsterte sie ihr zu. »Flieh, wenn du kannst, und nimm dich in Zukunft vor den Sueben in Acht!«

»Wir sehen uns wieder, Mokosch, ich komme mit der Desetnica zurück und befreie die Kuriere!«

Lis wischte sich die Tränen ab und stieg mit den Beinen zuerst in den Spalt. Die Zacken kratzten über ihre Haut, als sie sich in die modrige Unendlichkeit fallen ließ. Sie war überrascht, dass der Aufprall schnell kam – der Gang lag kaum tiefer als zwei Meter. Licht kroch über den Boden. Lis schaute nach oben und sah Marzanas Umriss und dann ihr Gesicht. Die große Frau beugte sich vor und reichte ihr eines der Opferflämmchen vom Altar, dann zog sie sich zurück und der Spalt wurde mit etwas Dunklem zugedeckt.

Bleierne Stille senkte sich auf Lis. Sie war allein. Der Gang roch modrig und war so niedrig, dass sie auf den Knien kriechen musste. Mühsam kämpfte sie sich durch die verbrauchte, nach feuchtem Schimmel riechende Luft. Ihre Schulter schmerzte, da sie das Opferlämpchen hochhalten musste. So humpelte sie wie ein dreibeiniger Hund durch den Gang. Die Dunkelheit schien das

Licht zu verschlucken, sie konnte kaum weiter sehen als einen halben Meter. So wattedicht und erdrückend war die Stille, dass sie schon glaubte, ihr eigenes Herz und das Rauschen ihres Blutes zu hören. Mit den Fingern und Knien versank sie in dem fauligen Schlamm und stieß an spitze Klumpen, von denen sie gar nicht erst wissen wollte, um was es sich handelte. Im Takt ihrer Bewegungen schlug das Säckchen mit den Eidechsenknochen an ihre Hüfte. Ihre Zähne klapperten vor Kälte und Entsetzen. Immer wieder sah sie das bittende Gesicht ihres Bruders vor sich, sah, wie Niams Schlag ihn mitten ins Gesicht traf. Und sie stellte sich vor, wie er nun im Priesterturm saß, eingesperrt, allein, frierend in der Dunkelheit der fensterlosen Räume. Sein Leben und das der Kuriere hing nun von ihr ab – von ihr und der Desetnica.

Das Opferflämmchen flackerte auf und Lis erkannte, dass das Rauschen, das sie anfangs für das Geräusch ihres Blutes gehalten hatte, das Tosen der Wellen war, das immer lauter wurde. Ein salziger Luftzug ließ die Flamme größer und heller werden. Und plötzlich erkannte Lis am Ende des Ganges ein zackiges Maul voller Licht.

Erleichtert blies sie die Flamme aus und kroch rasch auf allen vieren weiter. Der Ausgang war ein Erdloch, vor dem ein verkrüppelter Busch und hängendes Gras wuchsen. Wahrscheinlich war dieser Gang sehr lange nicht benutzt worden. Mit viel Mühe und Luftanhalten drängte sie sich an den widerspenstigen Buschzweigen vorbei und blinzelte ins Licht. Wenn sie ganz aus dem Tunnel herauskroch, würden sie vielleicht die Wächter auf der Stadtmauer entdecken, überlegte sie.

Also lugte sie nur vorsichtig zwischen den Gräsern nach oben.

Direkt vor ihr wuchs die Stadtmauer steil in den Himmel. Ein Wächter war nicht zu sehen, vermutlich stand er einen halben Meter weiter hinten und befand sich deshalb knapp außerhalb ihrer Sichtweite. Lis zog den Kopf ein, kroch, so schnell sie konnte, ganz aus der Höhle und rannte in den Schutz eines Vorsprungs. Mit klopfendem Herzen blieb sie sitzen.

Vor ihr schimmerte das Meer in der Mittagssonne. So friedlich sah der Spiegel aus, dass Lis zum Weinen zumute war. Grillen zirpten im Buschwerk um sie herum. Die Sonne, die schon im Zenit stand, wärmte sie und ließ den Schlamm auf ihrem Kleid und auf ihren Händen trocknen.

Mit zusammengekniffenen Augen schätzte sie die Entfernung zum nächsten Punkt des gegenüberliegenden Ufers ab. Es sah nah aus, aber sie wusste, dass dieser Eindruck trog. Bis zu der schmalen Landzunge, die sich vor dem breiten Festlandstreifen ins Meer schob, waren es mindestens vier Kilometer. Konnte sie das schaffen? Im Moment sah das Wasser ruhig aus, sie konnte nur beten, dass sie nicht in die von Marzana erwähnten Strömungen geraten würde. Sie hoffte, dass die Fürstentochter, die offenbar nie gelernt hatte zu schwimmen, aus Unwissenheit übertrieben hatte. So wahnwitzig der Plan auch war – sie hatte keine Wahl. Hoffnungslosigkeit drohte sie zu übermannen. Morgen würde Levin sterben – und wenn sie die zehnte Tochter nicht fand? Und wenn sie ihr nicht helfen würde?

Plötzlich hörte Lis ein knackendes Geräusch. Sie

hielt den Atem an und zog sich eidechsenflink noch weiter hinter den Vorsprung zurück. Angespannt bis in die letzte Faser ihres Körpers lauschte sie, jederzeit bereit, die Flucht zu ergreifen, um ihr Leben zu rennen – oder sich bis zum letzten Atemzug zu wehren.

Da war es wieder! Jemand schlich an der Mauer entlang. Unwillkürlich tastete sie nach einem großen Stein, den sie hinter sich fühlte, und schloss ihre Hand darum. Du kriegst mich nicht, dachte sie. Atemlos wartete sie, während der schleichende Schritt immer näher kam.

Eine Hand schob sich um einen großen Felsbrocken in der Stadtmauer, dann sah sie eine Schulter und den Bogen einer Wange. Der Unbekannte hatte den Kopf von ihr abgewandt, offensichtlich warf er einen Blick auf den Weg, den er bisher gegangen war, vielleicht um zu prüfen, ob ihm jemand folgte. Dunkles, an den Spitzen sonnengebleichtes Haar fiel ihm fast bis auf die Schultern. Dann drehte er den Kopf und suchte den Strand ab. Quer über Stirn und Nase zog sich ein blutiger Streifen, als hätte ihm jemand einen Schlag versetzt. Seine Augen hatten den gleichen tiefen Blauton wie das Mittagsmeer.

»Matej!« Der Wind trug ihr Wispern zu ihm hinüber.

Erleichterung zeichnete sich in seinem Gesicht ab. Er warf einen raschen Blick nach oben zur Stadtmauer und rannte dann geduckt zu ihr unter den Vorsprung. »Lisanja!«, flüsterte er. »Zlata hatte also Recht, zum Glück!«

Ein Kichern stieg in ihr auf, völlig unpassend und verrückt in dieser Situation, aber sie konnte sich kaum beherrschen. »So, was hat sie denn gesagt?«

»Als ich sie fragte, wo die anderen sind, sagte sie mir, sie sehe nur dich. Du wirst dich in Nemejas Umarmung flüchten ...«

»... bevor das Feuer Poskurs mich verbrennt?« Die Lust zu lachen verschwand so schnell, wie sie gekommen war. Plötzlich fühlte sie sich elend vor Hunger, Müdigkeit und Angst.

Er sah sie prüfend an. »Von Poskurs Feuer hat sie nichts gesagt. Aber als sie von Nemejas Umarmung sprach, dachte ich, dass ich am Meer suchen muss. Ich war bei fast allen Geheimgängen, die zum Strand führen.« Er seufzte. »Das war nicht einfach. Überall sind Krieger.« Sein Lächeln war bitter. »Ich habe gehört, was sie mit Karjan und den anderen vorhaben. Nur sehr wenige von uns konnten entkommen. Zoran ...«

Lis nickte nur und sah mit brennenden Augen auf das Meer.

Als Matej weitersprach, zitterte seine Stimme. »... Er ist tot, wie viele andere. Sie und die gefangenen Kuriere sollen morgen als Warnung für die Sarazenen dienen. Auch Karjan.«

»Ich weiß.« Lis wunderte sich, wie fest ihre Stimme klang. »Matej, ich muss die zehnte Tochter finden! Ich schwimme über das Meer zur Landzunge. Dort sind ihre Truppen.«

Er sah sie völlig verblüfft an. »Wie willst du das machen, sie werden dich von der Stadtmauer aus sehen.«

Sie schwieg. Im Moment fiel ihr nichts ein und sie hatte keine Kraft mehr, sich den Kopf zu zerbrechen.

Er bemerkte ihre Erschöpfung, griff in eine Tasche an seinem Gürtel und zog getrocknetes Fleisch und ein

Stück Brot heraus. »Hier«, sagte er leise. »Der Tag wird noch lang werden, sehr lang. Wenn er überhaupt endet.«

Sie lächelte schwach und nahm die Sachen an. Matej betrachtete das Meer, während sie aß. Nach und nach spürte sie, wie ihre Gedanken zur Ruhe kamen und sie sich etwas entspannte. Möwen flogen dicht über dem Wasser dahin. Ihre Schreien waren so schrill, dass es beinahe schmerzte, ihnen zuzuhören. In der Ferne durchschnitt die Rückenflosse eines Delfins das Wasser und verschwand sofort wieder.

Matej strich sich vorsichtig über die Wunde in seinem Gesicht und dachte nach. »Es sei denn, wir schwimmen nach Sonnenuntergang und tarnen uns, damit wir aussehen wie ein Stück Treibgut«, sagte er plötzlich und sah sie an. »Dann hätten wir gute Chancen, Antjana unbehelligt zu verlassen. Wir könnten von zwei verschiedenen Stellen losschwimmen. Dann haben wir auch die Möglichkeit, von verschiedenen Seiten ins Lager der Sarazenen zu kommen.«

»Nein!«

Lis schüttelte heftig den Kopf. Er sah sie verdutzt an. »Du kannst nicht mitkommen, Matej. Du musst hier bleiben, du bist der Einzige, der die Geheimgänge kennt – auch die, die noch nicht von Niams Leuten entdeckt und verschlossen wurden. Die Sarazenen können nicht über die Mauer in die Stadt gelangen. Das wissen sie und deshalb zögern sie mit dem Angriff.« Sie schluckte. »Die Desetnica muss in die Stadt kommen, es ist die einzige Möglichkeit, Karjan und die anderen zu retten.«

Seine Augen waren traurig wie immer, dennoch glänzte wieder ein spöttisches Funkeln darin. »Du würdest alles für Karjan tun, nicht wahr?«, sagte er. »Liebst du ihn so sehr?«

Lis schaute ihn so verblüfft an, dass er errötete und den Kopf abwandte. Alles hätte sie erwartet, aber nicht diese Frage, nicht von Matej. Matej, dem Unnahbaren, dem Ritter mit dem Stahlherz und der scharfen Zunge. Ihr Zwerchfell kribbelte, am liebsten hätte sie laut losgelacht. »Ja, ich liebe ihn – wie einen Bruder«, antwortete sie. »Weil er mein Bruder ist. Wir sind Zwillinge, auch wenn wir nicht so aussehen.«

Er starrte sie an, als hätte sie verkündet, dass sie hier an der Bushaltestelle stehe und auf die nächste fliegende Kuh warte. Dann wurde sein Gesicht weich, seine Augen blitzten auf. Zum ersten Mal hörte sie den traurigen Matej lachen. Er sah nett aus, wenn er lachte. Plötzlich konnte sie sich vorstellen, wie er gewesen sein musste, als er in Piran lebte. Ein unbekümmerter, drahtiger Junge, der in T-Shirt und Jeans herumlief und dem die Mädchen sehnsüchtig nachschauten. Nicht so arrogant wie ihr Cousin Bojan, aber sehr viel erwachsener als Levin. Gerne wäre sie näher an ihn herangerückt, hätte seine Hand genommen und sich vielleicht sogar in seine Umarmung geflüchtet, aber sie traute sich nicht, in der Angst, den neuen Matej zu vertreiben und wieder zurückgestoßen zu werden.

»Zlata wusste es«, sagte er. »Von Anfang an. Und ich habe ihr nicht geglaubt.« Ihr Herz machte einen Satz, als er die Hand ausstreckte und ihr behutsam das Haar aus der Stirn strich. Sie wagte nicht sich zu bewegen. »Tona hat mir erzählt, dass Marzana dich niedergeschlagen hat«, sagte er sanft. »Tut die Wunde sehr weh, Lisanja?«

»Mein Name ist Lis«, erwiderte sie leise. »Und mein Bruder heißt nicht Karjan, sondern Levin. Er ist gar kein Priester, auch wenn er sich nichts sehnlicher wünscht, als einer zu sein. Alles, was er über Swantewit weiß, hat er aus Büchern gelernt oder sich aus dem Internet geholt. Außerdem stammen wir nicht aus Arkona, sondern sind von Piran aus nach Antjana gekommen.« Sie machte eine Pause. »So wie du vor langer Zeit«, fügte sie hinzu.

Matej lächelte.

Die Botschaft der Desetnica

Das Meer war wärmer, als Lis erwartet hatte. Die Äste des Buschwerkes, unter dem sie sich verbarg, kratzten an ihrem Rücken und ihren Beinen. Langsam bewegte sie sich durch das Wasser, von dem sie hoffte, dass sich die Wolken darin spiegelten und sie weniger auffiel. Keine hastige Bewegung, sagte sie sich. Kein Platschen. Sie musste sich treiben lassen und mit der Strömung schwimmen, bis sie außer Reichweite der Pfeile und Speere war. Bei einem flüchtigen Blick über die Schulter sah sie die wuchtige Stadtmauer von Antjana, auf der die Schattenrisse der Wächter hin und her wanderten. Matej, der unter dem Vorsprung zurückgeblieben war, konnte sie längst nicht mehr erkennen. Unter ihr gähnte die Unendlichkeit des Meeres, Wind kühlte ihren nassen Kopf. Das Salzwasser brannte in der Wunde, die sich immer noch nicht geschlossen hatte. Lis kämpfte gegen Verzweiflung und Müdigkeit.

Endlich, als die Schatten mit dem Nachthimmel verschmolzen und die Stadtmauer zu einem hellen Band im Meer geworden war, ließ sie die Zweige los und schwamm richtig los. Inzwischen war ihr kalt und sie war erleichtert, sich bewegen zu können. Noch sah sie das Festland nicht und hoffte, dass sie auf dem richtigen Weg war. In der Ferne blinkten einige Punkte, vielleicht waren es die Feuer der Truppen. Hoffentlich die Feuer! Levins und ihre letzte Hoffnung.

Die gespenstische Stille machte ihr Angst, noch mehr fürchtete sie sich vor dem überraschenden Platschen in ihrer Nähe, das sich so anhörte, als würden große Fische an die Wasseroberfläche kommen und mit einem schnellen Schlag der Schwanzflosse wieder abtauchen. Obwohl sie sich dagegen wehrte, erstand vor ihren Augen immer wieder das Bild der Bestie, die sie bei ihrem ersten Bummel über den Markt zu Gesicht bekommen hatte. Gerade als sie sich erfolgreich eingeredet hatte, dass es bestimmt ein sehr seltenes Raubfischexemplar war – schließlich hatte sie auf dem Markt nur einen einzigen Fisch dieser Art gesehen –, fielen ihr prompt die blutrünstigen Geschichten ein, die ihr Bojan über die Haie im Mittelmeer erzählt hatte. Angeblich kannte er einen Mann, der vor einigen Jahren einen verirrten weißen Hai auf der Höhe der Stadt Porec aus dem Wasser gefischt hatte. Und außerdem – wer sagte, dass selbst die harmlosen, kleinen Katzenhaie im Meer von Antjana nicht viel größer und gefährlicher waren? Wer wusste schon, welche Größe die Tiere im Wasser in dem Jahrhundert hatten, in dem sie nun im Meer schwamm? Schaudernd erinnerte sie sich an riesige Sägezähne, die die Händler vor dem Priesterplatz als Schmuckanhänger verkauften. Sie fror noch mehr. Außerdem wehte ein kühler Wind von der Seite und trieb sie immer weiter ab.

Sie konzentrierte sich und schwamm ruhig weiter, schnitt den Wind, so gut es ging. Eine kleine Welle nach der anderen schwappte gegen ihre linke Wange.

Müdigkeit begann ihre Arme zu lähmen. Ihr war, als würde sie vor sich hin strampeln ohne von der Stelle zu kommen. Beim Blick zurück sah sie, dass Antjana nur noch ein schmaler Streifen war, aber die Lichter vor ihr schienen nicht größer zu werden. Panik umfing sie mit Armen aus Blei. So musste sich jemand fühlen, der in einem Flugzeug den Atlantik überquerte und mitten auf der Strecke feststellte, dass der Tank nicht ganz reichen würde. Zum Zurückfliegen zu wenig Treibstoff, zum Weiterfliegen auch. Unwillig schüttelte sie den Kopf und schwamm weiter.

Immer wenn sie dachte, sie würde es nicht mehr schaffen, zwang sie sich einen Schwimmzug zu machen, und dann noch einen und noch einen. Ihre Lippen waren gefühllos und sicher blau angelaufen. Wasser schwappte in ihre Nase und trieb ihr die Tränen in die Augen. Wenn sie hier ertrank, würde es niemand bemerken. Levin verbrannt, sie ertrunken, Ende von Swantewit, Ende der Geschichte. Und ihre Eltern würden nie erfahren, was aus ihren Zwillingen geworden war. Noch eine dramatische Schicksalsgeschichte, die die Einwohner von Piran ihren Kindern und Gästen erzählen konnten: »Sie sind nachts rausgeschwommen – und ertrunken. Wahrscheinlich hat die Strömung sie hinausgezogen, denn sie wurden nie gefunden, so wie dieser Matej Kalan vor zwei Jahren. Ja, seltsam, nicht? Also schwimmt nur nah am Strand.«

Lächerlich erschienen ihr diese Worte, so lächerlich wie ihr ganzes bisheriges Leben in der Sicherheit solcher seichten Ratschläge und Regeln gewesen war.

Dunkelheit hatte sich über das Meer gesenkt. Ausgerechnet in dieser Nacht kam der Mond nicht hinter den Wolken hervor. Lis fiel es immer schwerer, sich zu orientieren. Die wenigen Lichtpunkte, die sie noch sah, tanzten auf und ab. Manchmal war sie sich nicht sicher, ob sie nur in ihrem Kopf existierten.

Als sie spürte, wie sie immer wieder unterging, begann ein Kloß in ihrem Hals zu schmerzen. Sie kämpfte gegen die Versuchung an, einfach die Arme nicht mehr zu bewegen, sich hinuntersinken zu lassen in Nemejas ewige Umarmung.

Gerade als sie dachte, nicht mehr atmen zu können, hörte sie den großen Fisch neben sich. Sein riesiger schwarzer Körper glitt heran, hoch ragte eine Finne aus dem Wasser. Lis schrie auf und schluckte Wasser, strampelte, konnte dem Ungeheuer gerade noch ausweichen. Ihre Beine kribbelten vor Entsetzen, reflexartig versuchte sie wegzulaufen, doch sie erreichte nur, dass sie strampelnd unter Wasser sank und sich mühsam wieder an die Oberfläche arbeiten musste.

Ein Rauschen dröhnte neben ihr. Der Fisch war immer noch da, unmittelbar vor ihr glitt er vorbei. Sie blinzelte in Erwartung eines weiteren Angriffs, als plötzlich schwaches Mondlicht auf dem Wasser glitzerte und sie ein schattiges Zickzackmuster erkannte. Trotz des Soges, der an ihren Armen zerrte, schwamm sie ein Stück zurück und sah genauer hin.

Es war kein Riesenfisch, es war ein Schiff, das an ihr vorbeiglitt, ein schmales, schnelles Schiff mit einem trapezförmigen Segel. Das Zickzackmuster, das sie gesehen hatte, waren die fasrigen, dicken Schnüre, mit denen die Planken zusammengebunden waren.

»He!«, schrie Lis und winkte, so gut sie konnte. Ihr Arm war so schwer, dass sie ihn fast nicht aus dem Wasser heben konnte. »Ich bin aus Antjana! Ich will zur Desetnica!« Immer wieder schrie sie es, bis ihre Stimme nur noch ein Krächzen war. Sie schrie auch noch, als dunkle Gesichter sie über die Reling anstarrten, als jemand neben ihr ins Wasser sprang und ihr ein Seil um den Leib band. »Zur Desetnica!«, flüsterte sie hustend, nachdem die Sarazenen sie längst an Deck gehievt hatten.

Es war ungewohnt, die Holzplanken unter den Füßen und Knien zu spüren. Ihre Haut war vom Meerwasser aufgeweicht und taub von der Kälte der Erschöpfung. Sie zitterte im Nachtwind, doch ihre Erleichterung war so groß, dass sie am liebsten gejubelt hätte, so glücklich war sie, noch am Leben zu sein.

Grimmige Gesichter schauten auf sie herab, im Mondlicht sahen die Augäpfel unheimlich und hell aus. Lis hörte ein leises Rasseln wie von Ketten. Im nächsten Moment fing sich der Duft getrockneter Datteln in ihrer Nase.

»Balach«, sagte ein älterer Mann, dessen Haar und Hals von einem schwarzen Tuch verhüllt waren, und reichte ihr die Früchte. »Hina, kul il-balach!«

Lis wagte nicht die Früchte abzulehnen, also streckte sie die Hand aus und nahm sie entgegen.

»Ma fala hasaj il-ba'yr fi muntazfah il-bachr?«, sagte ein jüngerer Seemann und lachte rau. Die anderen fielen in das Lachen ein und deuteten auf sie, als hätte er einen sehr guten Witz gemacht.

Der ältere Mann, der Lis die Datteln angeboten hatte, lachte nicht, sondern machte ein finsteres Gesicht. »Yimkin, rubama dachdir rasul min il-medineh Antjana?«

Der Tonfall seiner Stimme klang besorgt. Lis erwachte aus ihrer Apathie und richtete sich auf. »Antjana, ja!« Sie nickte und deutete auf sich. »Ich habe eine Botschaft für die Desetnica!«

Sie sahen sie an, ohne dass sie in den undurchdringlichen Gesichtern eine Regung entdecken konnte. Unbehagen kroch ihr den Nacken hoch und warnte sie, auf der Hut zu sein.

Der ältere Mann, der der Anführer zu sein schien, wechselte ein paar Worte mit dem jungen Spötter, dann herrschte er Lis an: »Kul il-balach!«, und deutete auf die Datteln in ihrer Hand. Lis schob sich gehorsam eine der Früchte in den Mund und versuchte nicht an die Absurdität dieser Situation zu denken. Nach dem Salzgeschmack des Meeres, den sie immer noch in ihrem Mund spürte, waren die Datteln so überraschend süß, dass ihre Kiefermuskulatur sich zusammenzog. Plötzlich überfiel sie der Hunger so heftig, dass ihr übel wurde.

Die Männer waren zum Ruder gegangen und beratschlagten. Erleichtert sah Lis, wie das Schiff schließlich abdrehte und Kurs auf das Festland nahm, dorthin, wo plötzlich wieder unzählige Feuerpunkte flackerten.

Sie hörte die Wellen, die gegen den Schiffsrumpf schlugen, und fühlte, wie der Schwung des schaukelnden Schiffes sie schwer gegen die Planken drückte und wieder hochhob. Fast schlief sie ein in diesem stetigen Rhythmus. Jemand legte ihr ein schweres Tuch um die

Schultern. Es roch nach Schweiß und Jasmin, doch es hielt den Nachtwind ab, sodass nach und nach die Wärme in ihre Arme und Beine zurückkehrte. Die Übelkeit wurde besser und sie aß auch noch die anderen Datteln. Im Schein des Mondes konnte sie Waffen und Kleidung der Männer lediglich erahnen. Kantige Gesichter und sehnige Hände leuchteten im Mondschein auf. Lis sah lange Beinkleider, die mit Lederriemen umwickelt waren, und Überwürfe, die den Sarazenen bis zu den Knien gingen. Ab und zu leuchtete dort, wo das dicke Hemd an der Brust in einem V geöffnet war, ein Geflecht aus Ketten auf. Lis begriff, dass die Männer, die sie anfangs für unbewaffnete Seeleute gehalten hatte, Krieger mit Kettenhemden unter den Gewändern waren. Einer trug ein kurzes Beil am Gürtel, andere hatten ihre Bogen an die Reling gelehnt und spähten auf das Meer.

Das Schiff war an Bug und Heck völlig gleich gestaltet und lief spitz zu. Offensichtlich waren für seinen Bau keine Nägel verwendet worden. Das Einzige, was die nach Fischöl riechenden Planken zusammenhielt, waren die über Kreuz festgezurrten Schnüre aus dicken Fasern.

Holz knirschte auf Stein, als sie bei den weißen Uferfelsen Halt machten und das Schiff mit dünnen Tauen befestigten. Der gezackte Sporn stieß von einer großen Welle getragen so hart gegen einen Felsen, dass ein Ruck durch Schiff und Mannschaft ging.

Lis wurde ohne Vorwarnung hochgezogen. Kräftige Arme griffen sie um die Taille und hoben sie einfach über die Reling, wo sie mit zitternden Knien auf dem

Felsen landete. Schweigend sprangen zwei der Krieger neben ihr an Land. Wieder wurde sie auf die Beine gezerrt. Die Grobheit irritierte sie. Sie hatte erwartet, dass sie sich weiter bemühen würden, ihr Anliegen zu verstehen, doch stattdessen gingen sie ihr voraus und trieben sie mit gebellten Befehlen über die dunklen Pfade.

Ihre Füße stießen an Steine und streiften dorniges Gestrüpp. Lis begann wütend zu werden, denn die Krieger nahmen keinerlei Rücksicht darauf, dass sie ihnen nicht so schnell folgen konnte. Ihre Beine taten weh von der Anstrengung, aus dem Tonfall der Worte glaubte sie Hohn und Ungeduld herauszuhören. Bestimmt dachten sie, sie sei eine Memme, die nicht einmal ein paar Kilometer zu Fuß schaffte. Sie biss die Zähne zusammen und stolperte weiter, aber sie hasste die Sarazenen, die keine Anstalten machten, das Tempo zu verringern.

Endlich, als sie schon spürte, dass Blasen ihre Füße bedeckten und sie sich den Zeh blutig gestoßen hatte, sah sie einen Lichtschein zwischen den Büschen. Stimmen trieben zu ihnen herüber. Der Sarazene, der vorausgelaufen war, ging langsamer und rief ein Wort, das ein Erkennungsruf sein mochte. Etwa zwanzig Stimmen antworteten ihm. Lis blinzelte in den Feuerschein und zog sich die Decke enger um den Körper. Ihre Kopfhaut pochte wieder an der Stelle, wo sich die Platzwunde befand.

»Hina, is'al ba'den!«, sagte einer der beiden Krieger, die sie begleitet hatten, und schubste sie in den Feuerschein. Der andere lachte, und schon waren sie verschwunden. Wieso ließen sie sie allein? Lis schluckte und sah sich um. Humorlose, harte Gesichter wandten sich ihr zu. Ruhig starrten sie sie an, kein Wort war zu hören, nur das Knistern des Feuers und das Zirpen der Grillen durchbrachen die Stille.

Es waren fast alles junge Männer mit Narben im Gesicht. Einem fehlte die halbe Augenbraue, der andere hatte eine schlecht verheilte Brandwunde auf der rechten Wange und einem Teil der Nase. Im Feuerschein leuchteten die dunkelvioletten und blauen Gewänder, Kettenhemden blitzten hier und da hervor. Hier trug jeder ein Beil, einen Bogen oder einen Speer, den er neben sich gelegt hatte. Wie die Strahlen einer Sonne lagen die Waffen um das Lagerfeuer, über dem in einem schmalen Topf eine Flüssigkeit kochte, die Tee sein mochte.

Sie wussten nicht, dass sie eine Kurierin war, wurde Lis mit einem Schlag klar, bestenfalls hielten sie sie für einen Flüchtling. Plötzlich drohte sie wieder in Panik zu geraten. Wie sollte sie hier die zehnte Tochter finden? Vielleicht war sie gar nicht in der Nähe dieses Lagers, sondern auf einem der Schiffe? Ruhig Lis, befahl sie sich und fasste die Decke fester in der Hoffnung, die Sarazenen würden auf diese Weise nicht bemerken, wie sehr ihre Hände zitterten.

Sie trat einen Schritt vor und räusperte sich, um den Satz zu sagen, den sie heute, wie ihr schien, schon tausend Mal gesagt hatte: »Ich komme aus Antjana und ich muss zur Desetnica!«

Die Krieger sahen sich ratlos an. »Qualat hasaj il-bint, ana min il-medineh Antjana?«, fragte einer.

Lis nickte und deutete auf das Meer, dort, wo die

Stadt unsichtbar von der Dunkelheit verschluckt lag. »Dorthin muss ich zurück. Aber vorher muss ich zu eurer Herrin, der Desetnica!«

Immer noch schien der Funke der Erkenntnis nicht übergesprungen zu sein. Stattdessen erhob sich der Mann mit der halben Augenbraue und kam auf sie zu, betrachtete sie von allen Seiten, ging um sie herum, als würde er ein Pferd auf dem Markt begutachten. Lis wurde immer unbehaglicher zumute, entschlossen wich sie zurück – und stieß auf eine Hand, die sie fest an der Schulter packte und umdrehte.

»He!«, schrie sie. »Lass das!«

Doch schon war wieder jemand da, knuffte sie grob in die Seite, Hände zerrten an der Decke. Wohin sie sich auch wendete, Fratzen grinsten sie an, egal wie heftig sie sich wehrte. Kehliges Lachen hallte durch die Nacht.

»Nein!«, schrie sie und versetzte einem der Sarazenen einen Tritt gegen die Kniescheibe. Er lachte, als hätte sie ihn kaum berührt, und griff in ihr Haar. Lis riss sich mit solcher Gewalt los, dass sie dachte, ihre verletzte Kopfhaut würde sich vom Kopf lösen. Etwas streifte ihren Knöchel. Es fühlte sich wie ein ekliger, nasser Lappen an. Sie schrie vor Wut auf und machte einen Ausfallschritt zur Seite, als ihr Fuß plötzlich gegen ein Beil stieß, das am Lagerfeuer lag. Instinktiv griff sie danach und holte aus. Der Sarazene mit der Brandwunde machte einen geübten Satz zurück und zog in letzter Sekunde seine Hand zurück, bevor Lis ihm zwei Finger abhacken konnte. Erschrocken über sich selbst hielt sie inne. Das Lachen war aus den Gesichtern der Männer verschwunden. Lis wusste, sie hatte eine Grenze überschritten. Bisher war es für die Krieger ein grobes Spiel gewesen, doch nun wurde es ernst. Sie biss sich auf die Lippe und umklammerte den rauen Beilgriff noch fester. Sie würde sich nicht ergeben. Niemals! Poskurs Feuer loderte vor ihren Augen auf, sie schrie die Krieger an und blieb stehen. Warum griffen sie sie nicht an? Jeder von ihnen hielt inzwischen wieder sein Beil oder eine Lanze in der Hand. War es unter ihrer Würde, ein einzelnes Mädchen niederzumetzeln? Spielten sie immer noch mit ihr? Ihr keuchender Atem hallte durch die Nacht. Erschrocken erkannte sie, dass die Grillen verstummt waren.

Die Krieger sahen sie immer noch an. Dennoch war ihr, als gingen ihre Blicke an ihr vorbei, beinahe durch sie hindurch. Für einen aberwitzigen Moment hatte sie das Gefühl, gestorben zu sein, als stünde nur noch ihr wütender, verzweifelter Geist neben dem Feuer und versuchte sich zu verteidigen. Dann wurde ihr bewusst, dass sie sie immer noch sahen – aber sie starrten auf etwas, das ihnen Entsetzen einflößte: ihr Feuermal auf dem Hals. Jetzt erst bemerkte Lis den Luftzug an ihrer Kehle – als der Krieger ihr ins Haar gegriffen hatte, musste sich das Halstuch gelöst haben. Natürlich hatte sie es nach dem Fest wieder zusammengenäht und getragen. Vermutlich war das Tuch das nasse Ding gewesen, das im Fallen ihren Knöchel gestreift hatte.

Ihr erster Impuls war, das Beil zu senken und sich mit der Hand das Haar über den Fleck zu streichen. Im selben Augenblick wurde ihr bewusst, wie unsinnig und lächerlich die Geste an diesem Ort war.

Ohne ein Wort zu sagen stürzte der Sarazene mit der

halben Augenbraue in die Dunkelheit davon. Die anderen traten wie auf eine geheime Verabredung hin einige Schritte zurück und setzten sich auf den Boden. Lis blieb als Einzige stehen, hielt das Beil immer noch in der Luft und war verwirrt und ratlos. Holte er Verstärkung? Aber wozu sollte er? Ihr Arm schmerzte so sehr, dass ihr nach einer Weile nichts anderes übrig blieb, als das Beil ein Stück zu senken. Keiner der Sarazenen rührte sich.

Nach einer Ewigkeit raschelte es und aus dem Nichts tauchte der Krieger wieder auf, diesmal mit einem älteren Sarazenen an seiner Seite. Leuchtend rot war das Helmtuch auf seinem Kopf, seine Brauen waren schneeweiß und buschig. Aller Angst zum Trotz war Lis plötzlich erleichtert ihn zu sehen. Im Gegensatz zu den anderen strahlte er eine beeindruckende Ruhe und Güte aus. Die Schatten im Hintergrund verwandelten sich in die Silhouetten weiterer Krieger. Es mochten fünfzig oder mehr sein, alle standen sie mit offenen Mündern da und reckten die Hälse, um einen Blick auf ihr Feuermal zu erhaschen.

Na ja, dachte Lis, wenn ich jemals gedacht habe, in meiner Klasse glotzen sie den Fleck unverschämt an, dann werde ich jetzt eines Besseren belehrt.

Der Mann mit den buschigen Augenbrauen trat auf sie zu und lächelte. »Willkommen in unserem Lager, Reisende aus Antjana! Mein Name ist Baschir und ich grüße dich im Namen des einzigen Gottes«, sagte er in einer Sprache, die dem altertümlichen Slowenisch in Antjana ähnlich war.

Lis' Arm sank noch weiter herab, der Griff des Beils

entglitt ihren klammen Fingern. Mit einem dumpfen Schlag landete die Waffe auf dem Boden. »Ich heiße Lisanja und ich muss zur Desetnica!«, brachte sie hervor. »Bitte, es geht um viele Leben und ich habe nicht mehr viel Zeit!«

Der Mann hob ihre Decke vom Boden auf und reichte sie ihr. »Sie wartet schon lange auf dich«, sagte er und winkte ihr, ihm zu folgen.

Die Menge der Krieger teilte sich wie eine Woge, als Baschir mit festen, weit ausholenden Schritten zum Hügel ging. Eine Gruppe von Pferden zeichnete sich dort gegen den Nachthimmel ab. Schwacher Fackelschein ließ ihr Fell schattenfleckig leuchten. Glöckchen klimperten bei jeder Bewegung und die Fransen langer Satteldecken wehten im Wind.

»Wenn du zu den Kurieren gehörst, müsstest du eine Kette mit einem Anhänger tragen. Hast du dein Erkennungszeichen im Meer verloren?«, fragte Baschir.

»Wir mussten alle Anhänger vernichten. Die Priester haben den geheimen Zirkel entdeckt.«

»Du hast Glück gehabt. Die Truppen an der Seitenbucht bestehen zum größten Teil aus Söldnern. Sie sind grob und kampflustig und haben nichts zu verlieren. Wir haben die ganze Zeit an den Wegen der Kuriere Ausschau gehalten. Dort, bei der Südküste.«

»Ich hatte keine andere Möglichkeit, als zu schwimmen. Die Kuriere können Antjana nicht mehr verlassen. Die Priester haben die Stadt abgeriegelt. Alle Wege sind versperrt und die Boote zerstört. Morgen sollen die gefangenen Kuriere hingerichtet werden. Und ...«, sie schluckte, weil ihre Stimme wieder zu zittern begann, »... mein Bruder auch.«

Baschir nickte ohne eine Gefühlsregung. Ein weißes Pferd mit schmaler Nase und glänzenden Augen wandte ihr den Kopf zu. Ein filigran gearbeitetes silbernes Kettentuch schützte seine breite Stirn. Fransen aus Seidenfäden baumelten daran und verliehen ihm das Aussehen eines Zirkuspferdes. Als Baschir nach den baumelnden Zügeln griff, legte es die Ohren an und schnappte nach ihm. Lis zuckte zurück, doch den Sarazenenkrieger beeindruckte das Gebaren des Pferdes nicht im Mindesten. »Steig auf«, befahl er und hielt ihr eine riesige, narbige Hand als Steigbügel hin.

Mit Mühe zog sich Lis hoch und ließ sich in den hohen Sattel gleiten, der sie wie eine Wiege auffing. Baschir schwang sich auf das andere Reittier und nahm die Zügel von Lis' Pferd. Er rief etwas in seiner eigenen gutturalen Sprache, dann drückte er seinem Reittier die Fersen in den Bauch.

Lis war froh um die wenigen Reitstunden, die sie als Zwölfjährige auf einem Ferien-Reiterhof absolviert hatte. Obwohl sie Pferde mochte, war sie im Umgang mit ihnen nie besonders begabt gewesen. Dennoch fand sie sich schnell wieder in den Rhythmus der Galoppbewegungen, als die Pferde den Hügel hinaufjagten. Über der Kuppe tat sich eine Ebene auf, die von Zelten übersät war. Überall brannten kleine Feuer. Krieger lagerten auf der Ebene, aßen, unterhielten sich oder säuberten ihre Waffen. Als sie Baschir kommen sahen, hielten sie in ihrer Arbeit inne und grüßten ihn mit einer ehrerbietigen Geste. Hinter einem riesigen Rundzelt standen

Pferde in einem aus Tuchbahnen improvisierten Pferch und dösten mit aufgestützten Hinterhufen vor sich hin.

Und weiter ging es, durch das Lager hindurch und einen schmalen Pfad entlang wieder bergauf. Die Pferde schnaubten, verfielen in Trab und kletterten schließlich so steil bergan, dass Lis sich im Sattel aufstellte und nach vorne lehnte, um ihr Reittier zu entlasten. So erreichten sie eine weitere Hügelkuppe, von wo aus sich ein überwältigender Blick auf den glänzenden Spiegel des Meeres bot.

Ganz nah am Felsrand wartete dem Meer zugewandt ein schlanker Krieger. Wie eine schattige Geistergestalt stand er mit dem Rücken zu Lis und drehte sich auch dann nicht um, als er die Pferde schon längst bemerkt haben musste.

Baschir zügelte sein Pferd und sprang mit Schwung ab. Vorsichtig, um sich nicht an den in der Dunkelheit unsichtbaren Steinen zu verletzen, ließ sich Lis aus dem Sattel gleiten. Die Gestalt starrte immer noch auf das Meer, ihre Ellenbogen waren angewinkelt, als würde sie mit beiden Händen etwas halten. Am metallischen Schimmer von Eisenringen, die sich um eine Art ledernen Stock spannten, erkannte Lis, dass es wohl ein Fernrohr war. Der Himmel hatte aufgeklart, ein perlmuttweißer Mitternachtsmond stand am Himmel. Ganz weit draußen lag, weiß wie die Alpenkette, die von Piran aus sichtbar war, der Burgwall mit der Stadtmauer von Antjana. Im Gegensatz zu den anderen Kriegern trug dieser hier kein Tuch über dem Kopf. Lis erkannte kurz geschnittenes weißblondes Haar.

»Ya-saidai!«, sagte Baschir.

Die Gestalt drehte sich um. Im ersten Moment hatte Lis das Gefühl, einer jüngeren Mokosch gegenüberzustehen. Doch die Frau, die jetzt vor ihr stand, hatte Augen, die viel heller waren als die der Fürstentochter. Sogar im Mondlicht konnte Lis erkennen, dass sie hellgrau und klar wie Rauchkristall waren. Sie lächelte nicht. Eine alte, schon weiße Narbe teilte ihre Oberlippe.

Baschir sprach zu ihr in dieser fremden Sprache, die Lis nicht im Entferntesten verstehen konnte, und die Desetnica nickte knapp. Sie bewegte sich nicht, hörte nur zu. Eine seltsame Intensität ging von ihr aus, anders als bei Mokosch, die verschüchtert und verträumt wirkte. Diese zierliche junge Frau dagegen war drahtig und zäh. Sie hatte Narben am Schlüsselbein und grobe, schwielige Hände, die ruhig das lange Fernrohr hielten. Als Baschir die letzten Worte gesprochen hatte, nickte sie mit einer herrischen, knappen Geste und sah Lis an. Baschir drehte sich um und ging ins Lager zurück.

»Willkommen in meinem Heer«, sagte die Desetnica unvermittelt in der altertümlichen slawischen Sprache. Obwohl sie die Worte mühsam aussprach und sie nicht richtig betonte, konnte Lis sie gut verstehen. Erleichterung ließ ihr Herz schneller schlagen. Sie würde sich ohne Baschirs Hilfe mit der Kriegerin verständigen können.

»Danke«, entgegnete sie und räusperte sich. Sie war froh, dass sie sich vor dem Blick dieser Raubvogelaugen hinter der Decke verstecken konnte, die sie fest um den Körper geschlungen hielt. Obwohl sie nicht mehr fror, konnte sie nicht aufhören zu zittern.

Die Desetnica lächelte zum ersten Mal ein flüchtiges,

ernstes Lächeln und wandte sich wieder dem Meer zu. Durch das Fernrohr betrachtete sie den Mauergürtel von Antjana.

Lis war verwirrt. Sollte sie sie ansprechen? Erwartete die Kriegerin jetzt, dass sie sich vorstellte? Sie holte Luft und trat neben sie. »Ya-saidai«, sagte sie. »Ist das dein sarazenischer Name?«

Die Desetnica nahm das Fernrohr herunter. »Ich habe viele Namen, aber Ya-saidai gehört nicht dazu. Es ist eine Anrede und bedeutet soviel wie ›Meine Herrin‹.«

»Dann stimmt es, was der geheime Rat in Antjana sagt. Du bist mit deinem Heer zurückgekehrt, um dir den Platz in der Stadt, die dich verstoßen hat, zu erkämpfen?«

»Erzählt man das?« Sie sah Lis an. Die Luft zwischen ihnen schien zu knistern.

Lis wurde sich bewusst, dass die Desetnica niemals viel sprach. Dennoch bohrte sie weiter. »Wie heißt du denn nun?«

»Viel interessanter ist die Frage, wie du heißt und warum du erst jetzt kommst«, antwortete die zehnte Tochter. Mit einer schnellen Bewegung ließ sie das Fernrohr in einer Hülse auf ihrem Rücken verschwinden und trat auf Lis zu.

Lis irritierten ihre schnellen und sicheren Bewegungen. Sie machte keine Umwege. Mit einem Mal tat ihr Fürst Dabog ein wenig Leid. »Ich bin Lisanja«, erklärte sie. »Ich komme aus Antjana. Die Priester haben viele deiner Verbündeten gefangen genommen und mit ihnen meinen Bruder, einen Priester des Gottes Swantewit. Ich und er stammen aus einer Stadt, die Arkona heißt. Sie liegt sehr weit weg von hier. Und morgen … wird mein Bruder sterben, wenn wir ihm nicht helfen!« Sie war sich nicht sicher, ob die Desetnica ihr überhaupt richtig zuhörte, obwohl sie betont langsam gesprochen hatte. Allerdings drohte ihre Stimme bei der Vorstellung der Gefahr, in der Levin schwebte, wieder zu kippen.

Unvermittelt streckte die Kriegerin die Hand nach Lis' Feuermal aus. Die Stelle wurde warm und prickelte, und Lis, die erst zurückweichen wollte, blieb unwillkürlich stehen. Zum ersten Mal in ihrem Leben ließ sie zu, dass jemand ihr Feuermal berührte. Eine seltsame Vertrautheit keimte zwischen ihnen auf. Das Gesicht der Desetnica war ihr so nah, dass sie ihren Atem am Kinn spürte, im Mondlicht erkannte sie die langen Wimpern und den launischen Schwung der Augenbrauen. In einer anderen Welt wäre die verstoßene Fürstentochter zwanzig Jahre alt und fröhlich, sie würde tanzen gehen, Eis essen und einen Freund haben, der abends mit ihr durch die Altstadtgassen spazierte. In einer anderen Welt wäre sie so, wie Lis' Mutter als junge Frau gewesen sein musste. Paradoxerweise erinnerte die Desetnica Lis an ihre Mutter. Wie in einem Film sah sie ihre Einsamkeit, ihre verlorene Jugend, ihr Leben in München und ihre Ehe, die zu ihrem Kummer zerbrach. Aber die verstoßene Fürstentochter lebte nicht in Lis' Welt. Sie war eine harte junge Frau, die alles verloren hatte.

Lis spürte die Schwielen an den Fingerkuppen der Kriegerin, als diese sacht ihr Feuermal befühlte. Behutsam zog sie mit dem Zeigefinger den Umriss des Mals nach. »Das Zeichen Poskurs«, flüsterte sie und lächelte zum ersten Mal ehrlich und, wie es Lis schien, voll aufrichtiger Freude. »Auf dich habe ich gewartet, seit ich denken kann. Ich habe den beiden Kurieren gesagt, sie sollen mir den Boten bringen, der Poskurs Mal trägt. Den Umriss habe ich ihnen aufgemalt.«

Lis' Gedanken wirbelten durcheinander. Schemenhaft erinnerte sie sich an die Landkarte, die der Kurier bei sich getragen hatte. Beinahe hätte sie gelacht, so einfach war die Lösung. Wie so oft in den vergangenen Tagen fühlte sie sich wie jemand, der auf den Schattenriss einer schwarzen Vase starrt, um dann plötzlich zu erkennen, dass er die ganze Zeit die Silhouetten von zwei einander zugewandten Gesichtern nicht erkannt hat. Levin wäre stolz auf mich, ging es ihr durch den Kopf. Ich bin die geborene Meisterin für Fantasy-Adventure-Rätsel. »Deine Botschaft bezog sich also auf mein Feuermal.«

Die Desetnica nickte und verschränkte die Arme. Im Sternenlicht sah ihr Gesicht älter und härter aus.

»Und was habe ich mit dir zu tun?«, fragte Lis. »Ich wusste nichts von dir, bis ... mein Bruder vor wenigen Tagen dein Abbild gefunden hat. Wir stammen ja nicht einmal aus Antjana.«

Die Kriegerin schwieg und sah sie nur prüfend an. Lis konnte nicht erkennen, ob diese Frage sie verärgerte.

»Wenn du willst, erzähle ich dir etwas von meinen Namen«, sagte sie so ruhig, als hätten sie beide alle Zeit der Welt, als würden die Gezeiten warten und Mond und Sonne am Himmel stehen bleiben, wenn sie es wünschte. »Mein erster Name lautete Amat«, begann die Desetnica mit nüchterner, tonloser Stimme. »Das bedeutet in deine Sprache übersetzt soviel wie ›Sklavin‹.

Diesen Namen erhielt ich vor sehr langer Zeit, nachdem ein Händler mich aus dem Meer gefischt hatte. Sobald ich wieder bei Kräften und meine von der Sonne verbrannte Haut verheilt war, nahm er mich mit auf den Markt. Ich habe nicht gezählt, wie oft ich verkauft wurde. Meine Herren waren Kaufleute, Weber, Fischer und Bauern. Aber alle brachten mich nach kaum einem Sommer wieder zum Markt, denn ich sah Dinge in ihren Herzen und in ihren Leben, die sie sich nicht einmal in den geheimsten Stunden selbst zu gestehen wagten.« Sie lächelte wieder ihr raubtierhaftes, sparsames Lächeln.

»Ja, ich bin die Zehnte«, fuhr sie fort. »Und ich habe die Gabe, diese Dinge zu erkennen. Schon als Kind habe ich von dir geträumt. Ich erkannte den Umriss deines Males in der Form einer Pfütze verschütteten Tees. Wenn ich einem kleinen Mädchen in die Augen sah, fühlte ich mich an deinen Blick erinnert. Ich lief vor diesem Bild weit weg. Ich floh vor dir, so wie ich vor den Flammen Poskurs floh und vor Nemejas Armen, die mich an Land getragen hatten, statt mich zu zerschmettern.« Sie machte eine Pause und sah aufs Meer hinaus. Weit draußen am Horizont erahnte Lis die erste Helligkeit, die bald den neuen Tag herbeirufen würde. Ihr Magen krampfte sich zusammen.

»Schließlich kam ich zu einem Krieger in den Dienst, Wahid. Ich verbannte Poskur aus meinen Gedanken und lernte zu kämpfen. Als ich meinen Herrn vor dem Tod rettete, nannte er mich Sabua, die Löwin, und ließ mich frei. Ich blieb bei ihm und kämpfte viele Jahre an seiner Seite. Wir fuhren gemeinsam über das Meer in ein anderes Land, weit fort zu den Lagern der Sarazenen. So lange führte ich dieses Leben, bis er starb und mir das Geld aus den Beutezügen vermachte. Einige seiner Krieger versuchten mich zu töten, um mich zu berauben, aber Baschir durchschaute ihren Plan und rettete mein Leben. Ich wusste um mein Schicksal, also versprach ich meinen Hauptleuten Jishaar, Chalid und Aladar die Schätze der antjanischen Priester und kaufte mir noch dreihundert Söldner, um mein Heer zu vergrößern. Seitdem nenne ich mich Intisar – so lautet in dem Land, in dem ich das erste Mal als Sklavin verkauft wurde, das Wort für Sieg.«

»Und der Gedanke an Rache lässt dich nicht los«, sagte Lis.

»Nicht Rache – mein Schicksal«, antwortete Intisar. »So wie dein Schicksal dich mit dem Mal Poskurs gezeichnet und als Leitstern zu mir geschickt hat.«

»Als Leitstern?«

»Du bist mein Schlüssel zur Stadt«, erwiderte die Desetnica. »Ohne dich kann ich nicht siegen. Ich werde meine Männer nicht gegen eine Stadtmauer anrennen lassen. Aber es gibt Wege wie in einem hohlen Apfel, durch die wir in die Stadt kommen. Meine Träume sagen mir, dass die Wege der Kuriere zwar nun verschlossen sind. Aber du kennst noch den letzten Geheimgang, nicht wahr?« Sie drehte sich abrupt zu Lis um. Graue Augen glänzten kalt und intensiv wie leuchtendes Eis. »Du kennst den anderen Weg. Ich habe auf dich gewartet, um endlich angreifen zu können.«

Lis verstand und senkte den Kopf. Wie in einem Puzzle fügte sich ein Teil zum anderen. Flüchtig dachte sie an Matej, der immer noch am Strand saß und wartete. Vielleicht hatte das alles doch einen Sinn, vielleicht war es doch Schicksal, dass sie und Levin überleben würden. Die Hoffnung lächelte sie verführerisch an, doch sie vertrieb das Trugbild und versuchte sich zu konzentrieren. War es möglich, einige der Krieger durch Marzanas Geheimgang in den Palast zu bringen? »Es gibt einen geheimen Weg, der nicht verschüttet ist, aber der wird nicht genügen, um alle Krieger in die Stadt zu bringen«, flüsterte sie.

Die Augen der Desetnica verengten sich. »Meine Krieger sind geschickt – sie müssen nur bis zu den Stadttoren gelangen und die anderen Wurmgänge freikämpfen.«

Lis begriff, dass die Desetnica bereits ihr ganzes Leben über diesen Kampf nachdachte. In unzähligen schlaflosen Nächten hatte sie Mokoschs Gesicht gesehen und jeden Schritt, jeden Schwertstreich im Voraus bedacht. Wie ein Schachspieler kannte sie jeden möglichen Schachzug auswendig. Lis wusste nicht, ob diese Tatsache sie erschreckte oder beruhigte.

»Die Sonne geht bald auf, aber das Nachtlicht ist noch günstig«, sagte die Kriegerin. »Heute werde ich Antjana einnehmen.«

»Wirst du dich an der Stadt rächen? Im Namen Poskurs, im Zeichen der Rache?« Lis konnte sich die Frage nicht verkneifen. »Die Menschen glauben, dass du die Stadt zerstören willst.« Ihr Herz klopfte, als sie auf die Antwort wartete.

Die Desetnica sah sie an, Grausamkeit funkelte für einen Moment in ihrem Blick auf, dann verzog sich ihr

Mund zu einem Lächeln, das Lis einen Schauer über den Rücken jagte. »Ich bin eine Unglücksbotin, ja«, erwiderte sie. »Eine Desetnica, die zurückkehrt, gehorcht den Göttern und spielt das alte Spiel nach ihren Regeln. Meine Rolle sieht vor, dass ich Menschen töte und die Stadt, aus der man mich zum Sterben fortjagte, zum Tode verdamme.« Ihre Stimme wurde etwas weicher.

»Andererseits habe ich die Spielregeln schon einmal gebrochen, indem ich am Leben blieb. Nun, ich glaube an Poskur, falls es das ist, was du wissen möchtest. Und ich glaube an den Gott der Sarazenen und an einen Mann, der Wasser zu Wein machte. Ich glaube an Nemeja und sogar an Swantewit, wenn du möchtest, und deshalb glaube ich an nichts – oder an alles, wie man will. Ich glaube, dass all diese Götter nur ein anderer Name für Schicksal sind. Ich glaube an dieses Schwert und an die Stadt, in die ich zurückkehre.«

»Dann willst du Fürst Dabogs Familie nicht töten?«

Das Gesicht der Desetnica verhärtete sich wieder, wurde zu einer undurchdringlichen Maske. »Es ist die Vergangenheit, die ich töten will, und die Macht der Priester, die ich zerschlagen werde. Es sind nicht die Götter, die töten, es sind die Menschen, die im Namen der Götter andere Menschen beherrschen. Die Priester beherrschen Antjana und zeigen ihre Macht, indem sie in das Feuer und auf das Meer deuten und im Namen der Götter befehlen, Kinder zu opfern und Menschen zu verbrennen. Und wenn es sie reicher und mächtiger machen würde, würden sie noch einen neuen Götterspruch erfinden, der ihnen befehlen würde, auch das dritte oder vierte Kind zu töten. Oder die eigene Frau, den Bruder, den Fürsten selbst vielleicht. Das Volk glaubt ihnen, weil der Fürst ihnen glaubt.«

»Du willst also die Priesterkaste zerschlagen«, sagte Lis. »Ich werde dir den Weg zum Priesterturm zeigen.«

»Dafür bist du hier«, antwortete Intisar.

Fürst Dabogs Urteil

Hier, leg das an, das ist das Kürzeste, das ich finden konnte!« Baschir reichte ihr etwas, das aussah wie ein ganzer Arm voll Ketten. Sein Tonfall ließ keinen Zweifel daran, dass seine Worte ein Befehl waren. Widerwillig streckte Lis die Hand aus und nahm das Kettenhemd an sich. Baschir lächelte kurz, als er sah, wie überrascht sie von dem Gewicht des Hemdes war. Die Röte schoss ihr ins Gesicht, aber sie verkniff sich eine schnippische Bemerkung. Stattdessen entwirrte sie einige Kettenglieder, die sich verfangen hatten, und ließ das schwere Hemd über das Untergewand aus Seidenstoff gleiten, das sie von Baschir bekommen hatte. Grobes Eisen schürfte über ihre Nase, bei der Berührung des kalten Metalls bekam sie eine Gänsehaut. Die Ärmel waren so lang, dass sie ihr fast bis zu den Fingerspitzen reichten, unten schlugen die Eisenglieder bei jeder Bewegung gegen ihre Knie.

Baschir runzelte die Stirn. »So kannst du dich nicht bewegen«, stellte er fest. »Wenn die Ketten schwingen, machst du einen Krach wie ein mit Glöckchen behangenes Hochzeitspferd. Ich werde einen Gürtel holen.«

Lis nickte, ohne viel Hoffnung, dass sie sich dann in dem Kettenhemd besser fühlen würde, und blieb unbeweglich wie eine Vogelscheuche im Zelt stehen. Aus einer Schale stieg Rauch auf, der viel feiner und parfümierter roch als Zlatas Räucherwerk. Die Kleidungsstücke, die Baschir auf einer Truhe abgelegt hatte, dufteten nach Jasmin und einem Hauch von Kamillenseife. Der Boden war mit Teppichen bedeckt, deren ornamentale, verschlungene Muster geheimnisvoll und zerbrechlich schön wirkten. Lis musste sich eingestehen, dass sie es genoss, nach langer Zeit wieder einen Teppich unter den Füßen zu spüren. Für einen luxuriösen Augenblick schloss sie die Augen und stellte sich vor, sie wäre wieder zu Hause.

Draußen ertönten die Rufe der Sarazenenkrieger, die sich zum Kampf rüsteten. Hufe trappelten über den fest gestampften Boden, Eisen klapperte.

Seufzend schlug Lis die Augen wieder auf und sah sich weiter um. In der Mitte des Raumes stand ein niedriger Tisch, der ihr kaum bis zu den Knien reichte. Felle und Decken aus reich verziertem Stoff dienten als Sitzgelegenheiten. Auf dem Tisch verstreut lag eine Menge Papier, das mit Symbolen und arabisch anmutenden Schriftzeichen bedeckt war. Eine Zeichnung sah aus wie eine Blume, die aus vielen verschiedenen geometrischen Linien zusammengesetzt war. Verwundert ging Lis näher heran und schaute sich die Zeichnung genauer an. In diesem Augenblick betrat Baschir wieder das Zelt. Als er sah, dass Lis bei den Karten stand, verzog sich sein faltiger Mund zu einem flüchtigen Lächeln. »Du siehst dir die Rahmanis an?«

»Rahmanis? Ist das eine Art Landkarte?«

Baschir wiegte den Kopf und zog ein großes Papier näher zu der Öllampe, die das Zelt beleuchtete. »So etwas Ähnliches. Es sind Zeichnungen mit Sonnenstandsangaben. Wir brauchen sie, um uns auf den Meeren zurechtzufinden. Hier, das ist eine Sternenkompassrose.«

Lis staunte über die filigranen Linien und die kunstvollen Schriftzüge. »Das sieht wirklich aus wie eine Blume. Hast du das gezeichnet?«, fragte sie.

Baschir nickte.

»Du bist ein Navigator, nicht wahr? Hast du schon immer zu den Piraten gehört?« Obwohl Baschirs Gesicht unbewegt blieb, wurde Lis bewusst, dass sie etwas Falsches gesagt hatte.

»Nichts ist für immer«, sagte der alte Mann barsch. Schweigend räumte er die Papiere zusammen und verstaute sie in einer flachen Kiste, die mit Goldintarsien geschmückt war.

»Wenn ich etwas Falsches gesagt habe, entschuldige ich mich«, sagte Lis. Ihr war mulmig zumute, weil sie Baschir offensichtlich auf ein ungeliebtes Thema angesprochen hatte.

Er hob die Hände und winkte ab. »Die Vergangenheit kann mich nicht verletzen«, erwiderte er etwas freundlicher. »Ja, ich war Navigator und Kaufmann. Ich besaß zwei große Schiffe.«

»Solche, wie die Desetnica sie hat?«

Er runzelte die Stirn. »Du meinst die Sambuq, die schmalen Kampfschiffe? Nein, nein. Ich war kein Krieger, ich war Händler. Meine Schiffe waren groß und dienten nur dazu, Waren über die Meere zu bringen. Ich verkaufte Stoffe und Schmuck, Gewürze und andere Schätze aus fremden Ländern.«

Wieder machte er eine lange Pause und starrte vor

sich hin. Zum ersten Mal sah Lis eine Regung in dem sonst so beherrschten Gesicht. Es war Trauer.

»Ein Sturm zerstörte meine Schiffe und mit den Schiffen all das, was mir teuer war. Ich hatte zwei Söhne. Beide ertranken und meine Frau starb bald darauf. Nun, ich musste weiterleben, also entschied ich, mir Geld zu leihen.« Er seufzte. »Aber auch das neue Schiff sank und mit ihm all die Reichtümer, die ich von dem geliehenen Geld gekauft hatte.«

Er rückte in aller Ruhe sein Tuch an den Schläfen zurecht. Lis wagte nichts zu sagen. Sie war betroffen und wünschte sich, sie hätte Baschir nicht nach seinem Leben gefragt. Nun stand sie da und war hilflos im Angesicht seiner Trauer und seines schweren Schicksals.

»Schließlich«, fuhr er fort, »hatte ich nur noch mein Leben. Es würde zu lange dauern, dir die ganze Geschichte zu erzählen. Nur soviel: Mein weiterer Weg führte mich über ein Dasein als Sklave schließlich zu den Piraten, zu Wahid und mit ihm zu Intisar.«

Lis räusperte sich. »Es ... tut mir Leid, was dir zugestoßen ist«, sagte sie leise.

Schwach lächelte er und griff nach dem Gürtel, den er auf dem Tisch abgelegt hatte. »Ich habe genug über die Vergangenheit gesprochen. Vor uns liegt die Zukunft. Und die ist für uns alle ungewiss genug. Jetzt beeil dich!«

Der Gürtel, den er Lis hinhielt, war schwarz und breit und aus einem festen Stoff gemacht. Er war so lang, dass sie ihn zweimal um die Taille schlingen musste, um zu vermeiden, dass die langen Enden tief herunterhingen. Baschir stellte sich vor sie und zog und zerrte an dem Eisentuch, bis das Kettenhemd zum Teil wie eine Schürze über dem Gürtel hing. Dann schob er die Ärmel hoch und schnürte sie mit kürzeren Riemen an Lis' Oberarmen fest. Plötzlich erschien ihr das Kettenhemd nicht länger unangenehm schwer, im Gegenteil. Durch das Gewicht hatte sie einen sicheren Schritt und eine Standfestigkeit, die ihr neues Selbstvertrauen gab.

»Ich weiß, es ist ungewohnt und wird dir mit jedem Schritt schwerer erscheinen, aber nimm das Kettenhemd nicht ab, bevor der letzte Krieger gefallen ist, hörst du?«, ermahnte sie Baschir. »Und das hier wirst du vielleicht ebenfalls brauchen können.«

Er reichte ihr eine breite Kurzaxt wie die, mit der sich Lis gegen die Sarazenen am Lagerfeuer verteidigt hatte. Behutsam nahm sie die Waffe entgegen und betrachtete die glatt geschliffene Schneide. Der Griff war schmaler als der der Kriegeraxt, er lag gut in der Hand. Nun musste sie nur noch ihr Kleid überziehen, das vor dem Zelt an einem Holzgestell am Feuer trocknete

»Baschir?« Das Gesicht eines jungen Sarazenen tauchte an der Zeltklappe auf. Er mochte kaum älter als zwanzig Jahre sein, aber Lis wusste inzwischen, dass er einer der Hauptleute war. Er hieß Jishaar und ritt direkt im Gefolge der Desetnica. Bei Lis' Anblick stutzte er, aber er sagte nichts. Baschir war mit zwei Schritten aus dem Zelt und wandte sich im Gehen nur kurz zu Lis um. »Nimm dein Kleid und zieh es an. Über das Kettenhemd!«, sagte er. »Ich hole dich, wenn es so weit ist. Halte dich bereit!«

Pferdewiehern erklang in unmittelbarer Nähe des Zeltes, dann Hufgetrappel. Rufe wurden lauter. Lis glaubte die Stimme der Desetnica herauszuhören und fragte sich, was die Kriegerin jetzt vorhatte. Sie beeilte sich, ihr Kleid zu holen, das noch feucht war und nach Rauch roch, und zog es über das Kettenhemd. Es spannte an den Armen, doch sie konnte sich erstaunlich gut bewegen. Ihren Beutel mit den Eidechsenknochen befestigte sie unter dem Kleid an dem schwarzen Gürtel, nahm die Kurzaxt und trat vor das Zelt.

Am Horizont über dem Meer wurde der Himmel schon beängstigend hell. Die Angst kroch ihr in den Bauch und wand sich dort wie eine träge Schlange. Sicher war Levin wach und starrte ebenso angstvoll in die Dunkelheit des fensterlosen Verlieses. Für ihn musste die Ungewissheit noch schlimmer sein, denn er sah nicht, ob es noch Nacht war oder schon hell wurde. Ob sie ihm gesagt hatten, was sie mit ihm und den anderen vorhatten? Sie war sicher, dass Tschur sich dieses grausame Spiel mit der Angst der Gefangenen nicht hatte nehmen lassen. Hass wallte in ihr auf, als sie an den Novizen dachte.

Vom Zelt aus konnte sie die geisterhaften Umrisse schwarzer Segel sehen. Wie gebogene Klingen sahen die Kampfschiffe, die Baschir als »Sambuq« bezeichnete, von hier aus. Ganz oben an den Masten hingen Querstangen, sodass der Eindruck von großen, schrägen Galgen entstand, von denen trapezförmige Segel hingen. Mit einem Schaudern erinnerte sich Lis an ihre erste Begegnung mit einer solchen Sambuq. Jahrhunderte war es her, so schien es ihr, seit sie mit Levin dem Geisterschiff begegnet war.

Hufgetrappel, das sich ihr von rechts näherte, ließ sie herumfahren. Auf den ersten Blick erkannte sie die Desetnica kaum wieder. Die Kriegerin saß auf einem knochigen, dunkelbraunen Pferd und wirkte viel größer als vor wenigen Stunden auf dem Hügel. Über einem Kettenhemd trug sie einen orangefarbenen Überwurf, der aus dickem Wollstoff gemacht war. Ein silbernes Kettentuch bedeckte ihr Haar und floss bis auf die Schultern herab. Es sah aus, als würde sie einen Helm tragen, der aus Kettengliedern und Stoff bestand. An ihrem Gürtel war ein großes, frisch geschliffenes Beil befestigt, in der linken Hand hielt sie eine lange Lanze mit einer gemein aussehenden, dreiverzweigten Spitze. Die Ruhe und Sicherheit, mit der sie mit dieser sperrigen Waffe hantierte, verliehen ihr eine Anmut, die Lis den Atem raubte. Für einen Moment beneidete sie die Kriegerin glühend um die Selbstverständlichkeit, mit der sie sich ihrem Schicksal entgegenstellte, während Lis am liebsten davongelaufen wäre.

Baschir ritt neben der Desetnica und führte am langen Zügel das Pferd mit, das Lis vor wenigen Stunden auf den Hügel getragen hatte. Mit einer schwungvollen Bewegung warf er ihr den Zügel zu, den sie mühelos fing. Es war sehr anstrengend, sich mit dem schweren Kettenhemd in den Sattel zu ziehen, doch schließlich gelang es ihr, und sie folgte der Desetnica, Baschir und den drei Hauptleuten, die bereits bergab zu den Schiffen ritten.

Am Meer sammelte sich das Fußheer. Erstaunlich viele Krieger waren darunter, die nicht wie Sarazenen aussahen. Lis sah rothaarige und blauäugige Männer und einen Jungen mit langem, hellblondem Haar und kalkweißer Kriegsbemalung auf Gesicht und Armen. Offensichtlich rekrutierte die zehnte Tochter ihre Söldner aus den verschiedensten Ländern. Vielleicht waren einige der Krieger auch Sklaven gewesen so wie sie.

Am Hafen stand die Armee, eine kochende Masse, in der Fackeln und Lanzenspitzen wogten. Nun entdeckte Lis drei weitere große Schiffe. Sie wirkten nicht so schnittig und wendig wie die Sambuq. Auch waren bei diesen Schiffen Bug und Heck nicht gleich gestaltet, vielmehr sah der hintere Teil wie abgeschnitten aus. Bogenförmige, ornamentale Schnitzereien zierten die breite Rückseite und auf dem Deck befand sich ein längliches, flaches Gebäude, das sicher sehr viel Stauraum bot. Ob diese Schiffe für den Transport der Beute gedacht waren, die die Sarazenen bei Antjanas Priestern zu machen hofften?

Die Piratenkrieger setzten die Segel, die Takelage ächzte unter dem Gewicht des schweren Tuchs. Hand über Hand hissten die Schiffsleute im Rhythmus der Kampfgesänge die Segel.

Ein Geräusch wie in einem Fußballstadion erhob sich, als die Desetnica durch das Fußheer ritt. Lis sah in ein Meer von Gesichtern, die zu ihnen hochstarrten. Es waren dunkle und helle Gesichter, runzlige, vernarbte ebenso wie glatte und erstaunlich junge. »Intisar!«, riefen sie, »Intisar!«, während die kleine Gruppe sich dem Strand näherte.

Als das Meerwasser schon die Hufe ihres Pferdes umspülte, riss die Desetnica das Pferd herum und wandte sich ihrem Heer zu. »Saufa nacharib Antjana!«, rief sie in der kehligen Sprache der Sarazenen. Ihre Stimme klang tiefer und fester. Nichts erinnerte mehr an die mädchenhafte Frau, die selbstversunken durch das Fernrohr geblickt hatte. Nun war sie nur noch Kriegerin, ihre Augen sprühten vor Kampflust. Die Hand, die den Speer in den Nachthimmel hob, war hart wie eine Eisenklaue und ebenso grausam.

Das ist eine andere Welt, dachte Lis mit Entsetzen. Ich bin in der falschen Welt, in der falschen Zeit, ich gehöre hier nicht her – ich werde nicht überleben.

In einem rhythmischen Sprechgesang erwiderten die Krieger die Worte der Desetnica, hin und her ging es, bis Lis sich die Ohren zuhielt. Wie eine Vorahnung des Blutes, das an diesem Tag fließen würde, zeigte sich die erste zaghafte Botschaft einer roten Morgensonne am Horizont. Schließlich hob die Desetnica die Lanze. »Heee!«, schrie sie und gab ihrem Pferd die Sporen. Es galoppierte ins Wasser, genau auf eine Sambuq zu.

»Intisaaaar!«, brüllten die Krieger.

Dann begann der Sturm. Wie das Getrampel einer Büffelherde erschien Lis das Geräusch der unzähligen Füße, die über den Strand zu den Schiffen rannten. Lis stieß ihrem Pferd die Fersen in den Bauch und ritt hinter Chalid und Baschir her. Das Meerwasser, das sich kalt um ihre Unterschenkel schloss, ließ sie schaudern. Hoch ragte das Schiff vor ihr auf, und schon streckten sich ihnen Arme entgegen, die sie mühelos in das Schiff hoben.

»Schuf il-ba'yr, yaphaz batl il-charb husan il-charb yalbiz!«, rief ein rothaariger Ruderer ohne Kopfschutz einem Riesen zu und deutete mit dem Kinn auf Lis.

»Ba'yr – das Wort habe ich schon einmal gehört«, sagte Lis zu Baschir. »Was bedeutet es?«

Sein Gesicht zeigte keine Regung, als er antwortete, doch sie glaubte Spott in seinen Augen zu sehen. »Kamelkalb. Akim meint, dein Kettenhemd ist schon schwer genug für ein Kampfross.«

Lis spürte voller Ärger, wie sie wieder rot wurde. Sie funkelte die Ruderer an, aber die lachten nur noch lauter.

Am Rand der Bucht legten riesige Schiffe ab. Tief lagen sie im Wasser, Hufgetrappel hallte vom Deck. Lis kniff die Augen zusammen und erkannte, dass es sich bei den drei riesigen Schiffen, wie sie bereits vermutet hatte, um reine Transportschiffe handelte.

»Das sind unsere Ghanjah«, erklärte Baschir. »Sobald wir mit den Sambuq den Weg frei gemacht haben und die Vorhut zu den Stadttoren gelangt ist, haben wir hier ein Fußheer und Reiter, die die Stadt allein durch ihre Überzahl leicht einnehmen können.«

Lis wurde kalt, die Eisenglieder ihres Kettenhemdes schienen sich in ihre Haut zu frieren und ihr Herz zu umschließen. Levin, dachte sie wie eine Beschwörung. Bitte halt durch, Levin.

Delfine glitten neben den Schiffen durch das diamantklare Wasser. Im Dämmerlicht der ausklingenden Nacht wurde das Meer für wenige Augenblicke durchsichtig. Alle Spiegelungen verschwanden und Lis konnte in die Tiefe sehen und Wolken von Fischen beobachten, die nach allen Seiten flohen, wenn eines der Ruder mitten in den Schwarm tauchte. Der Takt der Ruderschläge ließ ihren Körper vor- und zurückschwingen, bis sie das Gefühl hatte, ihr Atmen habe den Rhythmus des Schiffes angenommen.

Ihr Blick sank tiefer und tiefer ins Meer, fast war es ihr, als würde sie im Wasser treiben und in die Stille bis zum felsigen Meeresgrund hinunterschwimmen. Ein Fischleib tauchte vor den Felsen auf, schlangengleich schnappte der riesige Fisch nach ihr. Muränenaugen glotzten sie an, die durchgehende Rückenflosse wirbelte in Wellenbewegungen. Ihr Maul mit den hervorstehenden Zähnen schien Lis anzugrinsen, dann schlängelte sich Nemejas Botin davon.

Antjana war erwacht. Schon von weitem sah man die Krieger, die wie eine dunkle Zackengirlande die Stadtmauer säumten. Kriegsgesang hallte dem Sarazenenheer wie das Summen eines Bienenschwarms entgegen. Die Sarazenen dagegen schwiegen.

Auf Intisars Zeichen machten sich die Bogenschützen bereit. Ein nervöser junger Schütze mit langem rotblondem Haar sortierte mit fliegenden Fingern seine Pfeile, bevor er sich den Köcher auf dem Rücken festband. Die Schwertkrieger hoben ihre Schilde, um die Insassen der Schiffe zu schützen. Lis hörte ein Zischen und Sirren in der Luft. In einer anderen Zeit hätte sie gedacht, ein Heuschreckenschwarm rausche auf sie zu, doch jetzt wusste sie mit blitzklarer Gewissheit, Antjana hatte mit der Verteidigung begonnen.

Ein Hagel von Pfeilen ging auf die erhobenen Schilde nieder, Schläge knallten auf das Holz, lange, geschnitzte Pfeile schlugen neben dem Schiff in das Wasser und verschwanden in der Tiefe.

»Lisanja!« Intisars Stimme klang scharf und klar. Wie elektrisiert sprang Lis auf und rannte geduckt durch einen Tunnel von Schilden und Beinen zum Bug des Schiffes, dorthin, wo die Desetnica saß. Das Gesicht der Kriegerin war angespannt, mit ihren Raubvogelaugen beobachtete sie den schmalen Landstreifen vor der Stadtmauer.

Pfeile zischten rechts und links von Lis in die Luft, als die Sarazenen den Angriff der Antjaner hundertfach erwiderten. Dunkle Körper fielen wie Treibgut von der Mauer und stürzten ins Meer. Der Kampflärm war so laut, dass Lis schreien musste, um sich verständlich zu machen. »Wir müssen nach rechts – dort beim Vorsprung ist der geheime Gang!«

Die Desetnica nickte und brüllte dem nächsten Ruderer einen Befehl zu. Das Schiff drehte ab und nahm Kurs auf das Mauerstück, auf das Lis gedeutet hatte. Auf einen Wink des Navigators beschleunigten die anderen Schiffe ihre Fahrt und lenkten die Aufmerksamkeit der antjanischen Schützen auf sich.

Der Sarazene, der Jishaar hieß, drückte Lis einen Schild in die Hand und wies sie mit barschen Worten und einer Geste an, es schützend über ihren Kopf zu halten.

Wie wollen wir an Land kommen?, dachte Lis. Ihre Zähne klapperten, doch seltsamerweise war sie innerlich sehr ruhig und konzentrierte sich darauf, den Schild festzuhalten, der unter den Schlägen der Pfeile erzitterte. Eine Metallspitze bohrte sich genau neben ihrem rechten Daumen durch das Holz. Erschrocken verlagerte sie ihre Hand, doch sie erkannte, dass es ein sinnloses Unterfangen war. Schließlich konnte sie nicht vorhersagen, wo der nächste Pfeil ihren Schild treffen würde. Ihre Arme kribbelten in der angstvollen Gewissheit, dass jederzeit eine Pfeilspitze ihre Hand durchschlagen konnte. Durch die Ritzen zwischen den Schilden erkannte sie bereits die Gesichter der Wächter auf den Mauern. Einer zielte direkt auf Lis' Boot. Bevor sie schreien konnte, schwirrte schon der Pfeil heran. Metall blinkte in den ersten Strahlen der Morgensonne, dann stürzte der Mann, der Lis ein Kamelkalb genannt hatte, ohne einen Schrei vom Boot. Wie eine Finne ragte der Pfeil zwischen seinen Schulterblättern hervor, als er mit dem Gesicht nach unten in einer Blutwolke über die Wellen davontrieb. Lis drehte sich um und kämpfte gegen die Übelkeit, die sie würgte.

»Ist es hier?«, brüllte ihr Intisar zu und deutete auf den Mauervorsprung, der nicht mehr weit entfernt war.

Lis blinzelte und nickte mühsam.

»Also los!« Die Desetnica stieß einen kehligen Befehl aus und sprang über die Reling ins Wasser.

»Spring!«, brüllte Baschir Lis zu.

»Mit dem Kettenhemd? Wie soll ich da schwimmen!«

»Du sollst nicht schwimmen, du Ba'yr, du gebrauchst das Schiff als Schild, los!« Mit hartem Griff schob er sie zur Reling und versetzte ihr einen Stoß.

Die Angst traf sie wie ein kalter Wasserschwall, doch noch im Fallen entdeckte sie die Seile, die jemand über Bord geworfen hatte. Sie waren mit einem Ende an der Reling befestigt. Die anderen Seilenden trieben nebeneinander im Wasser, sodass Lis leicht eines davon ergreifen konnte, bevor das Gewicht des

Kettenhemdes sie nach unten zerrte. Keuchend zog sie sich am Seil hoch und trieb auf der von der Stadtmauer abgewandten Seite neben dem Schiff. Vor und hinter sich im Wasser sah sie die Krieger mit den Äxten, ganz vorne war die Desetnica.

Hinter ihnen boten die anderen Sarazenenschiffe alles auf, um die Krieger auf der Stadtmauer zur Deckung zu zwingen. Bald erreichte die Sambuq das Ufer. Die runden Schilde über dem Kopf haltend wateten sie wie Schildkröten an Land und rannten zur Mauer.

Lis sah sich gehetzt um und suchte den Strand nach Matej ab. Ihn zu rufen wagte sie nicht. Er war nirgends zu sehen. Es gab ihr einen Stich beim Gedanken daran, dass er vielleicht schon gefangen genommen worden war, doch als sie Intisars fragenden Blick sah, nickte sie nur stumm und rannte weiter bis zu dem Geheimgang. Jemand hatte ihn sorgfältig mit Steinbrocken getarnt, aber dennoch fand Lis die Öffnung mühelos wieder. Intisar gab zweien ihrer Männer ein Zeichen, die sich die Schilde auf den Rücken banden und den Weg freiräumten.

Der erste Pfeil von der Stadtmauer zischte vorbei, als vier der Sarazenenkrieger im Gang verschwunden waren. Lis sah sich um in der Hoffnung, irgendwo doch noch Matej zu sehen, und entdeckte, dass weitere Schiffe angelegt hatten. Immer noch ging der Pfeilhagel über den Wachen auf der Stadtmauer nieder. Das Meer kochte vor Pfeileinschlägen. Tote Körper trieben im Wasser.

Der harte Griff an ihrem Oberarm riss sie aus der beginnenden Betäubung des Schocks, der sie beim Anblick der vielen Toten zu übermannen drohte.

»Komm«, sagte die zehnte Tochter erstaunlich sanft und lächelte ihr zu. In ihren Augen glomm ein unheimliches Licht. Lis riss sich zusammen, atmete tief durch und kroch in den Gang.

Wieder umfingen sie Dunkelheit und modrige Stille. Der Kampflärm verebbte nach wenigen Metern. Vor sich hörte sie das Schleifen einer Axt, die über den Boden gezogen wurde, dann nahm sie eine geflüsterte Auseinandersetzung der Krieger wahr. Schwacher Lichtschein fiel in das Ende des Ganges, nicht genug, um beobachten zu können, wie der erste Krieger sich in den Umkleideraum des Palastes hochzog, aber doch so viel, dass Lis seine Bewegungen erahnen konnte. Plötzlich polterte es über ihnen. Ein kurzer Schrei brach abrupt ab, als das Geräusch eines Schlags ertönte, dann fiel endlich genügend Licht in den Tunnel.

Behände wie ein Akrobat kletterte Jishaar an den Wänden hoch, wobei er sich rechts und links abstützte. Chalid und Aladar waren bereits im Raum der Diener. Mühelos zogen sie Lis hoch und reichten ihrer Herrin die Hände. Lis blinzelte in den Raum. Der Altar mit den hölzernen Götterbildern war umgestürzt – das war das Poltern gewesen. Und vor dem Altar lag mit weit aufgerissenen, erstaunten Augen der alte Gewandmeister Firenc. Sein Blut klebte an Aladars Kurzaxt, die tiefe Wunde knapp über dem Schlüsselbein zeigte, dass Firenc schnell gestorben war, wahrscheinlich mitten im Gebet und ohne zu begreifen, wer direkt unter seinem Opferschrein erschienen war. »Firenc!«, flüsterte Lis und ließ sich neben dem alten Mann auf die Knie fallen. Mit zitternden Fingern berührte sie das blasse Gesicht. Jishaar machte eine ungeduldige Geste. Vom Palasthof drang Geschrei herein.

»Wohin, Lisanja? Wie kommen wir in den Palast zu den Fürstengemächern?« In den Augen der Desetnica spiegelte sich kein Mitleid. Fordernd sah sie Lis an, Ungeduld umhüllte sie wie eine zitternde Aura.

Lis schniefte und wischte sich die Tränen vom Gesicht. Der Ärmel des Kettenhemdes schürfte ihr die Wange auf. Es ist Krieg, Lis, dachte sie. Was hast du erwartet? Dass wie im Märchen nur die Bösen getötet werden? Das Bild Tonas mit dem brennenden Haar kam ihr in den Sinn. Am liebsten hätte sie der Desetnica ins Gesicht geschlagen, hätte sie angeschrien, dass sie aufhören solle, aufhören mit dem Krieg, aufhören mit der Gewalt.

»Du hast keine Wahl«, sagte Intisar leise. »Dein Bruder wird sterben, wenn wir die Stadt nicht einnehmen. Entscheide dich.«

Ein kalter Angstschauer glitt Lis über das Genick, als ihr klar wurde, dass Intisar ihre Gedanken gesehen hatte.

»Ja, ich bin die zehnte Tochter«, flüsterte die Kriegerin nun und lächelte ihr feines Lächeln, das von der Narbe zerschnitten wurde. »Ich sehe, was du siehst. Und ich sehe, dass Levin sterben wird, wenn du ihm nicht hilfst.«

Lis zuckte zusammen, als sie den richtigen Namen ihres Bruders hörte.

Die Kriegerin beugte sich so weit vor, dass Lis ihren Atem an der Wange fühlte. »Das ist doch der Name deines Bruders – und du heißt Lis, nicht wahr? Zumindest nennst du dich in meinen Träumen so.«

Jishaar rief der Desetnica etwas zu, doch sie wies ihn mit einem gezischten Befehl zurecht. Er zog die Brauen verärgert zusammen, aber er schwieg, obwohl er vor Ungeduld bebte.

Lis blickte in die ernsten grauen Augen der Kriegerin, suchte nach einem Funken von Menschlichkeit und Wärme, aber alles, was sie fand, waren Entschlossenheit und eine seltsame Art der Vertrautheit. Sie sah Levin vor sich, mit blicklos geöffneten Augen auf dem Boden liegend wie der alte Firenc. Ihr wurde wieder übel, und sie erkannte mit stechender Klarheit, dass sie tatsächlich keine Wahl hatte.

Die Desetnica wartete immer noch auf ihre Antwort, während von draußen Schreie und Befehle über den Hof hallten.

»Gut, ich helfe dir«, flüsterte Lis und zeigte auf die Kleidertruhe neben der Tür.

Frauen mit Kindern im Arm flohen über den Hof zu den Palasträumen, um sich dort zu verschanzen. Durch das Palasttor erhaschte Lis einen Blick auf den Marktplatz. Waffen lagen dort, Krieger mit Kupfermasken trugen riesige Köcher mit Pfeilen, die von Bauern und Fischern, die eine Kette bildeten, zu den Bogenschützen auf die Stadtmauer weitergereicht wurden.

Verletzte wurden im schützenden Innenhof des Palastes versorgt. Blut befleckte das Mosaik von Nemeja und Poskur. Lis würgte die Tränen hinunter und rannte über den Innenhof voraus bis zur Tür, die zu den Fürstengemächern führte. Sie war verschlossen.

Jishaar und Aladar wechselten einen kurzen Blick,

dann warfen sie die antjanischen Tücher, mit denen sie sich getarnt hatten, ab, zückten die Äxte und schlugen mit wenigen kräftigen Hieben das Schloss aus der Tür. Wie eine Zahnlücke gähnte ihnen das Loch entgegen. Rasch stießen sie die Tür auf und rannten in den Palast.

Lis keuchte, ihre Beine schmerzten schon nach den ersten paar Treppenstufen. Sie widerstand der Versuchung, das Kleid auszuziehen und sich des schweren Kettenhemdes zu entledigen. Während sie die Treppen zu den Fürstengemächern hinaufstürzten, fühlte sie sich wie in einem der Träume, in denen sie rannte und rannte und nicht von der Stelle kam. Einige Frauen kamen ihnen auf den Stufen entgegen. Sie strauchelten, drängten sich zusammen und starrten mit entsetzt aufgerissenen Augen die fremden Krieger an. Kinder klammerten sich an sie, doch noch sprach vor Schreck keine ein Wort. Erst als Chalid schweigend an ihnen vorbeistürmte und die anderen ihm folgten, brüllten die Kinder mit einem Mal los.

Sie werden uns verraten und die Krieger vom Hof herbeischreien, dachte Lis. Und was ist, wenn Dabog und die anderen gar nicht mehr im Palast sind?

Endlich, nach einer Ewigkeit, kam das Ende der Treppe in Sicht. Schon sah sie die dunkle Tür und den polierten Bronzekrug, der am Ende des Ganges stand. Intisar überholte sie und rannte mit der Axt in der Hand auf die Tür zu. In diesem Moment wurde die Tür aufgerissen und eine zierliche Gestalt stürzte aus dem Raum. Ihr langes schwarzes Haar war zerzaust. Als Mokosch die Sarazenen sah, schrie sie auf und stolperte. Beinahe stieß sie mit Intisar zusammen, die einen reflexartigen Satz zur Seite machte und ihre Kampfaxt hochriss. Mokosch gab einen keuchenden Entsetzenslaut von sich und duckte sich.

Einen Moment lang standen sich die Schwestern gegenüber – die Desetnica mit dem strengen Gesicht und Mokosch mit einem weichen und ergebenen Ausdruck des Unglaubens in den Augen. »Du bist da«, sagte sie nur und richtete sich auf.

Lis erkannte, dass sie zitterte. Mokosch glaubte ihrem Tod gegenüberzustehen, wurde ihr bewusst. Und so bedrohlich, wie Intisar mit der erhobenen Axt aussah, war sich plötzlich auch Lis nicht mehr sicher, was sie vorhatte.

Die Desetnica hielt die Axt immer noch hoch über ihrem Kopf. Ihr Gesicht verriet keine Regung, nur ihr Blick wanderte über die Gestalt ihrer Schwester, die sich schützend die Hand über den Bauch hielt, bereit, das zu erfüllen, was sie für ihr Schicksal hielt. Sie sahen aus wie Spiegelbilder. Wie ein Yin- und Yang-Zeichen, wie ein Fotoabzug und sein Negativ. Die Desetnica braun gebrannt und älter aussehend durch ihre Härte, mit hellen Augen, hellem Haar und dem verschlossenen Gesicht. Mokosch war blass geworden. Mit ihrem langen dunklen Haar und den weit aufgerissenen braunen Augen erschien sie im Angesicht des Todes kindlicher und jünger. Eine zerbrechliche Schönheit ging von ihnen aus. Fasziniert stellte Lis sie sich als Spielfiguren vor, die sich für die Ewigkeit gegenüberstanden und zu Ballerinamusik drehten.

Nur wenige Sekunden dauerte diese Begegnung, ein gefrorener Moment im Wasserfall der Zeit, bis Lis endlich wieder Luft holte. Ihr Herz hämmerte. Schon sammelte sie sich, um einen Sprung nach vorn zu machen und sich an den Axtarm der Desetnica zu hängen, da ließ die Kriegerin ihre Waffe sinken, trat einen Schritt auf Mokosch zu und umarmte sie. »Du wirst nicht sterben«, sagte sie leise. »Du nicht und dein Kind nicht.«

»Aber ich habe geträumt ...«, flüsterte Mokosch mit matter Stimme.

»Ich auch«, sagte die Desetnica mit einer Sanftheit, die Lis anrührte. »Tausend Jahre lang habe ich geträumt. Der einzige Grund, warum ich hier bin, ist, dass ich aufhören will zu träumen.«

Jishaar rief etwas, das Lis verstand, auch ohne die Sprache zu können. Die Zeit drängte.

Im nächsten Augenblick war Intisars Miene wieder sachlich und kämpferisch. Sie ließ Mokosch los und trat einen Schritt zurück. Die Axtschneide schleifte über den Boden, Metall scharrte auf Stein. »Hör zu, Mokosch«, sagte sie. »Meine Krieger müssen in die Stadt gelangen und meiner Nachhut die Stadttore öffnen. Nur so kann ich die Priester besiegen.«

Mokosch blinzelte benommen, dann nickte sie wie in Trance und biss sich nervös auf die Lippe. Sie blickte sich zu der Tür um, durch die sie gekommen war. »Da drin sind vier unserer Krieger und verteidigen die Stadtmauer, um die Sarazenen daran zu hindern, sie zu erklimmen. Sie haben mich rausgeschickt, damit ich Verstärkung hole. Wenn du sie besiegen kannst, dann folge mir!«, sagte sie, drehte sich um und rannte den Weg, den sie zuvor gekommen war, wieder zurück. Ihre Schritte waren leicht und schnell. Mit den schweren Äxten, die im Takt der Schritte gegen die Kettenhemden schlugen, folgten ihr die Sarazenen. Lis bildete die Nachhut.

Im Zimmer strahlte ihnen durch die breiten Fenster ein von Stein gerahmtes Meer entgegen. Die Morgensonne hatte sich in eine polierte Kupferscheibe verwandelt. Schwarze Schattenrisse standen vor dem orangefarbenen Himmel und zogen wie Aufziehpuppen in einem grotesken Tanz immer wieder Pfeile aus den Köchern, die sie auf den Rücken festgebunden hatten. Mit der Präzision eines Uhrwerks schossen sie die Pfeile nach unten zum Fuß der Stadtmauer, wo vermutlich Sarazenen standen und versuchten, über Leitern oder Seile nach oben zu gelangen.

Einer von Dabogs Männern bemerkte hinter sich ein Geräusch und drehte sich zur Desetnica um. Die Sonne ließ seine Kupfermaske aufblitzen, dann röchelte er und griff sich an den Hals, in dem ein Sarazenenpfeil steckte. Jishaar hatte schon den nächsten Pfeil in den Bogen eingelegt, als der Krieger über die Brüstung kippte. Kampfgeschrei ertönte vom Strand her. Die drei anderen Krieger sahen den Körper ihres Mitstreiters in die Tiefe fallen. Gleichzeitig fuhren sie herum.

Pfeile zischten, ein Beil schwirrte an Lis vorbei, so dicht, dass sie aufschrie. Seltsamerweise war sie trotz des Schrecks geistesgegenwärtig genug, sich zu Boden zu werfen und Mokosch mit sich zu reißen. Staub wirbelte hoch und der Geruch nach trockenem Pinienholz stieg ihr in die Nase. Mit ihrem ganzen Leib spürte sie die Vibrationen der stampfenden Schritte, wenn die Körper im Kampf aufeinander prallten. Sie fühlte schmerzhaft jeden Schlag mit der Axt, der sein Ziel verfehlte und stattdessen das Eisen in den Boden trieb. Jeder Kampfschrei dröhnte in ihrem Zwerchfell wie ein tiefer Bass.

Ein Fuß stampfte vor ihr auf dem Boden auf. Als Lis den Kopf hob, sah sie Aladar mit dem größten von Dabogs Kriegern kämpfen. Er hatte dem Sarazenen den Arm um die Kehle gelegt und tastete nach seinem Kupfermesser, das am Gürtel befestigt war. Seine Maske war verrutscht. Verschwitztes blondes Haar und der Teil einer narbigen Wange sahen hervor.

Lis war es, als würde das Schicksal sie mit diesem Bild verhöhnen. Hier gibt es keine Pausen- und keine Rückspultaste, dachte sie den unsinnigsten aller Gedanken. Gleich würde Aladar sterben, wenn sie nichts unternahm.

Bevor Dabogs Krieger sein Messer erreichte, sprang Lis auf und stürzte sich mit einem kehligen Schrei von hinten auf ihn, riss ihm das Messer aus dem Gürtel und stach ihm in den Oberarm. Die Wunde war nicht tief, aber es genügte, um ihn abzulenken. Er brüllte vor Wut auf. Die Kupferfratze wandte sich ihr zu und war mit einem Mal so nah, dass sie erschrocken einen Satz zurück machte und stolperte. Aladar nutzte die Sekunde der Ablenkung, wand sich aus der gelockerten Umklammerung des Kämpfers und drehte sich um.

»Das Messer!«, schrie Lis und warf ihm die Waffe zu. Sie blitzte gefährlich auf und drehte sich zweimal im Sonnenlicht, bis Aladar sie fing.

»Zurück!«, schrie Intisar und drängte Lis mit einem Hieb gegen die Brust, der ihr den Atem nahm, in die Ecke des Zimmers.

Etwas flirrte an ihrer Schläfe vorbei, es hörte sich sehr scharf an und prallte mit einem metallischen Klirren von der Wand ab. Lis sah einen wirbelnden Sarazenenmantel, hörte einen röchelnden Schrei, dann war es im Zimmer plötzlich still. Dabogs Krieger lagen am Boden. Blut suchte sich seinen Weg durch die Ritzen im Holzboden. Eine verbogene Kupfermaske schaukelte noch einige Male vor Lis' Füßen hin und her, bis sie schließlich zur Ruhe kam.

Intisar hob sie auf und rannte zum Fenster. Sie fluchte, als ein Sarazenenpfeil an ihr vorbeizischte, aber sie ging nicht in Deckung, sondern stellte sich im Fenster auf, die Maske hoch erhoben, und schrie etwas zum Strand, was unmissverständlich ein Befehl war. Mokosch zuckte zusammen. Hunderte von triumphierenden Stimmen antworteten von unten mit einem dröhnenden »Intisar!«.

Die Desetnica lächelte ihr kaltes Lächeln und warf die Maske ins Meer. Mit wenigen Schritten war sie bei Mokosch und packte sie an der Schulter. »Wo ist Fürst Dabog?«, fragte sie. »Hält er sich versteckt?«

Mokosch sah sie mit großen Augen an. »Bei Sonnenaufgang war er mit den Kriegern beim Haus der Priester. Er hat bei den Scheiterhaufen gebetet. Niam befiehlt nun dem Heer.«

Ein spöttisches Lächeln spielte um Intisars Mund. »Natürlich«, sagte sie bitter.

»Mokosch!« Der Schrei ließ sie alle herumfahren. Intisar, Jishaar und Aladar – alle zückten sie gleichzeitig ihre Waffen.

»Nein!«, rief Mokosch und hielt ihre Schwester am Arm zurück.

In diesem Augenblick erschien eine Kriegerin mit wildem Haar und schwarzen Wangen in der Tür. Der scharfe Geruch von Rauch zog durch den Raum. Die große Frau keuchte vor Anstrengung. »Mokosch, die Sarazenen sind in der Stadt. Steh auf, wir müssen ...« Erst jetzt sah Marzana die Sarazenen. Ihr Gesicht verzerrte sich zu einer Fratze. »Was zum ...«, brüllte sie und hob ihr Schwert.

»Nein!« Mokoschs Stimme zerschnitt die Luft. Wie ein lebendes Schutzschild sprang sie zwischen Marzana und die Sarazenen und wandte sich an Intisar. »Du darfst sie nicht töten, sie ist unsere Schwester!«, flehte sie.

In Marzanas Miene flackerte Unglauben auf, dann sah sie die junge Kriegerin genauer an. Ihr breites Gesicht schien sich aufzulösen, rutschte in sich zusammen, bis Marzana nur noch ein ungläubig staunendes, dickes Mädchen war. »Du bist ... die Desetnica?«, fragte sie und senkte ihr Schwert, bis die Spitze mit einem hässlichen Geräusch über den Boden kratzte.

Intisar nickte. Lis schien es, dass sie ebenso benommen und unschlüssig war wie Marzana.

»Ihr habt keine Chance«, sagte Marzana nun ausdruckslos. »Dabogs Krieger sind bereits hier.«

Als hätten sie ihre Worte wie einen Befehl zum Angriff gehört, stürmten zehn antjanische Kämpfer in den Raum. Waren die Bogenschützen nur junge Männer gewesen, waren das hier alte erfahrene Kampfstiere mit riesigen Schwertern. Drei von ihnen trugen keine

Kampfmasken, sondern eine schwarz-rote Kriegsbemalung auf Wangen und Stirn. In einem der Angreifer erkannte Lis Fürst Dabogs Schwiegersohn Woloss und in einem anderen Fürst Dabog, der wie festgefroren stehen blieb. Ungläubig starrten sie nun an Mokosch vorbei, die immer noch mit ausgebreiteten Armen in der Mitte des Raumes stand.

Dabogs Gesicht wurde weiß, als er in der hellhaarigen Zwillingsgestalt seiner dritten Tochter die gefürchtete und verhasste Desetnica erkannte.

»Mokosch, aus dem Weg!«, schrie Intisar.

»Nein!«, rief Mokosch mit einer Stimme, die Lis wie ein vereistes Messer traf. »Er wird dich töten!«

Lis sprang vor und zerrte die Fürstentochter von den Kriegern weg. Ein Schlag von Mokoschs Hand brannte an ihrer Schläfe, doch sie packte die Fürstentochter, die sich mit allen Kräften wehrte, kurzerhand an den Armen und zwang sie – selbst staunend über ihre Kraft – aus der Reichweite der Waffen.

Dabog und Intisar musterten sich lange. Die Krieger verharrten stumm und ratlos. Die Spannung ließ die Luft flimmern. Woloss spielte nervös an seinem Schwertgriff, er atmete flach, als sähe er einen Dämon vor sich, aber er wagte nicht, sich ohne einen Befehl von Dabog zu rühren. Lis verachtete ihn, sie wusste nicht warum.

»Tötet sie«, sagte Dabog tonlos.

»Nein!«, schrie Marzana ihn an.

Dann brach die Hölle los.

Lis schubste Mokosch hinter eine der schweren Truhen und kauerte sich neben sie. Mit hektischen Fingern tastete sie nach der Kurzaxt, fluchte, als sie sich an der Schneide schnitt, und zerrte die Waffe schließlich aus ihrem Gürtel.

Metall klirrte auf Metall, Schmerzensschreie und Kampfgebrüll hallten im Raum. Aladar und die Desetnica kämpften Rücken an Rücken.

Sie haben keine Chance!, schrie es in Lis' Kopf. Es sind immer noch vier gegen zehn. Dabogs Krieger werden die Desetnica töten, und das wird auch das Ende von Levin sein.

Fürst Dabog hatte sich zur Tür des Raumes zurückgezogen. Düster verfolgte er den Kampf. Sein Schwert hing in seiner schlaffen Hand. Er sah so hasserfüllt aus, als wollte er die zehnte Tochter mit seinem Blick vergiften.

Lis krampfte ihre Hand um den Griff der Kurzaxt und sprang auf. Einer von Dabogs Kriegern konnte gerade noch den Schild hochreißen, an dem das Beil abprallte. Lis' Handgelenk schmerzte. Reflexartig duckte sie sich, als sein Schwert auf sie niedersauste, und tauchte unter den wirbelnden Waffen weg. Ein Arm legte sich um ihre Kehle. Zu ihrer Überraschung hörte sie Marzanas Stimme an ihrem Ohr. »Verdammt Lisanja! Halt dich da raus!«

Schon wurde sie von der großen Frau aus dem Kampffeld geschleudert und schlug so heftig gegen die Wand unter dem Fenster, dass ihr der Atem schmerzhaft aus den Lungen gepresst wurde. Im gleißend hellen Sonnenlicht erkannte sie, dass Marzana gegen ihren Schwager kämpfte, und blinzelte ungläubig. Mit erhobenen Schwertern umtanzten sie einander, führten zaghafte Hiebe aus, ließen dem Gegner Zeit, zurückzuspringen, beide darauf bedacht, sich nicht zu töten. Es war grotesk.

Mit einem Klirren prallte etwas gegen die Steinwand am Fenster. Lis, die langsam wieder Luft bekam, sah nach oben. Ein Anker mit drei Spitzen, an dem ein Seil befestigt war, baumelte über ihr. Der Anker ruckelte, doch er verfing sich nicht, sondern drohte wieder über den Sims zu rutschen. So unauffällig wie möglich tastete sich Lis nach oben und griff nach dem schartigen Eisen. Vorsichtig, aber mit Nachdruck, zog sie dreimal daran. Der Sarazene, der den Anker vom Fuß der Stadtmauer aus hochgeworfen hatte, verstand offenbar, denn er ließ das Seil sofort nach. Rasch holte sie mehrere Armlängen von dem Seil ein und schlang es um einen der Steinpfeiler neben dem Fenster. Schließlich ruckte sie wieder einige Male kräftig daran und ließ es los. Wenige Augenblicke später straffte sich das Kletterseil, knirschend verkeilte sich der Haken im Stein.

Nach einem Schlag, den Marzana ihm mit der flachen Klinge verpasst hatte, ging Woloss neben Lis zu Boden. Marzana stieß ihn aus dem Kampfkreis und griff einen von Dabogs Kriegern an. Woloss rührte sich nicht, aber am Flattern seiner Lider erkannte Lis, dass er nur bewusstlos war. Marzana zuliebe packte sie ihn bei den Schultern und zerrte ihn zu Mokosch hinter die Truhe.

Mokosch weinte haltlos. Trotz ihrer dreißig Jahre kam sie Lis vor wie ein Kind, dessen Wirklichkeit in sich zusammenstürzte. Gerne hätte sie sie in den Arm genommen und beschützt, aber dazu blieb keine Zeit.

Der Krieger, den Marzana nun bedrohte, wich zurück. Offensichtlich war er unsicher, was er tun sollte. Vor sich hatte er die Fürstentochter, der er bisher Gehorsam und Respekt geschuldet hatte, und hinter ihm stand sein Herr, der Fürst, immer noch in der Tür.

»Töte auch sie«, zischte Fürst Dabog ihm zu. »Tod der Verräterin. Tod allen Verrätern.« Er war so blass, als stünde er kurz vor dem Zusammenbruch.

Lis gingen seine Worte durch Mark und Bein. Marzanas Miene drückte dasselbe ungläubige Erstaunen aus, das auch der Krieger zu verspüren schien. Nach einem kurzen Zögern griff er an. Marzanas Gesicht verzerrte sich vor Enttäuschung, Tränen rannen ihr über die Wangen, doch sie kämpfte weiter. Lis konnte nur ahnen, was in ihr vorgehen musste.

Ein Schatten fiel auf die blitzenden Klingen. Lis blickte nach rechts zum Fenster. Wie Schattenrisse erschienen erst zwei Sarazenen, dann fünf, dann sieben. Immer mehr von ihnen erklommen die Brüstung und sprangen in den Raum. Das Seil vibrierte. Katzenhaft flink kletterten mehr und mehr Sarazenen durch das Fenster.

Intisars Wange war blutüberströmt, sie keuchte, doch immer noch waren ihre Blicke gnadenlos. Mit zwei scharfen Rufen wies sie ihre Leute zurecht, die auf der Stelle begriffen, dass Marzana nun zu Intisar gehörte. Endlich zog auch Fürst Dabog sein Schwert.

»Intisar, pass auf!«, rief Lis, doch die Desetnica reagierte bereits und brachte sich mit einem Sprung in Sicherheit. Zwei Sarazenen schlossen die Lücke und trieben Dabog und seine Krieger in die Ecke. Ein Kupfermesser flirrte durch die Luft. Lis sah es, doch für Marzana war es zu spät. Als sie ihren Schild hochriss, steckte das Messer bereits unter ihrem Schlüsselbein. Ihr Mund öffnete sich zu einem Schrei, dann fiel sie vornüber, ohne einen Laut von sich zu geben. Der Krieger, der das Messer geworfen hatte, brüllte und griff erneut an. Die Wucht von fünf Pfeilen warf ihn zurück, er flog durch die Luft, prallte auf dem Boden auf und schlitterte ein paar Meter weit, bevor er reglos liegen blieb. Kupfer klirrte auf Stein, als die letzten drei Krieger, die das kalte Metall von Sarazenenbeilen am Hals spürten, ihre Schwerter fallen ließen.

Intisar erhob sich schwer atmend. Draußen war der Kampflärm lauter denn je – mit dem Unterschied, dass er nun von beiden Seiten, vom Meer und von der Stadt, her zu kommen schien. Offensichtlich hatten die Sarazenen es geschafft, in die Stadt zu kommen und dem Fußheer und den Reitern die Tore zu öffnen.

Das Palastzimmer war völlig verwüstet – die Vorhänge hingen in Fetzen, und mit Ausnahme der Truhe, hinter der immer noch Mokosch kauerte, war jedes Möbelstück in Stücke gehackt oder zerbrochen. Götterfiguren, die wie gefallene, zerstückelte Krieger aussahen, waren überall verstreut. Der Geruch nach Schlachthaus ließ Lis würgen. Tote und verwundete Krieger lagen mit verrenkten Gliedmaßen am Boden. Hier und da hörte man Stöhnen. Aladar ging taumelnd in die Knie und hielt sich seinen verletzten Arm.

Inmitten dieses Chaos standen sich Fürst Dabog und die zehnte Tochter gegenüber.

Immer noch hielt der Fürst sein Schwert in der

Hand. Blasser denn je war er und blinzelte fassungslos auf seine gefallenen Krieger hinab. Langsam hob er den Kopf. Er erinnerte an einen gefesselten Tanzbären, dessen Kraft viele Jahre lang gebändigt worden war, bis er vergessen hatte, wozu er sie gebrauchen konnte. Nun schien er sich zu erinnern.

Lis erkannte zum ersten Mal, dass Intisars Augen den seinen vollkommen glichen.

Die beiden musterten sich, bis sich Fürst Dabogs Gesicht noch mehr verdunkelte.

Lis wusste nicht, ob Wut in seinem Blick flackerte oder ob es Angst war, die den alten Fürsten beben ließ. Ihr Herz schlug im Galopp und stolperte. Sie hatte das Gefühl, dass sie sich in einem grausamen Traum befand, doch alles, was sie tun konnte, war, zu Mokosch zu kriechen. Mit Klauen klammerte sich die Fürstentochter an sie und beobachtete wie eine Wahnsinnige die Szene.

»Warum kommst du hierher zurück und bringst diesen Fluch über mich!«, donnerte Dabog. »In Poskurs Feuer sollst du brennen – dort hättest du vor langer Zeit enden sollen.«

Die Desetnica schien leicht zu schwanken, offensichtlich hatten die Worte sie getroffen wie eine Ohrfeige. »Du hättest mich geopfert, ich weiß«, erwiderte sie mit erschreckend ruhiger Stimme. »Jeder hat sein Schicksal und meines wurde vor vielen Jahren durch das Orakel der Nemeja bestimmt.«

»Es war nicht dein Schicksal, es war Verrat! Deine Mutter hat gegen Poskur gefrevelt und wurde dafür bestraft«, stieß er kalt hervor.

»Sie hat mir das Leben gerettet«, sagte die Desetnica beinahe sanft. »Auch sie glaubte an die Götter. Auch sie beugte sich der Tradition, dass die zehnte Tochter sterben muss, aber zumindest wollte sie mich vor einem grausamen Tod bewahren. Etwas, was du für sie nicht tun wolltest, nicht wahr?«

Schmerz durchzuckte Dabogs Gesicht, als er an den Tod seiner Frau Danila erinnert wurde.

»Ich träumte so oft von ihr, dass ich Angst hatte, mich dem Schlaf anzuvertrauen«, fuhr Intisar fort. »Immer wieder sah ich, wie Niams Diener die Statue ansägten und sie an einem dünnen Seil befestigten, das im richtigen Moment reißen würde. Ich sah Niam, wie er das Feuer legte, das bis zu dem zersägten Poskur hinaufloderte und das Seil verbrannte. Meine Mutter wurde wie geplant von der Statue des Rachegottes erschlagen. Sie und die alte Priesterin, die mich zum Meer gebracht hatte, wurden unter Poskur begraben. Und du hast es gewusst.«

Mokosch sprang auf. »Was sagt sie da?« Ihr Blick sprühte vor Entsetzen, Fassungslosigkeit und aufkeimendem Hass. »Du hast ... meine Mutter ... deine eigene Frau ...?«

»Nein«, keuchte Dabog. »Sie lügt!«

Er taumelte zurück, das Schwert zitterte in seiner Hand. Seine Lüge brach sich wie ein Echo in Lis' Kopf. Beinahe tat der Fürst ihr Leid – ein gebrochener Mann, dessen Weltbild einzig und allein davon abhing, ob die Götter ihm gewogen waren.

»O nein«, erwiderte Intisar mit einer gefährlichen Ruhe in der Stimme, die Lis schaudern ließ. »Du wusstest es an dem Tag, an dem Danila morgens aufwachte, dir im Bett in die Augen sah und aufstand, um hinauszugehen und wie jeden Tag ihre Pflichten als Herrin des Palastes zu erfüllen. Du hast nicht nach ihr gerufen und sie nicht gewarnt. Du hast sie nicht gerettet. Ich habe dich gesehen – in meinen Albträumen kniest du vor Poskur und heulst um deine Frau, die noch singend im Palast herumgeht, nicht ahnend, dass ihr Leben nur noch ein Fisch ist, über dem bereits der Speer des Fischers lauert. Niam tröstet dich und du nickst, als er dir einflüstert, dass dieses Opfer nötig ist – für Antjana, gefordert von Poskur. Ich sehe, wie du nickst, Vater. Immer wieder sehe ich, wie du nickst.«

»Poskur wollte das Opfer für dich!«, schrie der Fürst. »Du bist schuld an Danilas Tod. Hättest du nicht überlebt, hättest du dein Opfer gebracht, statt gegen unsere Götter zu lästern, dann würde sie noch leben.«

Intisars Lachen klang bitter. »Und deine Tochter Marzana auch, nicht wahr?«

Sein Mund klappte auf und zu, Röte stieg ihm in die Wangen und ließ sie fleckig aussehen. »Schuld an ihrem Tod bist du!«, schrie er und holte mit dem Schwert aus.

Intisar sprang zurück, hob mit einem flinken Ausfallschritt Aladars Säbel auf und parierte Dabogs unkoordinierten Schlag. Der Fürst keuchte, seine Augen quollen aus den Höhlen. Durch den Schwung des Hiebs, der ins Leere ging, verlor er das Gleichgewicht und taumelte.

Mokosch vergrub ihr nasses Gesicht an Lis' Schulter. Lis fühlte sich, als würde die Fürstentochter sie erwürgen. So gut es ging, wand sie sich aus der Umklammerung und starrte atemlos den Fürsten an. Bitte nicht noch mehr Blut!, dachte sie. Bitte, lass es endlich vorbei sein.

»Ich?«, erwiderte Intisar ruhig. Sie umkreiste den Fürsten in einem Bogen. Schwerfällig folgte er ihrer Bewegung, um sie im Auge zu behalten. »Glaubst du das wirklich?« Spott und Trauer schwangen in ihrer Stimme mit.

Dabog stolperte über den Arm eines erschlagenen Kriegers und rappelte sich wieder auf. Er schäumte vor Wut. »Niam wird dich vernichten!«, keifte er.

»Dann ruf ihn«, sagte die Desetnica ernst. »Ruf deine Götter und deine Priester. Wenn all das wirklich meine Schuld war und du unschuldig bist, dann werden Poskur und Niam dir helfen.« Sie legte den Kopf in den Nacken und rief mit schneidender Stimme: »Niam! Komm und hilf deinem Fürsten, auch wenn er dir nichts mehr nützt. Poskur, hilf dem ergebensten aller deiner Diener!«

»Du ... du ... Hure Nemejas!«, stieß Dabog hervor und ging wieder auf sie los. Einige grausam hell klingende Schwertschläge lang kämpften sie, während die Sarazenen die Krieger immer noch mit den Kurzbeilen in Schach hielten. Schließlich sprang Dabog mit einer flinken Wendung vor und schlug nach dem Handgelenk der Desetnica. Sie fluchte vor Schmerz, das Schwert fiel zu Boden.

»Hier hast du Poskurs Urteil!«, donnerte Dabog. »Du bist Abschaum. Und nicht einmal den Scheiterhaufen wert, auf dem du brennen wirst.«

Er ist wahnsinnig!, dachte Lis. Sieht er nicht, dass er bereits verloren hat? Einer der Sarazenen lächelte.

Intisars Augen verengten sich, ihr Gesichtsausdruck

veränderte sich zu einer kriegerischen Gleichgültigkeit. Nur Lis sah, wie müde die zehnte Tochter war, wie erschöpft von dem Schauspiel, das sich ihr bot. Sie hatte zu viele Sklavenmärkte gesehen und zu viele Nächte gegen ihre Albträume gekämpft, als dass sie diesen Satz einfach so hinnehmen konnte. Lis erkannte, dass Intisars Geduld am Ende war.

Mit einer Bewegung, die zu schnell war, um sie mit den Augen zu verfolgen, tauchte die Piratin unter Dabogs Klinge weg und griff nach dem Schwert. Im nächsten Moment starrte Dabog fassungslos auf den Griff der Waffe, die aus seiner Brust ragte.

»Niam!«, schrie er auf, dann fiel er auf die Knie und kippte auf das Gesicht.

Mokosch heulte in Lis' Armen auf. Lis spürte ihre Hände nicht mehr, ihr war es, als würde sie körperlos in diesem Raum schweben, der die Hölle sein musste, gefangen in einem Wahnsinn, der nie enden würde.

Beißender Rauch, der nach verbranntem Öl und Räucherwerk roch, quoll zur Tür herein. Entsetzen packte Lis mit eiskalten Klauen und riss sie aus ihrer Trance ins Leben zurück. »Die Scheiterhaufen brennen!«, brüllte sie wie von Sinnen. »Levin!«

Mokoschs Augen waren riesengroß und glühten wie zwei dunkelbraune Sonnen in einem weißen Himmel. Mit festem Griff befreite sich Lis aus Mokoschs Umklammerung, sprang auf und rannte.

Sie achtete nicht auf die Rufe, die hinter ihr hallten, sondern rannte den Gang entlang, die Treppe hinunter nach draußen. Der Rauch wurde immer dichter. Sie musste husten, doch sie lief weiter, auch wenn ihre Lunge sich anfühlte, als wäre die Luft, die sie einatmete, eine Wolke aus Eisenspänen. Im Laufen riss sie sich ihr Tuch vom Hals, um es sich vor den Mund zu halten.

Keuchend kam sie beim Tor mit dem herausgebrochenen Schloss an und stieß es mit dem Fuß auf. Sie stürzte in den Palasthof und warf das Tuch weg. Gierig sog sie die frische Luft ein.

Die meisten Verwundeten waren verschwunden, und auch die Kinder, die Mütter und die Alten waren nirgendwo zu sehen. Offenbar waren sie bereits in die Kellerräume des Palastes in Sicherheit gebracht worden. Nur die Toten lagen Schulter an Schulter unter dem Vordach.

Auf dem Marktplatz vor dem Palasttor tobte der Kampf. Auf Pferden galoppierten Sarazenenkrieger durch das Getümmel, demnach hatten inzwischen auch die großen Transportschiffe vor der Stadt angelegt. Rauch verdunkelte den Himmel. Erleichtert erkannte Lis, dass der Rauch nicht von den Scheiterhaufen stammte, die vor dem Priesterturm aufgeschichtet und immer noch unberührt waren, sondern aus dem Häusermeer hinter dem Platz aufstieg. Unverrückbar und dunkel stand Poskurs Turm und trotzte dem Ansturm der Sarazenen. Irgendwo da drin befand sich Levin. Lis war in diesem Moment dankbar, dass ihr Bruder in seiner Zelle geschützt war.

Gerade wollte sie durch das Palasttor stürmen, als die Hufe eines weißen Pferdes vor ihr durch die Luft wirbelten und sie fast zu Boden stießen. Ein Schlag gegen die Schulter ließ sie taumeln, aber sie fand schnell ihr Gleichgewicht wieder und brachte sich mit einem

Sprung zur Seite in Sicherheit. Goldstaub flimmerte in der Luft. Das Pferd scheute, und die Krieger, die sich wohl in den Palasthof flüchten wollten, um sich zu verschanzen, prallten gegeneinander. Im nächsten Moment war Lis umzingelt von Novizen. Erschrocken sah sie hoch und blickte direkt in Niams Gesicht.

Eine Brandstrieme verunstaltete seine rechte Wange und leuchtete hellrot inmitten der schwarzen Rußmaske. Niams lichtes Haar stand wirr von seinem Schädel ab, das rote Gewand war zerrissen. Rechts von ihm befand sich Tschur – natürlich Tschur! – und richtete mit einem verzerrten Grinsen den Speer auf Lis. Klar, dachte Lis voller Wut. Du denkst schon an die Zeit nach dem Krieg, was? Tschur, der Held, der die Verräterin erledigt hat. Wie tapfer im Angesicht von mindestens zwölf Kriegern, die ihm jederzeit helfen konnten!

Als Niam von dem weißen Pferd sprang, das Levin als Orakeltier gedient hatte, tauchte auch Wit auf. Die Augen des Fürstensohnes wurden riesengroß, als er Lis erblickte. Sie sahen sich an, beide verzweifelt, beide unglücklich darüber, sich hier gegenüberzustehen. In einer anderen Zeit, echote es in Lis' Gedanken. In einer anderen Zeit, in einer anderen Stadt, vielleicht in München, könnten wir uns heute Abend eine DVD ausleihen und uns zu Hause »Der Herr der Ringe« anschauen. Vor allem die Kampfszenen. Beinahe hätte sie gelacht.

Tschur schloss die Faust fester um seinen Speer.

Sie saß in der Falle. Sie würde Levin nicht retten, jetzt nicht mehr. Vielleicht hatte er Glück und die Desetnica würde ihn befreien. Aber sie, sie würde nicht zurückkehren. Nicht heute, nicht morgen, nie mehr.

Tränen der Wut und Enttäuschung schossen ihr in die Augen. Am liebsten hätte sie Niam ins Gesicht gespuckt und ihn geschlagen. Aber sie riss sich zusammen und bot all ihre Kraft auf, sich ihre Hoffnungslosigkeit nicht anmerken zu lassen. »Du kommst zu spät, Niam«, sagte sie zu ihm. »Dabog kann dir nicht mehr helfen, und die Desetnica wird dich und dein kriecherisches Anhängsel in Stücke hacken.« Mit einem gespielten Lächeln, von dem sie hoffte, es wirke so hochmütig, dass er es niemals vergessen würde, deutete sie auf Tschur. Sein Grinsen verschwand, als hätte sie eine Kerze ausgeblasen, und seine Lippen wurden schmal.

Lis wandte sich wieder an Niam und zeigte auf das Tor. Sie räusperte sich und versuchte ihrer Stimme einen festen und bedrohlichen Klang zu geben. »Sie wartet da drinnen auf dich, Niam. Ihre Krieger haben den Palast bereits eingenommen.«

Im Gesicht des Hohepriesters kämpften Wut und Unglauben einen fairen Kampf. Er sah aus wie ein Wolf, der in die Ecke getrieben wurde. Ohne Vorwarnung entschloss er sich zum Angriff. Mit zwei Schritten war er bei Lis. Sie schrie auf, doch es war zu spät – mit einem schnellen Griff hatte er ihr Haar gepackt und riss ihren Kopf nach hinten.

Sie fühlte die Schneide eines Opfermessers an der Kehle und roch Niams Schweiß. Ekel und Verzweiflung drohten sie zu übermannen, doch die Wut war stärker. »Und wenn du mich tötest, du wirst nichts damit erreichen«, brachte sie gepresst hervor.

»Ich werde dich nicht töten, Lisanja«, zischte ihr Niam zu. Seine Augen waren hart und dunkel wie Blutstein. »Denn wenn es so ist, wie du sagst, bist du sicher nicht das schlechteste Schutzschild.«

Tschur lachte. Noch einmal zog Niam so fest an Lis' Haaren, dass sie aufschrie und in die Knie ging. Dann spürte sie, wie sich der Griff des Messereisens unvermutet lockerte. Sie nutzte diese letzte Gelegenheit und spannte alle ihre Muskeln an. »Intisar!«, schrie sie, so laut sie konnte.

Es war eher ein Heulen als ein Schrei. Aus dem Augenwinkel sah sie, wie Wit unwillkürlich einen Schritt nach hinten machte. Raue Rufe antworteten ihr aus dem Palast. Jishaars und Aladars Stimmen! Sie hörte das Geräusch von schweren Füßen, die die Treppen herabpolterten.

Niam zwang ihren Kopf wieder nach hinten, bis sie seine rot geränderten Augen sah. Sie loderten vor Hass. Jetzt wird er mich töten, dachte Lis. Ich habe den Bogen überspannt – wie Fürst Dabog konnte ich meinen Rand nicht halten. Reflexartig schloss sie die Augen und verabschiedete sich von allem, was sie kannte und liebte.

Doch statt die Klinge zu spüren, hörte sie einen keuchenden Entsetzenslaut. Die Hand in ihrem Haar lockerte ihren Griff und ließ schließlich ganz los. Lis taumelte zurück und blinzelte.

Niams Krieger standen im Halbkreis um sie herum. Plötzlich war sie auf dem Mosaik von Poskur und Nemeja ganz allein. Mit weit aufgerissenen Augen glotzte Niam ihren Hals an. Er war blass geworden. Während er Schritt für Schritt zurückwich, deutete er mit zitternder Hand auf ihr Feuermal. Lis erkannte, dass der Hohepriester Poskurs Angst hatte. »Der Fleck«, keuchte er.

»Das Mal Poskurs. Ich hätte wissen müssen, dass du es bist. Schon als du mit Karjan auf den Priesterhof kamst, hätte ich dich erkennen müssen. Du warst keine Dienerin, das habe ich von Anfang an gesehen.«

Seine Augen verengten sich. Zu Lis' Überraschung wandte er sich ruckartig zu Wit um, der unwillkürlich den Arm vor das Gesicht hob, als würde er einen Hieb erwarten. »Habe ich einen Verräter in meinem Tempel großgezogen?«, sagte Niam mit einer Stimme, die schärfer als ein Messer war. »Hast du davon gewusst?«

Stumm schüttelte der Novize den Kopf. Mit der Klarheit eines Blitzlichtes, das alle Gegenstände in einem dunklen Raum gestochen scharf aufleuchten ließ, erkannte Lis, dass er log. Es war nicht Tschur gewesen, den ihr Niam als Spitzel an die Fersen geheftet hatte, nein, der sanfte Wit war ihr gefolgt. Er war der Schatten gewesen, der ihr in der Nähe der Stadtmauer aufgefallen war, er befand sich nicht zufällig zur selben Zeit wie sie an denselben Orten. Und als Fürstensohn hatte er jederzeit Zugang zu den Privatgemächern im Palast und zu seiner Schwester Mokosch. Eigentlich war es so logisch, dass sie sich selbst in dieser Situation ärgerte, es nicht schon eher erkannt zu haben. Vor allem war ihr nicht bewusst gewesen, wie sehr ihr Leben und ihre Sicherheit von Wits Schweigen abgehangen hatten. Er war ein schlechter Lügner – sogar sie erkannte an seinem Blick, dass er viel über sie wusste, zu viel. Doch er hatte sie geschützt, aus welchem Grund auch immer, vielleicht wegen Mokosch, vielleicht aber auch, weil er sie mochte. Nun würde sie es jedenfalls nicht mehr erfahren.

Als hätte er ihre Gedanken gehört, sah Niam sie hasserfüllt an. »Ich hätte dir auf Poskurs Fest den Goldschmuck vom Hals reißen und dich töten sollen«, schrie er. Seine Stimme überschlug sich.

Ich bin sein Schicksal, dachte Lis mit einem Gefühl grimmiger Genugtuung. Ich trage das Mal Poskurs, nach dem die Desetnica gesucht hat. Triumph mischte sich in ihre Angst. »Ich bin dein Tod, Niam!«, rief sie. »Und du weißt es!«

Niam stolperte, als er gegen das Pferd stieß. Das Tier riss den Kopf hoch und machte einen erschrockenen Satz zur Seite. Die Krieger wichen vor ihr zurück, als wäre sie ein Dämon. Niam packte Wit an der Schulter und stieß ihn zwischen sich und Lis. »Töte sie!«, befahl er dem Novizen. »Beweise mir, dass du kein Verräter bist, und töte sie mit der Waffe Poskurs!«

Wit zögerte. Sein Gesicht zuckte, als er den Bogen spannte und gehorsam einen Pfeil auf Lis' Kehle richtete.

»Töte sie, im Namen Poskurs, des Grausamen, des Gerechten!«, schrie Niam.

»Wit!«, flüsterte Lis und sah dem großen Jungen mit der Furcht erregenden Rußmaske ins Gesicht.

Wit schloss die Augen. Tränen rannen ihm über die Wangen und zogen helle Straßen durch die schwarze Zeichnung auf seiner Haut. Plötzlich hob er den Bogen ruckartig nach oben und ließ die Sehne los. Der Pfeil zischte der Sonne entgegen und verschwand im Himmel. Lis sah ihm noch verwundert nach, als Tschurs Speer sie schon mitten in die Brust traf.

Der Schmerz war schlimmer als alles, was sie je erlebt

hatte. Innerhalb von einer Sekunde schien die Luft aus dem Universum gesaugt worden zu sein, denn trotz ihrer krampfartigen Anstrengungen konnte sie nicht mehr atmen. Dennoch funktionierte ihr Verstand klar und ruhig. Die Umgebung hatte Geräusche und Stimmen verloren. Es war ein Gefühl wie unter Wasser zu tauchen und ebenso schwer fiel ihr jede Bewegung. So ist es also zu sterben, dachte sie. So ruhig und so lautlos ...

Nemeja tanzte vor ihr auf dem Boden, der Palasthof drehte sich. Aus dem Augenwinkel sah sie Wits verweintes Gesicht. Gerne hätte sie ihn getröstet und ihm dafür gedankt, dass er versucht hatte, ihr Leben zu retten. Millionen von flackernden Augenblicken später sah sie ein galoppierendes weißes Pferd, das einen Mann in zerrissener roter Robe davontrug.

Im Priesterturm

Der Rauch wehte durch ihre wirren Gedanken. Verdammt, ich bin in der Hölle gelandet, dachte sie. Wahrscheinlich weil ich das Medaillon aus Tante Vidas Küche gestohlen habe. Kajetan hat mich verraten.

»Lisanja!«, flüsterte eine Stimme. Jemand schüttelte sie an der Schulter. Sofort pochte der dumpfe Schmerz wieder durch ihren Brustkorb, aber er war bei weitem nicht mehr so schlimm. Erstaunt wurde Lis bewusst, dass sie atmete. Sie röchelte und machte mühsam die Augen auf. Mokoschs Haar streifte ihre Wange.

»Du bist nur verletzt!«, flüsterte die Fürstentochter. »Nemeja sei Dank, du lebst!«

»Ja«, brachte Lis verwundert hervor. »Ich ... glaube ... schon.« Vorsichtig tastete sie nach der Stelle an ihrem Brustbein, wo sie eine klaffende Wunde vorzufinden erwartete. Aber alles, was sie spürte, waren zerfetzter Stoff und verbogene Metallösen. Mühsam hob sie den Kopf.

Sie lag auf dem Mosaik im Palasthof. Rechts von ihr schnappten Poskurs Klauen in ihre Richtung, links tanzte Nemeja immer noch ungerührt ihren ewigen Muränentanz. Und sie selbst war unversehrt, obwohl das verbeulte Kettenhemd nicht verhindert hatte, dass sie durch die Wucht des Schlages das Bewusstsein verloren hatte. Baschirs Ermahnung, das Kettenhemd um jeden Preis zu tragen, kam ihr in den Sinn und ließ sie lächeln. Mit Mokoschs Hilfe richtete sie sich halb auf. Tschurs Speer rollte von ihr weg und blieb am Rand des Mosaiks schaukelnd liegen. »Wo ist Wit?«, flüsterte sie. »Hat Niam ihn umgebracht?«

Die Fürstentochter schüttelte kraftlos den Kopf. »Er hätte es getan, wenn nicht in diesem Moment die Sarazenen auf den Palasthof gestürmt wären«, sagte sie. »Nein, zumindest meinem Bruder Wit ist nichts passiert. Aber Niam und die anderen Priester sind in die Stadt entkommen und haben sich in die Gassen und Verstecke geflüchtet. Es gibt immer noch genug Antjaner, die ihnen Unterschlupf gewähren.«

Lis war verwundert, wie ruhig und gefasst die Stimme der Fürstentochter klang.

»Die Sarazenen suchen die Priester«, fuhr Mokosch fort. »Intisar hat gesagt, ich soll bei dir bleiben. Erst dachten wir, du seist tot.« Ein kleines, schmerzliches Lächeln huschte über ihr Gesicht. »Aber du lebst. Wenigstens du.«

Lis nahm ihre Hand, denn sie wusste, wie sehr Mokosch trauerte. Trotzdem hatten sie keine Zeit, jetzt die Toten zu beklagen. »Wir müssen zum Turm«, flüsterte Lis. »Zumindest deinen Kurier können wir retten – und Levin.«

»Levin?«

»Nenn ihn Karjan, wenn du willst.«

Ächzend setzte sie sich weiter auf und versuchte das Schwindelgefühl und die tanzenden Lichtpunkte in ihrem Blickfeld zu ignorieren. Die verbogenen Metallglieder des Kettenhemdes kratzten an ihrem Brustbein.

Behutsam nahm Mokosch Lis' Arm und legte ihn um

ihre Schulter. Dann zog sie sie mit einem erstaunlich kräftigen Ruck auf die Beine. Auf sie gestützt lief Lis los. Sie gingen durch das Palasttor hindurch auf den Marktplatz, der verwüstet und beinahe leer war. Als sie einige Krieger entdeckten, wichen sie in eine Seitengasse aus und nahmen einen Umweg durch das Häusergewirr. Sie drückten sich an den Mauern entlang, rannten über eine breitere Straße und liefen im Bogen in Richtung Priesterturm. Lis überkam ein Gefühl der Unwirklichkeit. In ihrer Vorstellung waren Kriege brüllend laut und unübersichtlich. In den Filmen, die sie im Kino gesehen hatte, wimmelte es von Kriegern, Tausende von Statisten prallten in Massenszenen aufeinander. Doch der richtige Krieg war viel leiser und um ein Vielfaches bedrohlicher. Kampflärm und Schreie hörten sie nur noch vereinzelt. Stattdessen hatte sich die Bevölkerung in den Häusern oder Verstecken verschanzt. Die Gassen wirkten wie ausgestorben, die letzten Kämpfe fanden wohl im Palast und in den Straßen an der Stadtmauer statt. Auf ihrer Suche nach den Priestern durchkämmten die Sarazenen außerdem wahrscheinlich Haus für Haus.

Sie waren schon beinahe wieder am Marktplatz angelangt, als aus einem Hauseingang eine Frau hervorstürzte. Sie hatte keine Haare, lediglich kurze versengte Stoppeln bedeckten die helle Kopfhaut, die in seltsam intensivem Kontrast zum gebräunten Gesicht stand. Eine leichte Schürfwunde an ihrer Stirn glänzte in der grellen Vormittagssonne. »Lisanja!«, rief die Fremde. »Meine kleine Schwester lebt!«

Lis blinzelte und erkannte Tona wieder. Ihr schönes,

rotes Haar war verbrannt, doch sonst war sie unversehrt! »Tona!«, schrie sie auf und umarmte die große Frau.

Trotz der Situation, in der sie sich befanden, musste Lis lachen, als sie sich an die Vision des brennenden Haars erinnerte. Nun war sie unendlich erleichtert. Die Gefahr war vorbei – Tonas Haar würde wachsen und die Wunde verheilen. »Tona, ich bin so froh, dass du lebst!«

»Und ob ich lebe!«, rief sie. »Und bevor du fragst: Zlata geht es auch gut. Niam und seine Leute haben uns alle zusammen in ihr Haus eingesperrt und es dann in Brand gesteckt.« Behutsam fuhr sie sich über den Kopf. »Meine Haare sind verbrannt, als wir versucht haben, zur Geheimtür hinter dem Schrein zu kommen. Der Gang ist noch nie benutzt worden, er war ganz verschüttet, aber es ist uns trotzdem gelungen, den Schutt wegzuräumen und zu entkommen. Und dann haben Matej und ich Zlata zum Strand getragen.«

»Matej?« Lis spürte, wie ihr Herz einen Satz machte.

»Er war es, der die Sarazenen in die Stadt gelassen hat. Er hat es geschafft, noch in der Nacht einen Teil der Kuriere zu finden, die sich in ihren Häusern verborgen hatten. Mit ihnen hat er von der Meeresseite aus die Geheimgänge freigeräumt, sodass die Sarazenen später nur noch eine dünne Steinwand beseitigen mussten. Ihm hat die Desetnica zu verdanken, dass genug ihrer Krieger in die Stadt gelangen konnten, um die Tore zu öffnen.«

Sie drehte sich um und rief in den Hauseingang: »Matej! Lisanja lebt!«

Fast augenblicklich erschien Matej in der Tür. Rußflecken im Gesicht gaben ihm das wilde Aussehen eines Kriegers. Ein paar angesengte Strähnen hingen ihm in die Stirn und er roch nach verbranntem Salz und Rauch. Ungläubig starrte er Lis an, die sich noch immer auf Mokoschs Schultern stützte, dann ging auf seinem Gesicht eine lächelnde Sonne auf. »Gott sei Dank!«, sagte er aus tiefster Seele.

Lis musste lächeln bei diesem Ausspruch aus ihrer eigenen Zeit. Ein warmes Gefühl der Freude übermannte sie und spülte ihre Befürchtungen hinweg. Im nächsten Augenblick umarmten sie sich. Meerwasser tropfte über Lis' Hände. Erst jetzt merkte sie, dass Matej über und über nass war. »Wir waren im Meer«, raunte er und grinste. »Wenn man aus Poskurs Umarmung entkommen will, hilft nur Nemejas Wasser.«

»Wir müssen zum Turm«, flüsterte sie ihm zu.

»Ich weiß«, sagte Matej. »Tona und ich helfen euch. Kommt!« Er drehte sich um und ging voraus. Die drei Frauen folgten ihm, so schnell sie konnten.

Die Tür des Turms war unbewacht, nur Poskurs Statue grinste ihnen mit gefletschten Zähnen entgegen. Hinter ihnen ragten die Scheiterhaufen in den Himmel. Ihr Anblick ließ Lis erschauern. Hoch aufgeschichtet lagen Planken, Äste und zu Scheiten zerhackte Pinienzweige. Aus der Mitte jedes Scheiterhaufens ragte etwas hervor, das aussah wie ein eiserner Käfig. Er bot gerade genug Raum für einen stehenden Menschen – vorausgesetzt, der Mensch war so straff gefesselt, dass der Körper zwischen die Eisenringe gezwängt werden konnte. Lis schluckte. Grauen erfasste sie bei diesem Anblick, sie stolperte und schlug sich den Fuß an. Wieder kam ihr Zlatas Prophezeiung in den Sinn, doch dann erinnerte sie sich an ihre eigenen Bilder aus der Zukunft, an Mokosch, über deren Kopf Insitars Axt schwebte, und Tona mit brennendem Haar und dachte, dass Zlatas Worte ebenso gut schon lange Wahrheit geworden sein konnten. Schließlich hatte Poskurs Feuer sie bereits verbrannt – sie trug sein Mal am Hals.

»Gib mir die Axt!«, sagte Matej und deutete auf die Waffe, die Lis immer noch am Gürtel trug. Sie reichte sie ihm und trat einen Schritt zurück. Angespannt beobachtete sie, wie er mit der Waffe auf die Tür einhieb. Lange, pfeilspitze Holzspäne flogen davon, bis nach und nach ein Spalt entstand, der allerdings kaum breiter war als Matejs Hand. Hektisch griff er hinein und tastete nach dem Riegel, der sich an der Innenseite der Tür befand. Sein Gesicht verzerrte sich vor Anstrengung. »Der Riegel!«, stieß er hervor. »Er ist zu weit unten. Ich komme nicht ran.« Er zog den verschrammten Arm durch die Wunde im Holz und holte wieder mit dem Beil aus, um den Spalt zu vergrößern.

Kampfgeschrei ertönte vom Palast her. Lis sah sich gehetzt um und suchte instinktiv nach einem Versteck. Wer weiß, vielleicht würden die Priester oder Dabogs letzte Krieger sich zum Turm flüchten, um sich darin zu verschanzen? Sie, Matej und die anderen konnten sich nur hinter dem Turm in Sicherheit bringen, aber selbst dort würden die Krieger von Antjana sie finden. Mokosch trat vor und legte Matej die Hand auf den Arm. »Lass mich«, sagte sie bestimmt. »Ich habe schmalere Hände und dünnere Arme als du.« Ohne auf eine Antwort zu warten trat sie zur Tür und schob ihren Arm mühelos bis fast zur Schulter durch den Spalt. Es gab ein dumpfes »Klack« und die Tür war offen.

Nacheinander schlüpften sie durch den niedrigen Durchgang und schoben den Riegel wieder vor. Lis sah, dass ein Räderwerk den schweren Holzriegel mühelos bewegte. Nun war die Tür wieder fest verschlossen. Mehrere Löcher im Riegel, in denen Metallstifte und Bronzerädchen schimmerten, deuteten darauf hin, dass es noch einen zusätzlichen Schließmechanismus gab. Levin hatte ihr erzählt, dass nur die Türhüter der Priester wussten, wie man eine Tür damit fester verschloss als das Tor zur Totenwelt. Sie hatten Glück gehabt, dass die Tür jetzt nur einfach verriegelt gewesen war.

Der schwache Schein von Opferfackeln beleuchtete einen runden Raum. Auf dem gestampften Boden standen sieben lebensgroße Poskur-Statuen aus Holz in einem magischen Zirkel. Mokosch schloss die Augen und musste sich sichtlich überwinden, den geheiligten Kreis zu betreten, doch schließlich reckte sie entschlossen ihr Kinn vor und schloss zur Gruppe auf. Eine schmale Holztreppe führte an den Innenwänden des Turms entlang steil nach oben. Matej nahm eine der Fackeln von der Wand und winkte ihnen zu, ihm zu folgen. »Die Gefängnisse sind sehr weit oben«, flüsterte er. Unheimlich hallte das Echo seiner Worte.

Mit gemischten Gefühlen stiegen sie die Treppen hinauf, sorgfältig darauf bedacht, nicht im selben Takt zu laufen, um das Geländer nicht mehr als nötig zum Schwingen zu bringen. Lis zitterten die Knie, doch sie zwang sich, nicht nach unten zu sehen. Tona bemerkte ihr Zögern und reichte ihr die Hand. Stufe für Stufe zogen sie sich gegenseitig hoch. Immer schwerer wurden Lis' Beine, bis sie endlich – es musste ihrem Gefühl nach schon die tausendste Treppenstufe sein – stehen blieb, ihren Gürtel löste und sich Überkleid und Kettenhemd vom Körper streifte. In dem dünnen Unterkleid bekam sie wieder mehr Luft und atmete erleichtert auf. Die ersten Schritte ohne das Eisengewicht erschienen ihr so leicht, als würde sie fliegen.

Schließlich erreichten sie einen Vorsprung, bald darauf noch einen. Die Luft wurde immer heißer und stickiger, das Holz roch nach salzigem Moder.

»Hier ist eine Tür!«, rief Matej und hämmerte an einen niedrigen Durchgang, an dessen Außenseite ein dicker Balken als Schloss diente. Keuchend hoben Matej und Tona ihn hoch. Ein schwaches Klopfen antwortete ihnen. Mokosch biss sich auf die Lippe. Sie hatte Tränen in den Augen und wartete wie Lis voller Hoffnung.

Lis stand da und hörte ihr Herz so laut klopfen, dass sie sicher war, das Echo müsste von den Wänden widerhallen. Was, wenn Levin hinter dieser Tür war? Dann lebte er! Ungeduld riss an ihr, am liebsten hätte sie Matej angeschrien, sich doch zu beeilen.

Tona schüttelte den Kopf. »Sie geht nicht auf. Die Tür ist mit einem dieser geheimen Schlösser versiegelt, von denen nur die Priester wissen, wie sie geöffnet werden können. Der Balken dient nur dazu, die Tür kurzfristig zu verschließen. Wir können sie so jedenfalls nicht öffnen.«

»Was?«, schrien Lis und Mokosch aus einem Munde.

Matej zuckte zusammen. »Geht zurück!«, befahl er und griff nach Lis' Axt.

Lis wusste nicht, wie viele Minuten vergangen waren,

seit Matej immer und immer wieder ausholte. Es schien nur Millimeter um Millimeter voranzugehen, doch immer wieder antwortete den dumpfen Schlägen ein Klopfen, zunächst schwach und zögernd, schließlich immer verzweifelter und lauter.

Nach einer Weile löste erst Tona Matej ab, und schließlich nahm Lis die Axt, deren Griff schon heiß und rutschig von den Händen der anderen war. Die Scharte, die sie mit vereinten Kräften nach und nach ins Holz schlugen, wurde größer und größer. Als Mokosch ihr das Beil aus der Hand nehmen wollte, schüttelte sie den Kopf. »Du nicht, Mokosch. Geh zur Seite, wir schaffen das auch so.«

Mokosch widersprach nicht, sondern machte ihr gehorsam, wenn auch mit unglücklichem Gesicht, wieder Platz. Sie sah aus, als wäre ihr wieder übel.

»Sie ist schwanger«, erklärte Lis, als sie Matejs fragenden Blick sah. »Und zwar von dem Kurier, der vielleicht hinter dieser Tür wartet.«

Tona fiel die Kinnlade herunter. Mokosch errötete. Lis hieb noch einige Male in das Holz. Endlich brach die Axt hindurch.

»Pogoda!«, schrie Mokosch auf und stürzte zur Öffnung.

»Mokosch?« Die Stimme klang dumpf und schwach, eine ausgezehrte Hand erschien im Spalt, die Mokosch ergriff und mit Küssen bedeckte.

»Ja!«, rief sie und lachte und weinte gleichzeitig. »Ich bin es! Wir holen dich raus.«

»Geh zurück, Pogoda!«, rief Lis ihm zu und schob Mokosch unsanft zur Seite. Die Enttäuschung, Levin nicht gefunden zu haben, machte sie wütend – so wütend, dass sie mit wenigen Schlägen den Spalt so weit verbreiterte, dass ein schmaler Mensch sich seitlich hindurchzwängen konnte. Und Pogoda war nach den Tagen im Gefängnis so schmal, dass er ohne Mühe hindurchpasste.

Lis erschrak, als sie den jungen Kurier sah. Niemals hätte sie ihn wiedererkannt. Pogoda war so stark abgemagert, dass er wie vertrocknet aussah. Seine Haare schienen heller geworden zu sein und seine Lippen waren aufgesprungen und verkrustet. Aber er lächelte ein glückliches, wenn auch gespenstisch hohles Lächeln und schloss Mokosch in die Arme. Lis kämpfte gegen die aufsteigende Panik an, aber sie zwang sich, ruhig zu bleiben, und machte sich bewusst, dass Levin unmöglich in einem so schlimmen Zustand sein konnte wie Pogoda, schließlich saß er erst seit gestern in diesem Turm.

»Ich habe dich nicht verraten«, flüsterte Pogoda Mokosch zu.

»Ich weiß«, antwortete die Fürstentochter mit leiser Stimme und strich immer wieder über sein Gesicht. »Ich weiß. Wir bringen dich hier raus. Und dann verlassen wir Antjana.«

»Ja«, antwortete er kaum hörbar. »Weg von Antjana ...« Sein Blick irrte bei diesen Worten durch den Raum. Lis war sich nicht sicher, ob der Kurier viel von dem wahrnahm, was um ihn herum vorging. Aber dann entdeckte er ihr Feuermal und lächelte. »Oh, die Gesandte! Meine Botschaft ...«

»Ja, ich weiß«, unterbrach ihn Lis barsch und wandte

sich an Tona und Mokosch. »Geht, haut ab! Sucht die Desetnica und bringt euch in Sicherheit. Matej und ich holen Levin und kommen nach, so schnell wir können. Los!«

Gehorsam nahmen Mokosch und Tona den Kurier zwischen sich und schleppten ihn die Treppen hinunter. Er war kaum fähig, einen Schritt alleine zu gehen.

»Nach oben!«, rief Matej und rannte mit der Fackel in der Hand die Treppe weiter hoch.

»Levin!«, schrie Lis, während sie höher und höher liefen. Rechts von ihnen taten sich Kammern auf, dunkle Löcher ohne Licht, aus denen ihnen der modrige Gestank feuchten Schimmels entgegenschlug. Eine sehr schmale, unscheinbare Tür, die Lis kaum bis zu Hüfte ging, war allerdings verschlossen.

»Komm, Lis!«, rief Matej ihr zu, als er bemerkte, dass sie stehen geblieben war. »Das ist keine Gefängnistür.«

»Woher willst du das wissen?«, rief sie zurück. »Sie ist verschlossen – und ein Mensch passt hindurch.«

Ungeduld ließ Matejs Stimme barsch und unhöflich klingen. »Bist du der Türwächter oder ich? Glaube mir einfach mal, dass ich mich in der Stadt besser auskenne als die meisten Antjaner! Und jetzt mach schon!«

Die Tür ganz oben war ebenfalls verschlossen. Lis hämmerte wie von Sinnen mit den Fäusten an das Holz, doch kein Klopfen antwortete ihr. Sie heulte los, als sie plötzlich Matejs Hand auf der Schulter fühlte. »Nicht aufgeben, Lizika. Bestimmt ist er nur bewusstlos.«

Lis zuckte zusammen und sah ihn überrascht an, als sie wie ein fernes Echo ihrer Tante Vida ihren Kosenamen hörte. Seltsamerweise tröstete es sie und sie nickte und überließ Matej die Tür. Er holte mit der Axt aus und schlug mit aller Kraft zu.

Viel zu viele Schläge später hatte sich noch nicht viel getan. Matej lief der Schweiß über die Stirn, mehrmals musste er eine Pause machen, um keuchend Luft zu holen. Immer noch hatten sie keine Antwort aus dem Innenraum vernommen. Schließlich ließ Matej die Axt sinken. »Versuch du mal«, sagte er und strich sich mit dem Ärmel erschöpft über die Stirn.

Lis nahm die Kurzaxt und holte aus. Schon beim ersten Schlag spürte sie, dass diese Tür etwas ganz Besonderes war. Jeder Schlag auf das harte Holz fuhr ihr schmerzhaft durch die Handgelenke bis hinauf zu den Schultern. Sie fluchte und rieb sich den rechten Arm.

»Vielleicht ist es doch besser zu warten, bis die Sarazenen kommen und uns helfen«, meinte Matej.

»Nein!« Lis hatte dieses Wort herausgeschrien. »Ich kann ihn da nicht drin lassen – vielleicht stirbt er gerade. Er reagiert nicht!«

»Das muss nichts heißen – er könnte genauso gut gefesselt sein«, wandte Matej ein.

Sie antwortete ihm nicht, sondern biss die Zähne zusammen, hob die Waffe und schlug zu. Immer wieder, bis sie außer Atem war und innehalten musste. Die schmale Mulde hatte sich zu einem Spalt verbreitert. Dann löste Matej sie wieder ab. Die Schläge hallten wie unregelmäßige Herzschläge des Turms durch den hohen Raum.

Lis kam sich vor wie in einer Zeitschleife. Vielleicht war das die Hölle? Vielleicht war sie doch auf dem Mosaik im Palastinnenhof gestorben und würde hier bis in alle Ewigkeit gegen eine Tür anrennen, hinter der Levin lag und nicht antwortete.

Endlich, vielleicht schon beim tausendsten Schlag, brach eine Spitze der Axt durch das Holz. Du musst große Angst vor Karjan dem Priester haben, Niam, dachte Lis grimmig, als sie die Waffe wieder Matej gab. Warum sonst musstest du ihn hinter die dickste Tür sperren? Mühsam schnappte sie nach Luft und ging ein paar Holzstufen nach unten, wo die Luft weniger stickig war. Seitenstechen ließ sie keuchen. Sie hatte das Gefühl zu atmen und doch zu ersticken. Und da war noch etwas, was sie störte. Ein unangenehmer Geruch, den sie so gut kannte, dass sich ihr die Nackenhaare aufstellten. Irgendwo brannte ölgetränktes Holz. Ob die Priester ihre eigene Stadt in Brand steckten, damit ihnen die Flucht doch noch gelänge?

Unten im Turm vernahm sie ein Scharren, dann einen dumpfen Knall. Ihr Herz bockte und rannte dann los. Oben hämmerte Matej immer noch gegen die Tür. Mit zitternden Händen zog sich Lis an der wackligen Brüstung hoch und überwand sich, in die Tiefe zu schauen. Von oben sahen die sieben Statuen des grausamen Gottes so klein aus, dass ihr übel wurde. Der Sog der Tiefe zerrte an ihr, doch sie kniff die Augen zusammen und konzentrierte sich darauf, im Dämmerlicht etwas zu sehen.

An der Turmtür stand eine schemenhafte Gestalt. Lis hörte ein metallisches Klicken und begriff, dass die Tür von innen verriegelt wurde. War es Tona? Ein vages Gefühl hielt sie davon ab, nach ihr zu rufen. Etwas irritierte sie. Schritt für Schritt stieg sie die Stiegen hinunter in der Hoffnung, die Gestalt erkennen zu können. Sie bildete sich ein, Schritte und dann ein weiteres Klicken zu hören, wahrscheinlich spielte das Echo im Turm ihr einen Streich. Der Schatten stand inzwischen bewegungslos an der Tür und spähte offensichtlich durch die Scharte hinaus auf den Platz. Oben hämmerte Matej in immer länger werdenden Abständen gegen die Tür. Ein Splittern erklang, dann setzten die Schläge wieder ein.

Stufe um Stufe schlich Lis nach unten. Der Rauchgeruch war nun ganz deutlich, dumpf hörte sie durch die Holzwände des Turms ein Rauschen wie von starkem Wind, in das sich Rufe mischten. Bis zur verriegelten kleinen Tür gehe ich noch, sagte sich Lis. Nur noch zehn Stufen, wenn ich dann nicht sehe, ob es Tona ist, bleibe ich sitzen und warte.

Sie beschleunigte ihren Schritt, bis plötzlich Fackelschein über ihre Wange leckte und sie in ein verschmiertes Gesicht mit gebleckten Zähnen blickte. Erschrocken prallte sie zurück, doch es war zu spät.

Niams Augäpfel waren rot vom Rauch, wie Dämonenaugen leuchteten sie in dem geschwärzten Gesicht. Die Rußmaske war verwischt, die Zähne gefletscht vor Anstrengung, was ihm das Aussehen eines Tieres mit schwarzblauer, fleckiger Haut verlieh. In Lumpen hing das Priestergewand von seinen knochigen Schultern. In der rechten Hand hielt er eine Opferfackel. Nun wusste Lis, was ihr seltsam erschienen war: Unten im Kreis der Statuen hatten nur noch fünf Fackeln gebrannt.

Mit dem linken Arm presste Niam etwas an die

Brust, das auf den ersten Blick aussah wie ein goldgeschmücktes, pelziges Tier. Erst beim näheren Hinsehen erkannte Lis, dass es eine Felltasche war, prall mit Opfergold und Edelsteinen gefüllt. Niam hatte den Tempelschrein geholt! Jetzt erst bemerkte sie aus dem Augenwinkel, dass die niedrige Tür, die sie vorhin für das Gefängnis gehalten hatte, nun offen stand.

Niams Gesicht war das eines Wahnsinnigen. Er sah aus, als stünde er einem Dämon gegenüber. »Du!«, stieß er hervor. Klirrend fiel die Felltasche auf den Boden. Rubine und Goldmünzen hüpften klingend von Treppe zu Treppe. »Du bist tot, wir haben dich getötet!«

In Panik sprang sie rückwärts, ihr Fuß ging ins Leere, hart schlug sie mit dem Knöchel an einen Stufenrand und fiel hin.

»Niam?« Tschurs Stimme, natürlich. Er war die Gestalt dort unten. Gemeinsam mit seinem Herrn hatte er sich im Turm verschanzt, in der letzten Zuflucht, die ihnen Antjana noch bot. Lis rappelte sich auf und rannte. Die Luft zum Schreien fehlte ihr. Schon fühlte sie, wie Niam ihr Kleid mit der Hand packte und sie gegen das Geländer schleuderte. Unter ihrem Gewicht gab es knirschend nach. Sie verlor das Gleichgewicht und konnte gerade noch eine wacklige Geländerstrebe ergreifen. Einen bangen Augenblick lang schwebte sie über dem Abgrund. Von unten leuchtete ihr winzig und flackernd im Fackelschein das ungläubige Gesicht von Tschur entgegen.

Ihr wurde schwindlig, verzweifelt griff sie nach Niams Mantel, erwischte ihn, zog sich heran und klammerte sich mit aller Kraft an den Oberpriester, um nicht zu fallen. Niam keuchte vor Überraschung und wich angewidert zurück. Im Schwung seiner hektischen Bewegung gelang es ihr, das Gleichgewicht wiederzufinden.

»Du ... bist ... tot!«, schrie Niam sie an. Verbissen rangen sie miteinander. Die Fackel schlenkerte hin und her, tanzte gefährlich nahe an ihrem Haar, gleißende Lichtpunkte hüpften vor ihren Augen. Sie begriff, dass sie keine Chance hatte. Mit einem Kampfschrei brachte Niam sie zu Fall. Seine Hand legte sich wie eine Klaue um ihren Hals. Die Treppenstufen drückten in ihren Rücken.

»Im Feuer Poskurs wirst du sterben!«, heulte der alte Priester auf und hob die Fackel. Weiße Zacken von Schmerz bohrten sich in ihren Hals, als die Fackel niederfuhr und das Feuer über ihr Mal leckte. Lis roch verbranntes Haar, ihre Gedanken verschwanden, dann war sie nur noch Krallen, nur noch Flucht, nur noch geballte Kraft. Sie kratzte, biss, sie schrie, bis die Hand um ihre Kehle sich endlich lockerte. Sie trat um sich und stieß ihren Fuß in etwas Weiches. Ein Schatten glitt über sie hinweg. Plötzlich atmete sie und der Schmerz brandete an ihrem Hals und ihrer Wange hoch. Sie floh, floh auf allen vieren weg von diesem Schatten, floh Stufe um Stufe hinauf, bis sie an eine Tür stieß. Dann drehte sie sich um.

Das Bild verschwamm vor ihren Augen und wurde nur langsam wieder scharf. Auf der Treppe sah sie Niam und neben ihm eine zweite Gestalt. Es war nicht Tschur, es war Matej. Er klammerte sich an das Geländer, während Niam taumelte und in einem linkischen Tanz versuchte, mit seinen Händen die Axt zu erreichen, die in seinem Rücken steckte. Einige Momente lang hörten sie nur sein Keuchen, dann endlich stolperte der Hohepriester Poskurs, verlor das Gleichgewicht und kippte über das Geländer in die Tiefe. Lis erinnerte sein Körper an eine Lumpenpuppe mit trudelnden Armen. Seine Fackel sprang ihm durch die Luft hinterher wie ein übermütiger Schoßhund. Mitten im Sturz löste sich die Axt aus Niams Körper, prallte am Rand einer Treppenstufe ab und verfing sich auf halber Höhe des Turms in einer V-förmigen Balkenstrebe, die die Treppe stützte. Ohne einen Schrei stürzte der Priester Poskurs auf den Kultplatz seines Gottes.

»Lis!« Matejs Stimme klang so weich und besorgt, dass sie am liebsten in seine Arme geflohen wäre und die Augen nie wieder aufgemacht hätte. »Beweg dich nicht, Lis. Zeig her!« Seine Finger strichen über ihre Wange, entfernten vorsichtig die Haare, die sich in der Brandwunde verfangen hatten. An seinem Gesichtsausdruck konnte Lis sehen, dass die Wunde schlimm war, sehr schlimm. »Wir müssen dich sofort hier rausbringen, zu einem Heiler.«

Sie wunderte sich, wie Matej immer noch so ruhig sprechen konnte. Es schmerzte zu sehr, den Kopf zu schütteln. Sie fror. Aus einem Erste-Hilfe-Kurs wusste sie, dass sie dabei war, in einen Schockzustand zu fallen, und biss die Zähne zusammen. Sie durfte jetzt nicht ohnmächtig werden. Nicht jetzt! »Erst holen wir Levin, Matej. Ich kann laufen.«

»Nein, kannst du nicht! Bleib sitzen, ich hole Levin aus dem Verlies. Mach dir keine Sorgen.«

»Keine Sorgen?« Lis konnte ein Lachen kaum unterdrücken. »Ich mache mir keine Sorgen, ich will zu meinem Bruder!«

Ihr war nur halb bewusst, dass sie die letzten Worte herausgeschrien hatte. Matej sah sie mit zusammengekniffenen Lippen an. Sie wusste, dass er ihr am liebsten befohlen hätte, vernünftig zu sein. Lis stützte sich auf und wollte gerade noch einmal klarstellen, dass sie auf gar keinen Fall hier warten würde, als er knapp nickte und ihr vorsichtig auf die Beine half. Stumm erklommen sie gemeinsam die Stufen zur Tür.

Matej hatte ganze Arbeit geleistet. Zerbrochen hing die Tür in einer schartigen Angel. Dahinter war Dunkelheit. Erst als Matej mit der Fackel in den Raum leuchtete, sahen sie Levin. Er lag ausgestreckt auf dem Boden und blinzelte ihnen entgegen. Sein Gesicht, das immer noch die nun reichlich verschmierte Maske der Hohepriester trug, war abwesend, fast friedlich. Seine Lippen bewegten sich. Als Lis sich neben ihm niederließ, hörte sie, was er sang. »Welcome to the Hotel California ... such a lovely place ...«

Natürlich, Levin galt in seiner Klasse auch deshalb als Spinner, weil er mit Vorliebe nicht nur keltische Folklore, sondern auch uralte Songs wie diesen hörte.

Wieder blinzelte er und eine Ahnung des Erkennens blitzte in seiner entrückten Miene auf. »He, Lis!«, sagte er und lächelte ihr zu. Seine Augen glänzten wie zwei nasse Mondsteine und Lis erkannte, dass ihr Bruder hohes Fieber hatte. Obwohl er mit ihr sprach, schien er kaum bei Bewusstsein zu sein. »Hast du mein Handy gesehen?«, flüsterte er. »Ich warte auf eine SMS von der Con-Gruppe.«

»Nein, Levin«, sagte sie und zog ihn mit einem Ruck in eine sitzende Position. »Steh auf, wir müssen hier raus.« Immer stärker wurde der Rauchgeruch.

»Ich würde ja gerne«, murmelte Levin. »Aber meine Beine – irgendwas ist komisch.« Er sah ernsthaft besorgt aus. »Der Spielleiter hat gesagt, er hat das Skript und den Ablauf des Spiels unter Kontrolle. Sie werden kommen, Lis. Mach dir keine Sorgen. Es steht alles im Skript.«

»Halt die Klappe!«, fuhr ihn Lis an. Ihre Brandwunde pochte und schmerzte bis zur Unerträglichkeit. »Matej!«, rief sie. Er sprang herbei und half ihr. Gemeinsam hievten sie Levin, so gut es ging, hoch.

»You can check out any time you like, but you can never leave ...«, sang Levin wieder vor sich hin, sein Kopf schlenkerte von einer Seite zur anderen. Er hielt die Augen geschlossen. Seine Knie knickten ein, aber irgendwie hielten Lis und Matej ihn aufrecht, obwohl er schwer war wie ein Sack voller Backsteine.

Mehr stolpernd als gehend bewältigten sie die ersten paar Stufen, dann quälten sie sich weiter und weiter. Lis schrie jedes Mal auf, wenn Levin versehentlich ihre Wunde berührte. Der Rauch zog inzwischen durch den Turm und biss in ihrer Lunge. Brannte die ganze Stadt? Oder hatten die Sarazenen doch noch die Scheiterhaufen in Brand gesteckt? Die Vorstellung beunruhigte sie auf eine vage Weise. Sie wusste nicht, woher dieses Unbehagen kam. Es dauerte eine Ewigkeit, in der sie husteten, verweilten, nach Luft schnappten und sich weiterschleppten, in der Lis betete, dass Levin nicht wahnsinnig geworden war, bis sie endlich den Kultplatz am Fuß der Treppe erreichten. Levin rutschte aus ihrem Griff und wurde, sobald er den Boden berührte, bewusstlos. Erst jetzt fiel Lis ein, dass Tschur sich noch hier befinden musste. Gehetzt sah sie sich um, aber der Turm war leer. War er wieder aus dem Turm geflohen, als er sah, dass sein Herr tot war?

»Sieh mal, die Statue!«, rief Matej und deutete auf eine der Götterfiguren.

Lis vermied es, zu der Leiche des Priesters zu schauen, die wie ein Menschenopfer zwischen den grinsenden Götterstatuen lag und mit glasigen Augen in die Unendlichkeit starrte. Dennoch erkannte sie, dass Matej Recht hatte – etwas war anders, eine der vielen Poskur-Statuen war umgefallen. Das allein mochte nicht ungewöhnlich sein, aber neben der Statue lagen mehrere quadratische Steine und Holzplatten, die jemand wohl in großer Hast zur Seite geworfen hatte.

»Ein Geheimgang unter der Statue!«, sagte Matej und sprang auf. »Das ist die Rückseite des Turms, bestimmt führt er zum Meer!«

Schon rannte er am Rand des Raumes entlang, bis er bei der liegenden Statue angelangt war. Lis war nicht so schnell, behutsam folgte sie ihm, wobei sie darauf achtete, nicht zu hart aufzutreten, denn jede Erschütterung schickte Wellen von Schmerz in ihre Brandwunde.

»Er ist geflohen«, rief Matej. »Deshalb sind sie also in den Turm gekommen. Sie wollten den Tempelschatz mitnehmen und durch den Geheimgang zum Strand fliehen.«

»Wahrscheinlich haben sie irgendwo da draußen auch ein Boot versteckt«, sagte sie matt.

Matej lächelte. »Ich glaube nicht, dass Tschur weit kommt. Die Sarazenen werden ihn finden.« Er beugte sich vor und lugte in den schmalen Gang. »Schau, das ist einer der Geheimgänge, die sich von selbst verschließen, wenn du an seinem Ende einen Stützstein bewegst. So kann dir niemand folgen.«

Nun sah auch Lis, dass das Loch im Boden mit Schutt und Erde zugeschüttet war. Den Gang freizuräumen musste Stunden kosten. Sie hustete und sah sich nach der Tür um. »Lass uns hier rausgehen«, flüsterte sie. Matej nickte. Inzwischen war es im Turm heiß geworden. Brennendes Holz knackte irgendwo. Lis schleppte sich von Matej gestützt zur Turmtür. Gleich würde sie atmen können. Sie sehnte sich nach kühler Luft, nach Himmel.

»Warte, lass mich!«, sagte Matej sanft und schob sie zur Seite. Dann legte er seine Hand unter den Riegel und ruckte daran. Nichts tat sich. Matej fluchte in bestem Piraner Marktdialekt und zerrte wieder und wieder an dem Riegel. »Verdammt, sie haben die Tür von innen verschlossen – und zwar mit dem geheimen Mechanismus, den nur die Priester öffnen können. Wo ist die Axt?«

»Sie klemmt oben in der Stützstrebe«, flüsterte Lis. »Da, wo wir sie nicht erreichen können.« Eine schrille Alarmsirene heulte in ihrem Kopf los. »Vielleicht können wir Hilfe rufen!« Sie trat an den Spalt heran, den sie vorher in die Tür gehauen hatten, und drückte ihr Auge dagegen. Das Erste, was sie sah, war ein Stück des Marktplatzbodens und ein Fuß, der in ihr Sichtfeld ragte. Ein Stück eines Priestermantels bedeckte ihn zu

Hälfte. Anscheinend waren Niam und Tschur nicht die Einzigen, die auf die Idee mit dem Geheimgang gekommen waren. Nun, weit hatte diesen Priester sein Einfall nicht gebracht.

Weiter hinten auf dem Platz waren die verkohlten, erloschenen Scheiterhaufen. Wie schwarze Skelette ragten die verrußten Eisenstangen der Käfige in den Himmel. Der Anblick passte nicht zu dem, was Lis hörte, denn noch immer war da das Geräusch von prasselndem Feuer. Das Zweite, was sie verwunderte: Der Platz vor dem Priesterturm war voller Menschen. Etwa fünfzig Sarazenenkrieger standen dort und sahen mit seltsam faszinierten Gesichtern nach oben. Tona war mitten unter ihnen und weinte. Schräg hinter ihr stand der große, sanfte Wit. Von seinem Novizenmantel war nichts mehr übrig, aber er schien unverletzt zu sein. Und nicht weit von ihm erkannte sie voller Erleichterung Jishaar und Aladar. Sie streckte den Arm aus der Luke und wedelte wie verrückt mit der Hand. »Jishaar!«, schrie sie. »Hier!« Die plötzliche Euphorie spülte ihre Schmerzen fort. Sie war einfach glücklich, unglaublich glücklich, endlich in Sicherheit zu sein. Hektisch zog sie die Hand zurück und spähte wieder auf den Platz.

»Lizaanjah?«, schrie Jishaar ihr zu.

Ihr Herz machte einen Freudensprung. Sie hatten sie gesehen! »Ja, ja! Holt uns hier raus! Die Tür ist verriegelt!«

Doch statt sofort herbeizustürzen, warf Jishaar nur einen besorgten Blick nach oben. Die anderen Krieger machten ein paar Schritte nach hinten. Mit Erstaunen, das langsam und zäh durch ihre Gedanken floss, registrierte Lis, wie Jishaar eine heftige Diskussion mit zwei anderen Kriegern begann, während die Menschen sich weiter und weiter zurückzogen. Schließlich rannten zwei Sarazenen auf den Turm zu und begannen endlich mit ihren Äxten auf die Tür einzuschlagen.

Erleichtert zog sich Lis zu Levin zurück. Matej kauerte neben ihrem Bruder am Boden und hustete im dichten, schweren Qualm, der Treppenstufe für Treppenstufe nach unten schlich und sie einzukreisen begann. Immer noch reagierte Lis' benebelter Verstand nicht. Dumpf klopften die Axtschläge gegen die Tür. Raue Stimmen riefen sich etwas zu.

»Sie kommen uns holen«, sagte Lis und wiegte sich in der Sicherheit, dass der Albtraum nun vorbei war, endlich vorbei.

»Hoffentlich«, flüsterte Matej atemlos und sah zur Turmkuppel hinauf. Endlich kam Lis auch auf die Idee, nach oben zu schauen.

Opferfackelhell brannte der Turm über ihren Köpfen. Die Treppe ächzte unter den brüllenden Hieben des Feuers. Eine Seitenwand des Turms war bereits fast auf Augenhöhe von Flammen umhüllt. »Nein«, sagte Lis, und sie wiederholte es immer wieder. »Nein, nein, nein!«

Ein grässliches, morsches Knirschen erfüllte den ganzen Turm. Stimmengewirr und laute Befehlsrufe antworteten ihm, dann verstummten die Schläge an der Tür. Das Geräusch von schweren, flüchtenden Schritten erklang und wurde immer leiser. Im magischen Zirkel fing die erste Statue knisternd Feuer. Mitten in der plötzlichen beängstigenden Stille krachte es so laut, dass

Lis sich reflexartig über den bewusstlosen Levin warf und den Kopf einzog. Matej war dem gleichen Impuls gefolgt. Sie tastete nach seinen Fingern und fand sie auf Levins Brust. Als wäre es das Einzige, was sie in dieser Lage tun konnten, nahmen sie sich an den Händen. Gleichzeitig hoben sie die Köpfe und sahen sich an im vollkommenen Begreifen, dass es zu spät war.

Das Letzte, was Lis wahrnahm, war der goldene Fleck in Matejs rechtem Auge. Für einen magischen Augenblick hatte sie das Gefühl, als wären ihre Seelen eins. Im Bruchteil einer Sekunde sah sie in Matejs Augen sein ganzes Leben – unzählige Fotoschnappschüsse, die sich in einem wirbelnden Haufen mit den ihren vermischten. Möglichkeiten blitzten auf; Bilder, die sie nie sehen würde, flatterten zwischen Vergangenes. Weihnachtsbilder und Schnappschüsse von Geburtstagen vermischten sich mit Bildern von Spaziergängen an der Isar und Ferienbildern von verschlafenen Sommernachmittagen am Piraner Strand.

Dann brach die Welt zusammen, ihr Bewusstsein zersplitterte. Poskur verschlang die Bilder mit seinem brennenden Maul.

Matej

Blitzhelle Pfeilfische trieben hinter ihren geschlossenen Lidern in einem dunkelroten Meer. Schön sahen sie aus. Wohlig ließ sie ihre Anspannung los und genoss den Anblick der wuselnden Farbflecken, bevor ihr nach und nach bewusst wurde, dass etwas anders war als noch vor wenigen Sekunden – oder vielleicht sogar schon Stunden? Ihre Erinnerung war eine träge Muräne, die sich nur sehr langsam und unwillig in ihrem Korallenhaus bewegte, und so brauchte Lis eine noch viel längere Blitzfischweile, bis sie begriff, das seltsame Gefühl war schlichtweg die Tatsache, dass sie keine Hitze mehr spürte. Im Gegenteil: Sie lag an einen harten Gegenstand gelehnt da und fror.

Unter ihren Fingern ertastete sie einen ungewöhnlich glatten Stoff. Vorsichtig bewegte sie die Hand und war verwundert, keinen Schmerz zu fühlen. Lediglich als sie ihren Kopf zur Seite bewegte, stieß ihre Schläfe gegen rauen Stein. Es tat zwar weh, aber es war kein Vergleich zu einem anderen, viel größeren Schmerz, an den sie sich nur schemenhaft erinnerte. War es Feuer gewesen? Nun brannte jedenfalls nichts mehr.

Bild für Bild flatterten ihre Erinnerungen wieder heran, fielen wie Polaroids zwischen die Blitzfische, die nach und nach verschwanden und der Erkenntnis Platz machten, das da kein Turm mehr war, keine Axtschläge gegen Holz und keine Holzstatuen eines grausamen Gottes. So ist es also, gestorben zu sein?, schoss es ihr durch den Kopf. So kalt und unbequem? Nur zur Sicherheit beschloss sie nachzusehen, blinzelte und schlug die Augen auf.

Levin lächelte ihr zu. »Guten Morgen«, sagte er leise. Er war zwar blass, aber der Fieberglanz war aus seinen Augen verschwunden.

Lis richtete sich vorsichtig auf und betastete den Boden, auf dem sie saß. Er war aus Beton und kühl von der Nacht. Vor ihr erstreckte sich der weiße Felsensaum der Punta. Dahinter lag, morgenblau und unberührt, das Meer.

Levin betrachtete es, ohne ein Wort zu sagen. Als sein Handy mit einem schnarrenden Ton den Eingang einer SMS verkündete, begriff Lis endgültig, dass sie in Piran war, an irgendeinem frühen Morgen, mit dem Rücken an die Mauer des Leuchtturms gelehnt.

Mit einer schlafwandlerisch sicheren Bewegung griff Levin zu seinem Handy und rief die Nachricht ab. »Einen Gruß von meinen Con-Kumpels«, sagte er und zog ironisch den linken Mundwinkel hoch. »Sie wünschen mir viel Spaß auf der Suche nach den Geisterschiffen.«

Lis konnte immer noch nichts sagen. Ungläubig befühlte sie die Regenjacke, die sie wieder – oder immer noch? – trug. Wenn sie die Augen zumachte und daran schnupperte, konnte sie allerdings noch den Feuerrauch aus Zorans Hütte und Zlatas Räucherwerk erahnen. Nachdem sie mit bangen Fingern nach ihren Wunden getastet hatte, kam sie zu dem Ergebnis, dass die Stelle an ihrem Brustbein, wo der Speer sie getroffen hatte, nicht einmal einen blauen Fleck oder Kratzer aufwies und ihr verbrannter Hals sich glatt und ganz normal anfühlte.

Wenn ich geträumt habe, wenn Antjana, Tona und Matej alle nur die Gestalten aus einem unruhigen Traum sind, dann muss das Medaillon mit der zerrissenen Kette noch in meiner Anoraktasche sein, dachte sie. Mit zittrigen Fingern tastete sie danach, voller Angst, nichts zu finden, und noch viel ängstlicher, plötzlich das Medaillon zu spüren, dunkel angelaufen und verkrustet.

Ihre Finger stießen zwar auf etwas Hartes, aber sie atmete erleichtert auf, als sie sah, dass es nicht das Medaillon, sondern etwas anderes war – ein Ledersäckchen. Es hatte nur sehr entfernte Ähnlichkeit mit ihrem Beutel mit den Eidechsenknochen. Dieses hier war beinahe farblos und vom Alter verwittert. Das Leder war nicht braun, sondern von einem hellen, staubigen Grau. In ihrer Hand fühlte es sich so ähnlich wie dickes, trockenes Papier an, das jemand vor sehr langer Zeit zusammengeknüllt hatte. Behutsam befühlte sie das Säckchen. Es knisterte in ihren Fingern. Als sie es vorsichtig umdrehte und vergilbte, dunkelbraune Knöchelchen auf ihre Handfläche fielen, erkannte sie, dass es tatsächlich ihr Eidechsenbeutel war. Im Morgenlicht dunkelten die Knochen und das Leder schnell nach, wurden innerhalb weniger Sekunden brüchig und zerfielen vor Lis' staunenden Augen zu Staub, den der Wind davontrug. Ruhig sahen Levin und Lis zu, wie die letzte Spur von Antjana sich auflöste und verwehte, und mit ihr verschwand auch der Duft von Räucherwerk, der sie bis dahin umgeben hatte.

Ein Motorboot schoss vorbei und hinterließ an der Stelle, an der Antjanas Stadtmauer gestanden hatte, eine weiß schäumende Furche im Wasser, die sofort wieder zusammenfloss. Fischerboote kamen mit ihrem Fang vom offenen Meer heran. Rufe und Mopedgeknatter klangen durch die kristallklare Morgenluft. Immer noch war der Himmel gleißend hellgrau.

Lange saßen die Zwillinge beim Leuchtturm und betrachteten den italienischen Horizont, bis schließlich ein erster Streifen roter Morgensonne sich zeigte. Lis fühlte sich wie betäubt. Sie dachte an Matej und ihr Magen krampfte sich vor Angst zusammen. Ich muss ihn suchen, sagte sie sich. Irgendwo muss er sein. Gleichzeitig flüsterte ihr eine kleine, gemeine Stimme zu, dass Matej nicht überlebt hatte. Vielleicht war er schon zu lange in Antjana, vielleicht war seine Zeit in Piran abgelaufen – vielleicht war er damals, als er im Meer verschwand, wirklich ertrunken. Alles war möglich.

Schwerfällig erhob sich Levin und klopfte den Staub von seinen Hosenbeinen. Sein Priestermantel blähte sich im Wind. Alles an ihm war so, wie es vorher gewesen war, nur sein Gesicht hatte sich verändert. Er sah trauriger aus, erschöpfter, aber auch erwachsener und auf eine gewisse Weise härter. Lis kam es vor, als würde er fester auf der Erde stehen.

»Komm«, sagte er und streckte ihr die Hand hin.

Bereitwillig ließ sie sich hochziehen und schüttelte ihre eingeschlafenen Beine aus. Der Regenanorak raschelte ungewohnt. Unwillkürlich sehnte sie sich nach dem Gefühl von Wolle und kratzigem handgewebtem Leinen auf der Haut, an das sie sich so schnell gewöhnt hatte. Sogar das Kettenhemd hätte sie jetzt lieber getragen als den leichten Perlonstoff, der ihr das Gefühl gab, nackt und verletzlich zu sein.

Levin sah sie nachdenklich an. Wahrscheinlich komme ich ihm ebenso verändert vor wie er mir, überlegte sie. Müdigkeit überwältigte sie. Schweigend gingen sie die vertrauten Straßen entlang. Die Häuser, in denen die ersten Menschen erwachten, erschienen ihr winzig und rührend schmal, die Straßen rochen nach Stein und erkaltetem Fischöl. Tauben putzten sich auf den Stromleitungen, die sich zwischen den Häuserwänden über die Straßen spannten.

Lis und Levin betrachteten alles mit großer Konzentration. Sie staunten über die unregelmäßigen Pflastersteine, die unebenen Wege, über die roten Straßenschilder, auf denen die Straßennamen in dicken, weißen Buchstaben prangten.

Lis kam sich vor, als wäre sie von einer langen Reise heimgekehrt in einen Ort, den sie als Kind zum letzten Mal gesehen hatte. Wie alle Kindheitsorte erschienen ihr die Straßen erstaunlich klein und weit weniger prächtig als in ihrer Erinnerung. Schließlich, nach einer letzten Abzweigung, kamen sie in die Straße Grajska Ulica, wo das schmale Haus von Onkel Miran und Tante Vida noch mit geschlossenen Fensterläden tief schlief.

Ungewohnt war es auch, den Schlüssel in das Schloss zu schieben. Für einen Moment befürchtete Lis, der Schlüssel könnte nicht passen. Binnen Sekunden entstand in ihrem Kopf eine aberwitzige Geschichte, in der sie und Levin in eine Stadt zurückkehrten, in der ihnen ein um viele Jahre gealterter Sascha die Tür aufmachte und sie nicht mehr erkannte. Ihre Mutter war vor Gram gestorben, Tante Vida und Onkel Miran ebenfalls nicht mehr am Leben und Lis und Levin völlig aus der Zeit gefallen. Wie in den irischen Elfenmärchen würden sie auf ewig die Opfer dieses unerklärlichen magischen Zeitrutsches bleiben und nie wieder in ihr Leben zurückfinden.

Mit einem Klicken rastete der Schlüssel im Schloss ein. Lis beobachtete ihre eigenen Handlungen, als wäre sie ein Wissenschaftler, der die Gebräuche eines fremden Volkes betrachtet. Wie zerbrechlich das alles ist, ging es ihr durch den Kopf.

Die Treppe knarzte, als sie wie Diebe in das Dachzimmer schlichen, mit seltsam verrenkten Schritten im Zickzack, um immer die leisesten Stellen der Treppe zu erwischen. Es roch unglaublich sauber und chemisch. Düfte nach Putzmitteln, nach Seife und frisch gewaschener Wäsche durchdrangen das Haus und waren so stark, dass Lis fast der Atem wegblieb. Nie war ihr aufgefallen, wie sehr ihre Nase sich an die Gerüche des modernen Lebens gewöhnt hatte. Im Moment erschien ihr sogar der wohl vertraute Tier- und Fellgeruch in Zorans Hütte angenehmer.

Ihr Bett war zerwühlt, wie sie es verlassen hatten. Die Uhr auf dem Nachttisch zeigte 5.27 Uhr an. Im Nachbarhaus, wo Herr Petek sich für seine Frühschicht im Industriehafen in der Nachbarstadt Koper fertig machte, begann die Dusche zu rauschen.

Lis hätte schwören können, dass das Bett unter ihr heftiger hin- und herschwankte als eine Sambuq. Sobald sie die Augen schloss, rauschten Bilder an ihr vorbei. Auf dem letzten war Matejs Gesicht, immer wieder Matejs Gesicht. Deutlich erkannte sie den Goldfleck in seinem Auge und die brennenden Fotografien.

»Frierst du?«, fragte Levin, der neben ihr lag, den Kopf auf den linken Arm gebettet und an die Zimmerdecke starrend.

»Ein bisschen, ja«, gab Lis zu und rutschte zu ihrem Bruder hinüber. Er drehte sich auf die Seite und nahm sie in den Arm. Es tat gut, sich an ihn zu schmiegen. Seine Wange mit den vereinzelten Bartstoppeln kratzte an ihrem Ohr. Sein Herz schlug so langsam und gleichmäßig, es schläferte sie beinahe ein.

»Danke, dass du mich aus dem Turm geholt hast«, sagte er plötzlich. »Jede Minute habe ich damit gerechnet, dass ... sie mich holen. Einer der Wächter hatte mir gesagt, die Scheiterhaufen seien schon errichtet.« Seine Stimme wurde leiser, Lis hörte die Furcht heraus. »Ich habe versucht mir einzureden, dass es ein Traum ist. Ich dachte, ich müsste verrückt werden. Und dann, als ich tot war ...«

Lis zuckte zusammen. »Du warst nicht tot!«, flüsterte sie.

»Nicht?« Er lächelte. »Warum nicht? Wir waren doch auch in Antjana, oder?«

Sie schloss die Augen und ging in Gedanken den Weg von Tonas Hütte zum Priesterplatz. Wenn sie sich anstrengte, konnte sie wieder den Duft in Zlatas Zimmer wahrnehmen und den Schrein mit den Götterstatuen sehen. Sie erinnerte sich sogar an den zarten Geschmack von gegartem Katzenhai. Ein unbestimmtes

Heimweh erfüllte sie und eine nagende Sehnsucht nach Tonas Lachen, nach Mokosch und Marzana und sogar nach Wit, dem sanften Wit, der sie beschützt und ihr das Leben gerettet hatte. Und dann, natürlich, Matej. Immer wieder Matej.

»Wir waren tot«, fuhr Levin fort. »Und jetzt haben wir ein neues Leben.«

»Matej auch?«, fragte sie leise. »Er war nicht am Strand.«

Sie spürte, wie ihr Bruder nickte. »Wir werden ihn finden, Lis, ganz sicher.«

Seine Worte trösteten sie und nahmen ihr die bange Unsicherheit. »Und Tona? Mokosch und Pogoda?«, flüsterte sie weiter. »Und die Desetnica? Was ist aus ihnen geworden?«

Er seufzte und drehte sich auf die Seite, bis er ihr direkt in die Augen schauen konnte, eine Intimität, die ungewohnt war. »Nun, wir wissen nichts von Antjana. In keinem Buch steht geschrieben, was aus ihnen wurde. Vielleicht hat die Herrschaft der Desetnica das Volk von Antjana schließlich wieder entzweit. Vielleicht haben die Anhänger Poskurs sich wie die geheimen Kuriere verbündet – diesmal gegen die Sarazenen und die Desetnica. Vielleicht wiederholt sich all das immer wieder, bis die Stadt schließlich untergeht, ohne in der Geschichte eine Spur zu hinterlassen.«

Aber zumindest hatte Mokosch ihren Pogoda wieder, dachte Lis. Hoffentlich haben sie glücklich gelebt. Hoffentlich ist Tonas wunderschönes Kupferhaar wieder lang und glänzend geworden. Vielleicht hat sie sich verliebt – in Wit möglicherweise. Oder in Jishaar oder Aladar, wer weiß. Zum ersten Mal wurde ihr richtig bewusst, dass sie sich von all den Menschen verabschieden musste, für immer.

Sie schwiegen und hörten den Geräuschen auf der Straße zu. Tauben gurrten, Menschen unterhielten sich. Schneidend klar hallten die Stimmen in der frühen Luft.

»Wirst du zu deinem nächsten Rollenspiel gehen?«, murmelte Lis.

»Nun ist es kein Spiel mehr«, antwortete Levin nach einer sehr langen Weile. »In Antjana dachte ich wirklich, ich sei ein Magier oder ein Seher.« Er lachte auf, und diesmal klang es nicht albern oder durchgedreht, sondern beinahe erschreckend erwachsen. »Nun, jetzt ist mir zumindest klar, was ich nicht bin. Das ist schon mehr, als ich in meinem ersten Leben wusste.«

Der Schmerz über den Verlust schwang in seiner Stimme mit. Lis erkannte, er würde lange, sehr lange brauchen, um Antjana und die Erinnerung an sein Leben als Hohepriester zu überwinden. Gerne hätte sie ihn getröstet, doch sie wusste, dass es von nun an eine Tür zwischen ihnen gab, die sie soeben einvernehmlich geschlossen hatten, so behutsam und unwiderruflich wie die Tür zu einem Kinderzimmer, in dem nur noch die Erinnerungen schliefen.

Eng umschlungen, im Bewusstsein des Verlustes und gleichzeitig all der neuen Möglichkeiten, die sich vor ihnen auftaten, lagen sie da, bis sie ein Klopfen an der Tür zusammenzucken ließ. Nach der ersten atemlosen Schrecksekunde mussten sie lachen, weil sie im selben Moment erkannten, dass vor der Tür kein Krieger und kein Priester stand, der sie bedrohte, sondern nur ihr Cousin Sascha. »Frühstüüüück!«, brüllte er. »Eure Mutter sagt, ihr sollt endlich aufstehen!«

»Ja!«, schrie Lis zurück. »Fünf Minuten, klar?«

Als sie sich aufrichtete und vom Bett springen wollte, hielt Levin sie am Arm zurück. »Lis, bevor du rausgehst und die anderen den Schock ihres Lebens kriegen, muss ich dir noch was sagen.« Er lächelte verschmitzt und deutete auf ihren Hals. »Dein Feuermal ist weg.«

Der umgekippte Stuhl lag hinter ihr im Spiegelbild. So schnell war sie aus dem Bett zur Kommode mit dem Spiegel gestürzt, dass sie ihn einfach umgerissen hatte. Ihr Schienbein bekam bereits einen blauen Fleck, doch Lis spürte das Pochen unter der Haut nicht, sie sah nur diese eine Stelle, die helle, hautfarbene Stelle an ihrem Hals, wo nichts mehr war. Einfach nichts! Eine erstaunte junge Frau mit zerzaustem Haar sah sie an, mit Seheraugen, die zu glühen schienen. Ein Kloß saß plötzlich in ihrem Hals fest. Sie war kurz davor zu weinen, als sie die makellose Haut betrachtete, wo früher das hässliche dunkelrote Mal geprangt hatte. Immer wieder wandte sie den Kopf hin und her, strich sich mit den Fingern über die glatte Haut, bis sie sich endlich zwang, sich von dem Anblick loszureißen. Widerwillig nahm sie eines ihrer Halstücher aus dem Schrank und verdeckte zum letzten Mal in ihrem Leben ihren Hals.

Das Frühstück kam ihr vor wie eine skurrile Wiederholung eines Films, den man als Kind gesehen und lustig gefunden hat und der nun, Jahre später, nur noch erstaunlich und auf seltsame Weise rührend ist. Wie gestern – oder für sie vor einem Monat – saß Sascha am Tisch und hampelte mit dem Eierlöffel herum, bis das Eigelb auf den Tisch tropfte. Tante Vida schenkte Kaffee aus einer Kupferkanne in winzige Tassen und versuchte gute Laune zu verbreiten. Onkel Miran war muffflig und schweigsam und hatte noch den Abdruck einer Kissenfalte im Gesicht. Auch Bojan saß heute dabei und streckte seine langen Beine lässig unter dem Tisch aus. In seinem Gesicht spiegelte sich die altbekannte Lässigkeit und ein Hauch von Verachtung für die Welt.

Trotzdem kam es Lis so vor, als würde sie ihre Verwandten zum ersten Mal sehen. Bojans Unsicherheit und seine Angst, für immer in dieser kleinen, altertümlichen Stadt hängen zu bleiben. Seine Sehnsucht nach einem eigenen Leben, nach Abenteuern und Reisen und gleichzeitig seine Verstrickung in allzu enge Familienbande. Tante Vida, die als Mädchen soviel getanzt hatte und deren Tanzschuhe schon lange im Keller eingemottet waren, weil es mit ihrem Mann nichts mehr zu tanzen gab. Onkel Miran, kurzsichtig, gutmütig und zufrieden – und doch mit der nagenden Ahnung, dass sein Leben nichts Besonderes war. Und schließlich ihre Mutter!

Unwillkürlich ließ Lis die Kaffeetasse sinken, als ihre Mutter das Wohnzimmer betrat. Müde sah sie aus, ihr helles Haar stand wie ein Sonnenkranz um ihren Kopf und fing das Morgenlicht ein. Sie lächelte und Lis sah ihre ganze Verzweiflung, ihre Schlaflosigkeit und ihr vergebliches Ringen um Harmonie. Sie war Lis und Levins Mutter, aber sie war auch Vlasta, die Ausgewanderte, die verlorene Tochter, die nicht glücklich geworden war.

»Papa hat heute Morgen schon angerufen«, sagte ihre Mutter mit betont munterer Stimme. »Vielleicht kommt er in der zweiten Woche hierher.«

Tante Vida lächelte wie eine Sphinx. Lis entging der Hochmut nicht, der tief unter ihrer Freundlichkeit lauerte, so tief, dass vermutlich nicht einmal Tante Vida ihn bemerkte. Fast schien es ihr, als könnte sie die Gedanken ihrer Tante lesen: Arme Vlasta – nun ja, ich habe kein Haus in München und Miran ist nur Hausverwalter, aber zumindest muss ich nicht die ganze Zeit heulen und mich herumstreiten.

Als Tante Vidas Blick dem von Lis begegnete, verschwand ihr Lächeln. Sie sah ihre Nichte erstaunt an und griff dann irritiert nach dem Zucker, als hätte Lis sie ertappt.

Die Eidechsenknochen, dachte Lis. Sie sind immer noch bei mir! Ein warmes Gefühl der Geborgenheit durchströmte sie. Mit einem Mal fühlte sie sich nicht mehr so fremd. »Ich gehe gleich ein bisschen raus – zum Markt«, meinte sie und trank ihren Kaffee aus. Bevor ihre Mutter etwas sagen konnte, war sie schon aufgestanden und trug ihre Tasse in die Küche.

»Bring mir einen Salat vom Markt mit!«, rief Tante Vida ihr hinterher.

»Lis?« Ihre Mutter holte sie ein, als sie schon die Türklinke in der Hand hielt.

»Ja?«

Ihre Mutter biss sich auf die Lippe und sah sie unsicher an. »Lis, was ich gestern sagte, wegen der Scheidung ... Ich ...«

Lis schüttelte den Kopf. »Mir brauchst du nichts zu erklären, Mama. Du weißt ja selbst noch nicht, was du machen wirst, oder? Ich möchte dir nur eines dazu sagen.« Sie beugte sich vor. »Ich glaube, du solltest aufhören, immer wieder wegzulaufen und dich hierher zu flüchten. Du lebst nicht mehr hier und deine Kindheit kommt nicht mehr zurück. Entscheide dich endlich mal. Nicht wegen Levin und mir, sondern wegen dir – und Papa.«

Ihre Mutter hatte die Brauen zusammengezogen und bemühte sich sichtlich um Haltung – ein Kampf, den sie wie immer schnell verlor. Im nächsten Augenblick schlug sie die Hand vor den Mund. Tränen rannen ihr über das Gesicht. »Ich weiß«, schluchzte sie plötzlich. »Ich will ja auch und ich sage eurem Vater immer ... aber er ...«

»Ja, ist gut, Mama«, unterbrach Lis sie ernst. »Schaut, dass ihr zwei euch entscheidet. Und ich gehe jetzt.«

Ihre Mutter sah sie irritiert an und vergaß für einen Moment ihr Elend.

Lis lächelte und nahm ihre Mutter in die Arme. Sie spürte, wie die zierliche Frau vor Überraschung zusammenzuckte. »Alles in Ordnung, Mama«, sagte sie. »Aber ich gehe jetzt in die Stadt. Und du regelst das mit Papa selbst, ja?« Sie machte einen Schritt zur Tür.

Die Augen ihrer Mutter verengten sich. Sie zwinkerte, als hätte ihr ihre Wahrnehmung einen Streich gespielt, dann wurde sie mit einem Mal blass. Sie wich einen Schritt zurück, wo sie gegen den Schirmständer stieß, der mit einem Scheppern umfiel.

»Vlasta?«, kam Tante Vidas besorgte Stimme aus der Küche.

Lis tastete nach ihrem Halstuch und rückte es wieder zurecht.

»Lis, dein ... dein ...!«

»Ich weiß«, sagte Lis und lachte. »Es ist verbrannt.«

»Aber ...«

Lis legte den Finger an die Lippen. »Später, Mama«, sagte sie. »Vielleicht erkläre ich es dir später. Es ist alles in Ordnung so – aber jetzt muss ich in die Stadt.«

Ihre Mutter machte den Mund wieder zu, nahm sich sichtlich zusammen und nickte wie betäubt.

Schon hatte Lis die Klinke heruntergedrückt und rannte die Treppe zur Haustür hinunter. Mit einem Sprung war sie auf der Straße und lief los. Lachend und keuchend kam sie erst zum Stehen, als sie fast schon auf dem Tartiniplatz stand. Vor ihr lag der kleine Hafen und rechts davon das Museum. Ein Schauer fuhr ihr über den Rücken. Jetzt sah sie das Gebäude als das, was es war: ein Tor zur Unterwelt oder ein Tor zu jeder anderen Welt, vielleicht sogar in die Vergangenheit. Wie ein mächtiges Maul mit Säulenzähnen kauerte das Museum am Wasser. Der Atem der Jahrhunderte floss in gleichmäßigem Rhythmus durch die Stockwerke. Schlagartig wurde ihr bewusst, dass sie dic Stadt zum ersten Mal mit Kajetans Augen sah. Bald würde sie zu ihm gehen – und vielleicht von ihm erfahren, was mit Tona, Mokosch und der Desetnica geschehen war, wann sie gelebt hatten und ob es sie überhaupt je gegeben hatte. Aber nicht jetzt, nicht heute. Erst musste sie etwas viel Kostbareres finden.

»Überleg mal«, sagte sie auf Deutsch zu sich und achtete nicht auf die erstaunten Blicke von zwei Spaziergängern, die ihrem Morgenkaffee am Tartiniplatz zustrebten. »Wo war er, als er die Grenze nach Antjana überschritt? Levin und ich waren am Leuchtturm.«

Ein ängstliches Gefühl der Hoffnung begann in ihrem Zwerchfell zu pochen. Energisch wandte sie sich nach links und ging über den sonnigen Platz in Richtung Kirche. Bevor sie das Gässchen betrat, das sich zwischen den Häusern bis zur Kirche steil bergauf wand und im Bogen auch zum Strand abzweigte, blieb sie vor dem roten, venezianischen Palazzo stehen. Einer Ahnung folgend schaute sie nach oben, dorthin, wo die italienische Inschrift prangte. Im mittleren der spitz zulaufenden Fenster sah sie eine junge Frau stehen, die aufmerksam die Leute auf dem Tartiniplatz beobachtete. Transparent schien sie, beinahe ein Schemen, aber Lis konnte deutlich die Gesichtszüge und die lebhaften Augen erkennen. Das lange dunkle Haar war hochgesteckt. Eine Strähne hatte sich aus der aufwendigen Frisur gelöst und fiel auf das Jahrhunderte alte hellgrüne Seidenkleid mit den gerefften Spitzen. Lis wartete, bis der Blick der Frau auch bei ihr angelangt war, dann stellte sie sich auf die Zehenspitzen und winkte der Frau aus der Vergangenheit zu. Mehrere Augenblicke brauchte das Gespenst um zu begreifen, dass die fuchtelnde Gestalt auf der Straße wirklich ihm zuwinkte und dass da jemand war, der es tatsächlich sah. Dann zuckte die Geliebte des venezianischen Kaufmanns zusammen, zog erschrocken die launisch geschwungenen Brauen hoch, verblasste zu einem Schatten und verlosch schließlich ganz.

Lis lachte und ging in einem großen Bogen zurück in

Richtung Strand. Im Gehen nahm sie das Halstuch ab und stopfte es in die Hosentasche ihrer Jeans. Mit jedem Schritt, den sie in Richtung des Strandes ging, wurde sie aufgeregter.

Die ersten Strandbesucher hatten sich an diesem frühen Vormittag bereits eingefunden und rieben sich mit Sonnencreme die fischweißen Bäuche ein. Kinder planschten im Wasser, das noch klar und hoch von der Flut war. Langsam ging Lis den Strand ab, balancierte zwischen ausgebreiteten Handtüchern und Schwimmtieren, stolperte über Strandfelsen und angeschwemmte Äste, bis sie schließlich in der Mitte des Strandes angelangt war. Der Wind trieb die Wellen in Richtung Strunjan. Noch einmal suchte Lis in jedem Gesicht, aber nirgendwo sah sie einen Jungen mit dunklem Haar. Ein Anflug von Panik kribbelte über ihren Rücken.

Denk nach, Lis, befahl sie sich. Onkel Miran hatte erzählt, Matej sei ertrunken. Wenn sein neues Leben nach der Zeit in Antjana wieder im Meer begonnen hatte – dort, wo er vor mehr als zwei Jahren verschollen war, gab es nur zwei Möglichkeiten. Lis schluckte und kämpfte eine neue Welle von Panik nieder. Entweder er war jetzt wirklich ertrunken oder er war mit dem Westwind in Richtung Fiesa und Strunjan abgetrieben worden.

So gut es ging, begann sie auf dem steinigen Strand zu rennen. Schritt für Schritt arbeitete sie sich über die groben Steine vor, bis sie die Kirche und ein ganzes weiteres Stück Strand hinter sich gelassen hatte und von weitem schon die Muschelzuchtflöße in der Bucht von Strunjan erkennen konnte.

Er saß so nah am Wasser, dass die Wellen über s
Füße schwappten. Ruckartig blieb Lis stehen und a
te durch. Ihr Herz raste vor Erschöpfung und Erlei
rung. Am liebsten hätte sie ihn gerufen, aber dazu
sie noch viel zu atemlos. Seitenstechen zwang sie
kurz zu verschnaufen.

Mit dem Rücken zu ihr saß Matej Kalan regur
da und starrte auf das Meer. Er trug eine rote Bade
Bäche von Meerwasser flossen aus seinen Haaren.
mete heftig, als wäre er eine sehr lange Strecke geg
Strömung geschwommen. Von Matejs Gesicht k
Lis nur den Bogen seiner Wange erahnen. Noch
er sie nicht entdeckt, noch gehörte dieser Auge
ihm ganz allein.

Eine magische Sekunde lang war alles wieder
des Bild, das Poskur verbrannt hatte, erstand
Augen, jede Minute, die sie gemeinsam in Antj
bracht hatten, jeder Blick, jedes Lächeln, jed
lichkeit, die ihnen die Zukunft schenken würde
vielleicht nicht schenken würde.

Noch einmal holte Lis tief Luft, dann schickt
heißes, übermütiges Danke an Nemeja und al
ren Götter und ging zu ihm.

Inhalt

Unwillkürlich wichen sie zurück,
bis sie mit dem Rücken an der rauen
Rundmauer des Leuchtturms standen,
und starrten in den Nebel,
der über das Wasser wehte.